T. Schneider Thuadhoi ❀ Götterdämmerung

T. Schneider Thuadhoi

Götterdämmerung

Heleria –
unbekannte bekannte Welt

© 2015 Torsten Schneider Thuadhoi
© alle Illustrationen 2015 Verena Biskup, illucity.de
Satz und Layout: Buch&media GmbH, München
Herstellung und Verlag: BoD – Books on Demand
Printed in Germany · ISBN 978-3-7357-3063-3

Inhalt

Anfang 7

Der Zweite Kontakt 15

Reise durch den Spiegel 55
    Unbekanntes Bekanntes 58
    Verschollen 108
    Bandamon 161

Gebrochenes Siegel 233
    Unschuld 238
    Dämonen 260
    Hölle 288

Nachwort 326
Appendix 330

Anfang

Eine Illusion gibt dem Menschen die Möglichkeit, unverständliche oder zu schwierig wirkende Dinge auf eine einfache und kindliche Art und Weise verstehen zu lernen. Letztendlich muss ich mich fragen, ob ich gelernt hatte, mit diesen komplizierten Dingen umzugehen, oder ob ich nur ein Kind war, das erkannt hatte, wie man mit der Macht des Unmöglichen zu spielen vermag.

Die Frage, welche Ziele man mit Mitteln einer unendlichen Macht verwirklichen kann, stand dabei niemals im Vordergrund.

Mich beschäftigte eher die Frage, welche Energie es einem Menschen abverlangt, wenn er sich dem Weg verschreibt, sich der zentralen und allumfassenden Macht vollständig hinzugeben.

Seit meinem fünfzehnten Lebensjahr hatte ich diese Träume und ich fing an damit zu leben, doch erst später erkannte ich um ihre Bedeutung. Dann begann auch ich, sie zu verstehen, und lernte sogar mit ihnen umzugehen.

Die erste große Reise in diese unbekannte Welt war kurz, aber doch sehr intensiv.

Es beeindruckte mich immer wieder, wie sehr der Umgang und das Spiel mit dem Unbekannten mit einem Ritt auf einem wirbelnden Wasserstrudel vergleichbar ist.

Ungeachtet der Dinge, die der Strudel erfasst, reißt er alles unaufhaltsam in seine tödliche Tiefe und raubt dabei jedem lebenden Organismus den Sauerstoff zum Atmen.

In den Jahren zuvor hatte ich mich langsam in einem fein gewobenen Spinnennetz verfangen. Dabei eliminierte jeder Flügelschlag der

Befreiung den letzten noch vorhandenen klaren und möglicherweise noch logischen Gedanken. Es ist stetig tief im Herzen zu fühlen, wie der letzte Lebenssaft gemächlich aus den Adern gesogen wird, sodass ein Entrinnen, ein Losreißen aus den am Körper haftenden Fasern unmöglich ist.

Schon seit jeher war es so, dass die Gesellschaft einen Menschen zu materiellen Errungenschaften treibt, die immer nur für einen kurzen Moment Bestand haben. Materielles wird letztendlich durch den Tod oder die unaufhaltsame Linearität der Zeit zerstört, aber die Gier bleibt in der Seele eines jeden Individuums gefangen. Daneben übersteht das Material Zeit und Raum und durchbricht die Ebenen unseres Daseins.

Zum Schluss muss das Individuum als solches erkennen, dass Gier und Materialismus ein eng verflochtenes Duo sind.

Wenn man es nicht schafft, den Kreis zu durchbrechen, wird das Unbekannte das neu geformte Individuum immer wieder heimsuchen und seinen Tribut fordern.

Letztendlich ist die Rastlosigkeit der Tribut. Eine Rastlosigkeit, welche das Individuum in den Tod treibt und im Anschluss daran die Seele nach einem neuen Wirt suchen lässt, in welchem der Geist hirnlos hineingeboren wird und nur mit einem beseelten Gefühl besiedelt das Rad wieder von vorne zu drehen beginnt.

Genau dies war das zentrale Problem, welchem ich auf meinen vielen Reisen begegnet bin.

Mit dem ersten bewussten Eintritt in die Sphäre, so nenne ich sie seit meinem ersten Besuch, begann für mich der stetige Kampf zwischen der Versuchung und der Leere des alltäglichen Lebens. Ich wurde hin- und hergerissen zwischen einer abenteuerlichen Welt der reinen Illusionen und einer Welt des Kinetischen.

Eine Welt, in der die Gesetze der Physik ihren täglichen Tribut zollten, aber auf der anderen Seite doch nicht vorhanden waren.

Die andauernden Gedanken waren lediglich in ihren Höhepunkten darauf ausgerichtet, wieder und wieder dieses Portal zu durchschreiten, an welchem ich die Macht der makellosen Täuschung als Stärke umsetzen konnte.

Das Tor, welches die Verbindungstür zwischen der realen Welt unzähliger Lebewesen bildet und im gleichen Moment in einer unwirklichen Vorstellung des Traumes eines einzelnen Individuums zusammenfließt.
Verschwommen in Raum und Zeit.
Zerflossen wie der metallische Zeiger einer Uhr über der Glut des steinernen Schmelzofens.

Zu jeder Zeit stellte ich mir die Frage, ob alles der Realität entsprach oder ob es nur die Ausgeburt abartiger Gedanken meines kranken Gehirnes war. Doch das Blut, welches jeden Tag aufs Neue über meine Finger quillt, überzeugt mich bis heute vom Gegenteil.

Die Menschen, die in dieser unserer Welt unter den scheinbaren Folgen leiden, malen ein gegenteiliges Bild von dem, was ich in der Vergangenheit von mir gewiesen hatte. Ich kämpfe jede Minute mit den Gedanken des Scheins und den Wahrnehmungen des Seins und versuche dabei, die schlechten Gefühle aus meinem Geist zu verdrängen, um mich so dem Neuen zu öffnen.
Doch was ist eigentlich das Neue?
Ist das Neue der Kampf zwischen dem real Erlebten oder ist es lediglich eine langsam in die Tagwelt vordringende Utopie?
Ist das Neue vielleicht einfach nur ein Gefühl des Aufbruchs in eine Zukunft aus Rosenblüten?

Auch eine von vielen pathetischen Fragen, deren Beantwortung ich seit geraumer Zeit hinterherlaufe. In letzter Konsequenz sollte sich jeder von uns diese Frage stellen: Was bedeutet eigentlich die Essenz unserer niedergeknieten Existenz?
Meines Wissens ist es nicht das Streben nach dem letzten Kick, was uns die Umwelt und die teilweise selbst ernannten Idole unserer Gesellschaft suggerieren.
Es zeigt Größe, wenn man erkennt, dass unsere kleine Seele lediglich ein winziger Bruchteil eines uns umschließenden Gesamtgefü-

9

ges ist. Dabei befinden wir uns in einem unbegrenzten Raum, der gefüllt mit unendlicher Macht das letzte Quäntchen Licht unserer innerlichen Verdorbenheit in der Unendlichkeit vermischter Energien ersticken lässt.

Doch genau an dieser Stelle bin ich wieder bei Weltanschauungen angekommen, die ein jeder für sich selbst erforschen muss, um so die wirkliche, die einzigartige, die einzig wahre Unwiderlegbarkeit seiner Persönlichkeit in das Zentrum seines Handelns zu stellen.

Ich habe im Laufe der letzten Jahre gelernt, dass jeder Mensch vom ersten Lebensatem an beginnt, seinen eigenen kleinen Kosmos zu erschaffen.

Eine Welt, in der sich das Universum ausschließlich um ihn dreht und auf gar keinen Fall er selbst einen Teil der uns alle umgebenden lebenden Zivilisation darstellt.

Wenn diese Menschen älter werden, klammern sie sich immer fester an diesen personalisierten Raum, während die Grenzen zwischen Fiktion und realer Umwelt, in der sie sich bewegen, zunehmend verschwimmen.

Zum Schluss erreichen sie den Zeitpunkt, an dem sie ihre Mitmenschen nur noch in dem eigens erschaffenen Bild betrachten können. Unausweichlich ist alles um einen herum zu einer einzigen Karikatur verblichen, welche just in diesem Moment die erschaffene und zugleich gelebte Welt verkörpert oder einfach nur ein Emotionsgewirr aus ungeordneten Gedanken eines kranken Gehirnes an die Wand des Vorführraumes projiziert.

Nichts desto trotz ist dies genau das Leben, was die meisten Menschen leben.

Das Gefühl, etwas verpasst zu haben, kommt auf diese Weise niemals in den Sinn, denn das Leben scheint in absolut geregelten Bahnen zu verlaufen.

Ob ich mir von Kind an diese persönliche Welt ebenfalls erschaffen habe und genauso darin gefangen bin, vermag nur ein Dritter zu beurteilen.

Eventuell ist es auch ein erster Anflug von Schizophrenie, doch muss ich mir letztendlich die Frage stellen, ob ein geistig gestörter

Mensch noch die Fähigkeit besitzt, über solche Gedanken zu reflektieren. Genau deshalb bin ich von Tag zu Tag mehr der Überzeugung, dass diese erlebte Sphäre einer vollkommen anderen Welt wirklich existiert. Eine unbestreitbare Existenz, die ich nach jedem Eintritt aufs Neue zu spüren beginne.

Die Abstände zwischen dem Hier und dem Dort verschwimmen zusehens. Immer häufiger werden die Wechsel zwischen der einen Welt, in der ich ein aufrichtiges Leben führe, und der anderen Realität, in der ich den Schmach und die Pein der Generationen in meinen Knochen spüren kann.

Jeder Wechsel wird intensiver, sodass ich seit dem letzten Besuch hin- und hergerissen bin.

Ich bin mir zwar darüber im Klaren, dass die neuesten wissenschaftlichen Erkenntnisse Parallel-Universen belegen können, doch man ist sich einig darüber, nicht einfach zwischen diesen hin und her springen zu können.

Ich scheine diese Gabe jedoch zu besitzen.

Eine Gabe, die mich dauernd an meiner eigenen Person zweifeln lässt, denn die Abstände zwischen den Sprüngen werden immer kürzer.

Beim ersten Mal schien es eher ein Traum zu sein, in dessen tiefen Schlund ich gefallen war.

Nun bin ich an einem Punkt angekommen, an dem ich begonnen habe, alles Erlebte niederzuschreiben. All das auf Papier niederzulegen, was mir wiederfahren ist. Und das ist gerade erst ein paar Sekunden her. Wenn ich an mir herunterschaue, sehe ich noch das Gras zwischen meinen Zehen sprießen und die rechte Hand, die den Füller hält, scheint nicht wirklich in dieser Realität angekommen zu sein.

Ja, Ihr habt richtig gehört: Vor wenigen Minuten war es wieder soweit.

Die Geschichte und das Erlebte brennen förmlich wie roter Chili auf meinen Lippen.

Eines ist jedoch klar:
Alles scheint mit jedem Eintritt immer mehr zu verschwimmen.

Die Gedanken werden ungeordneter und die Abgrenzung zwischen Realität und Tagtraum geht mit jedem Mal mehr und mehr verloren.

Doch lasst mich erst mein letztes Erlebnis berichten, denn ich kann schon wieder deutlich die Krämpfe im Magen spüren, die letztendlich nichts Gutes verheißen.

Der Kampf geht weiter.

Der zweite Kontakt

Traue nie dem, der sich dir als Erster auf dem Weg
der Begegnung oder des Zusammentreffens offeriert.
Er wird dich als Erster fallen lassen
und somit solltest du der Letzte sein,
der diesem trauen möge.

[Buch der Makar, Kapitel der Begegnungen]

Das Zimmer brennt. Aus tiefen, dunklen, angstbehafteten Träumen erwache ich langsam und öffne die Augen. Rauch beißt in der Nase. Um mich herum schlagen glühende Flammen empor, die mit ihren behäbigen Zungen die komplette Zimmereinrichtung verschlingen.

Die Schrankwand am Fußende, die in kleine Fächer unterteilt ist, hält im ersten Moment noch den Flammen stand, doch schon kurze Zeit später lässt die Hitze langsam die Farbe vergilben.

Plötzlich bersten die Türen aus Glas in tausend Teile, als ob man ihnen einen Schlag versetzt hätte.

Die Hitze wird unerträglich und langsam füllt sich der Raum von oben herab mit tiefschwarzem Rauch. Wie Wasser fließt er erst langsam und unscheinbar an der Decke entlang und bemächtigt sich überraschend der schlafenden Lebewesen durch seinen blitzschnellen giftigen Geruch des Ablebens.

Der Versuch eines Entrinnens ist zwecklos, denn die Zeit ist zu knapp bemessen, um in rußfreie Luft zu laufen. Die todbringenden Dämpfe dringen langsam durch jede Pore in den unschuldigen Körper und nutzen jeden noch so kurzen Atemzug nach Sauerstoff, um lebenswichtige Zellen zu zerstören.

Auf meinem Bett sitzend wirkt jedes Körperteil an mir erstarrt. Alles um mich herum ist so unwirklich. Jetzt sollte ich in Panik geraten, doch davon ist nichts zu spüren. Alle Gedanken sind überraschend auf einen zentralen Punkt in der Mitte meiner Stirn fixiert.

Ist dies das Ende von allem?

Sollte ich jetzt den abschließenden Punkt erreicht haben? Die Stelle, an der alles zusammenfließt. Der Ort, an dem sich Vergangenheit, Gegenwart und Zukunft begegnen.

Nein.

An diesen Quatsch glaube ich nicht.

Ich bin verärgert und aggressiv, als ich die Worte in den Raum schreie. Es kann nicht sein, dass dies der Realität entspricht. Zu viele Anzeichen sprechen dagegen:

Ich bin zu gefasst dafür.

Ich verspüre keine Angst. Normalerweise sollten sich mein Körper, mein Geist und meine Seele zur Wehr setzen.

Eigentlich sollten meine Knochen diesen gewollten Kampf, das Leben zu erhalten, beginnen.

Den Kampf, das Leben der anderen Seite vorzuziehen. Aber eventuell ist es genau das, was den Augenblick des wahren Todes ausmacht.

Eine abgelaufene innere Uhr, die im Einklang mit jeder Zelle des Körpers die letzten Sekunden der verbleibenden Zeit laut vor sich hin tickt. Sie verwehrt sich dem Unausweichlichen nicht. Der Zeiger bewegt sich unaufhörlich nach vorn. Er kann nicht dagegen ankämpfen, einfach stillzustehen, denn die Vorgabe ist linear. Abgemessen, abgesteckt und exakt vorgegeben. Ein Sachverhalt, der Gesetz ist.

Sich gegen eine Tatsache zu stellen, die sowieso geschehen wird, ist sinnlos.

Unzählige Menschen wissen vorher, wann ihre Zeit sich dem Ende nähert, und sie unternehmen nichts dagegen, denn es stellt für sie den natürlichen Ablauf der Dinge dar.

Ich hadere kurz mit mir selbst, gehe erneut in mich und versuche nach den Gefühlen der Verzweiflung zu suchen. Doch ich kann nichts finden. Meine Gedanken sind leer.

Leer wie eine Hutschachtel, aus welcher der Hut entfernt wurde.

Leer wie ein Eimer, dessen Müll entsorgt wurde.

Leer wie eine ausgetrunkene Flasche Saft.

Doch ein Gefühl ist allgegenwärtig.

Eine zielgerichtete Emotion streichelt über meine Haut, über meine Seele, wie ein Boot über eine sanfte Wasseroberfläche dahingleitet: Willenlosigkeit. Bilder aus Erinnerungen schieben sich zwischen den schwarzen Dunst an der Decke des Zimmers und meinen erstarrten Blick am Ende des Bettlakens.

Es sind Gedankengespinste aus einer anderen Welt.

Der Welt zwischen dem Sein einer ungebeugten Seele und unserer gelebten Realität, die ich so oft besucht habe, dass es mir im Nachhinein nicht mehr möglich ist, die erduldeten Übergänge zu zählen.

Übergänge, die wie Haken am Körper zerren, wie Mücken unbemerkt das Blut aussaugen.

Diese schnellen, unbemerkten und immanenten Wechsel zehren Seele und Geist auf. Sie nagen an mir wie ein Hund am Knochen.

Bei meinem ersten Besuch in diesem Gegenüber habe ich gelernt, dass es etwas Höheres gibt.

Es ist etwas Unbekanntes, was über allem steht und doch das Leben, die Universen, die Realitäten und die Materie miteinander verbindet. Eine unbeschreibliche Verbindung, die bis in unsere Wahrheit übergreift und doch unabhängig von dieser existiert.

Der Ort, wo ich gerade aufgewacht bin, erscheint so unwirklich.

Es ist nicht der Platz, an dem mein Körper im Einklang mit meinem Geist existiert. Denn dort, wo ich mich zu Hause fühle, bin ich nicht allein.

In dieser Realität leben Millionen von Lebewesen aller möglichen Arten und Rassen, die ich bis dato noch nie zuvor gesehen habe und deren Vorkommen nicht einmal die gewagtesten Fantasieautoren der hiesigen Welt in ihren Vorstellungen zum Leben erwecken könnten.

Sie selbst haben diesem Kosmos den Namen »Heleria« gegeben, welchen ich einfach nur als Planet Z bezeichne.

Die eigentliche Aussprache des Namens Heleria ist für den normalsterblichen Menschen unmöglich, denn er wird von gellenden Lauten begleitet, deren Wiedergabe mir schier unmöglich ist.

Die Hauptsprache in dieser anderen Ebene der Realität ist nicht mit der unseren vergleichbar. Zum großen Teil kommunizieren die Lebewesen dort auf empathische Art und Weise.

Zum anderen Teil verfügen Sie auch über eine Lautsprache, die der unseren ähnelt, allerdings nur bei Neulingen oder Fremden angewandt wird.

Wesen, die es geschafft haben, die Barriere zwischen den Wahrheiten zu durchbrechen. Durchbrochen durch ihre eigene Weiterentwicklung der Seele.

Die Barriere liegt außerhalb unseres Kosmos, weswegen bis in den letzten Winkel unseres kleinen und beschränkten Gehirnes die Klarheit über die vorhandene Weite und Unendlichkeit unseres Daseins eine unumgängliche Grundlage darstellt, um sich dem Planeten Z bewusst nähern zu können.

Eine Annäherung, die vergleichbar mit Gut und Böse, Hund und Katze oder einfach nur Yin und Yang ist.

So unterschiedlich die Eigenschaften beider Maßgeblichkeiten sind, so vereint sind sie in der Essenz ihrer Existenz. Dieser bewohnte Planet besteht abgetrennt von der hiesigen Welt, wie wir sie kennen, und existiert zum Teil parallel zu ihr.

Die Erkenntnis über deren Vorhandensein hat mir gezeigt, dass es wirklich so etwas wie eine allumfassende Energie gibt.

Auf Heleria existiert ein sagenumwobener Ort, wo diese zentrale Energie sichtbar zu Tage tritt. Ein Ort, an dem die zentrale Energie der omnipotenten Existenz die Dimensionen durchbrochen hat und deutlich sichtbar zu Tage tritt.

Die Bewohner von Heleria bezeichnen diese zutage tretende Zentralenergie auch als das Blaue Band. Man munkelt, dass man die Seelen seiner Urahnen hören kann, wenn man lange genug hineinschaut. Reine Energie, die wie Wasser zwischen den einzelnen Dimensionen dahinfließt.

An der Oberfläche schimmert es bläulich und glitzert wie tausende Diamanten im Strahl der Mittagssonne.

Man sagt, es vereinigt den Teil der Energie, der aus den sterbenden Wesen orientierungslos emporsteigt. Zum anderen spendet es Leben an neu entstehende, sich zu einem Ganzen zusammenschließende Materie. In diesem Band hat der Tod keine Bedeutung und auf Planet Z bedeutet der Tod lediglich das Auslöschen des Bewussten und das Lösen von der dort gelebten Realität.

Wie wir schon in der Schule gelernt haben, geht Energie niemals verloren. Jedoch handelt es sich dabei um Vermutungen von Wissenschaftlern, Professoren und anderen Theoretikern.

Hinter ihren runden Brillen stellen sie Berechnungen an, Konstanten auf und würfeln Zahlen so durcheinander, dass sie eine Nachweisbarkeit belegen.

Am Ende stellen sie zwischen den eigenen Formeln eine klaffende Lücke fest, die sie selbst nicht erklären können.

Ein Loch, welches außerhalb unseres logischen Verständnisses seinen tiefen Krater in Wissen und Verständnis über den Zusammenhang der Dinge schlägt.

Mit Planet Z hatte ich zum ersten Mal den einen, schon immer gesuchten persönlichen Beweis für die Unvernichtbarkeit von kosmischer Energie gefunden. In welcher Form auch immer sie existieren möge. Planet Z ist für diejenigen, die es dorthin schaffen, ein Sprungbrett in ein neues Leben. Ein Ort, an dem die Seele ihre wahre Existenz ausleben kann.

Ein Platz, an dem man sich für die nächste Stufe der geistigen Evolution vorbereiten oder einfach nur das Leben als solches irgendwo dazwischen genießen kann.

Wäre da nicht dieses eine Geheimnis.

Dieser magische Ort, der jeden anzieht und an dem alles zusammenläuft. Ein Geheimnis, dem ich schon lange auf der Spur bin.

Ein Ort, an den die Energie des Universums hinweg über alle Dimensionen der Existenz zurückkehrt und verschmilzt.

Sehr oft habe ich von diesem magischen Ort gehört.

Diesen sagenumwobenen Ort der Makar.

Es ist jener Platz, an dem das Blaue Band sichtbar den Planten kreuzt.

Eingehüllt in tausend Geheimnisse verwehrt sich Makar jedem Besucher und öffnet sich nur den wenigen Eingeweihten, die seinem Geheimnis würdig erscheinen.

Gesehen habe ich diesen Ort bis jetzt noch nicht. Hinzu kommt, dass es verboten ist, über diesen Ort zu sprechen oder gar die sagenumwobene Landzunge zu bereisen. Doch hinter vorgehaltener Hand flüstert man so einiges darüber.

Trotz dieser großen Heimlichkeit bin ich mir sicher, erkannt zu haben, dass der Tod nicht nur ein vorprogrammierter Ablauf ist. Es ist kein festgelegter Zeitpunkt, bei dem ein Fenster aufgeht und ein Signalhorn ertönt, welches andeutet, dass ein Termin ansteht. Unsere Wissenschaftler begründen dies mit dem zeitlichen Ablauf der Zellen. Mit der Geburt würde eine Uhr gestellt, die mit dem ersten Herzschlag des Lebens zu ticken beginnt. Vielfach habe ich gesehen, dass der Tod schleichend und auf eine Art und Weise das Leben aus dem Körper saugt, mit der man eigentlich nicht rechnen würde, denn der Tod liebt das Spiel. Sein sarkastischer Unterton ist schallend und lautstark zu vernehmen.

Der Scherz, das Leben aus dem Körper zu befreien, grenzt schon fast an Ironie, denn die Befreiung spendet dem Samen die Kraft, seine Hülle zu durchbrechen und den Keim in die Erde zu stoßen.

Nun sitze ich wieder hier.

Gefangen in dieser Realität oder Illusion, die mir auf der einen Seite Angst bereitet. Auf der anderen Seite vermittelt sie mir Geborgenheit, denn ich weiß, dass das Leben nur eine Bindung zwischen meiner aktuellen Hülle der materiellen Verkörperung und meiner Seele darstellt.

Wie oft bin ich schon zwischen den Realitäten hin und her gereist, und doch kann ich mich nur bruchstückhaft an die anderen Welten zurückerinnern.

Ich kralle mich an das Bettlaken und blicke umher.

Nun bin ich hier und stelle mir die Frage, ob der Gedanke an Heleria nur ein Traum war.

Doch je mehr ich darüber nachdenke, desto intensiver erfüllt mich das Gefühl, dass Makar, das Blaue Band und die Welt mit den vielfältigsten Individuen mein Zuhause ist.

Sei es eine Illusion, ein Gespinst, ein Traum des tiefen, verzweifelten Schlafes oder die Wahrheit. Es ist der Ast, an den ich mich im reißenden Fluss des Lebens klammern kann.

Das Seil, welches mich vor dem Absturz bewahrt. Sei es auch mein letzter Gedanke.

Ich sitze noch immer auf dem Bett und bewege mich keinen Zentimeter. Die angestellte, bis aufs Tiefste analysierte Überlegung lässt mich nur den Kopf schütteln. Es kann nicht das Ende sein, denn genau die unverhoffte und unerwartete Situation ist nicht gegeben. Ich ersehne sogar an manchen Tagen das Ende dieser erbärmlichen Existenz, da mich das Leben zwischen zwei Welten seelisch auseinanderreißt.

Tiefschwarzer und zähflüssiger Rauch umzingelt jedes Objekt im Raum. Langsam dringt er durch die schmalen Nasenflügel bis tief in die Lunge. Es ist ein beißendes Gefühl wie Säure, die langsam den Schlund entlangrinnt. Kleine Kieselsteine reiben aufeinander und zur gleichen Zeit drückt die Glut des Feuers den letzten Tropfen Wasser aus meinem Körper.

Züngelnde Flammen umschlingen nach und nach das Bett, auf dem ich sitze.

Ich bin wehrlos.

Plötzlich eine verschwommene Bewegung im Feuer. Schnell wie eine Katze im Nebel, die von der einen Straßenseite auf die andere wechseln will, oszilliert die Luft. Flammen verschwimmen für einen kurzen Moment und eine Art von Kälte überkommt mich. Ein eisiger Hauch wirft sich über mich.

Die Umgebung erscheint plötzlich frostig, obwohl ich inmitten eines glühenden Feuerherdes sitze. Ist dies die letzte Phase des Lebens, wenn man verbrennt?

Setzt nun die Phase der Halluzination ein?

Nein.

Mit seiner Kühle huscht das Unbekannte erneut durch den lodernden Raum.

Es ist wieder da.

Offensichtlich und doch unscheinbar, sodass man beim Verdacht auf ein reales Vorhandensein die Vision sofort auf verworrene Gedanken schiebt.

Ich versuche, mich zu konzentrieren, doch sobald die Augen geschärft werden, entrückt wieder alles in den Flammen um mich herum. Dabei gleicht das Verschwimmen der Umgebung vorgespielten Bildern in Form einer Gestalt.

Es ist definitiv keine Halluzination.

Nein, zu klar sind die Umrisse, welche die Flammen biegen und manchmal sogar zum Lodern bringen. Das Holz knistert in der Hitze und das Feuer brennt auf meiner Haut.

Immer noch bin ich sehr ruhig und harre der Dinge, die auf mich zukommen werden.

Die durch den Raum rasende Bewegung wird langsamer, die unwirklich scheinenden Bilder einer kaum wahrnehmbaren Gestalt erhalten deutlichere Umrisse.

Sie ist schnell, bei der Hitze kaum mit den Augen zu erfassen. Der Flügelschlag eines Kolibri ist damit verglichen eine Zeitreise.

Flammen, die eben noch an einer Stelle scheinbar unaufhaltsam brannten, versiegen in der Kälte der Begegnung mit dem unsichtbaren Wesen.

Ich strecke mich ein wenig nach oben, um den Boden zu überblicken, auf dem die Gestalt gewandelt ist. Erschrocken mache ich mich sofort wieder klein auf dem hellen Laken und der weichen, mit Gänsedaunen gefüllten Decke.

An der Stelle, an welcher die unklare Gestalt eben zu sehen war, versiegt nicht nur das Feuer, sondern auf dem Boden sind kleine weiße Eiskristalle zu sehen, die bereits nach wenigen Augenblicken durch die unbeschreibliche Hitze aufgesogen werden.

Unglaublich.

Erstaunen ist förmlich in mein Gesicht geschrieben. Meine Finger klammern sich noch fester in die Bettdecke.

Plötzlich spüre ich die Gegenwart einer unbekannten Person neben mir. Ich fühle mich benommen, denn der Blick auf meine Seite lässt kein klares Bild vor meinen Augen entstehen. Die Umgebung in Form eines Körpers erscheint verschwommen und die eben noch unerträgliche Hitze um mich herum verschwindet langsam.

Eigentlich sollte ich von Todesangst gepeinigt sein, doch davon ist in keiner Faser meines Körpers etwas zu spüren.

Alles ist anders, als ich es jemals für eine solche Situation erwartet hätte.

Die Balken knarren unter der Feuersbrunst, während sich flammende Zähne immer weiter durch das Haus voran fressen.

Mit einem lauten Bersten bricht die Decke in Teilen zusammen und gibt die untere Etage frei. Durch das Loch ist der Esstisch zu sehen, um den sich vier Stühle aufreihen. Der Kerzenständer mit den drei roten Kerzen aus Wachs, die meine Mutter immer so exakt ausrichtet, hat begonnen, seine Form unter der Hitze aufzugeben. Von den Kerzen ist nichts mehr zu sehen. Als hätten sie niemals existiert. Immer weiter schlagen die Hauer des Feuers ihre ätzende Wunden tief in die Struktur des Hauses.

Lange, heiße Zungen lecken behutsam über die Oberfläche von allem, was sie finden können. Dabei verwandeln sich Möbelstücke und Gegenstände, die Metall enthalten oder aus Glas sind, in zähflüssige, dunkle Massen, die langsam über den Boden laufen.

Eben noch in Unklarheit aus Gedanken und brennender Umgebung verschwunden, ist sie plötzlich wieder da und doch im gleichen Augenblick bereits erneut unsichtbar.

Wie ein aufgeregtes Kind streift die unbekannte Gestalt durch den Raum, von einem Ort zum anderen. Überall, wo sie länger als eine Sekunde zum Stillstand kommt, versiegt das Flammenmeer kurz und der Boden gefriert unter der Berührung dieses unbekannten Wesens. So unbegreiflich alles zu sein scheint, kann ich nicht glauben, was plötzlich passiert:

Die eben noch mit rasender Geschwindigkeit lodernden Flammen werden plötzlich langsamer. Wie Wasser fließen sie durch den Raum, während die Zeit um mich herum beginnt, in einem zähflüssigen Muster abzulaufen.

»Bist du überrascht?«, ertönt unerwartet eine Stimme aus der Mitte des langsam rauschenden, fast eingefrorenen Flammenmeeres.

Die Stimme vibriert tief und durchdringt dabei Mark und Knochen.

Augenscheinlich ist es unmöglich, sich vor diesen in Schwingung versetzten Gedanken verschließen zu können. Selbst wenn man die Ohren zustopfen würde, wäre noch immer diese nachhaltige, durch die Luft surrende Vibration vorhanden, die unaufhaltsam über alle Wahrnehmungsebenen in den Körper vordringt. Vergleichbar einer atomaren Strahlung, die heimlich jede Zelle auf ihrer kleinsten Ebene durchbricht und dabei irreparablen Schaden anrichtet.

Ich schüttele kurz den Kopf, um der Realität wieder eine Chance des Einzugs zu geben, denn das Vertrauen in die wirkliche Existenz dieser Stimme ist nicht vorhanden. Eventuell ist sie nur die Fiktion eines sterbenden Hirnes.

Dennoch ist die Wahrnehmung so tief, dass man sich nicht so einfach vor ihr verschließen kann. Es scheint, als würde sie in mein Gehirn eingepflanzt sein. Ich fühle sie geradezu gleichwertig neben all meinen anderen Belangen. Gleichgesetzt mit den innersten Gefühlen des Verlangens oder des Kampfes nach Bestehen und Daseinsberechtigung.

Erneut ertönt sie schallend durch den Raum, so tief in den Kopf, dass mein Schädel zu brummen beginnt: »Bist du wirklich überrascht?«

Etwas auf die Frage zu erwidern, fällt mir schwer, denn die verrußte Luft schneidet im Hals.

Hinzu kommt, dass ich mir noch kein klares Bild über meine Sinneseindrücke machen kann. Ist es ein Trugbild meiner Angstvorstellung oder entspricht es der Wirklichkeit?

»Du brauchst nicht zu zweifeln. Dem Zweifler bleibt lediglich die Hoffnung, aus seiner eigenen Unvollkommenheit aufzusteigen. Dessen bist du nun wirklich unwürdig.«

Die Gestalt ist etwas klarer geworden, seitdem sie zu mir spricht, doch noch immer ist sie lediglich ein Umriss im Dunkel des Alls.

»Schiebe die Zweifel von dir. Versuche zu erkennen.«

Die Stimme ist eindringlicher geworden.

Noch immer denke und sage ich nichts. Ich sitze lediglich da und starre in die verschwommene Umgebung und versuche, mir klarzumachen, ob es sich um eine Illusion oder Realität handelt. Tief in mir ist zu spüren, dass sich etwas verändern wird, ich vor einem Scheideweg stehe und die Entscheidung treffen muss, eine Tür zu durchschreiten, durch die es womöglich kein Entkommen geben wird.

Eine Tür, die in einen Raum ohne Fenster führt.

Einen Bereich, der, nachdem die Tür zugeschlagen ist, unendlich groß wird und den Ausgang in unerreichbare Weiten katapultiert.

Millionen von Menschen umgeben mich tagtäglich, aber gerade in diesem Moment fühle ich mich so allein auf dieser weiten Welt, als würde ich der letzte Mensch auf Erden sein. Es scheint, als wäre der Kontakt zur Außenwelt abgerissen.

Auch wenn man sich irgendwo allein an dem dunkelsten Ort dieser Welt befindet, so ist doch die Gegenwart der Millionen anderen zu spüren, auch wenn sie nicht unbedingt in der näheren Umgebung sind.

Davon ist jetzt überhaupt nichts vorhanden.

Mir kommt es vor, als wären sie alle von einem riesigen Wirbelsturm dahingefegt worden. Aufgesogen von Mutter Erde, verschlungen in der abgründigen Tiefe einer toten Masse aus Materie.

Ich versuche, mich wieder für einen kurzen Augenblick zu fangen, um so die Realität wiederzuerkennen und für einen Moment der Nichtigkeit klare Gedanken zu fassen.

Doch die Luft ist zu heiß und der Qualm der schwelenden Feuer presst sich aufdringlich, ohne dass ich etwas dagegen unternehmen könnte, bis tief in den letzten Teil meiner Lungenflügel.

Schwarzer Rauch ätzt mit jedem Atemzug an der Kehle vorbei. Es brennt fürchterlich und fühlt sich an, als würde ich feinen Sand atmen. Wie Schmirgelpapier kratzt er im Hals die letzten Ecken und Kanten weg.

Obwohl mich Hitze und Rauch in die Knie zwingen und ich nun fast an dem Punkt angekommen bin, das Bewusstsein zu verlieren, sage ich:

»Was willst du? Ich verstehe nicht. Ich habe nichts von alledem verstanden, denn ich bin es leid.« Husten überkommt mich und schleudert dabei eine teerähnliche schwarze Masse aus dem Hals vor mich auf den Boden.

Ich bin müde geworden. Entkräftet, nach dem Hier und Dort zu unterscheiden. Das zähflüssige Feuer kommt plötzlich zum Stehen.

Es scheint, als würde die Zeit angehalten, während der Schatten, der unscheinbare Umriss sich schneller bewegt.

Für einen Wimpernschlag stelle ich das Atmen ein, denn der Umriss aus dunkler, unendlich erscheinender Masse bewegt sich mit einer rasenden Geschwindigkeit auf mich zu und kommt aber dann doch in einer unerreichbaren Entfernung zum Stillstand.

Mein Herz schlägt bis zum Hals, als wieder diese tiefe, hallende Stimme ertönt:»Das Leid, das du erfährst, ist das Leid deiner eigenen Unvollkommenheit.« So schallend die Worte einprasseln, so akut verhallen sie wieder. Der letzte Ton wird aufgesogen vom Knistern, bis wieder Stille den Raum erfüllt.

Ich weiß nicht, wie ich es beschreiben soll, aber die Stille wird vollkommen, während mit derselben Gleichmäßigkeit das Lodern des Feuers zum Stillstand gekommen ist.

Die Rauchschwaden stehen in der Luft und bilden eigene kleine Skulpturen, die jetzt, mit dem Einfrieren der Zeit, so deutlich zu erkennen sind, als hätte man sie von Hand modelliert und gerade mal so eben im Raum abgestellt.

Ich versuche, danach zu greifen, doch ebenso, wie alles um mich herum eingefroren ist, sind auch meine Gliedmaßen eingefroren. Selbst mit größter Konzentration und Kraftanstrengung ist es mir nicht möglich, einen Teil meines Körpers von der Stelle zu bewegen. Lediglich meine Gedanken fließen dahin wie Wasser im Fluss des Lebens.

Mit dieser Feststellung bemerke ich auch plötzlich, dass die Worte nicht aus meinem Mund kommen, sondern nur meine Gedanken in Illusionen der Bewegung zusammengefasst werden, die genau wie die undefinierte Gestalt in den Raum der Zeitlosigkeit hinausschallen.

Abgelenkt von den Eindrücken versuche ich mich auf die Wesentlichkeit der Situation einzugrenzen.»Sicherlich ist mein Körper und Geist unvollkommen. Ich bin nur ein Mensch. Der Mensch wurde geboren, um unvollkommen zu sein. Allerdings verstehe ich nicht, was diese Farce der Dinge hier mit alledem zu tun hat.«

Als ob ich etwas Falsches gesagt habe, reagiert die Dunkelheit aggressiv auf meine Worte:

»Du Narr.«

Ein hallendes Lachen erfüllt den Raum und die eben noch eingefrorene Zeit beginnt mit einem plötzlichen Ruck wieder zu laufen.

Die Stille wird durch ein plötzliches Schlagen und Zischen aufgehoben. Die Zungen des Feuers schlagen wieder um sich. Von einer Sekunde auf die andere erscheinen sie nun gefährlicher, als dies vor einigen Minuten noch der Fall war. Holz knarrt erneut unter der Hitze der lodernden Flammen und die heißen Zungen schlecken langsam die Farbe von den Wänden.

Ruhe ist nicht mehr zu spüren.

Das Herz schlägt wieder schneller und ist bis unter die Stirn zu spüren. Ich fühle, wie das Adrenalin durch die Adern schießt, um so den Körper auf nahende Gefahren vorzubereiten.

In Panik lehne ich mich nach vorn und schreie mit aller Kraft in den Raum:

»Dann erkläre es mir. Ich möchte verstehen.«

Ich halte inne und sehe mich im Raum nach einer Reaktion um. Die Augen wandern durch die Höllenglut und suchen nach den Spuren der Dunkelheit.

Sie suchen das Nichts.

Sie suchen nach dem Eis am Boden.

Nach dem Unglaublichen, was es doch zu geben scheint.

»Du musst den Menschen auch die Chance geben zu erkennen«, schreie ich erneut in den immer dicker aufquellenden, tiefschwarzen und tödlichen Rauch.

Nichts passiert.

Keine Reaktion.

Plötzlich ein lautes Kreischen und Knarren. Brennende Splitter fallen wie Schnee von der Decke und stecken das Bett in Brand.

Wie wild versuche ich mit letzter Kraft, die Flammen von mir fernzuhalten, bis mich dieses Gefühl von Gleichgültigkeit überkommt.

Ich bin verwundert, denn es fühlt sich so vertraut an, geradeso, als ob ich dieses Gefühl schon einige Male erlebt hätte.

In meinem ganzen Leben habe ich noch um das Überleben der eigenen Person gekämpft und jetzt, wenige Atemzüge später, besitze ich nur noch diese unendliche Müdigkeit und Kraftlosigkeit, die jeden letzten Funken an Willen und Kampf ums Überleben aussaugt.

Plötzlich auf Arme und Beine überschlagendes Feuer und der dabei aufkommende stechende Geruch versenkter Haare ergehen im gleichen Moment des Zuckens wieder in Sinnlosigkeit.

Nur Trauer erfüllt noch das einsame Herz, welches dem Tod ausgeliefert erscheint. Genau in diesem Moment ist sie wieder zu spüren.

Diese plötzlich einsetzende Frostigkeit. Eine unbeschreibliche Kälte, die sich aus Unendlichkeit und allwissender Stärke zusammensetzt.

Wie schon zuvor erlebt, beginnt erneut alles um mich herum in einem zähflüssigen Muster zu verlaufen. Flammen fließen langsam wie Seide in einer leichten Brise durch den Raum. Lodernde Spitzen, die zu Tausenden die Materie ringsum in eine dreckig, klebrige schwarze Masse verwandeln.

Der dickflüssige Qualm verformt sich mehr und mehr zu fantasievollen Gebilden, die dann urplötzlich als einfache Objekte zum Stillstand kommen.

Jetzt ist es anders, denn diesmal kann ich mich bewegen. Arme und Beine sind deutlich zu spüren und ich wische mit der linken Hand die verkrusteten Haare von den Beinen, die das Feuer eben noch mit seinen Schlangenzungen aufgesogen hat.

»Das Maß der Dinge ist das Leben, das du aus deiner Seele erschaffen hast.«

Die eben noch erzürnte und hämische Stimme der dunklen Gestalt klingt gemäßigt und sogar ein wenig beschwichtigend, während die Masse der Dunkelheit wie seichtes Wasser durch den Raum strömt. Letzte Tonhöhen klingen säuselnd wie frischer Frühlingswind.

Ich fühle mich eingelullt wie eine Motte in ihrem Kokon.

Der ganze Körper wird mit dem Gefühl von Glückseligkeit durchspült.

Noch während ich mich an diesem Gefühl von Vollkommenheit labe, läuft diese breite Fläche aus seichtem und tiefschwarzem Wasser auf einen kleinen Raum zusammen.

Ein tiefes Surren ertönt, kaum hörbar, aber die Vibrationen der Klangwellen drücken auf den Ohren. So wie sich die undefinierte Masse aus dunkler Materie zusammengezogen hat, verformt sie sich nun zu einer Kugel, die langsam zu rotieren beginnt.

In ihrer vollen Macht baut sie sich in Augenhöhe vor mir auf, als wolle sie die unvereinbare Macht ihres Selbst demonstrieren und dabei die Essenz des Universums verkörpern.

Ich versuche, mich auf die Umrandung, die Abgrenzung zum Raum zu konzentrieren, da der einfache Blick in die tiefschwarze, unendlich wirkende Masse ein Blick in die Leere des Raumes ist und ich schon nach wenigen Augenblicken das Gefühl habe, den Halt zu verlieren.

»Ich brauche keine neuen Rätsel. Ich will Antworten.«

Mit einem leichten Schluchzer atme ich aus und setze fort: »Ich kann mich weder an die Vergangenheit erinnern noch an das, was vor zwei Stunden war.«

Ich pausiere einen Augenblick und verfalle in eigene tiefe Gedanken, um an eine Stelle vor meinem Erwachen zurückzukehren. Doch genau wie die Gestalt vor mir erfüllt mich lediglich nichtssagende Bewusstlosigkeit.

»Das ganze Leben ist ein Rätsel. Aber ich stelle dir bestimmt keine. Ich fordere dich heraus, zu erkennen, was du schon lange hättest erkennen müssen. Ich fordere dich auf nachzudenken. Nachzudenken über solche Dinge, über die du schon lange nachgedacht haben solltest.«

Ich runzle die Stirn bei diesen Worten, denn mir ist noch immer nicht klar, über was ich mir Gedanken machen soll.

Gedanken über Dinge, die ein tiefes Loch in die Vergangenheit graben und dabei keinen Fund des Erlebten zulassen.

»Ich kann mich an nichts erinnern. In mir ist nur vollkommene Leere. Hilf mir.«

Es erscheint wie ein Klageschrei, eine Anklage an das Unbekannte vor mir, welches vermeintlich alle Antworten auf gestellte Fragen zu besitzen scheint, aber doch keine Antworten geben möchte.

Die Macht der geformten Kugel fängt bei diesen Worten ein wenig schneller an zu schwingen. Ein eben noch beiläufiges Surren wird jetzt aufdringlicher und presst förmlich auf den Ohren.

Es fühlt sich an, als wäre man in einem Wassertank eingeschlossen und würde langsam in die Tiefe der See hinabgelassen.

Die Rotation der matten Blase, die das Licht und alles herum in sich aufzusaugen scheint, wird immer schneller, sodass jetzt die in der Zeit eingefrorenen Feuergestalten der Rotation nicht mehr standhalten können und zerfließen.

Immer stärker zieht die Kugel alles um sich herum an und für den Betrachter erscheint die Umgebung in einem bunten Bad aus Ölfarben zu verlaufen. Die starren Gebilde aus Qualm, die eben noch so wunderschöne Skulpturen im Raum dargestellt haben, zerfallen in ihre Teile und müssen sich der Kraft dieser unbekannten Gestalt ergeben.

Wind kommt auf.

Am Anfang ist es noch eine leichte Briese, die aber von Sekunde zu Sekunde stärker wird.

Saugend, drückend und zerrend zerzaust er die angesengten Haare auf dem Kopf. Er reißt an Kleidung und Körper und zieht mich geradezu in die Nähe dieses rotierenden Balls.

Immer stärker wird die Gewalt dieser zirkulierenden Luft, die aus der matten Schale der unbekannten Kugel dringt, während sie gleichzeitig jegliche umherfliegende Materie in sich aufzusaugen scheint. Vergleichbar einem Tornado drängt sich diese ungestüme Kraft durch den Raum.

Quält sich zwischen Bettkante, Schrankwand und dem mit einem kaum noch zu erkennenden grünen Velours bezogenen Sessel in der kleinen Nische des Raumes hindurch.

Vor seinen kantigen Stuhlbeinen klafft das riesige Loch in den unteren Stock hinein. Es ist wie ein Kampf gegen den Strudel in der Badewanne, der alles unaufhörlich in die Tiefe des Abflusses reißen wird.

Ich kralle mich mit aller Kraft tief in die Matratze, während meine gegen den Sog kämpfenden Beine nach Halt zwischen der Ritze des Doppelbettes suchen.

Plötzlich erfüllt weißes Licht, das in einer unsagbaren Geschwindigkeit aus der dunklen, matten, undurchdringbar erscheinenden Blase herausplatzt, den gesamten Raum.

Die Rotation kommt plötzlich zum Stehen, schneller noch, als sie angefangen hat. Der alles in sich reißende Sog hört ebenfalls von einer Sekunde zur anderen auf und die im Raum schwebende Kugel deformiert sich.

Es ist ein wunderbares Bild, denn die Umgebung gleicht nun einem vollkommenen Gemälde aus Milliarden von verflossenen Farben.

Nichts ist mehr an seinem Ort, die Umgebung in der ich mich jetzt befinde erscheint so unwirklich, dass man Angst hat einzuatmen. Es entsteht der Eindruck, alles bestehe lediglich noch aus Farben und mit jedem ausgeführten Atemzug könnte man im Farbenmeer ertrinken.

Lediglich die matte, leere, tot wirkende Masse vor mir durchbricht die Schönheit des Farbenspieles und macht das Gefühl von Geborgenheit zunichte. Immer wieder deformiert sich die unbekannte Masse und nimmt verschiedene Formen an. Mal zu einem Quader, dann wieder zurück in eine Art Kugel, erneut hin zu einem Hexaeder, bis sie sich zu einer flachen Scheibe wandelt und dann ihre Form nicht mehr ändert.

Ein tiefes Brummen ertönt, als die Formgebung abgeschlossen ist und sich vor mir eine flache, in Perfektion gestaltete Fläche ausbreitet.

Die Kanten sind so scharf geschnitten, dass der Hintergrund in Verbindung mit der Fläche in den Augen zu stechen beginnt. Die Zeit um mich herum ist nach wie vor eingefroren.

Je länger ich auf diese aus nichts bestehende Masse blicke, desto träger werden meine Gedanken. Die Sinne werden trübe und ich möchte eigentlich nur noch die Augen schließen und einschlafen.

»Ich werde helfen zu erleben, was vergessen du hast«, donnert es plötzlich und unerwartet durch den Raum. Die Scheibe vor mir verändert ihre Farbe.

Tiefschwarze, tot wirkende Masse wird jetzt blitzartig von wirbelnden Kolorierungen durchspült, aus denen sich langsam Bilder formen.

Anfänglich sind nur Umrisse zu erkennen, doch mit zunehmenden Verwirbelungen werden Bilder und ganze Szenen immer deutlicher.

Die riesige, eben noch leblose Fläche fungiert als eine Art Bildschirm.

Mein ganz privates Kino, denke ich für einen Moment hämisch und werde bei diesem Gedankengang jäh durch die bekannte und jetzt aggressiv wirkende Stimme unterbrochen.

»Schweig.«

»Ich habe gar nichts gesagt«, erwidere ich.

»Sieh an, was ich dir zeige, und versuche, dich zu erinnern. Versuche den Sinn dessen zu finden, weswegen du dich hier befindest.«

Die Stimme lässt die Atmosphäre des Raumes flirren. Verwundert über diese Aussage versuche ich, mich auf die sich vor mir aufbauende Szene zu konzentrieren. Im Inneren fühle ich wieder deutlich diesen Fehler in der Realität.

Ich fühle mich so fehl am Platz, dass sich in meinem Herzen erneut ein Gefühl von Sehnsucht nach der anderen Welt aufbaut, die ich im Hinterkopf als Traum gespeichert habe.

Ein Traum, der einen Teil meiner Seele festhält und ihn nicht wieder freizugeben vermag.

Plötzlich verliere ich die Kontrolle. Der Gleichgewichtssinn schwindet bei den flackernden Bildern, die sich auf der Oberfläche der flachen, im Raum auf Augenhöhe leicht nach links und rechts rotierenden Platte abbilden.

Schnee durchrauscht die stummen Grafiken, während mein Körper ganz leicht wird. Der Raum um mich herum ist bereits verschwommen in einem Meer aus dunklen Farben. Wie Rauch legt sich die Umgebung um mich und das flache, unbekannte Objekt.

Schwerelos schwebe ich in der Luft. Gelenke und Muskeln sind befreit von der Last des menschlichen Körpers.

Das unbekannte Objekt wird immer größer, sodass ich mich wie eine Fliege fühle, die über den enormen und übermächtigen Tierkadaver dahinfliegt

Die dumpfe Vibration in der Luft und die zuckenden Szenen vor mir machen das Gehirn mürbe. Immer mehr verliere ich die Kontrolle.

Ich möchte aufhören zu atmen, denn es fühlt sich an, als würde ich die Umgebung in mich einsaugen. Immer größer werden die unbekannten Bilder vor mir, bis sie mich letztendlich komplett einhüllen und ich spüre, wie ich heftig und unerwartet in die Szene vor mir falle.

Eingetaucht in lebende Bilder öffne ich die Augen und finde mich wieder auf einer ruhig gelegenen Straße.

Es ist Nacht.

Der Mond leuchtet in seiner Pracht und vollen Strahlkraft die schwarz geteerte Straße aus. In langen Kurven schlängelt sie sich zwischen Bäumen, Sträuchern und rötlichen Findlingen aus Sandstein hindurch. Die Luft ist klar und frisch.

Am Horizont, rechts der Straße, sind die Ansätze hoher Berge zu erkennen.

Auf der linken Seite tut sich ein steiler Abhang auf, an dessen Fuß Klippen in einer leichten Brandung eines riesigen Sees enden. Die mit groben Steinen gemaserte und mit teilweisen tiefen Löchern durchsetzte Straße grenzt so gefährlich nah an einen steil abfallenden Hang, dass man zur Sicherheit eine dicke, mannshohe Metallbarriere dazwischen aufgestellt hat.

Ich versuche mich aufzuraffen, denn die Feuchtigkeit des Untergrundes dringt langsam durch die blaue Jeans. Deutlich ist die Kälte des Wassers zu spüren, welches sich gerade aus den jetzt nur noch am Horizont leicht sichtbaren, dunklen Wolken ergossen hat.

Blitze zucken kurz auf und erhellen die Umgebung für Bruchteile von Sekunden in eine leichenblasse Farbe.

Endlich auf die Füße gekommen versuche ich ein paar Schritte zu gehen und gleichzeitig herauszufinden, wo ich gelandet bin.

Die Möglichkeit, einen längeren Eindruck zu erhaschen, wird jäh durch wildes Hufgetrappel durchbrochen. Mit einem hektischen Blick drehe ich mich um und sehe, wie sich mit überhöhter Geschwindigkeit eine Droschke mit zwei Anhängern, gezogen von sechs Pferden nähert und mehr schlecht als recht sich um die Kurve zwischen den Bäumen schlängelt. Daneben eine weitere kleine, geschlossene Kutsche, die von zwei schwarzen Pferden gezogen wird. Der in einen schwarzen Mantel gehüllte Kutscher peitscht die Tiere bis an ihr letztes Limit. Auf dieser kurvenreichen, mit steilen Abhängen durchsetzten Straße versucht der kleinere Karren mit aller Kraft, gegen den großen Koloss anzukämpfen, um den Sieg nach Hause zu holen.

Doch es ist nicht der kleine Wagen, der gewinnen will, sondern der große Brummer versucht, das kleine Gespann zu überholen.

Ich stehe indes einfach nur da.

Bin gelähmt von der Situation und denke nicht mal im Entferntesten daran, mich von der Straße herunterzubewegen.

Immer schneller kommen die beiden Pferdekutschen auf mich zu und die geifernden Tiere, die die unflexible Last hinter sich herziehen, schnauben deutlich hörbar die Luft durch ihre Nüstern. Gerade als der größere der beiden Fuhrwerke meine Höhe erreicht hat, schert er wieder auf die linke Seite der Straße ein und donnert an mir vorüber.

Die mit Eisen beschlagenen Räder quietschen, knarren und seufzen zwischen den Unebenheiten der Straße hin und her.

Es sieht so aus, als hätte mich der Fahrer überhaupt nicht wahrgenommen. Als würde ich für ihn nicht sichtbar sein, denn jeder normale Mensch hätte auf eine Person reagieren müssen, die einfach so plötzlich auf der Mitte einer Straße steht. Beim Einscheren des langen, mit zwei Anhängern versehenen Gespanns passiert es.

Der Anhänger der Droschke, dessen Wagenräder auf Hochglanz poliert sind und das Mondlicht in die Umgebung spiegeln, streift das kleinere Gespann, sodass die Pferde für einige Sekunden blockieren.

Der geschlossene Wagen schleudert aus der Bahn.

Ächzend, schleifend, kreischt das Metall wie ein kleines Kind in die Nacht.

Das heftig einsetzende Krachen der splitternden Wagenteile auf den nassen Granitsteinen scheint die Antwort darauf zu sein.

Der kleine rote angestrichene Wagen, welcher im Zwielicht steingrau erscheint, kommt nach diesem schnellen Kontakt ins Schleudern und dreht sich plötzlich um die eigene Achse. Die starren Metallbeschläge der Holzräder, welche sich mit jedem Meter der Bewegung auf den Granitsteinen mit Funkenflug abreiben, erfüllen die frische Kälte der Luft mit seinem eigenwillig stinkenden Geruch, der verbrannter Farbe ähnelt.

Danach ein weiterer dumpfer Schlag, gefolgt von quitschendem Schleifgeräusch, bei dem Metall über Metall fährt.

Funken schlagen wie ein wildes Feuerwerk in die Dunkelheit und erhellen für Sekunden die Umgebung.

Der schwere Wagen ist in die Brüstung am Straßenrand geprallt, die die Wucht in Verbindung mit der Geschwindigkeit nicht halten kann, nachgibt und den Weg in die dahinterliegende Böschung freimacht. Sträucher rauschen ganz leicht unter der Last des Wagens. Die Geschwindigkeit des kleinen Fahrzeugs abzubremsen, ist nicht einfach und so rutscht die Karosse langsam über die kurze Grasfläche, zwischen kleinen Holunderbüschen hindurch, bis sie mit einem lauten Knall, der mich zusammenzucken lässt, am nächsten Baum endgültigen Halt findet.

Die Zugtiere konnten sich losreißen, haben dabei jedoch keine Rücksicht genommen, dass der Kutscher sich unglücklich verhedderte.

Noch in der Geschwindigkeit gefangen folgen sie dem großen Gespann, welches indes weiter mit unveränderter Geschwindigkeit die Straße entlangrast und sich langsam von der Unglücksstelle entfernt. Geradeso, als ob nichts geschehen wäre.

Ich betrachte den geschlossenen Kutschenwagen ein wenig näher, der nun bei genauerer Betrachtung mehr einem Reisewagen ähnelt.

Immer leiser das Geräusch der schaubenden Pferde, der schlagenden Hufe und der rollenden metallischen Räder über den Steinboden namens Straße.

Der Lichtkegel der Lampen, die rings um das Gespann verteilt waren und die komplette Straße erhellten, ist noch am Horizont zwischen den Bäumen zu erkennen.

Der Lichtkegel strahlt in den Nachthimmel, wird von Mal zu Mal kleiner, bis er letztendlich nicht mehr zu sehen ist.

Ich wende meinen Blick wieder dem zwischen Unterholz gestrandeten Reisewagen zu. Feuchtigkeit aus dem Buschwerk, welche die heißgelaufenen Räder benetzt, verdampft sofort als kleine Wolke in die sternenklare Nacht.

Ich stehe noch immer am gleichen Platz, mit weit aufgerissenem Mund und einem Herz, das bis zum Hals schlägt. Schnell versuchen die Gedanken, sich zu beruhigen und die Stimmung für ein Grundgefühl wieder einzufangen.

Was ist passiert?

Noch immer aufgewühlt versuche ich, mich innerlich etwas abzukühlen. Ein kurzer Blick nach links, den plötzlich brechenden Hang entlang, der durchzogen mit riesigen Steinen in tödliche Tiefen abfällt. Dann nach rechts, wo sich das Auge in einen tiefschwarzen Wald zu verlieren scheint. Das Dunkel nimmt kein Ende.

Um mich herum schweigt alles. Einzig und allein das leise Knistern der Blätter im Windhauch der Nacht durchbricht die Stille. Auf seltsame Weise wirkt dies beruhigend auf mich, obgleich die Nacht und der dunkle, unendlich wirkende Wald furchteinflößend erscheinen.

Wieder gefasst setze ich mich zu dem der Kabine aus Holz und Metall in Bewegung. Genau in diesem Moment schießt ein einziger Gedanke durch den Kopf:

»Hoffentlich ist nichts passiert.«

Immer wieder und wieder spreche ich diese Worte im Kopf und flüstere sie letztendlich leise vor mich hin.

Zuerst sind die Schritte zögerlich, doch dann werden sie schneller, bis sie in einen leichten Laufschritt übergehen.

Das Rutschen des Wagens in die Böschung hat tiefe Spuren im grünen Teilstück hinterlassen, welches sich gleich hinter der Absperrung zur Straßenführung anschließt. Es riecht nach Öl, das wohl beim Aufprall freigesetzt worden ist. Wenn man tiefer einatmet, kann man auf den Nasenschleimhäuten den beißenden Geruch von irgendwelchen Chemikalien spüren, die genauso gefährlich sind wie das auslaufende Petrolium der Laternen, rings um den Karren. Ich versuche, schnell zu handeln, denn ich habe Angst, dass sich etwas entzünden könnte.

Am Wagen angekommen beginne ich die Schlammspritzer von der Scheibe der Tür zu putzen, um so einen Blick in das Innere erhaschen zu können.

»Ist jemand dort drin?«, rufe ich durch die Scheibe, wische dabei immer mehr Schlamm von der Oberfläche, bis mir das darunterliegende Glas quietschend entgegenschreit.

»Vielleicht lebt noch jemand«, durchtreiben mich immer wieder diese hektischen Gedanken.

Ich kann nicht aufhören zu reiben, sodass die eben befreite Scheibe sofort wieder verschmiert. Der Innenraum ist dunkel und das wenige Licht der Umgebung tut ihr Übriges, den Inhalt vor dem neugierigen Blick zu verbergen. Immer hektischer schaue ich mich an allen Seiten der Kutsche um.

Alle Scheiben sind noch an ihren vorgesehenen Plätzen, auch wenn sich ein dicker Ast durch die schmale Sichtscheibe, auf Höhe des Kutschers, an der Front gebohrt und deren Transparenz durch unzählige Splitter vernichtet hat.

Das Mondlicht lässt gerade so viel Licht zu, dass die Umrisse am Ende des Wagens zu erkennen sind. Nur wenn man sich dem Objekt bis auf wenige Zentimeter nähert, kann man mehr erkennen. Meine Finger tasten sich langsam an der Außenseite der Tür entlang und suchen dabei nach etwas, was der Form eines Türöffners entsprechen könnte.

Endlich.

Erleichterung durchfährt mich, als ich die Einbuchtung an den Fingerspitzen fühlen kann.

Zeitgleich fahre ich erschrocken zusammen, als eine wohltuende, warme Feuchtigkeit langsam die dicken Schuhe durchzieht.

Zuerst denke ich, dass sich Regenwasser im sumpfigen Bodenstück gesammelt hat. Schnell dringt es über die abgewetzten und überalterten Sohlen und die darin bereits seit Monaten befindlichen Löcher ein. Bei der Konzentration auf die Ursache zucke ich erneut kurz zusammen, denn plötzlich ist deutlich zu spüren, wie etwas unterhalb meines Schienbeines hinunterzulaufen beginnt.

Es fühlt sich an wie die Haut einer Schlange, die sich mit ihrer gewagten Geschmeidigkeit langsam über die Oberfläche schlängelt. Ich löse mich von der Einkerbung des Türöffners, um mich zu vergewissern, was es ist.

Das Mondlicht ist zu schwach, um von oben herab etwas erkennen zu können. Der Boden ist dunkel, Sträucher werfen lediglich Schatten in die Nacht und Steine ebnen sich zu einer glatten Oberfläche zwischen den dicken Baumstämmen. Der Geruch von Moos und Pilzen dringt in die Nase und übertüncht dabei kurzzeitig den Gestank nach Petrolium, Schmiere und aufgebrauchtem Öl.

Ich trete einen Schritt zurück, um mich dann nach vorne beugen zu können. Mit dem linken Mittel- und Zeigefinger streiche ich langsam über die feuchte Stelle und bewege sie in die Nähe meiner Augen, um besser sehen zu können.

Blut.

Erschrocken weiche ich einen weiteren Schritt zurück, während das Herz bei diesem einen einfachen Wort zu rasen beginnt:

Blut.

Die helle rote Farbe leuchtet im Antlitz des Mondscheins.

Ich reibe die Flüssigkeit zwischen Zeige- und Mittelfinger. Kaum ist etwas zu spüren, so dünn ist das Blut, welches die Erde durchtränkt.

Augenblicklich überkommt mich dieser Ekel, der sich langsam aus der Magengegend nach oben in den Hals schiebt.

Adrenalin pumpt durch die Adern, sodass mir kurz der Verstand geraubt wird und ich im Grunde nicht mehr in der Lage bin, einen klaren Gedanken zu fassen. Mit hektischen Bewegungen schmiere ich meine Finger an der Hose entlang, um das Blut loszuwerden.

»Geh weg!«, schreie ich in die tiefdunkle Nacht, denn ich fühle diesen abscheulichen Ekel, der durch den Rachenraum wie schlechtes Mittagessen in die Nasenflügel drängt.

Mein Blick wandert hin und her und sucht dabei verzweifelt nach einem Ausweg. Ein Schlupfloch aus einer verzweifelten Situation, die nur die Flucht nach vorne zulässt.

»Reiß dich jetzt zusammen«, sage ich zu mir und versuche, mich wieder zu fangen.

Der Morast unter den Füßen ist weich wie Kuchen und jeder Schritt lässt mich tiefer in dieser undefinierten Masse verschwinden. Mit mühseligen Bewegungen erneut an die Wagentür vorgetastet suchen meine geschwollenen Finger wieder nach der Einkerbung auf der Fläche des Metalls.

Ein erleichtertes »Ja« bricht hervor und mit einem metallischen Klacken öffnet sich die Tür. Ich schiebe Äste zur Seite, die sich beim Einfressen des Gefährtes in das Dickicht in jede neu geschlagene Ritze und Kerbe gepresst haben.

Mit aller Gewalt ziehe ich am Griff, bis das verbogene Metall in hohen Tönen in die Nacht hinein zu bellen beginnt.

Nachdem die steife Karosserie einen Spalt in das Innere freigegeben hat, greife ich zwischen diese Öffnung und reiße unter ohrenbetäubendem Quietschen die Tür weiter auf, sodass auch das letzte

Geheimnis des Inhaltes nicht mehr verborgen werden kann. Mein Atem kommt erneut ins Stocken.

Der Innenraum des Fiakers ist leer und mit Blut bespritzt. Die gelblichen Sitzpolster sind fast nicht mehr zu erkennen. Blut befindet sich überall. Kleine Muster haben sich in die Polster geätzt.

Mit etwas Fantasie kann man Bilder in den Flecken aus dunkelroter Masse erkennen. Auf dem Boden im Fußraum hat sich zwischen den Ablagekästen eine dunkelrote Lache aus Blut ausgebreitet. Auf dessen Oberfläche, die undurchdringbar erscheint, spiegeln sich Mond und Sterne des Firmamentes wider.

Genau das hatte ich erwartet.

Die Situation war allerdings nicht der Grund, warum mir für einen kurzen Moment die Luft wie ein Frosch im Hals stecken blieb.

Ein Instinkt aus Angst erfüllt mich, obgleich ich die Antwort auf diese beklemmende Situation bereits in meine Reaktion eingerechnet habe.

Mein Gefühl offenbart sich in der verzweifelten Erwartungshaltung, einen in Not leidenden Menschen vorzufinden, der jede verbleibende Sekunde seines erbärmlichen Lebens auf Rettung wartet.

Genau das war die ursprüngliche Erwartungshaltung. Und genau das war es, was nicht dem entsprach, worauf sich meine innersten Vermutungen eingestellt hatten.

Die Befürchtung, eine Situation vorzufinden, deren verbleibender Eindruck nur ein Funke meiner eigenen Hoffnung darstellt.

Der Innenraum ist in Blut getränkt, doch die Hoffnung wurde schwer enttäuscht.

Die Droschke ist leer.

»Wir werden niemals das bekommen, was wir in unseren Träumen erwarten«, hallt plötzlich wieder die Stimme aus der Dunkelheit.

Ich fühle mich, als werde ich zu einer Reaktion gezwungen, obgleich ich aus meinem Herzen heraus nicht reagieren möchte.

Die Stimme, die in ihrer Tonlage bestimmend, aber doch letztendlich nichtssagend ist, beeinflusst mich in meinem Tun und in meiner Reaktion.

Ich bin gefesselt und wie aus Reflex antworte ich:

»Aber wenn ich nicht das bekomme, was ich in meiner Vorstellung erhoffe, wozu existiere ich dann? Ist es nicht unser Antrieb, unser Motor des Lebens, nach dem zu streben, was wir uns erträumen?«, erwidere ich etwas erzürnt und noch immer mit stark schlagendem Herzen unter Schock stehend.

»Das ist die Existenz der jungen Seele. Einer Seele, die noch nicht die Jahre der Verzweiflung erlebt hat. Die Seele, die zu jung wiedererwacht ist, um bereits zu erkennen, was die wahren Ziele sind.«

Sprunghaft kehrt nach diesen Worten absolute Stille ein. Grillen und anderes Gewürm um mich herum versagen ihr Geschrei. Es scheint, als würde sich sogar der Wind unter der Macht der Worte des Unbekannten beugen.

Nachdem tödliche Stille im Universum eingekehrt zu sein scheint, schallt es wieder aus allen Himmelsrichtungen, wobei der Tonfall diesmal mehr beschwichtigend zu sein scheint als provokativ und fordernd:

»Die Seele ist das Individuum, welches der Zeit trotzen kann. Doch ist es das Ziel, sich als Ganzes zu erkennen und einzugehen in das Band, welches jenseits von Zeit und Raum existiert. Denn Zeit ist nur ein Wort eurer linear begrenzten Rasse.«

Ich wende mich ab von dem Wagen und drehe mich auf der Stelle. Unter den Füßen ergibt sich der Schlick aus Blut und Regen.

Dem Mond zugewendet schreie ich ihm entgegen:

»Das verstehe ich alles. Aber was hat das mit mir zu tun? Wieso bin ich hier und wo bin ich?«

Die Stimme zögert nicht lange mit der Antwort:

»Bevor alles Irdische sich dem Ende neigt, gibt es zwei Wege der Entscheidung.

Einmal den Weg der Erkenntnis, des Wagnisses und der Weiterentwicklung und als weiteren Weg die Verdammnis, den Untergang und die Vernichtung. Entgegen deinen Lehren hat die Seele die Möglichkeit, sich zu entscheiden. Ihr nennt es auch das Individuum, dieses hat alle Macht über sich selbst. Du bist hier, um deine Seele vor die Wahl zu stellen.

Du kannst entscheiden, ob sie den ersten oder den letzten Weg gehen darf.«»Natürlich den ersten Weg«, aufgeregt stampfe ich im Morast herum.

Wie ein kleines Kind vor der Bescherung trotte ich umher. Zwischen den Fingern zur Faust geballt die feste Erwartungshaltung, endlich das zu bekommen, was es sich schon so lange gewünscht hat.

Plötzlich erschallt hämisches und lautstarkes Lachen aus allen Richtungen. Es ist so ohrenbetäubend, dass es mich in die Knie zwingt.

Das Lachen verstummt plötzlich wieder und die Stimme sagt: »Nun, wenn es so einfach wäre, würdest du jetzt nicht hier sein.«

Nach diesen Worten verhallt die Stimme und der eben noch sternenklare Himmel wird eingehüllt von tiefschwarzen Wolken, die sich langsam an einem Punkt zu zentrieren beginnen.

Ich beobachte das Schauspiel, während sich aus der schwarzen Wolkenmasse über mir ein kleiner Wirbel zu bilden scheint, der zugespitzt auf meinen Standort zeigt.

Immer größer wird der Wirbel, während sich die anfangs langsam zusammenlaufenden Wolkenmassen immer stärker ineinander verquirlen, sodass eine Art Orkan zu entstehen scheint. Was mich im ersten Moment noch nicht beunruhigt hat, steigt nun doch langsam als Panik in mir auf.

Die immer größer werdende Wolkenmasse scheint sich plötzlich und unerwartet in meine Richtung zu bewegen.

Was harmlos begann, ist nun innerhalb weniger Sekunden zu einem wütenden Sturm angewachsen, der so stark an Stärke zugenommen hat, dass bereits an meinem Ort, der meilenweit vom Berührungspunkt entfernt ist, die vernichtenden Schreie unschuldiger Lebewesen zu hören sind.

Jeder normale Mensch würde jetzt wegzulaufen beginnen. Weit weg von der Gefahrenquelle, doch meine Beine wirken wie versteinert.

Der Morast, in dem ich versunken bin, ist fest wie Beton geworden. Das Blut hat sich wie Ranken um Beine und Füße gewunden und verhindert so jedes Entkommen.

Unaufhaltsam bewegt sich die wütende Wolkenmasse auf mich zu und ich scheine nichts dagegen unternehmen zu können.

Je näher sie auf mich zukommt, desto deutlicher sind die Klänge der Stimme zu vernehmen, die eben noch persönlich zu mir gesprochen hat.

Ich versuche mich darauf zu konzentrieren, um so vielleicht Bruchstücke zu erhaschen, die mir Aufschluss über diese gesamte Situation liefern können.

Doch in letzter Konsequenz ist diese Mühe vergebens, denn jeglicher Text wird überlagert durch den pfeifenden und kreischenden Wind, der die Masse aus Dunkelheit immer wieder aufs Neue anheizt, Position und Aussehen zu verändern.

Verzweiflung treibt mir das Schaudern ausgehend von den Hüften über den Rücken bis weit in die Schultern. Am liebsten möchte ich zusammenbrechen und auf meine Knie fallen, doch das ist mittlerweile überhaupt nicht mehr möglich.

Ohne es zu bemerken, bin ich immer tiefer in das schwammig gewordene Erdreich unter mir versunken. Wie Treibsand verschlingt der Morast langsam Zentimeter für Zentimeter meines Körpers.

Hektisch schweifen meine Blicke nach allen Seiten, ohne auch nur einen Millimeter um mich herum noch bewusst wahrzunehmen.

Ich fühle mich wie ein Getriebener.

Das Pferd, das zur Schlachtbank geführt wird und unbewusst das Ende auf sich zukommen sieht, tritt um sich und versucht aus dem unbezwingbar wirkenden Gang zu entkommen.

Treten kann ich schon längst nicht mehr.

Der Schlamm aus Blut und Erde, der meine Beine umschlingt, schnürt mich wie eine Geisel an den Boden.

»Aus Erde geschaffen, zu Erde geworden«, schrillt es aus der tosenden Wolke aus Hass und Gewalt.

Während ich krampfhaft nach Luft ringe, fällt mir auf, wie sich das Gras in pulsierende Adern verwandelt und sich dabei am Boden wie kleine Schlangen Ringel aus unentwirrbaren Tauen bilden.

Für einen kurzen Augenblick vergesse ich die Schreie und die tosende Urgewalt, die sich noch immer unaufhaltsam auf mich zu bewegen.

Immer hektischer werden meine Bewegungen, denn ich sinke schneller und schneller in den Morast ein. Die pulsierenden Adern ranken sich wie wildes Gewächs um meine Knie, die mittlerweile kurz vor dem Einsinken stehen.

»Eine Reise, eine Reise«, ist jetzt aus den klirrenden Schreien herauszuhören, doch ich bin in diesem Moment nur noch mit mir beschäftigt.

Die Worte blenden sich automatisch aus. Nur wenige Atemzüge vergehen und ich bin bereits bis zu den Oberschenkeln versunken. Jeder Versuch, der mich dagegen ankämpfen lässt, zieht mich mehr in diese unbestimmbare warme Masse aus Blut und Erde hinein.

Ich ringe nach Luft, denn die Beklemmnis der Situation verhindert das Atmen.

Wie Würmer kommen diese gefäßartigen Ganglien an mich herangekrochen und schlingen sich zu Tausenden um meinen Körper.

Bei dem Versuch, sich mit beiden Händen aus dem Morast zu stemmen, kann ich schnell erkennen, dass dies ein eindeutiger Fehler ist. Die Berührung meiner Hände mit dem Erdreich wird abrupt unterbrochen. Sofort werde ich von diesen Bestien aus lebendig gewordenen Schlangen umschlungen.

Ich kann ihre feuchte und doch kalte Oberfläche auf meiner Haut spüren und merke, dass es Lebewesen sind.

»Eine Reise. Wir gehen auf eine Reise«, klingt es immer und immer wieder in meinen Ohren, während ich nach dem letzten bisschen Luft schnappe.

Mit aller Gewalt zwingen mich diese Schlangenformen auf den Boden.

Mein Herz rast und mir kommt es vor, als wollten diese Schlingen des Todes jegliches verbleibende Blut in meinen Kopf pumpen.

Angst habe ich schon lange keine mehr, denn es ist ein rein intuitiver Kampf ums Überleben geworden. Ein Kampf um ein Leben, das eigentlich schon jetzt der Übermacht hilflos geopfert wird.

Wie Wimpernschläge vergehen die nächsten Sekunden. Alles geht schlagartig, so schnell, dass man es kaum mit Sekunden abtun kann. Mit einem jähen Ruck werde ich tiefer in die Erde gezogen, sodass der komplette Oberkörper vergraben ist.

Der blitzartige Zug ist so stark, dass man einen dumpfen Schlag hätte hören können, wenn nicht dieses gellende Geräusch aus variierenden Stimmen noch immer die Nacht erhellen würde.

Ein starker Schmerz zieht durch den Bauchbereich und macht mir klar, dass Knochen unter dem immer stärker werdenden Druck geborsten sind.

Dies war dann auch das dumpfe Geräusch, welches mit tiefen Vibrationen durch das Fleisch gedrungen ist.

»Eine Reise«, schallt es erneut, wie bei einer Schallplatte, die einen Sprung hat.

Es ist das Letzte, was ich wahrnehme, bevor ich komplett in den Schlick eintauche.

Morast, der kalt durch alle Ritzen der Kleidung eindringt und sich langsam über die Haut wie ein Film aus Seide ausbreitet.

Schlick, der einem langsam die Luft zum Atmen nimmt, durch seine Dichte gegen den Körper presst und so jegliches Atembewegung einfrieren lässt.

Ein weiteres dumpfes Hämmern lässt meinen Körper erneut beben und vibrieren.

Ein weiterer dumpfer Schlag und ich verliere komplett das Bewusstsein.

Lautlosigkeit.

Stille.

Dunkelheit.

Die Gedanken werden dazu gezwungen, sich dem Nichts zu ergeben, obgleich ich das Gefühl habe, bei vollem Bewusstsein zu sein.

Ein Bewusstsein ohne Körper.

Ohne Mantel.

Es schmeckt metallisch.

»Blut soll metallisch schmecken«, denke ich bei mir.

Schon komisch.

Im Moment, in dem mein Körper zu sterben beginnt, denke ich darüber nach, wie der Geschmack der todbringenden Masse ist, in der ich gerade versinke. Für einen Augenblick hatte ich das Bewusstsein verloren, war jedoch nie wirklich abwesend.

Mein Körper versucht sich noch immer zu wehren, doch die Schlangen haben sich so stark um ihn herumgewunden, dass nicht mal eine kleine Bewegung möglich ist. Der Kampf um ein klein wenig Luft ist ein verwegener Kampf ohne Aussicht auf Erfolg.

Der Leib versucht aus Reflex heraus zu atmen, doch der unbeschwerte Sog frischer Luft wird schon beim ersten Zug durch Brocken aus Schlick abgewürgt. Nur der Kopf verschlingt sich dabei in Panik, denn das Hirn erwartet diesen leichten Zug.

Mit schnellen pumpenden Attacken, vergleichbar einem Würgereiz, erliegt der Körper der Versuchung, denn immer tiefer in mir kann ich den Schlamm spüren, der sich wie geriebenes Brennholz anfühlt. Letztendlich ergibt sich alles in Stille.

Absolute Ruhe kehrt ein, als ich mich dem Kampf ergebe. Mir kommt es vor, als würde ich einschlafen, aber doch scheine ich weiter wach zu sein.

Für einen kurzen Zeitpunkt ist es, als ob ich die Augen öffne.

Ich finde mich wieder auf einem Boot aus rustikalem und verwittertem Eichenholz. Um mich herum ein riesiger See, der am Ende ganz sanft in Wolken eingehüllt wird.

Das Hirn, der Geist hat die Kontrolle über den Körper verloren, aber das Bewusstsein über sich selbst ist nach wie vor vorhanden. Ich versuche, mich zu konzentrieren, und sehe wieder diesen unendlich groß wirkenden See.

Absolute Stille umgibt mich.

Lediglich das Wasser plätschert sanft, klar und glatt wie ein Spiegel.

Darin das Boot.

Ich atme durch, schließe die Augen und öffne sie wieder. Der See ist verschwunden und ich befinde mich nun in einem riesigen weißen Raum.

Zur Rechten eine Tür.

Die übrigen Wände sind fensterlos.

Alles ist perfekt ausgeleuchtet, sodass man die Orientierung verliert, da man keine Kanten wahrnehmen kann. Es wirkt, als würde man in einem unendlichen, weißen Universum schweben, obgleich ich den harten, steinigen und kalten Boden unter meinem Körper spüren kann. Verwirrt und ganz langsam taste ich mich kriechend in dem unbekannten Territorium voran. Die Tür schwebt irgendwo vor mir und ich versuche, mich ganz langsam auf sie zuzubewegen.

Angekommen hangele ich mich an ihr auf die Beine. In der Mitte ist eine dunkle, trübe Glasscheibe eingearbeitet, durch die ich einen Blick zu erhaschen versuche. Genau in dem Moment des Blickes durch die Scheibe verliere ich das Gleichgewicht und stürze in einen Strudel aus fallendem Wasser, welches in einem tiefschwarzen Loch in der Mitte dieses Raumes verschwindet.

Zu schreien habe ich verlernt.

Meine Lippen pressen sich zusammen, während die Hände aus Reflex zu einer Faust geballt sind. Kampfbereit und doch ergeben in die Dinge, die als nächstes kommen mögen.

Stumm lasse ich den Körper in die Tiefe fallen, um der Sache ein Ende zu bereiten. Während der Wind um jedes Körperteil peitscht, schließe ich die Augen und ergebe mich dem Schicksal, welches am Ende dieses Falles zerschmetternd auf mich wartet.

Doch kurz nachdem ich die Augen geschlossen habe, hört das Reißen und Zerren des Windes auf. Es kehrt unendliche Stille ein und ich verliere erneut für einen Augenblick die Kontrolle über mich selbst. Ich öffne die Augen und erblicke nichts.

Absolute Leere.

Absolute Stille.

Ist dies der Tod?

Mein Herz rast.

»Jason, Jason«, höre ich eine Stimme in weiter Entfernung hallen. Ich öffne die Augen und erschrecke, denn nun befinde ich mich wieder in diesem Raum aus Feuer. In der Mitte das Bett, welches mittlerweile vollkommen durch ein Flammenmeer eingehüllt ist. Regungslos liege ich auf ihm. Der Schock sitzt tief in den Knochen.

Eben noch an diesem unbekannten Ort, an dem jede Zelle des Organismus verschlungen wurde. Anschließend gefallen durch unendliche Tiefen und erneut erwacht in diesem Ort aus Gift und tödlicher Hitze.

»Jason«, hallt erneut diese unbekannte und klare Stimme durch den Raum.

Nach diesen Worten ist eine starke Hand an meinem rechten Oberarm zu spüren, während Flammen bereits auf meine blonden, langgelockten Haare überschlagen und der versengte Geruch in die Nase eindringt.

Das Ziehen wird stärker und ein plötzlicher Ruck lässt mich das Gleichgewicht verlieren.

Das helle Flammenmeer versiegt und der getrübte Blick wird langsam klarer.

Der ganze Raum um mich herum verdunkelt sich und der eben noch vorhandene Schlafanzug verschwindet vom Körper, während sich das saubere Laken des Bettes in eine graue, schmutzige Decke wandelt. Ich zittere vor Angst und angesichts des Erlebten, welches wiederholt das Ende meines Daseins offenbart hat.

Hektisches Atmen und das Ringen nach etwas Sauerstoff lässt mich noch immer nicht wirklich erfassen, was gerade passiert.

Was ist richtig und was ist falsch?

Verwirrt schweift mein Blick durch den dunklen, in schmutzige Farben getränkten Raum.

Ein Blick auf die rechte Seite des Bettes, dem folgend, was noch immer meinen Oberarm umklammert.

Ich zucke erneut zusammen.

Panik erfüllt mich, denn ich zweifle noch immer an der Wirklichkeit dieser Umgebung. Vielleicht bin ich immer noch gefangen in diesem Meer aus Flammen, vielleicht bin ich aber auch tief versunken in dem Morast aus unwirklichen Schlangen.

Ich versuche, mich aus dem harten Griff um meinen Arm loszureißen und rutsche wie ein ängstliches Kind in die äußerste Ecke des Bettes.

»Hey, Jason«, sagt die Stimme sanft, aber doch bestimmt.

»Beruhige dich. Du hattest nur wieder diesen Traum«, redet sie weiter, während ich noch immer verwirrt und schweigend umherschaue.

Ich versuche mich zu beruhigen und den trüben Blick zu schärfen, doch es ist zu dunkel, um zu erkennen, wer da ein meiner Seite liegt.

Die Fensterscheiben sind in tiefes, dunkles Grau gehüllt, daher ist die Gestalt nur schemenhaft zu erkennen, denn es scheint mitten in der Nacht zu sein.

Die Worte klingen vertraut.

Ich werde ruhiger und richte mich auf.

»Ich bin ruhig«, erwidere ich drängend.

Der Körper ist durchnässt mit Schweiß.

Dem Kampf des Traumes, dem Kampf des Überlebens erlegen.

Die unbekannte Gestalt kommt näher gerutscht und greift wieder nach mir. Ich kauere noch immer zitternd in der Ecke.

Als ich bemerke, dass ich splitternackt bin, ziehe ich einen Teil der schmutzigen, grauen und haarigen Decke an mich und versuche, so viel wie möglich von meinem Körper zu bedecken. Sie kratzt auf der Haut.

Erneut zur Seite blickend strecke ich die linke Hand dem Arm entgegen, dessen Finger wieder kräftig um den Oberarm ranken. Langsam lasse ich die Fingerspitzen über die Handwurzeln gleiten und schließe dabei die Augen.

Wie elektrische Funken durchschlagen mich fremde Gedanken bei der ersten eigenständigen und gewollten Berührung.

Zusammenzuckend weiche ich zurück, während eine weiche Stimme sagt: »Fürchte dich nicht. Ich bin ein Freund. Dein treuer Wegbegleiter, seit dem Tag des Beginnens.«

Erneut schrecke ich zusammen und weiche mit dem ganzen Körper zur Seite. Geschwächt durch das Erlebte und mit fast lautloser Stimme sage ich: »Ich verstehe nicht. Wieso kann ich mich nicht erinnern?«

»Beruhige dich«, erwidert die Stimme und umschließt dabei meinen Körper mit beiden Armen. Sanft drückt er mich nach unten, dicht an seinen Körper.

Ein warmes Gefühl durchströmt die Magengegend, obgleich ich mich wehren möchte, weil es der Überzeugung nach falsch erscheint, dass ich hier zusammen mit einem anderen Mann nackt im Bett liege.

Leise flüstert er: »Du warst weit weg. Außerhalb von Heleria.«

Ich blicke nach oben und versuche sein Gesicht zu erblicken. Eventuell hilft es mir, mich zu erinnern.

Doch außer Dunkelheit und Umrissen kann man nichts sehen.

»Die Nacht ist zu dunkel. Die Seelen der Dunkelheit sind unterwegs.«

Erneut schweigt er, während mein Herz vor Aufregung rast. Es scheint alles so vertraut zu sein, aber doch ist es neu.

»Jedes Mal, wenn das passiert, verlierst du die Erinnerung an die Vergangenheit.« Stille erfüllt den Raum bis er weiter redet:

»Immer, wenn du außerhalb von Heleria bist, verlierst du dein Leben in der Erinnerung hier und musst von Neuem beginnen.«

Er schweigt für einige Sekunden, drückt mich erneut fest an sich und redet weiter: »Doch Schlaf ist essenziell und so oft du es auch versuchst, ohne ihn auszukommen, holt er dich doch nach kurzer Zeit ein und vernichtet das, wofür du gelebt hast.«

Ich bemerke, wie seine Stimme bei diesen Worten zittert.

Langsam gleite ich mit den Fingerspitzen über seine feingliedrigen langen Finger. Dabei spüre ich seine Trauer tief in seinem Herzen. Wie Energie schlägt sie im gleichen Moment auf mich über.

Still senke ich den Kopf auf seine schmale Brust.

Erleichtert atme ich aus, obgleich keinerlei Entlastung in meinem Herzen zu spüren ist. Zu schwer scheint die Last zu sein, die seit Jahren in mir herumgetragen wird. Genau jetzt in diesem Atemzug kann ich die Last brennen fühlen.

Bewusstsein habe ich jedoch nicht darüber.

Das Wissen über die Sorgen ist plötzlich verflogen. Verschlungen von der tiefschwarzen Nacht da draußen.

»Du brauchst keine Angst zu haben, Jason. Ich bin dein Freund und stehe stets zu dir.« Diese Worte schneiden für einen kurzen Augenblick das geborgene Gefühl entzwei. Aber dem Grunde nach weiß ich gar nicht, weswegen mich diese Worte treffen. »Schlaf jetzt. Wir müssen früh aufbrechen. Ich kann schon die Reiter spüren.«

»Welche Reiter?«, erwidere ich.

Ein leichtes und beschwichtigendes Zischen dringt aus seinem Mund, während seine rechte Hand zart durch meine Haare streicht. Wie ein Kind versucht er mich damit zu beschwichtigen und drückt mich dabei noch fester an sich.

Es ist ein angenehmes Gefühl, während langsam sein wohltuender Geruch in meine Nase steigt. Beruhigt möchte ich die Augen schließen und gerade als ich dabei bin, schrecke ich hoch: »Was, wenn die Träume wiederkommen?«

Die Luft bleibt für einige Sekunden weg.

»Was, wenn ich wieder an diesem Ort verschwinde und womöglich nie wieder zurückkehre?«

Seine Hände drücken mich zurück in seine Arme und mit leiser Stimme sagt er: »Mach dir keine Sorgen. Der Übergang ist für heute verschlossen.

Argamon hat bereits seinen Zenit überschritten und außerdem werde ich über dich wachen.«

Mit innerlicher Erleichterung schmiege ich mich wieder an seine Brust, während er mit seiner Hand eine Bewegung in der Luft vollzieht, die mir vertraut zu sein scheint. Beschwingt und kreisrund schnippen die Finger durch den Raum.

Die Gestik wird so lange wiederholt, bis schlagartig ein Licht zwischen seinen Fingern aufglimmt, welches sich hell leuchtend, wie feiner Staub um unsere beiden Körper legt.

Ganz leicht luminesziert es in der faden Dunkelheit.

Wie eine Decke hat sich das Licht um uns herum ausgebreitet. Fein wie Elfenstaub schweben kleine leuchtende Partikel schwerelos in der Luft, packen mit zahmer Gewalt meine entkräfteten Glieder und erfüllen gleichzeitig meinen Geist mit einem wohltuenden, warmen Gefühl der Geborgenheit.

Es fühlt sich an, als würde jede Zelle in ein erfrischendes Bad getaucht.

Ohne zu denken, schließe ich die Augen und versinke in den Armen eines unbekannten, bekannten Menschen.

Reise durch den Spiegel

Eine Reise währt so lange,
bis der Reisende zu erkennen beginnt,
dass die Reise lediglich das Ende eines Zieles darstellt,
welches der Scheideweg von vielen noch folgenden Reisen ist.

[Das Buch der Makar, Kapitel über Reisen]

Das Individuum selbst ist gefangen in einem Raum, der sich ausschließlich um es selbst bewegt. Die Wände können nach eigenem Ermessen gestaltet, koloriert oder gar umgebaut werden.

Alle Individuen müssen zwangsläufig, um untereinander Kontakt aufzunehmen, in diesen geschützten Raum eintreten.

Somit betritt jedes Lebewesen die Bühne desjenigen, der die für es gestellten Rahmenbedingungen gesetzt hat.

Das Absurde dabei ist, dass dies für den Eintretenden ebenfalls Gültigkeit hat.

Dieses zentrale Denken überzeugt das eigene Bewusstsein davon, dass wir die Dinge um uns herum beeinflussen können.

Letztendlich wird aber das Wesen eines Tages erkennen müssen, dass es nur ein kleines Zahnrad im Getriebe eines unendlich wirkenden Universums ist.

Die unterschiedlichen Räume treffen aufeinander und die daraus entstehenden Schattierungen führen zu Konflikten untereinander.

Denn jedes Wesen denkt für sich, dass es den zentralen Raum der Macht gestaltete.

Während die Augen geschlossen sind, kann ich in der Nase wieder den Geruch des Menschen wahrnehmen, den ich zu kennen scheine, mit dem ich jedoch keine einzige Erinnerung verbinden kann. Für den Augenblick fühle ich mich geborgen. Wie ein Kind in den Armen der Mutter, während der Kopf auf den weichen und warmen Brüsten ruht.

Ich versuche, meine Gedanken in der Zeit zurückzuführen, erreiche jedoch nur den Punkt dieses holzberstenden Feuers. Die Glut brennt auf der Haut und versenkt die kleinen blonden Härchen bei dieser einfachen geistigen Arbeit.

Ich schwebe durch das Haus und versuche, jeden einzelnen Raum zu erkunden, der von mir oder einer anderen, mir nahestehenden Person gestaltet wurde. Bilder von Ländereien hängen an der Wand. Unbekannte Gegenden, die in der Hitze sofort zu einer dunklen Masse vergilben.

Mein geistiges Auge schwebt vorbei an einem eingedeckten Tisch, einer aus Holz geschlagenen Schrankwand und einem Ledersofa, dessen Sitzfläche mit einer tiefen Mulde durchbrochen ist.

Immer weiter ziehe ich an bekannten Objekten des niederbrennenden Hauses vorbei, bis ich auf einmal an einem Spiegel ausharre, der großflächig mit seinem geriffelten Rahmen an der Wand hängt. Unbeschädigt trotzt er mit seiner goldenen Lackierung und den feinen, ästhetischen Schnitzereien der alles vernichtenden Glut, die sich durch jedes Stockwerk des Hauses frisst.

Mein Blick hinein offenbart im ersten Schritt nichts außer dem Raum hinter mir. Als wäre ich gar nicht vorhanden oder unsichtbar.

Ganz vorsichtig möchte ich mit den Fingern nach der Oberfläche greifen. Doch irgendetwas scheint mich zurückzuhalten.

Als meine Fingerspitzen die Oberfläche endlich berühren, fühlt es sich an wie Wasser. Wellen durchziehen den ganzen Spiegel, die klein im Zentrum meiner Finger beginnen und nach außen immer größer werden.

Plötzlich verspüre ich einen saugenden Windzug, der mir die Luft zum Atmen raubt.

Ich zucke zusammen.

Auf der Oberfläche des Spiegels zeigen sich unbekannte Bilder, die meinem Herzschlag nach vertraut zu sein scheinen.

Unbekannte Gesichter werden zwischen den Rahmen gemalt. Menschen, denen ich schon einmal in meinem Leben begegnet sein muss, die ich jedoch keiner Begebenheit aus meinen Gedanken zuordnen kann.

Erneut saugt ein Windzug die Luft um mich herum an. Wieder stockt mir der Atem. Weitere Bilder erscheinen auf der Oberfläche. Ebenfalls vertraut, doch in den Erinnerungen fremd. Das Bild eines riesigen Hofes zwischen Häuserwänden, die aus Natursteinen gemauert sind. Graue Kreaturen, die nicht menschlich aussehen. Ländereien, die so unberührt sind, als hätte jeher nie ein Wesen mit zerstörerischen Gedanken einen Fuß darauf gesetzt.

Ein Junge taucht plötzlich auf, der zeitgleich undeutlich wird.

Die Gesichtszüge ähneln demjenigen, in dessen Armen ich gerade versunken bin. Mit beiden Händen umgreife ich den Rahmen des Spiegels und ziehe mich näher an dessen Oberfläche.

Ich möchte das verschwommene Gesicht dieses Jungen genauer betrachten, doch je näher ich komme, desto mehr verschwimmt die Oberfläche.

Ein dumpfes Geräusch tönt aus dem Inneren des Spiegels und plötzlich werde ich eingesogen in dessen Oberfläche.

Wieder kann ich dieses prickelnde Gefühl spüren, welches jeden Teil meiner Oberfläche umspült.

Wie Wasser legt sich die Oberfläche des Spiegels um mich. Plötzlich Stille und absolute Leere.

Das Feuer verglimmt.

Verschwindet im Nichts. Meine Gedanken sind erfüllt mit absoluter Leere. Dunkelheit umgibt mich. Pechschwarz wird der letzte Farbton angestrichen.

Stille.

Leere.

Tod.

Unbekanntes Bekanntes

J ason, Jason«, ruft eine bekannte Stimme, die ich nicht zuordnen kann.

»Wach auf. Argamon ist bereits erwacht«, werde ich erneut ermahnt.

Ganz leise rieseln die Worte wie Sand über meine Ohren.

Mit aller Macht öffne ich die Augen und versuche, die trübe Umgebung zu durchdringen. Schnelle Kopfbewegungen wirbeln die Moleküle durcheinander, bis der finale Ausgangspunkt der Stimme eruiert ist.

Wie aus Reflex erwidere ich dabei etwas verwirrt: »Wer ist Argamon?«

Hämisches Lachen durchschallt plötzlich den Raum.

»Ich freue mich jedes Mal wieder aufs Neue.

Immer die gleichen Fragen, wenn du eine solche Nacht hinter dir hast. Nur gut, dass du stark genug bist und gegen den Schlaf eine lange Zeit ankämpfen kannst.«

So, wie das hämische Lachen mit einem Mal erschallte, hat es auch wieder aufgehört. Die männliche Stimme schnalzt kurz und der dazugehörige Körper scheint das fortzusetzen, was er eben kurz unterbrochen hatte.

Schwere, schlürfende Schritte lassen die alten Holzbretter am Boden knirschen. Mit trüben Augen blicke ich nach rechts und sehe eine schlanke Gestalt am anderen Ende des Raumes zum Stillstand kommen.

Sie lehnt mit dem Rücken an der aus Holzstämmen gebauten Wand. Gerade so, als würde sie die Dinge mit listigem Argwohn betrachten wollen.

Beschwingt hebt die verschwommene Gestalt ein Bein an und stemmt es mit einem leichten Stampfen hinter sich auf Kniehöhe an die gewellte Oberfläche.

»Argamon hat uns das Leben geschenkt und ist der Name eines Gottes von Dreien.

Zugleich ist es der Hauptstern, der unseren Planeten umkreist und der Sitz der Götter.«

Er hält kurz inne.

»So sagt man zumindest. Jeden Zyklus werden sie auf ein Neues geboren und geben jedem die Chance auf Erlösung.«

Der Blick wird langsam klarer und ich kann das wohlgeschwungene Gesicht eines durchtrainierten Mannes erkennen, der demjenigen ähnlich sieht, in dessen Armen ich letzte Nacht eingeschlafen bin.

Seine Worte lassen ihn sogleich wieder in Schweigen verharren, als hätte er einen ehrfurchtsgebietenden Namen ausgesprochen. Einen Namen, den nur geheiligte Männer in den Mund nehmen dürfen.

Sein Kopf ist nach unten geneigt. Regungslos starrt sein Blick auf die verwitterten, dunklen, aus Kiefernholz geschnittenen Holzdielen. An manchen Stellen ragen die dicken Eisennägel heraus, die die Bretter in den Boden schlagen.

Nach kurzem Innehalten setzt er fort: »So sagen es zumindest die Schriften.«

Schmunzeln durchfährt plötzlich seine Lippen.

Nur eine kleine Emotion scheint zu fehlen, damit nicht lautes, spöttisches Lachen aus ihm herausbricht. In diesem Zusammenhang brennt eine Frage förmlich auf meiner Seele.

Auch wenn ich mir wie ein dummes Kind vorkomme, das von nichts alledem eine Ahnung hat, spitze ich die Lippen und sage: »Warum schmunzelst du?

Was ist so komisch daran?«

Er löst den Fuß von der Wand und strahlt förmlich vor Freude aus seinem nussbraun gefärbten Gesicht. Mit einer Hand greift er nach seinen schwarzen, schulterlangen und leicht gelockten Haaren.

Mit der anderen zieht er einen hellbraunen Hanfstrick aus seiner Hosentasche.

Schnelle gymnastische Bewegungen folgen schnellen, leicht hektisch kreisenden Fingern, die das Ziel verfolgen, die von seinem Kopf frei herabfallenden Haare zu einem Bündel zusammenzubinden. Ein einfacher Hanfstrick befestigt den Busch, wirkt dabei jedoch keinesfalls billig.

Dabei sagt er lächelnd und unbeschwert: »Ich finde es faszinierend, dass du dem Grunde nach immer wieder die gleichen Fragen stellst.«

Seine Miene wird einen kurzen Moment sehr ernst:»Jason, dies alles ist kein Spiel.

Du bist in Gefahr und wir müssen diesen Fluch des Schlafes brechen, bevor er dich auffrisst.«

Seine Worte klingen so ernst, dass ich zusammenzucke.

Ich bin auf einmal dermaßen fixiert, dass mein Mund für einen Augenblick offen stehen bleibt, während es totenstill im Raum wird.

Die Situation ist jetzt wie eingefroren.

Es vergehen jedoch nur wenige Sekunden, bis die andächtige Stille erneut von seinem plötzlich herausbrechenden hämischen Lachen zerrissen wird.

»Und im Übrigen, mein Name ist Deon.«

Das Lachen verstummt abermals in beklemmender Stille.

Der Wind zischt durch die Ritzen der aufeinandergestapelten Baumstämme.

Ich versuche, mir das Schlucken in diesen irgendwie ehrwürdig wirkenden Sekunden zu verkneifen. Schauerliche Stille erfüllt diesen Zeitpunkt, der gleichwohl so tief in die Gedanken vordringt, dass mich blitzartig kindliche Gefühle erschleichen und ich fürchte, jede Sekunde im Boden unter mir zu versinken.

Dennoch rüttele ich mich auf und durchbreche diese unausstehliche Andacht:»Erkläre es mir!«, fordere ich mit tief eingefallenen Falten auf der Stirn ein.

»Was ist daran so komisch?

Nur weil ich vermeintlich mein Gedächtnis verloren habe.«

Noch immer unbekleidet rutsche ich auf dem Bett aus Stroh hin und her. Ziehe die kratzende Wolldecke über meine in den Raum schreienden Brustwarzen und verschränke die Arme in einer Art Abwehrhaltung vor mir.

Deon schaut für einen Augenblick nach vorne.

Nervös wandert sein Blick zwischen dem Ende des Raumes und mir hin und her. Die Luft ist wie elektrisiert und scheint sich in dem Moment zu entladen, wenn sich unsere Blicke kreuzen.

Eine Verbindung, die mich erschreckt, ja sogar erschaudern lässt.

Ich kann deutlich dieses Gefühl spüren, welches die Eingeweide sich zusammenziehen lässt. Ein fiktiver Dolch, der mit seiner eiskalten Klinge vom Nabel durch den Magen in das Herz vordringt.

Deons tiefbraune Augen, deren Weiß so klar ist, als würde man auf poliertes Porzellan starren, fixieren meine Gedanken.

Parallel versucht mein Unterbewusstsein, die Bindung zu trennen.

»Gar nichts, Jason«, sein Blick verfinstert sich wieder, während er die Worte einfach nichtssagend wiederholt: »Gar nichts.«

Der nach unten gerichtete Blick verliert sich plötzlich.

»Was ist?«, erwidere ich und verändere erneut dabei die Position auf dem Bett aus Stroh, geradeso, als würde ich es nie verlassen wollen.

»Ruhig.«

Seine Tonlage hat plötzlich gewechselt und ist forsch und fordernd geworden.

Gerade, als ich etwas erwidern möchte, fährt er mir mit harten Worten über den Mund: »Sei ruhig Jason!« Seine Augen scheinen auf einmal tief in den Höhlen des Kopfes zu verschwinden.

Da, wo eben noch die tiefbraunen, aus reinem Herzen strahlenden Augäpfel zu sehen waren, beginnt ein tiefes, blaues, leicht grünliches Licht zu glühen.

Zuerst unscheinbar, doch mit jedem Klacken des Sekundenzeigers wird es heller, während alles um mich herum zu verstummen beginnt. Ein paar kleine Worte genügen und plötzlich ist es wieder da. Dieses Vakuum aus absoluter Stille und Beklemmnis.

Die Situation dauert nur wenige Sekunden, sodass ich keine Gelegenheit besitze, alles zu erfassen, was geschieht.

Ebenso plötzlich, wie Deon zu einem augenglühenden Monstrum geworden ist, so schnell ist auch wieder alles vorbei. Das Vakuum verschwindet. Dafür liegt nun panische Hast in der Luft.

»Zieh dich an, Jason. Wir müssen los. Sie sind unterwegs.«

Seine Worte klingen nicht mehr hämisch und sind auch nicht erfüllt von Ruhe. Von Beschwichtigung ist schon gar nichts mehr zu spüren.

Hektik erfüllt seine Bewegungen. Man kann förmlich riechen, wie das Adrenalin durch seine Venen schießt.

Ruckartig stemmt er mit einem Fuß den gesamten Körper von der Wand weg. Mit überhasteten Bewegungen packt er die herumliegenden Sachen zusammen.

Schnell bewegt er sich auf mich zu und ergreift mit harter Hand meinen Oberarm. Schmerz durchzieht die komplette Seite. Mit aller Gewalt zieht er mich aus dem Bett und sagt: »Jason. Beeil dich! Wir müssen gehen!«

Ich bin verwundert und weiß in diesem Moment gar nicht, wie mir geschieht. Die Situation einzuordnen, fällt mir schwer, denn eigentlich möchte ich wissen, warum ich mich beeilen soll. Doch die Fragestellung wird durch Deons abrupte Worte überflüssig: »Nicht jetzt. Keine Zeit für Erklärungen.«

Trotz der Härte, die im Tonfall zu spüren ist, ist seine Ausstrahlung irgendwie beruhigend.

Angesteckt von dieser übereilten Hetze schaue ich mich nach den Sachen um, die noch im ganzen Zimmer verstreut herumliegen.

Mit einem einfachen Griff schnappt Deon am Kopfende nach zwei kleineren Strohballen, schleudert sie zur Seite und bringt eine lederne Hose sowie ein leichtes Oberteil zum Vorschein. Für einen Augenblick bin ich verwundert, denn mein Gefühl sagt, dass es mehr eine leichte Bekleidung sein sollte.

Wie ein Jongleur stopft er mit der einen Seite irgendwelche Sachen in den Sack und mit der anderen wirft er mir die zwei Lederteile gekonnt vor die Füße.

»Hier Jason. Zieh das an!«

Wie ein trotziges Kind und als hätten wir alle Zeit der Welt schnappe ich mir die Teile, betrachte sie mir kurz näher und sage dann: »Gibt es nichts anderes?

Soll das alles sein?«

Deon wird mit dem Packen langsamer, wobei er gerade dabei ist, das letzte Stück in einen der beiden Seesäcke zu stopfen.

Mit zwei, drei kleinen Schritten nähert er sich mir und sagt: »Das ist eine Spezialhaut eines seltenen Tieres. Es sollte dir eine Ehre sein dieses zu tragen.«

Seine Mine wirkt aufgezwungen, während er mit den Händen den

Seesack hält und den Riemen mit einem männlichen Ruck zusammenzieht.

Es sieht aus, als wolle er mich beherzt fordern. Ich schweige, denn ich möchte ihn auf keinen Fall weiter provozieren.

Schnell schlüpfe ich in die braune Hose. Das Leder ist eiskalt. Gänsehaut überzieht meinen Rücken und kämpft sich über die Arme bis zu den Beinen vor.

Trotz allem ist es ein angenehmes Gefühl, da es sich irgendwie ideal der Form meines Beines anzupassen scheint.

Deon grinst bei dem Anblick, als ich die Knoten der Lederriemen fester ziehen will. Ich erschrecke, als sich das Leder scheinbar wie von Geisterhand zusammenzieht.

Wie eine zweite Haut schmiegt es sich an den Körper. Jason lacht: »Ich bewundere immer wieder deinen Gesichtsausdruck, wenn das passiert.

Das ist Napukoleder.«

Fragend blicke ich in seine Augen und kann dabei wieder dieses warme Gefühl spüren. Schnell und mit vollem Bewusstsein schiebe ich es von mir, denn es kommt mir falsch vor.

Gekonnt umschwinge ich die Gedanken und stelle eine weitere Kinderfrage in den Raum: »Was ist Napukoleder?«

Seine Reaktion auf meine Frage ist lediglich eine Anweisung.

»Zieh dich an, dann erkläre ich es dir.

Wir müssen wirklich los.

Ich kann die Garde schon spüren.«

Ich greife nach dem Oberteil, welches gleichfalls aus diesem unbekannten Leder zu bestehen scheint. Es ist eine Art Jacke, die aber den Oberkörper nicht komplett einhüllt. Teile des Bauches sind frei. Die Oberarme und das Dreieck, welches die muskulöse Brust in zwei Seiten teilt, liegen frei.

Ich blicke nach links auf meinen Oberarm. Unterhalb der Schulter ist ein unbekanntes Zeichen eingebrannt. Darunter ergibt sich ein kleiner Drache, dessen weiter Feuerschweif wiederum dieses dem Sanskrit ähnliche Zeichen einhüllt.

Mit der Hand fahre ich ganz langsam über die Oberfläche und

kann deutlich die Umrisse auf meiner Handfläche fühlen. Alles scheint in die Haut eingeätzt worden zu sein. Erstaunt und doch gefasst schaue ich wieder zu Deon.

Erwartungsvoll blicke ich in sein Gesicht.

Ich komme mir vor wie ein kleines Kind, welches die großen Geschichten der Vergangenheit erfahren wird. »Das Napuko ist ein kleiner Büffel. Er ist ausschließlich auf den Weiden von Makar zu finden. Und genau da liegt ein anderes Problem.«

Er hält kurz inne, senkt bedächtig sein Haupt und fährt fort: »Makar ist verbotenes Land.

Nur die Priestergilde oder das Herrscherhaus darf dieses Land betreten.«

Er schweigt für ein paar Sekunden, während er die zwei Seesäcke vor der Tür aufstapelt. Mit einem Schnaufen hält er inne, wendet sich mir zu und setzt fort: »Geschichten umranken diesen Ort, der so mystisch in die Geschichte dieser Welt verstrickt ist wie der Glaube an die Götter von Argamon.« Wiederholt hält er inne.

Ich tue mich schwer damit, die Schnüre auf der Brust enger zu schnallen und die separaten Unterarmbandagen über die Handgelenke zu streifen.

Die Wickel sind zu eng und die Schnüre scheinen zu kurz zu sein. »Verdammt«, schnaufe ich verärgert vor mich hin.

Als Deon die verzweifelten Versuche des Überstreifens bemerkt, ergreift er kurzentschlossen meine Hände. »Ruhig.«

Ein fester Händedruck umgreift mich, sodass ich automatisch mit den intensiven Bewegungen aufhöre. »Schließe die Augen, Jason.«

Bereitwillig gebe ich mich ihm hin, denn mein Gefühl schenkt ihm so viel Vertrauen, dass ich den ersten Atemzug gar nicht umschreiben kann.

»Jetzt konzentriere dich auf die Weiden.

Denke an Makar und fühle, wie das Napuko über die Weiden springt.«

Bei diesen Worten versetze ich mich auf einen grünen Grasabschnitt. Auch wenn ich mich nicht erinnern kann, dass ich jemals dieses Land betreten habe, so kann ich doch deutlich die Verbundenheit zu diesem Land spüren.

Die Nähe zu Makar.

Eine gefühlte Zusammengehörigkeit zu einem Ort, der so fern zu sein scheint, aber doch tief in mir verwurzelt ist.

»Denke jetzt an das Napuko, welches für dich ausgeweidet wurde.«

Ich versuche mich auf dieses Tier zu konzentrieren, auch wenn mir nicht bewusst ist, wie es vielleicht aussehen könnte, denn in Wirklichkeit habe ich noch keines gesehen.

Denke ich zumindest.

Deon setzt fort und presst dabei meine Finger zusammen: »Du bist jetzt dieses Napuko.

Versetze dich in seine Gedanken.«

Ein Blitz erscheint vor meinen Augen und von einer Sekunde auf die andere ist dieses Gefühl von uneingeschränkter Freiheit in meinem Herzen zu spüren. Ich fühle, wie ich durch Wälder rase und über Weiden aus saftigem, unendlich grünem Gras fliege.

Absolute Freiheit umhüllt mich und nichts scheint mich aufhalten zu können.

»Komm wieder zu dir«, reißt er mich jäh aus den Gedanken.

Ein Schütteln holt mich zurück und Deon hält mich mit beiden Händen vor sich.

»Das ist die Gefahr.

Ich sagte, du sollst dich nur in seine Gedanken versetzen und nicht gleich die Vergangenheit zurück ins Leben rufen.

Lass die Seelen, wo sie sind. Das ist zu gefährlich.«

Seine kräftigen Hände lösen sich von meinen Armen.

Trotz meiner Verwirrung und der Verwunderung über seine Worte, etwas Unrechtes getan zu haben, streife ich wie aus Reflex die beiden Bandagen über die Unterarme.

»Siehst Du.

Es muss erst lernen, dass es ein Teil von dir ist.«

Mit zwei harten Schlägen klopft er mir auf die Schulter.

»Niemand sonst kann diese Kleidung tragen, denn sie ist nur für bestimmte Menschen geschaffen.«

Einen Schritt zurücktretend erwidere ich: »Wieso ist es für mich geschaffen? Das verstehe ich nicht.

Wie kann etwas für mich geschaffen werden, wenn ich doch selbst keine Ahnung habe, wieso ich eigentlich existiere.«

Deon tritt einen Schritt näher an mich heran und umschließt mich mit seinen kräftigen Armen.

»Hab keine Angst, Jason. Genau deshalb sind wir hier. Beeil dich, dass wir jetzt weiterkommen. Ich werde dir die Geschichte des Napuko weitererzählen.«

Er geht wieder einen Schritt zurück, wendet sich ab und läuft zur Tür, wo die zwei Säcke aus Jute auf dem Boden stehen.

Als würden sie nichts wiegen nimmt er sie hoch und wirft sich beide hinter die Schultern. Als ich die letzte Kordel zusammengeknotet habe, zieht sich auch das Oberteil genau wie die Hose zusammen und schmiegt sich wie eine zweite Haut an den Körper.

Deon öffnet inzwischen die Tür und wirft einen langsamen, skeptischen Blick nach draußen, wo es in leichten Fäden regnet.

Ein Blick, zurückgeworfen auf die Schlafstelle, lässt mich noch einmal kurz vergewissern, dass wir nichts vergessen haben, und mit schnelle kurzen Schritten folge ich ihm durch den Türbogen ins Freie. Die Luft ist frisch. So kühl, dass sich trotz des Regens, der unaufhörlich vom Himmel fällt, beim Ausatmen eine kleine Wolke bildet.

»Komm Jason.

Zu den Reittieren.

Wir müssen weiter.«

Der Regen prasselt auf Deons tiefschwarzes Haar hernieder. Kälte und Nässe scheinen ihm nichts auszumachen.

Obwohl das vom eingetrübten Himmel niederprasselnde Wasser nur wie kleine, dünne Fäden fällt, tropft Deon schon das Wasser ins Gesicht und der ganze Körper scheint binnen weniger Sekunden wie in Wasser getaucht zu sein.

Ich scheue mich für einen Moment vor diesem Wetter, denn die Kälte und die Nässe sind nicht gut. Schnell wird man von einer Erkältung heimgesucht und im Moment scheint es keine Möglichkeit zu geben, irgendwo an Medizin zu kommen. Während Deon durch den aufgeweichten Boden stapft, blickt er zu mir zurück und fängt plötzlich wieder an zu lachen.

»Keine Angst.

Komm heraus, dann wirst du sehen, was die Besonderheit an deiner Napuko-Kleidung ist.«

Einen kurzen Schritt nach vorne gemacht und ich stehe in leichten Tropfen, die durch das Vordach quellen. Verwundert und irgendwo erwartungsvoll schaue ich an mir herunter und danach wieder zu ihm. Meine Kleidung scheint sich von der Deons nicht zu unterscheiden. Die gleiche Farbe, der gleiche Schnitt, die gleichen Bandagen.

Erst bei der näheren Betrachtung bemerke ich, dass seine Hose und sein Oberteil nicht so eng an seinem Körper sitzen wie die meinen. Während ich ihn mustere, bleibt für eine kurze Sekunde das Auge zwischen seinen Beinen haften. Das enge Leder wird ausgebeult von etwas, was kurzzeitig elektrisiert und den Blick fixiert.

Ich versuche mich zu fangen und blicke an mir herunter, da mir diese Situation noch gar nicht so bewusst gewesen ist. Die Napukohaut hat sich so eng an den Körper angeschmiegt, dass es mir plötzlich peinlich erscheint, in einem solchen Maß sein bestes Stück zur Schau zu stellen.

Ich schaue erneut nach oben, in Deons Gesicht und dann wieder zwischen seine Beine. Wenn es nicht so kalt wäre, würde ich jetzt rot anlaufen.

Wie ein Stück Fleisch, welches zum Abendessen für eine ganze Familie in der Mitte des Tisches angerichtet wurde, liegt es angepresst zwischen seiner Hose aus Leder und dem stählernen Körper. Ich löse den Blick, denn auf keinen Fall möchte ich, dass er mitbekommt, wie ich ihn anstarre.

Ich schüttele den Kopf und wundere mich, warum mir gerade jetzt solche Gedanken durch den Kopf schießen. Warum achte ich jetzt plötzlich auf so etwas, obwohl es mir vorher doch viel bewusster gewesen sein müsste. Denn schließlich lagen wir noch vor wenigen Stunden eng umschlungen und splitterfasernackt zusammen in einem Bett.

Er scheint meine Blicke nicht bemerkt zu haben.

»Komm Jason.

Die Reittiere sind bereits gesattelt. Wir können los.«

Ich schiebe die Gedanken von mir, denn es scheint eine perfide Idee, ein abartiges Hirngespinst meiner dunkelsten Fantasien zu sein, die hier nicht hingehören. Einen Schritt weiter nach vorne trete ich endgültig ins Freie.

Der Regen prasselt auf mich ein und plötzlich ist es zu sehen, was er gemeint hat.

Um mich herum hat sich ein leichter lumineszierender Schild aufgebaut. Ich strecke die Hand weiter nach vorne in den direkten Regen. Dabei kann ich ein leichtes Schimmern bewundern, welches sich um das Napuko und die wenigen Teile freiliegender Haut gebildet hat.

Der Regen prallt daran ab wie auf einem Dach aus Glas.

»Dies ist unter anderem die magische Kraft des Napuko.

Es schützt seinen Herren. Das ist die Besonderheit dieses wilden Tieres.«

Deon richtet noch einmal die Sättel der beiden Tiere.

»Zwar kann es auch getötet werden, doch wird es immer zuerst seine Seele opfern, bevor die Seele des Trägers getötet wird.

Es ist der beste Schutz, den man nur haben kann.«

Noch während er die Worte spricht, nimmt er die Säcke, die er eben auf den Boden abgestellt hatte, und bindet sie auf dem Rücken dieses schwarzen, undefinierbaren Tieres fest. Ich schaue nach vorne und mustere jeden Millimeter dieses Wesens. Der Rumpf scheint dem eines Pferdes zu gleichen, auch die Mähne ist unverkennbar. Auf der Stirn des länglichen Kopfes schießen zwei lange gekrümmte Hörner in die Höhe. Die Spitzen dieser geriffelten Hörner gleichen einer gefährlichen Waffe. Die Ohren sind halb lang und sehen aus, als wären sie von einem Kaninchen transplantiert worden.

»Dein Renntier ist bereits gesattelt und fertig.

Ich hoffe, du hast diesmal nicht auch noch das Reiten vergessen.«

Sein Blick ist sanftmütig.

Kalter Regen, der noch immer wie Fäden auf uns herunterprasselt, verdampft in leichten kleinen Wolken von Deons Haut. Ich wende mich von ihm ab und blicke auf die zweite Gestalt in Pferdeform, die mir zu gehören scheint.

Das Tier sieht genauso aus wie das von Deon. Lediglich die Haarmähne ist eine Mischung aus Rot und Weiß statt der grauen Haaren seines Reittiers.

Ich fahre kurz mit der Hand über seine Nüstern und kann dabei spüren, wie es vor Kälte zittert.

»Ich glaube, du bist wohl zu lange hier draußen gewesen«, flüstere ich leise vor mich hin und denke bei mir, ob man nicht einen besseren Platz für die beiden hätte finden können, als hier unter freiem Himmel der Natur ausgesetzt zu sein.

Als ob es verstehen würde, was ich denke, schnaubt es kurz und schüttelt seinen Kopf. Mit sanften und gleichmäßigen Zügen streiche ich an der Seite des langen Halses entlang, bis plötzlich dieser eine Gedanke ohne Vorwarnung in meine Gedanken vordringt: »Wo soll es denn hingehen, Jason?«

Deutlich kann ich diese unbekannte Stimme in meinem Kopf hören. Ich schaue mich um, denn ich denke, Deon oder jemand anderes habe zu mir gesprochen. Doch nirgendwo ist jemand zu erkennen, dem man diese Stimme zuordnen könnte.

Deon, der sich bereits auf sein schwarzes Renntier geschwungen hat, schaut mich erwartungsvoll und ein wenig voller Ungeduld an. Ich konzentriere mich erneut auf die Stimme und versuche zu ihr zu reden: »Wer bist du?

Wer spricht zu mir?«

Bei diesen Worten höre ich wieder das Schnauben meines Renntieres, während sich zur gleichen Zeit sein Kopf zu mir dreht.

»Ich bin dass, du Dummkopf: Acha.«

Erschrocken schaue ich zu Deon und sage laut: »Wusstest du eigentlich, dass mein Renntier Acha heißt?« »Das kann ich dir leider nicht beantworten. Das hast du doch selber entschieden.«

Höhnisch lacht er in sich hinein.

Sich langsam beruhigend sagt er: »Es freut mich, dass du wieder der alte komische Kautz bist, der du schon immer warst.«

Mit diesen Worten gibt er seinem Tier die Sporen und reitet los. Mit einer schnellen Bewegung schwinge ich mich in den Ledersattel, konzentriere mich wieder und sage in Gedanken: »Los. Folge Deon.«

»Jawohl, Meister«, erwidert Acha, schnaubt kurz und setzt sich darauf ruckartig in Bewegung.

Nur schwer kann ich mich im Sattel halten und werde wie ein Spielball hin und her geschleudert. Ich versuche mich zu fangen und erinnere mich plötzlich wieder an die ersten Reitstunden. Die Gedanken schweifen zurück in lang vergessene Zeiten.

Ich kann mich an eine Festung erinnern und an den Hof, in dem ich auf weißem Sand das erste Mal Acha gesattelt hatte.

Warme Erinnerungen bei kaltem Regen, der immer noch unaufhaltsam herunterprasselt. Wieder durch die alten Hallen reitend sehe ich auch plötzlich Deon vor mir.

An meiner Seite lehrt er mich, Acha zu reiten. Ein Lehrer, auf den ich mich immer verlassen konnte. Ein Lehrer, der zu mir steht und mich niemals aufzugeben scheint. Die Zügel fest in der Hand hat er mir die ersten Schritte beigebracht. Jetzt weiß ich, warum ich ihm, diesem im Grunde nach unbekannten Menschen, aus reinem Gefühl heraus so stark vertraue.

Seit vielen Jahren scheint er schon an meiner Seite zu sein und des Vertrauens würdig, welches ich ihm in diesen Stunden des Unwissens entgegenbringe.

Knallend schlägt das Wasser auf den Körper. Je stärker es auf mich einprasselt, desto heller scheint der Schild zu leuchten. Ich versuche, nach vorne zu sehen, entlang des Weges, um Deon zu erhaschen. Aber das Licht ist zu dämmrig und die Regentropfen prasseln ins Gesicht. Die schwarzen Gewitterwolken, die über dem Wald aufgezogen sind, verhüllen auch das letzte Quäntchen Licht.

Die Hütte, in der wir uns die letzte Nacht versteckt hatten, lag am Rand dieses Forstes, in dem wir nun auf einem engen Pfad dahinrasen. Neue kurze Blitze in die Vergangenheit vermitteln ein freundliches Gefühl. Ich kann wieder die Bilder der Einöde vor mir sehen, durch die ich nach erfolgreichen Reitstunden mit Deon geflitzt bin.

Rennen um die Wette, bei denen ich anfänglich immer gegen ihn verloren hatte und bei denen er mich vielmals gewinnen ließ, nur um meinen Zorn zu beschwichtigen.

Ich konzentriere mich wieder auf den Weg vor uns. Kleine Äste entlang des Weges schlagen auf mich ein oder brechen unter den schnellen Schritten meines Reittieres.

»Acha, schneller.

Wir müssen zu ihm aufschließen.«

»Gut. Halte dich fest, Meister«, erwidert er in Gedanken, während ich die Zügel fest umklammere und mich gegen den Sattel in die Luft presse.

Leicht nach vorne gebeugt, weht die nasse Mähne im Gesicht, und ohne etwas zu sagen, reiten wir mit unglaublicher Geschwindigkeit durch enge Schluchten, stetig die Gefahr im Rücken, abgeworfen zu werden. Nach einigen Minuten kann ich Deon vor mir erblicken. Der Regen hat etwas nachgelassen, was aber mehr auf die Dichte des Waldes zurückzuführen ist als auf sich zurückziehende Gewitterwolken am Himmel über uns.

Ich versuche, immer näher an ihn heranzukommen, und befehle meinem Reittier, schneller zu werden. Mit rasender Geschwindigkeit schießen wir weiter diesen schmalen Grat entlang.

Vorbei an dicken, alten, mit Moos besetzten Baumstämmen. Mit meinen Oberschenkeln presse ich mich an den Sattel, sodass jede kleine Bewegung abgefedert wird. Der Ritt ist kräftezehrend, denn die Muskeln brennen bereits. Acha stürmt wie ein Blitz voran, sodass einen das Gefühl beschleicht, zu fliegen.

»Hey«, schreie ich laut, als ich die graue Gestalt Deons vor mir erblicke.

Er verringert für wenige Sekunden die Geschwindigkeit, blickt zu mir zurück und ruft: »Folge mir!

Noch ein Stück, dann kommt eine kleine Lichtung.«

Nur schwer ist es vorstellbar, dass sich in diesem Dickicht eine Lichtung auftun soll.

Ein kurzer Blick nach rechts endet wenige Meter weiter in absoluter Dunkelheit von Geäst und unzähligen Bäumen. Obwohl der Tag angebrochen ist, scheint die Nacht Einzug gehalten zu haben.

Tiefdunkle und todbringende Kälte umweht den Kopf bei dem bloßen Gedanken, was sich tief in diesem Wald versteckt hält.

Ein Gedanke, der Gänsehaut verursacht, denn man möchte sich unter keinen Umständen vorstellen, welche grausamen Dinge diese unendliche Tiefe bereits gesehen und in undurchdringbares Gesträuch gehüllt hat.

Aber ich fühle mich auch wieder zu Hause.

Zu Hause in einer vertrauten und doch beklemmenden Umgebung.

Vertraut und doch fremd.

Obgleich mich der Traum aufgeschreckt hat, dass ich im Hier und Jetzt gefangen bin und zugleich mein Ende gefunden habe.

Fremd in dem Sinne, dass ich die Vergangenheit ein tiefschwarzes Loch im Boden unter meinen Füßen ist.

Ein Loch, das mit nichts außer mit Dunkelheit erfüllt ist.

Ich kneife die Augen zusammen und presse mich auf den Rücken von Acha, der weiter mit unablässiger Geschwindigkeit durch das Unbekannte voranschreitet.

Der Ritt dauert noch einige Stunden, bis sich plötzlich eine kreisrunde, mit tagheller Sonne erfüllte Lichtung inmitten dieses lebensfeindlichen Gebietes auftut.

Im Laufe der letzten Stunden sind wir immer langsamer geworden.

Der schnelle Ritt und die Verfolgungsjagd zu Deon hat die letzte Kraft aus den Muskeln gesaugt. Mittlerweile klammere ich leicht kraftlos auf dem Rücken von Acha, der behutsam, ohne mich abzuwerfen, die letzten Stunden damit zugebracht hat, mehr auf mich zu achten als auf den Weg.

Langsam traben wir nebeneinander auf den Rand der Lichtung zu. Ich richte mich auf. Die Muskeln brennen.

»Die Ebene von Singh«, sagt Deon, während er seinem Reittier zu halten befiehlt.

Die Stille fasziniert und die Schönheit dieser Lichtung ist überwältigend. Reiner, ungebremster Sonnenschein strahlt von oben herab und lässt den Platz in ein warmes, wohltuendes Bad aus Harmonie tauchen.

Die Waldränder sind mit saftigem, hellgrün leuchtenden Moos besetzt, während auf kleinen Hügeln Blumen in verschiedenen Farben blühen. In der Mitte der Lichtung befindet sich ein kleiner See, dessen klares Wasser wie eine Grube voller Diamanten blitzt.

Deon steigt mit einer gekonnten und gleichförmigen Bewegung von seinem Tier herab, während ich ihn weiter beobachte. Sein leichter Schritt versinkt im weichen Gras, sodass es aussieht, als wäre es mit Gänsefedern gepolstert. Wie ein weiches Kissen sinkt die Oberfläche unter seiner Last zusammen.

Er wirft den Zügel aus Leder über den Sattel, schaut kurz zu mir herüber und fragt: »Hast du Hunger Jason?«

Ich nicke nur kurz und bedächtig und verliere kein Wort.

Deon befiehlt sein Reittier in eine schattige Ecke, wo saftiges Gras in die Höhe sprießt. Danach sucht er eine Stelle und kramt etwas auf dem Boden herum.

Ohne mich anzuschauen sagt er: »Ich werde ein Feuer machen und etwas zum Essen jagen.«

Vollkommen ruhig untersucht er die Gegend weiter, schaut sich dabei um und läuft in Richtung Waldschneise. Ich bleibe weiter auf Acha sitzen und beobachte sein Tun.

Nichts Spezifisches denkend versinke ich für einige Sekunden in einer Art Vakuum. Gedanken, die im Grunde um ein Nichts kreisen.

Gedanken, die nur mit absoluter Leere gefüllt sind, obgleich es ein beruhigendes Gefühl ist, Deon zu beobachten. Mein Blick ist starr, bis plötzlich dieser Gedanke absoluter Dunkelheit in den Vordergrund tritt.

Zurückgerissen aus dem Nichts, dringen wieder die Geräusche der Umgebung in das Bewusstsein vor. Ich deute Acha an, Deon ein bisschen näherzukommen.

Während er langsam nach vorne trabt, frage ich Deon: »Und was ist mit der Garde?

Du sagtest, sie sind nicht weit.

Erkläre mir, vor was wir seit Stunden davongerannt sind und weswegen sich Acha so verausgabt hat.«

Deon unterbricht kurz seine angestrengten Bewegungen, Steine aus der Umgebung aufzusammeln und zu einem Kreis zu legen.

Er schaut zu mir auf und sagt: »Genaues weiß ich nicht, aber ich kann deutlich fühlen, dass etwas Dunkles nah ist.

Ich kann dir nicht viel darüber berichten, außer, dass sie dich das letzte Mal in den Schlaf des Vergessens gezwungen haben.

Einen Schlaf, den du um alle Kraft wieder verhindern musst.«

Er verweigert den Blickkontakt und kramt mir abgewendet mit beiden Händen auf dem Boden herum. Ich kann irgendwie in meinem Inneren fühlen, dass er mir etwas zu sagen hat und einiges verbirgt.

Er scheint etwas vor mir zu verheimlichen.

Dessen bin ich mir sicher.

Erneut bückt er sich und reißt einen dicken, länglich geformten Stein aus dem Gras. Mit einer Hand hebt er ihn hoch und wirft ihn in die letzte Lücke des Steinkreises. Dann fängt er an, Stöcke und Äste aus dem Dickicht des Waldrandes aufzusammeln und richtet dabei wieder das Wort an mich: »Kein Sorge.

Wir haben die Ebene von Singh erreicht. Hier können Sie uns nicht finden, solange du nicht wieder von dir aus in den Schlaf des Vergessens fällst.«

Ohne etwas zu sagen und ohne mich eines weiteren Blickes zu würdigen, läuft er zurück zu seinem Reittier, welches sich auf den Boden niedergelassen hat und gemächlich das bis zu seinem Maul reichende Gras frisst.

Mit einer schnellen, bedeutungslosen Handbewegung lässt er die kleinen gesammelten Zweige aus seinen Armen zu Boden fallen und setzt sich sofort wieder in Bewegung zurück zu mir. Schweigend schaut er sich um, bis er einen großen Baumstamm erspäht und diesen mit hastigen Bewegungen von überwuchertem Gras befreit.

»Ok. Wenn du nicht mit mir darüber reden möchtest, dann lass es sein«, sage ich ein wenig erbost.

Als hätte Acha meine Worte verstanden, dreht er sich um und trabt zurück, wo wir vorher gestanden haben. Etwas abseits beobachten wir ihn weiter bei seinem Treiben, eine Feuerstelle zu bauen.

Ein ungutes Gefühl erfüllt mich und so, als ob ich mich nicht dagegen wehren könnte, schaue ich wieder zurück zu Deon. Mit lautem Schnaufen reißt er diesen großen Baumstamm aus dem Dickicht am Boden hervor und schleift ihn zu der geplanten Feuerstelle.

Noch immer auf Acha sitzend, beobachte ich ihn und kann dabei wieder dieses warme Gefühl spüren, was sich langsam durch die Eingeweide quält. Deon ist noch immer durch den langen Ritt im Regen am ganzen Körper durchnässt.

Seine Muskeln sind angespannt, während er die schwere Last zusammenträgt. Ich raffe mich auf und schreie ihm entgegen: »Soll ich dir nicht helfen?«

Irgendwie komme ich mir dumm vor. Er allein macht die ganze Arbeit und ich sitze noch immer wie der König hoch zu Ross und beobachte ihn.

»Nein!«

Für eine Sekunde bin ich erschrocken über seine bestimmende Antwort.

»Ich mache das schon. Bleibe dort. Es ist sicherer.«

Ich bin verwundert. Um ihn ein wenig mehr zu gängeln, stelle ich mich dumm, ziehe das Gesicht zu einer eingeschnappten Miene und frage ihn: »Was ist eigentlich jetzt mit dem Napuko?

Ich dachte, du wolltest mir erzählen, was es damit auf sich hat!«

»Gleich.«

Sein Wort rollt fast einsilbig über seine Lippen. Mit knirschenden Zähnen ergänzt er:»Lass mich erst das Feuer entzünden und etwas zu essen suchen.«

Seine räumenden und suchenden Bewegungen werden kurz unterbrochen. Vorwurfsvoll schaut er mich an. Danach konzentriert er sich wieder auf das Brennholz und zerrt an einem weiteren großen Stumpf herum, der zwischen die Grasnarbe eingewachsen ist.

»Sei nicht immer so ungeduldig. Du hast dich in den ganzen Jahren kein Stück verändert.

Das Kind in dir ist noch immer so präsent wie früher.«

Seine Worte klingen vorwurfsvoll.

Als wäre meine Seele zu unerfahren und ich noch kein richtiger Mann. Dabei fühle ich mich so erwachsen wie noch nie.

Auch wenn die Nacht noch immer in den Knochen beißt und ich mich nicht an die Vergangenheit zu erinnern vermag, könnte ich Bäume ausreißen.

Bei diesen Worten atme ich tief durch. Die harte Brust presst sich nach außen.

Bei geschlossenen Augen kann ich die Macht in mir spüren, die durch meine Adern rinnt.

Plötzlich wird die Stille durch ein Knirschen und Krachen durchbrochen.

Ein gellender Schrei Deons durchreißt die harmonische Stille der Natur. Ich zucke zusammen.»Was tust du, Jason?

Bist du verrückt?«

Ich öffne die Augen und weiß gar nicht, wie mir geschieht. Panik kommt auf und ich sehe nur Deon umherrennen, während sich auf der Lichtung ein kleiner Miniorkan gebildet hat.

Pfeifen erfüllt plötzlich die Umgebung und Blätter zischen an meinem Kopf vorbei. Der schwarze Hengst bäumt sich auf und wiehert auf der mit Chaos erfüllten Lichtung.

Zur Rechten wurde ein Baum samt Wurzeln aus dem Erdreich gerissen und schwebt auf halber Höhe in der Luft.

Mein Herz rast vor Angst und ich versuche die Gedanken zu verdrängen, die noch immer so präsent sind, dass das Blut in den Adern zu kochen beginnt.

»Jason«, ruft Deon.

»Konzentriere dich auf mich!«

Laut und bestimmt dringt seine Aufforderung zu mir vor. Der Versuch, von diesem Gedanken abzulassen, ist schwer, denn die Macht ist so stark und die Verführung zu groß, aus dem zufälligen Spiel mehr zu machen.

Angestrengt versuche ich meine Gedanken von dem erregenden Gefühl dieser uneingeschränkten Macht abzulenken.

Langsam konzentriere ich mich auf die Leere eines unbekannten Raumes. Mit den zurückgedrängten Gedanken kehrt wieder Ruhe ein. Der kleine Orkan verwandelt sich in ein laues Lüftchen. Mein Körper zittert überall, als alles zur Ruhe kommt.

Der entwurzelte Baum schlägt mit lautem Krachen und Knarren auf dem Boden auf. Mein Blick verschwimmt bei dem Gefühl, den Kontakt zu dieser Macht verloren zu haben. Die Gliedmaßen fühlen sich weich an und werden plötzlich kraftlos.

Besorgt rennt Deon zu mir, da ich mich nur noch mit letzter Stärke am Zügel festhalten kann. Die Macht, die Kraft und die unendliche Energie sind verflogen und ich fühle mich nur noch wie ein Häufchen Elend, welches zusammengekauert und hilflos auf dem Rücken eines stolzen Pferdes kauert.

»Ist alles gut?«, dringt es undeutlich zu mir vor.

Die Ohren klingeln, sodass ich nur vage verstehen kann, was Deon mir zu sagen versucht. Hilflos lasse ich mich vom Rücken des Reittieres in seine Arme gleiten.

Vor Erschöpfung kaum in der Lage, die Augen zu öffnen, spüre ich seinen Atem in meinem Gesicht und die raue, feuchte Hand auf meiner Stirn.

Die Augen leicht geöffnet blicke ich direkt in seine nussbraunen Augen, während sein Atem langsam über mein Gesicht streicht. Ein Gefühl in mir erschreckt bei dem Gedanken an seine Nähe.

Irgendwie gleicht es der Erfüllung eines inneren Wunsches nach Geborgenheit, Liebe und Zärtlichkeit. Noch nie war ich so nah bei ihm gewesen wie in diesem Moment.

Nur wenige Zentimeter von seinem zarten Gesicht, von seinen weichen, purpurnen Lippen entfernt.

Wärme, absolute, schöne Wärme, umhüllt mein Herz. Wie ein Bett aus Tausenden roter Rosen, in dem ich mich zur Ruhe bette und dem Grunde nach nie wieder aufstehen möchte. Doch die Vernunft weist diesen Gedanken von mir.

So schnell und so lieblich er auch die Sekunden gefüllt hat, so schnell muss er abgewiesen werden. Die Vernunft sagt, dass diese Gedanken falsch sind.

Verzweiflung und Geborgenheit sollen nicht mit einem Gefühl aus Dummheit verwechselt werden. Auch wenn ich fühle, dass dieses Gefühl und diese Gedanken nichts Neues sind, so sind sie doch nicht erwünscht, denn der Weg, den es zu bestreiten gilt, ist ein anderer.

»Mir geht es gut«, presse ich mit einiger Anstrengung heraus.

Seine Antwort kommt prompt: »Gut.«

Ich schlucke.

Wieder nur ein kurzes Wort und ein gedrungener Blick. Anhand meines Gesichtsausdruckes hat er wahrscheinlich erkannt, dass ich mehr erwarte als ein einfaches Wort. Er dreht sich kurz zur Seite, blickt auf den Boden und ergänzt: »Ich habe dir schon gesagt, dass du dich nicht bewegen sollst.«

Seine Hand streicht erneut langsam über mein Gesicht. Er beugt sich dicht an mich und küsst mir kurz auf die Stirn.

»Immer das Gleiche. Sei bitte vorsichtig.

Wenn du die Macht benutzt, könnte unser Aufenthaltsort verraten werden. Sie können spüren, wenn du deine Magie verwendest.«

So, als wäre ich überhaupt nicht vorhanden, stemmt er seinen Körper mit dem meinen in die Höhe. Als wir stehen, schaut er sich kurz um und lacht hämisch: »Na ja.

Wenigstens haben wir jetzt genug Holz für ein Feuer.«

Ich muss ebenfalls lachen, denn die Situation erscheint unwahrscheinlich komisch.

»Lass mich los«, sage ich.

»Ich kann wieder selbst stehen.«

Deon hebt meinen Oberkörper in seine Blickrichtung.

Zur gleichen Zeit hat er mich mit einem Klammergriff fest in der Hand. Ich hänge so halb unter seiner Schulter, als wäre ich eine Handtasche.

»Bist du dir sicher?«, verzieht er grinsend sein Gesicht.

Ohne die Häme zu realisieren und ohne darüber nachzudenken, was nun kommt, bin ich schnell mit meiner Antwort: »Ja.«

Eine schnelle Bewegung seinerseits kontert meine Antwort. Ohne Vorwarnung öffnet er seinen festen Griff und ich falle zu Boden wie ein Sack Reis. Nur gut, dass die steinige Erde mit Gras und einer dicken Schicht Moos überzogen ist.

Ein dumpfer Schlag ertönt, als ich auf dem Boden lande und sich mein Gesicht tief ins Gras gräbt. Ich spucke kurz und sage: »Danke.«

Deon scheint nicht beeindruckt zu sein und sagt mit mir zugewandtem Rücken: »Du kannst kurz die Feuerstelle bereiten, während ich mich auf die Jagd nach etwas Essbarem mache.

Deine Magie hat den Standort verraten. Wir dürfen nicht lange hier bleiben.«

Kurz nickend bewege ich mich zurück zu Acha, der von alledem unbeeindruckt bleibt. Auch er hat bereits eine Stelle mit saftigen Gräsern und dicken Blättern von wuchernden Sträuchern gefunden.

»Lass es dir schmecken, alter Junge«, denke ich bei mir.

»Danke Meister. Sehr guter Platz diese Steppe von Singh.

Ich habe noch nirgends besseres Gras verköstigt.

Und erst diese Blumen zwischen den Zähnen. Sie geben dem ganzen eine unveränderbare Note.«

Während er weiterkaut und ich mich an den festgeschnallten Sachen am Halfter bediene, erzählt er unaufhörlich weiter: »Ich erinnere mich noch genau, als wir das erste Mal mit Kapokroon hier waren. Es ist schon ein paar Jahre her, aber es war toll.«

»Kapokroon! Wer ist das?«

»Dies ist eine lange Geschichte, gerne erzähle ich sie dir, Meister.«

Noch während dieser Worte kappe ich den Gedankengang mit einem einfachen: »Später, Acha.«

Denn aus der Art und Weise, wie Acha die Bemerkung macht, merke ich, dass dies schnell zu einem zähen Gedankengang führen kann.

Allerdings drängt mich auch das Interesse, einen weiteren Teil der im Dunkeln liegenden Vergangenheit aufzufüllen. Ich bewege mich ein bisschen weg vom Rand des Waldes, in dem Deon eben verschwunden ist. Mit den Händen versuche ich das Holz zu einem Stapel zusammenzutragen. Ein lautes Wiehern durchschlägt den Tatendrang.

»Dass ich nicht lache.

Der Meister arbeitet mit den Händen.

Nun, es ist ja nicht so, als ob ich das noch nicht gesehen habe, aber es fasziniert doch immer wieder.« Ich stocke: »Was meinst du damit, Acha?

Und wer zum Teufel ist Kapokroon?

Und wie komme ich dazu, mit einem Pferd zu reden?«

»So«, kontert Acha eingeschnappt.

»Bin ich jetzt mal wieder ein Pferd.

Dann verhalte ich mich eben auch so.« Für einen Augenblick hört Acha auf zu fressen, dreht sich zur Seite und läuft in die Richtung von Deons schwarzem Hengst.

Ein kurzes und eingeschnapptes Schnauben ist zu hören, während sich Achas letzte Worte in die Gedanken pressen: »Ein Pferd.

Hallo, wer bin ich denn?

Bin ich ein normales Pferd?

Pöh.

Ich habe königliches Blut in den Adern.

Ein Pferd. Dass ich nicht lache.«

Ein wenig sauer bin ich in diesem Augenblick schon.

Mein eigenes Rentier ist zickiger als eine Bandamonische Katze. Auch wenn ich mir augenblicklich nicht vorstellen kann, wie sie noch gleich aussah, weiß ich doch, dass sie verschrien ist als die egoistischste und einfältigste Katze dieser Welt.

Mit ein wenig Wut greife ich weiter nach umherliegenden Ästen und Stämmen und ordne sie zu einem wohlgeformten Haufen.

Immer wieder wandern meine Blicke kurzzeitig an die Stelle, wo Deon im Dickicht des Waldes verschwunden ist. Ungeduldig wie ein kleines Kind kann ich seine Rückkehr kaum erwarten. Plötzlich ertönt ein schriller Ton, der aus dem undurchdringbaren Unterholz hervorquillt.

Wild flattern Vögel in Panik in alle Richtungen davon. Ein Rascheln im Gehölz folgt. Gespannt sehe ich auf die Stelle, von der die Geräusche stammen. Der Versuch, genauer hinzusehen, endet in etwas Vertrautem.

Langsam sind die Umrisse von Deon zu erkennen und je näher er sich der Lichtung nähert, desto klarer wird die Gestalt. Ein freudiges Lachen erfüllt sein Antlitz. Es ist die Begeisterung über eine erfolgreiche Jagd, die ihm ins Gesicht geschrieben steht. »Hey, Jason«, ruft er voller Stolz.

»Heute gibt es Tauben.«

Er reißt beide Arme in einer Art Siegerpose in die Höhe, während in beiden Händen jeweils zwei weiße tote Tauben an den Füßen nach unten hängend hin und her baumeln.

»Gut, oder?«, bemerkt er und stampft langsam weiter in meine Richtung.

»Ich sehe du hast eine Feuerstelle bereitet, aber wieso hast du sie noch nicht entzündet?«

Fragend schaue ich in seine Augen.

Er hält kurz inne und erwidert noch immer trunken vom erfolgreichen Jagen mit sarkastischem Unterton: »Entschuldigung, der Herr.«

Er schmunzelt über das ganze Gesicht.

»Ich vergaß.«

Ganz sachte legt er die Tauben auf den Boden. Danach greift er nach einem kleinen Ast, der dürr über die Abgrenzung der Feuerstelle reicht.

»Dies kann nun wirklich jeder, der auf unserem Planeten geboren wurde. Dies ist keine Zauberei, sondern die Macht der Basen.«

»Was meinst du damit?«

Mit einem Fuß scharre ich im Boden, da ich endlich mehr erfahren will. Mehr über das, was ich eigentlich sowieso wissen sollte.

Und eigentlich noch vielmehr über die Zeit, die wie ausgelöscht zu sein scheint. Deon deutet auf einen kantigen Felsblock, der eine Symbiose mit der Grasnarbe gebildet hat.

»Setz dich.

Ich werde es dir zeigen.«

Er dreht sich von mir ab und läuft in Richtung seines Reittieres. Dann schaut er wieder mit kurzem, vorwurfsvollem Blick zu mir zurück.

»Wieso ist Acha eingeschnappt?

Was hast du zu ihm gesagt?«

Zum Boden schauend und mit einem leichten Schmollmund sage ich: »Gar nichts.«

»Hast du ihn wieder als Pferd bezeichnet?«

Seine Stimme klingt auf einmal ironisch, nahezu sarkastisch.

»Du bist unverbesserlich.«

Er schüttelt den Kopf und lacht dabei.

»Immer das gleiche Dilemma.«

Aus seinem Halfter holt er ein langes Messer. Die kupferartige Metallfläche glitzert im Schein der Sonne. Mit einer schnellen Bewegung steckt er das Messer in die lederne Halteschlaufe, die um seinen Oberschenkel gedrungen ist.

Bei dieser Bewegung drängt sich geradezu eine Frage auf: »Wie hat Deon die Tauben gefangen, wenn sein Messer bis jetzt im Halfter seines Reittieres gesteckt hat?«

Ich schüttele die Verwunderung beiseite, denn nichts scheint so zu sein, wie es die Gedanken erwarten würden.

Mit schnellen Schritten bewegt er sich wieder zurück in Richtung der mit Steinen umgebenen Stelle, in deren Mitte wir jede Menge Feuerholz aufgetürmt haben.

»Und bevor du Kapokroon auch noch verärgerst, nenne ihn doch gleich bei seinem Namen.«

Mit schneller Bewegung schaue ich erneut fragend in seine Augen und stottere dabei: »Was?«

»Ja.

Der schwarze Schöne.

Mein Reittier.«

Erneut fängt er laut an zu lachen. »Kapokroon ist mein schwarzes Reittier. Er ist der ganze Stolz der Familie.«

Schwer lässt er sich im Schneidersitz zu Boden fallen, während sein Lachen mich schmunzeln lässt. Mit einer gekonnten Bewegung holt er das Messer wieder aus dem Halfter und schnitzt kleine Holzspalten von einem dünnen Ast, den er sich aus dem Haufen geangelt hat.

»Jetzt pass auf, Jason.

Du hast eben schon mit der Macht gespielt, wobei dies eine der leichtesten Übungen ist. Jeder beherrscht diese Fähigkeit in unserer Sphäre.«

Aufgeregte Spannung kocht in mir hoch, während ich gespannt jede Bewegung von ihm verfolge. Ungerührt schnitzt er weiter, während ich die letzten Lücken des Steinkreises mit anderen umherliegenden dicken Steinen abdichte.

Holzäste, die weit über die Feuerlinie hinausragen, reiße ich mit aller Gewalt aus dem ungeordneten Haufen und baue sie mit viel Bedacht wieder zu einem wohlgeformten Haufen zusammen. Parallel kleben Augen und Ohren weiter an Deons Worten.

»Jeder auf dieser Welt besitzt eine Art Grundmagie. Mit dieser Magie hat man die Möglichkeit, die grundlegenden Dinge im Leben zu erledigen.

Dazu zählt beispielsweise auch das Entzünden eines Feuers.«

Deon nimmt ein paar Holzspäne, die er gerade geschnitzt hat und legt sie in die Mitte seiner Handfläche. Nach wenigen Sekunden ertönt ein kurzes Zischen und wie von Geisterhand lodern kleine Flammen empor. »Siehst du.

Einfach, oder?«

Seine Mimik ist absolut regungslos und er wirkt unbeeindruckt. Mit einer schnippischen Handbewegung werden die brennenden Holzstücke in die Mitte der Feuerstelle geworfen.

»Und das sind nur die einfachen Sachen.

Feuer, Dinge bewegen, Emotionen von Tieren und Pflanzen fühlen oder einfach nur zu spüren, wenn Gefahr naht. Das ist alles, was jeder auf Heleria beherrscht.«

Mit seinem Messer richtet er kurz das Holz in der Mitte der Feuerstelle, nimmt die letzten Reste Späne, die am Boden liegen und wirft sie ebenfalls in die Mitte.

»Jetzt versuch du es.« Ich schaue ihn kurz an und frage: »Wie?«

Er nimmt meine Hand und hält sie über die kalten, feuchten Äste.

»Jetzt denke an die Wärme, die du brauchst und die dich erfüllen soll, wenn gleich die Sonne am Horizont verschwindet.«

Ich versuche, mich für einen Augenblick zu konzentrieren und an nichts anderes zu denken als an ein loderndes Feuer. Ohne dass eine Minute vergeht, ertönt wieder ein Zischen und Knacken. Trotz der noch weit am Zenit stehenden Sonne erfüllt für einen Wimpernschlag ein gellender Blitz die Umgebung. Ich zucke zusammen und sogleich wirft mich eine Druckwelle zurück.

Auf dem Rücken liegend öffne ich wieder die Augen und sehe, wie in der Mitte zwischen den Steinen mehrere Flammen gen Himmel lodern. Und nicht nur das: Das Feuer ist bereits so stark, dass Teile der Stämme zu einer Glut zusammengebrochen sind.

»Gut.

Sehr gut.

Nein, ich korrigiere, ausgezeichnet«, schreit Deon in die Umgebung und reibt sich gleichzeitig Grasreste von der Hose.

Auch ihn hat die kleine Schockwelle auf den Boden gezwungen.

»Und wie immer hast du es gleich übertrieben.«

Langsam drückt er sich von seinem Hinterteil wieder auf die Beine, kommt mir entgegen, reicht mir die Hand und zieht mich nach oben zu sich heran. Ganz leicht küsst er mich auf die Stirn. Erschrocken weiche ich.

Verwundert schaue ich ihm erneut tief in seine klaren, braunen Augen, während wieder dieses warme Gefühl durch die Magengegend zieht. Viel Zeit zum Nachdenken oder eine Chance, dieser Emotion etwas tiefer nachzuhängen, bleibt nicht. Mit einer schnellen Bewegung presst er mich wieder von sich und kehrt mir zugleich den Rücken zu, während er weitererzählt: »Das sind nur die kleinen Dinge, Jason.

Das, was jeder beherrscht.

Aber dann gibt es da noch das Herrscherhaus.«

Meine Blicke sprechen im Moment mehr als meine Worte, denn so sehr ich auch in meinem Gedächtnis nachgrabe, so leer sind Erinnerungen an vergangene Zeiten oder gar an Strukturen, die Deon und eigentlich auch mir selbstverständlich sein sollten.

»Das Herrscherhaus stammt aus direkter Blutlinie der Makar, eine uralte Familie, die sich dem Schutz und dem Glauben an das allumfassende Blaue Band verschrieben haben.«

Mit der rechten Hand greift er nach einem Stock, während er weitererzählt: »Es ist eine Familie, über die heute keiner mehr zu sprechen wagt.

Über Jahrhunderte hat sie sich in eine sagenumwobene Gilde gewandelt und die Legenden haben sich wie Spinnennetze verwoben, sodass der normale Bürger nicht mehr den Ursprung ergründen kann.« Er hält kurz inne und stochert wieder in der Feuerstelle herum, als ob es ein zu bändigendes Tier wäre.

Ich rutsche etwas näher zu ihm und schaue in sein Gesicht, welches in ein leichtes Rot getaucht ist. Die Konstellation der Gestirne um uns herum und das lodernde Feuer hüllen die Lichtung in ein gedämpftes, rötliches Licht.

Ich blicke kurz in den Himmel, der riesigen roten Sonne entgegen. Zwei kleinere Planeten sind ganz dicht gedrängt, sodass es aussieht, als würden sie aufeinander zurasen und jeden Moment in einem Urknall vernichtet werden.

»Wieso wird es schon dunkel, wir sind gerade mal vor wenigen Stunden aus unserem letzten Lager losgeritten?«

Deon blickt mich mit ernstem Gesicht an.

»Die Argamonzeit bricht an. Die Planeten der Götter kreisen in engem Abstand zu unserer Sphäre, sodass sich die Rotation unseres Planeten erhöht und in nur wenigen Stunden die Tageszeiten wechseln. In wenigen Tagen wird diese Zeit vorbei sein und die Tage werden wieder länger.«

Abermals stochert er in der Glut des Feuers herum, während ich wieder in den dunkelrot eingetauchten Himmel blicke und das Spektakel der beiden Planeten beobachte. Es ist ein beeindruckender Anblick, denn die Kerne scheinen so nah zu sein, dass man teilweise Krater und die Oberflächenstrukturen der drei Gestirne erkennen kann. Für einige Sekunden rast mein Herz, denn der Gedanke, dass unsere bewohnte Sphäre in der Masse dieser beiden Ungetüme untergehen könnte, ist allgegenwärtig und scheint von keinem beachtet zu werden.

Das Leben geht indes weiter.

Unbeeindruckt.

Ich schaue in Deons Gesicht, dessen Augen durch das Feuer in einer hellen, leicht gelblichen, orangenen Farbe leuchten. Den Stock, mit dem er die Glut geschürt hat, legt er beiseite und fängt sofort an, die Tauben zu rupfen. Die Federn werden vorsichtig auf einem Haufen gesammelt, als wolle er sie später noch für etwas anderes verwenden. Seine Gedanken scheinen in der Unendlichkeit verloren zu sein. Fasziniert von seinem Anblick, möchte ich ihn auf keinen Fall stören, denn die Sorge um mich ist tief in sein Gesicht geschrieben.

Ohne seine Gedanken zu lesen, weiß ich doch mit einhundertprozentiger Sicherheit, worum sie in diesem Augenblick kreisen. Wieder in den Himmel blickend, spielt sich ein wahres Farbenspiel im Schnittpunkt der Atmosphäre und dem All ab. Das Farbenspiel geht weiter. Der Horizont färbt sich von Rot zu einer Mischung aus Blau und Grün.

Regenbogenstreifen durchschlagen vereinzelte Wolken am Himmel und scheinen ein Band zwischen unserer Welt und den Planeten von Argamon zu bilden.

Deon setzt fort: »Argamonzeit bedeutet Opfer. Seit Jahrtausenden werden Kinder und Menschen, die nicht der gesellschaftlichen Richtlinie entsprechen, den Göttern geopfert.«

Geschockt sehe ich Deons traurige Augen. Eigentlich möchte ich etwas sagen, doch traue ich mich nicht, da ich durch Unkenntnis einen Spalt zwischen uns reißen könnte.

»Tausende Menschen werden heute ihren Tod auf den Altären finden.«

Bei diesen Worten blitzt die silberne Klinge in seiner Hand. Mit einem schnellen Stoß und einem kurzen Reißer wird der Kopf der Taube abgetrennt. Das Blut tropft aus dem Hals auf den Boden. Ich stelle mich dumm: »Was meinst du damit?

Sie töten unschuldige Menschen?

Wieso tun sie das?«

Seine Stimme bleibt ruhig, während er den Tauben nacheinander den Kopf abtrennt und sie nach unten hängend ausbluten lässt. Um die Blutlache am Boden sammeln sich kleine Käfer, deren Rücken einem grünen Blatt gleichen. Gut getarnt leben sie so am Boden im Wald und können ohne Probleme ihren Feinden entgehen.

Allerdings scheint der warme Lebenssaft der Tauben eine Verlockung zu sein, sodass sie sich auf die Gefahr, entdeckt zu werden, einlassen. Mit kleinen Tentakeln saugen sie den Saft in sich auf und je mehr sie in sich hineinsaugen, desto mehr weicht die grüne Farbe aus ihren Täuschungsschildern.

Deon nimmt einen schmalen Holzstamm und rammt ihn mit Wucht in die Erde, während er nach diesen kleinen Käfern tritt.

Mit einem leichten platzenden Geräusch werden sie unter der Schuhsohle zermalmt. Das Blut spritzt an allen Seiten hervor.

»Verdammte Peridone«, schimpft er und zertritt einen nach dem anderen.

»Wenn du dich nicht vorsiehst, kommen sie in der Nacht, wenn du tief schläfst, und saugen dein Blut aus. Ganz geschickt streichen sie mit ihren Tentakeln über deine Haut, sodass du im Schlaf von deiner Mutter träumst, die dich in den Schlaf streichelt.

Dann stechen sie zu, saugen Blut, bis sie satt sind.

Dabei pumpen sie dich voll mit ihrem giftigen Saft, der dir Schwindel und Erbrechen bringt, sodass du am nächsten Tag nur mit Mühe aufstehen kannst.

Diejenigen, die so geschwächt sind, dass sie nicht mehr aufstehen können, bleiben liegen und werden in der nächsten Nacht erneut zur Beute.

Das machen sie so lange, bis kein bisschen Lebenssaft mehr in deinen Zellen übrig bleibt.« Er hält kurz inne, zielt erneut und tritt zu.

»Grausamer Tod.«

Nachdem auch der letzte der Peridone unter Deons Tritten sein Leben abgeben musste, prüft er den Holzstamm auf seine Tragfestigkeit, holt zwei Lederschlaufen aus seiner Tasche und bindet die Tauben daran fest.

Danach setzt er fort: »Wo war ich?«

Er kratzt sich kurz mit der Messerspitze am Kopf.

»Ach ja«, ächzt er und würdigt mich dabei keines Blickes.

»Kranke Menschen und andere, die nicht den Gesetzen des Herrscherhauses entsprechen, werden seit Jahrtausenden unter einem

Vorwand aus dem Weg geräumt. Die Argamonzeit ist der ideale Zeitpunkt, denn die Götter erwarten die Opfer.«

Mit schnellen Bewegungen schneidet er an den Taubenrümpfen herum. Zupft dann die Federn und schneidet die Brust mit einem schnellen Schnitt in zwei. Drei, vier weitere rasante, akrobatisch wirkende Bewegungen und die Tauben sind ausgeweidet. Die Innereien werden dabei ohne Wert ins Feuer geschmissen, welche durch ihr Gezischel Danke sagen möchten.

Wie ein Meister der Küche filetiert er die Tiere, ohne auch nur ein einziges Wort oder gar einen einzigen Blick zu verlieren. Plötzlich hört er auf zu schneiden, kommt ein bisschen näher und flüstert: »Ungeliebtes und Sachen, die einen selbst gefährden können, muss man unschädlich machen.«

Seine Worte klingen diabolisch.

»Dies ist das Kernkonzept der herrschenden Klasse.

Merke dir das, Jason.«

Seine Worte rascheln wie eine Schlange.

Er lehnt sich wieder zurück, nimmt einen weiteren dicken Ast, löst den Riemen und spießt die Tauben kopfüber auf. Schnell rammt er auch diesen in die Erde, allerdings genau so, dass das Ende in die Glut ragt. Die Haut der Vögel wirft kleine Bläschen unter der heißen Zunge des Feuers. Letzte Federn entzünden sich und verschmoren ganz schnell.

»Erzähle mir mehr von der Herrscherfamilie.«

Als ob er mich gar nicht verstanden hat und ohne mich eines weiteren Blickes zu würdigen, erhebt sich Deon und geht in Richtung seines Reittieres.

»Ich rede mit dir«, fordere ich ihn erneut.

Ohne Reaktion kramt er in der Ledertasche am Halfter herum. Seine Mimik ist erneut erstarrt, sodass man sich nach alledem fragen könnte, ob er überhaupt ein Mensch ist, der Emotionen zeigen kann.

Mein Gefühl spricht zu mir, dass er etwas hinter seiner Haut verbirgt.

Es scheint, als hätte er eine dunkle Kammer irgendwo in seinen Gedanken, die verborgen vor der Außenwelt mit einer Mauer versehen ist.

Eine Mauer, die verhindern soll, dass etwas anderes das Innere zu Augen bekommt.

Plötzlich scheint er gefunden zu haben, wonach er sucht.

Seine Hand zu einer Faust geballt verbirgt etwas, was tief in der Tasche vergraben war. Schweigend stapft er durch das saftige Gras zurück zur Feuerstelle, setzt sich neben mich und ergreift mit der linken Hand meinen Arm.

Mit sanftmütigem Blick schaut er wieder tief in meine Augen. Gleichzeitig versuche ich mit etwas Scham seinem Blick auszuweichen.

Seine Sanftmut und seine Zuwendung ist so tief in meinem Herz zu spüren, dass man Angst bekommt, er würde die letzten Gedanken aus der verwinkelsten Ecke meines Gehirns ans Tageslicht befördern. Seine Augen sind dunkel geworden.

Das Braun hat sich in die Dunkelheit der Nacht verwandelt, die um uns herum aufgestiegen ist. Obgleich ich Dunkelheit mit Gefahr verbinde, ist von Gefahr nichts zu spüren.

Erneut verliere ich mich in ihm.

Totale Geborgenheit, Sehnsucht nach Schutz und Zuwendung hüllt uns in einen Schild aus Sicherheit. Seine Stimme ist total ruhig, als er nach meiner Hand greift und sie sanft zu öffnen beginnt.

»Sieh her, Herr Jason.

Dies ist der Stein der Makar. Jeder Erstgeborene des Herrscherhauses erhält einen bei seiner Geburt.« Langsam öffnet er die zur Faust geballte Hand.

Ich blicke in die Mitte und kann einen blau schimmernden Edelstein entdecken. Als er die Hand weiter öffnet, bin ich kurz geblendet und schließe die Augen.

Ein Windzug erfüllt die Stille der Lichtung, geradeso, als seien umherirrende Seelen gerufen worden.

»Die Götter haben es vorgesehen, dass ein jedes Lebewesen von Heleria, welches kurz vor dem Übergang in die nächste Stufe der Existenz steht, einen Stein der Makar erhält.

Der Stein der Makar wird an die Seele dieses einen Individuums gebunden.«

Verwundert und gebannt von der Schönheit des Steines stottere ich die einzige Frage, die in diesem Moment in den Sinn zu kommen scheint: »Und wofür ist dieser Stein gut?«

Deons Griff wird stärker.

»Der Stein ist die Verbindung der Seele des Erstgeborenen mit der zentralen kosmischen Energie. Die Völker nennen diese Energie das Blaue Band. Oder auch das Band der Vereinigung. Den Nexus zwischen dieser Welt und dem Rest des Universums.«

Deon hält einen Augenblick inne, schaut mir wieder tief in die Augen und lächelt dabei.

»Die Aramer haben die Weitergabe und die Produktion dieser Steine unter ihre eigene, persönliche Kontrolle gestellt.«

Sein Blick wird ernst und eindringlich haucht er mir ins Gesicht: »Dieser Stein steht nur dem Erstgeborenen jeder neuen Generation des Herrscherhauses zu.«

Schnell löst er wieder den harten Griff.

»Ich habe dir erzählt, dass jeder in unserer Welt eine Basis an Magie beherrscht, mit der er das Leben gestaltet. Die Herrscherfamilie wiederum steht in direkter Blutlinie der Makar und verfügt über weitaus größere und stärkere Macht als jeder andere dieser Welt.

Die psychokinetische Energie ist in direkter Blutlinie am stärksten. Der Stein dient dem Erstgeborenen dazu, diese Macht um ein Weiteres zu steigern und gleichzeitig die Verbindung zum Blauen Band zu halten. Er festigt somit die Machtstellung des Herrscherhauses und somit die Ära dieser Blutlinie.«

Er hält kurz inne, hebt den Zeigefinger in die Höhe und sagt: »Aber bedenke, dieses Haus herrscht im Dunkeln. Niemand wagt darüber zu sprechen, auch haben die meisten niemals einen Menschen aus dem Hause zu Gesicht bekommen.«

Langsam beginne ich wieder zu verstehen, obgleich ich noch immer nicht verstanden habe, was das alles mit uns zu tun hat und warum er im Besitz dieses Steines ist.

Aus diesem Grunde bleibt für mich nur ein Schluss und ich fühle mich gezwungen, diese Frage zu stellen, auch wenn sie unangenehm erscheint: »Das heißt, wir haben diesen Stein gestohlen und wir befinden uns auf der Flucht vor dieser dunklen Garde, die direkt aus dem Herrscherhaus auf uns gehetzt wurde?«

Deon schaut mich verwundert an.

Mit gefalteter Stirn murmelt er: »Mal was Neues.

Zu dieser Schlussfolgerung bist du die letzten Male nicht gekommen.«

Er öffnet ganz weit meine Hand und streicht kurz und sanft mit seinen langen Fingern darüber.

Mit der anderen Hand legt er den Stein in die weit geöffnete Handfläche.

»Nein.

Der Stein gehört dir.«

Ich zucke zusammen, als ich diese Worte höre.

Auf meine Hand blickend, strömt plötzlich dieser warme Energiestrom durch den gesamten Körper. Ich bin sprachlos und zugleich von der Schönheit des Steines gefesselt. Zu dem Zeitpunkt, als meine Hand das erste Mal den Stein berührte, fing er an, grell in allen Farben zu leuchten. Konstant verändert er seine Farbe zwischen einem brennenden Sonnenlicht bis hin zu einem kristallklaren Blau.

Sobald die Strahlung etwas nachlässt, schimmert er wie Wasser in der Sonne. Bei tieferer Betrachtung sind im Inneren des Kristalles kleine Wellen zu sehen, die wie Energieströme umherschlagen. Dazwischen befinden sich verwobene Glyphen, die ich nicht in der Lage bin zu entziffern.

Sehr deutlich kann ich diese unendliche Macht spüren, die den ganzen Körper ausgehend von diesem Brocken aus Materie durchfährt. Wie Strom lässt er die Muskeln für Bruchteile von Sekunden zittern und zugleich ruht meine Seele in absoluter Zufriedenheit.

Wieder zu Bewusstsein kommend zucke ich zusammen.

»Wieso?«

Erschrocken lasse ich den Stein fallen, der daraufhin sofort sein Leuchten verliert und nur noch wie ein ganz normaler plumper Gesteinsbrocken aussieht.

Ich stehe auf und bewege mich einen Schritt zurück.

Weg von Deon.

Weg von dem Stein.

»Wieso hast du mir nichts gesagt? Ich verstehe das alles nicht.«

Deon bückt sich nach dem Stein im Gras, hebt ihn auf und versenkt ihn wieder in seiner großen Handhöhle. Das eigenständige, lebendige Blitzen und Leuchten war in dem Moment verschwunden, als er mir aus der Handfläche entglitten ist. Jetzt ähnelt er nur noch einem Stück Basalt. Ein lebloser Brocken aus x-beliebigem Gestein. Ein Stück Felsen, das man überall bekommen kann. Deon steht auf, greift nach mir und versucht mich zu beruhigen.

»Es tut mir leid, Jason. Der Schlaf des Vergessens ist ein Fluch.«

Er lässt sich zurück auf den Baumstamm zu meiner Rechten fallen und vergräbt den Kopf auf seinen Fäusten. Ganz leise ist ein Seufzen und Jammern zu hören, das mich erschrecken lässt. Ich setze mich neben ihn und lege den Arm um seine Schulter.

»Bitte nicht weinen.

Es tut mir leid.

Alles ist meine Schuld.«

Ohne weiter darüber nachzudenken lehne ich meinen Kopf an den seinen. Die schwarzen Haare duften nach Erde und seine Haut ist absolut zart. Mit beiden Armen umschließe ich seinen Körper und küsse seine Wange.

»Bitte Deon. Du bist alles was ich habe«, flüstere ich sanftmütig in seine Ohren.

Immer fester klammere ich mich an ihn, denn allein der Gedanke, dass er sich meinetwegen Vorwürfe zu machen scheint, macht mich verrückt.

»Du erdrückst mich«, krächzt er plötzlich. Mit einem kräftigen Drücken versucht sich Deon aus der Umarmung zu befreien. Er steht auf, wischt sich die Tränen aus dem Gesicht und läuft wieder zu Kapokroon. Mit einem schnellen Griff verstaut er den ungeschliffenen Edelstein wieder in seiner Satteltasche, dreht sich zu mir um und sagt:»Wir sind hier, weil wir geflohen sind.«

Mit schnellen Schritten bewegt er sich zu mir zurück und fällt plötzlich kurz vor mir auf die Knie.

»Egal was passiert. Ich bleibe bei dir, Jason.

Wir sind untrennbar miteinander verflochten und ich habe dir mein Leben verschworen. Nichts von alledem, was passieren vermag, wird uns trennen, und in der Not bin ich bereit, mein Leben für dich zu opfern.«

Er ergreift meine Hand und küsst aus Ehrerbietung die Oberfläche. Im gleichen Augenblick schnappe ich seinen Arm und zwinge ihn in die Höhe.

»Nein.

Du musst nicht vor mir knien. Es gibt keinen Grund.«

Erneut verfängt sich unser Blick in der Tiefe beider Augen. Wieder verschlägt es mir die Sprache, aber ich versuche, mich im gleichen Atemzug zu fangen.

»Ich werde ebenfalls für dich sterben, wenn es nötig ist.«

Sein Kopf neigt sich vor Ehrfurcht vor mir. Seine schwarzen, langen Haare fallen leicht über die Schulter und sein Blick versinkt tief vor mir im Boden.

»Sie wollen dich töten, weil du anders bist. Sie wollen deinen Tod, weil du mehr Macht besitzt als der Erstgeborene vor dir.

Das heißt, wir haben eine Mission, die wir zu Ende führen müssen.«

Mit dem Mittel- und Zeigefinger greife ich nach seinem Kinn und zwinge seinen Kopf erneut auf Augenhöhe zu mir. Nur wenige Zentimeter trennen uns. Leicht kann ich seinen warmen Atem auf meinen Lippen spüren und möchte mich am liebsten genau in diesem Moment seiner Macht ergeben.

Gezwungen ringe ich nach Worten, um diesen Moment der Versuchung zu besiegen: »Warum?

Nur weil ich dieses Quäntchen mehr Macht besitze?«

Wieder sind wir uns so nah gewesen.

Wieder konnte ich die elektrisierende Energie spüren, die vom Kopf über das Herz in die Eingeweide vordringt.

Wieder hatte ich diese wohltuende Wärme auf meiner Haut.

Erneut fühlte ich mich geborgen.

Abermals wünschte ich mir, dass dieser Moment niemals vergehen würde.

Aber die Vernunft und das innerste Gefühl zwingen mich zum Einhalten. Ich schließe die Augen und fühle, wie seine starken Hände langsam am Körper entlang streifen. Mit viel Achtsamkeit tasten sie sich über meine Wangen und vergraben sich kurz darauf in der Hüfte. Für wenige Atemzüge ist alles vergessen. Vergessen die Garde, die Gefahr und die Flucht vor einem unbekannten Feind. Die Augen sind fest verschlossen, während der Geist davonrennt. Für eine Weile verliere ich das Gefühl für alles, was um mich herum passiert. In der Nase verweilt lediglich der Duft des saftig grünen Grases um uns herum.

In dieser Gedankenwelt sind die Augen weit geöffnet. Dunkelheit erfüllt den Himmel und zur gleichen Zeit ist die Umgebung mit Licht durchflutet. Argamon strahlt riesig über dem Zenit und ich schwebe inmitten dieser unendlichen Weite. Der riesige Himmelskörper erfüllt den größten Teil des Himmels.

Der Körper ist schon lange nicht mehr zu spüren und ich scheine in eine andere Welt eingetreten zu sein. Wohltuende Wärme erfüllt mich und in der Luft säuselt ein leichter Wind, der kleine Pollen über das Gras wirbeln lässt.

Mit absoluter Ruhe erfüllt, schweifen die Augen in die Ferne. Genau dort scheint sich eine größere Gestalt meiner Position zu nähern.

Als sie näher kommt, kann ich erkennen, dass es sich um ein Napuko handelt. Mit rasender Geschwindigkeit bewegt es sich durch das kniehohe Gras.

Blitzschnell kommt es näher, bis es drei Fuß entfernt vor mir zum Stillstand kommt.

Mit dem ganzen Körper schwebt es über der Grasnarbe und die Luft ist plötzlich vom Geruch des Napukoleders erfüllt.

Der Kopf der unbekannten Gestalt gleicht dem eines Elchs, auf dessen Spitze lediglich ein einzelnes Geweih in die Höhe sprießt.

Am Ende ist es sehr fein gegliedert. Sein ganzes Fell schimmert rötlich in der Sonne Argamons. Mit seinen großen schwarzen Augen schaut es mich an, ohne einen Ton von sich zu geben. Es starrt einfach nur, als wolle es in die Gedanken vordringen.

Gefesselt von diesem Blick traue ich mich nicht, mich von ihm abzuwenden. Einige Sekunden vergehen, bis es einen weiteren Schritt näher kommt. Sein Maul berührt mich fast und plötzlich sagt es: »Jason.

Du musst dich beeilen.

Gehe nach Makar und löse dich vom Schlaf der Vergessenheit.

Aber hüte dich vor den Treuen der Gilde.

Traue keinem Wort und töte deinen Bruder, damit das Land wieder befriedet werden kann.«

Beim letzten Wort öffnet sich sein Maul und aus seinem Inneren dampft eine tiefschwarze Wolke, die den Körper wie eine Säure aufzufressen beginnt.

Plötzlich ziehen Wolken auf und die schwarze Wolke formt sich zu einem Wirbel, der sich in die Lüfte erhebt.

Zischend wird der Körper des Napuko zu einer tiefschwarzen Kugel, die Argamon entgegen in die Höhe rast.

Die Wolken lösen sich auf und die Sonne blendet die Sicht.

Ich verliere das Gleichgewicht und schlage mit dem Kopf im Gras auf.

Durch ein Ziehen am Körper werde ich gezwungen, die Augen zu öffnen.

Deutlich spüre ich die Grashalme auf meiner Stirn.

Leicht kühl und spitz prickeln sie auf der Haut.

Als ich die Augen öffne, kann ich nichts erkennen. Ich versuche mich ein wenig zu bewegen, komme jedoch nicht weit, denn eine starke Hand hält mich fest.

Mit ein wenig mehr geöffneten Augen kann ich fühlen, wie das Gras sich in schwarze Haare verwandelt. Deons lange, dicke Haare.

Mein Gesicht ist tief an seinem Hals vergraben.

Auf den Wangen kann ich die Halsschlagader fühlen, die das Blut mit jedem Schlag des Herzens nach oben pumpt. Seine Stimme übertönt seinen Atem, der tief in mich eindringt, geradeso, als würde ich eins mit ihm sein: »Jason, wir schaffen das.«

Seine Stimme ist noch immer so sanftmütig, dass mir die Knie weich werden.

Seine Hand greift mich abermals kräftig im Genick und zieht den Kopf nach vorne. Was ich gerade erlebt habe, scheinen Minuten gewesen zu sein, aber doch hat sich in dieser Bewusstseinsebene keine Sekunde der Zeit verändert. Während er meinen Kopf mit beiden Händen vor sein Gesicht hält, versuche ich mich mit beiden Händen von seinem Körper wegzustoßen und sage: »Ich hatte eine Vision.«

»Eine Vision?«, fragt Deon erstaunt und lässt mich los.

Er wirkt plötzlich sehr interessiert.

»Erzähl mir davon«, sagt er, während sich seine Pupillen verengen.

»Ich war auf den Weiden der Makarebene und das Napuko hat zu mir gesprochen.«

Wie ein Sack lasse ich mich kraftlos und unentschlossen zu Boden fallen. Sein Blick fällt mit mir und kurz darauf setzt er sich behutsam neben mich auf den Baumstumpf.

Das Feuer lodert noch immer dem Himmel entgegen.

Argamon verdrängt ganz langsam den Rest der Sonne, sodass ihre Strahlen mehr ein letztes klägliches Leuchten zwischen den mit Dunkelheit erfüllten Himmel am Horizont sind.

Die Bäume beginnen damit, die ersten Strophen des allbekannten Schlafliedes anzustimmen.

Dunkelheit wird immer bestimmender und breitet sich langsam wie ein schmaler Schatten auch über die Baumwipfel aus.

Mit ihr kommt die Kälte.

Deon ergreift mein Knie und sagt: »Erzähle mir davon.«

Ich schaue auf den Boden, voller Scham, denn im Grunde ist es mir peinlich, tief drin ein Wissen zu tragen, dem Unbeachtetes zu greifen nicht möglich ist.

»Es hat mich aufgefordert, nach Makar zu gehen und meinen Bruder zu töten.«

Mit Traurigkeit schaue ich in Deons Gesicht. Meine Augen verlangen nach Antworten, die er mir mit Sicherheit nicht geben kann.

Oder vielleicht doch?

Er verweigert sich meiner Person gegenüber, genauso wie sich meine Seele weigert, die Erinnerung ans Tageslicht zu befördern.

»Kannst du mir erzählen, was ich nicht weiß?

Kannst du mir helfen, meine Erinnerung zurückzugewinnen?«

Meine Fragen sind simpel. Ich kann seine Finger auf meinem Oberschenkel fühlen. Ich kann die Vertrautheit fühlen und die Wärme, die auf der einen Seite von ihm ausgeht.

Auf der anderen Seite bemerke ich, wie sich seine Finger über meiner Kniescheibe zusammenkrallen, als ich meine Frage auf Hilfe stelle.

Eigentlich nicht unerwartet antwortet er: »Das kann ich nicht.

Ich werde dir helfen, dich zu erinnern, aber erzählen kann ich dir nichts, weil du sonst nicht deine ganze Macht zurückgewinnen wirst.

Dein Bewusstsein muss selbst deine Seele ergründen und die Verbindung zu deinem Unterbewusstsein wiederherstellen. Nur so können wir sicherstellen, dass du über deine ganze Macht verfügen kannst, die tief in dir vorhanden ist.«

Er verstummt erneut und kommt näher.

Leise säuselt er, als wolle er mir ein Geheimnis verraten: »So war es auch dein Wille, als alles begonnen hat. Mit meinem Leben musste ich dir schwören, mich daran zu halten. Du wusstest, was man mit dir vorhatte, und als man versuchte, den Stein zu vergiften, sodass der Schlaf des Vergessens begann, hast du mir diese Verantwortung auferlegt.«

Kurz zurückweichend sage ich mit bestimmter und energischer Stimme: »Aber wieso mein Bruder?«

Ich stocke kurz, schüttele den Kopf und blicke wieder auf die Erde.

Trauer erfüllt mich für einen Augenblick und ich sage: »Ich weiß nicht, was das alles mit meinem Bruder zu tun haben soll.«

Ungeduldig wie ein kleiner Junge rutscht Deon auf dem Baumstamm hin und her. Es scheint, als wolle er mir etwas sagen, aber ein Zwang hindere ihn daran.

»Ich denke, wir sollten jetzt etwas essen, die Ebene hinter uns lassen und dann in die nächstgelegene Stadt reiten.

Aber vorerst erzähle ich dir noch kurz etwas von den Napukos.«

Der Duft gerösteter Tauben steigt in die Luft und macht Appetit, ohne dass man ein Weiteres dazu beisteuern muss. Mit Leichtigkeit wendet er die aufgespießten Torsos im Feuer, schnappt sich das dunkelste von allen und zückt abermals sein langes Messer.

Mit schneller Klinge teilt er das knusprig geröstete Tier in zwei Teile. Eines davon drückt er mir in die Handfläche.

»Iss!«

Sein Blick ist fordernd, während er bereits mit der anderen Hand seinen Teil der Taube in essbare kleine Stücke bricht. Im gleichen Moment, in dem er mir mit der einen Hand einen Teil des Fleisches reicht, stopft er sich mit der anderen unter hastigen Bewegungen ein großes Stück in den Mund. Wollüstig schmatzt er dabei und stöhnt vor Genuss, sodass es mir ganz anders wird.

Mir ist im Augenblick kaum zum Essen zumute und dementsprechend stecke ich mir eher widerwillig einzelne Fetzen in den Mund. Malmend und mit vollem Mund fängt Deon plötzlich an zu erzählen: »Weißt du, Jason.«

Er stockt für einen kurzen Moment mit dem Essen, schaut zu mir herüber und fängt dann an weiterzukauen, während er redet.

»Die Napukos suchen ihre Herren aus.«

Sein Schmatzen und Kauen übertönt die Worte, so bin ich gezwungen, ein bisschen näherzurücken.

»Für diesen Tag hält die Herrscherfamilie eine riesige Zeremonie ab.

Die Priestergilde wird geladen und der Hauptmönch ruft dabei in einer Meditation die jungen Napukos herbei.«

Er unterbricht seine Worte, schiebt den langen Stab mit den Vögeln ein wenig mehr ins Feuer, dass das Fleisch erneut in der Hitze zischt.

Beim Herumstochern ziehen kleine, lodernde Funken wie Staub in die Höhe. Sie zirkulieren mit dem Windstrom und tanzen zu der Farbenpracht des Himmels. Danach setzt er mit leichten und sehr ruhigen Worten fort: »Der Auserwählte, der ein Napuko zukünftig sein Eigen nennen darf, befindet sich bei diesem Ritus allein auf einer riesigen Weide, nahe der verbotenen Zone von Makar.

Zumeist sind es noch Babys, die einfach in die Mitte der Weide gelegt werden, während der Rest der Festgruppe in sicherer Entfernung zuschaut.

Das Ritual kann Minuten, Stunden oder sogar Tage dauern und während dieser Zeit darf auf keinen Fall der Auserwählte berührt werden.«

Ich habe bereits aufgehört zu essen, denn meine ganze Konzentration gilt ihm. Beeindruckt ist er von meiner uneingeschränkten Aufmerksamkeit nicht. Als ob es eine unwichtige Erzählung am Rande wäre, steckt er sich mehr und mehr von dem zarten, weißen Fleisch in den Mund. Das Fett, welches aus dem Fleisch quillt, läuft links und rechts an den Mundwinkeln herunter.

Seine Worte sind zwischen lauter Schmatzen, Fletschen, Schlürfen und Zischen kaum noch herauszuhören. »Weißt du, Jason«, erzählt er weiter und kaut dabei genüsslich vor sich hin.

»Die Napukos sind zwar treu und stehen bis zum Tode für ihr Rudel und ihre Gefährten ein, doch sind sie wild lebend, immer ungezähmt, unberechenbar und scheu. Ihr Alltag ist davon geprägt, unbekannte Wesen zu meiden. Als Feinde betrachtete Gegenspieler werden ohne langes Zögern aufgespießt und ausgeblutet.« Abrupt unterbricht er seine Erzählung, steht auf und schiebt den dicken Teil des Baumstammes ein wenig mehr in die Glut.

Anschließend nimmt er den Stock mit den Tauben aus dem Feuer, zieht einen weiteren knusprigen Torso ab und hält ihn mir entgegen.

»Iss«, fordert er erneut.

Ich schüttele nur den Kopf und sage: »Erzähle weiter.«

Augenblicklich bin ich weißgott eher an seinen Ausführungen interessiert als an einem ausgiebigen Fleischmal.

Gekonnt schiebt er die anderen Taubenteile am Stock in die richtige Position, rammt ihn anschließend mit einer Bewegung in die Erde und biegt den oberen Teil wieder so passgenau in Position, dass das Fleisch in den Flammen schmoren kann.

Danach erzählt er weiter: »Tagsüber verstecken sich die Napuko im Dickicht des Waldes.

Erst in der Abenddämmerung trauen sie sich zum Grasen auf die großen weiten Auen. In diesem Augenblick sind sie in einem hohen Maße gefährlich, denn sie reagieren auf alles, was sich ihrem Rudel nähert.«

Deon stockt kurz mit den Kaubewegungen, schaut zu mir herüber und nähert sich bis auf wenige Zentimeter.

Mit einer erschreckenden Direktheit flüstert er mir ins Ohr: »Verstehst du?«

Seine Worte hauchen wie feuchter Staub über meine Wangen.

Stoisch lehnt er sich wieder zurück, reißt ein weiteres Stück Fleisch von dem dünnen Knochen und starrt in das lodernde Feuer.

An dem kleinen Knochen knabbernd setzt er fort: »Das ist genau der Punkt, bei dem die Spreu vom Weizen getrennt werden soll.«

Total entspannt, als ob nichts gewesen wäre, macht er sich auf dem dicken Baumstamm breit und schlingt nach und nach ein weiteres Stück des saftigen Fleisches in sich hinein. Der Appetit ist mir inzwischen vergangen, denn die Spannung steigt in ein unerträgliches Maß.

»Heißt das etwa, dass das großartige Herrscherhaus diese Morde duldet, um so die Blutlinie zu reinigen?«

Deons Blick erstarrt.

Mit schnellem Spucken entledigt er sich der Überreste durchgekauten Fleisches.

»Ja«, antwortet er mit harter Stimme.

»Das Napuko sucht sich nur das stärkste Individuum aus.

Ein Wesen, welches Macht und Bedeutung in sich vereint, sozusagen seinem Selbst gerecht zu werden. Alle anderen werden erbarmungslos in die Wälder verschleppt und niedergeschlachtet. Dieses Ritual hat zur Folge, dass die Blutlinie gestärkt wird. Denn nur die Kinder mit der größten Kraft überleben.«

Mit eindringlichem Blick schaut er mich an und fordert uneingeschränkte Aufmerksamkeit ein, die er sowieso schon innehat: »Eines musst du wissen.

Vor Hunderten von Jahren stand dieses Ritual jedem Wesen der Sphäre offen. Die Macht der Herrscherfamilie, die bis in den letzten Winkel dieser Welt bekannt und gefürchtet ist, wurde durch die Aramer ausgenutzt.

Sie haben sich das Ritual zu eigen gemacht, denn sie haben die Chance gesehen, ihre Blutlinie zu stärken.« Seine Worte sind hart und eindringlich.

»Und genau das ist die Gefahr«, unterbreche ich ihn.

»Richtig«, erwidert er.

Seine erstarrte Geste wird wieder flüssig, und als ob er wochenlang nichts zu essen bekommen hat, steckt er sich das nächste Stück Taubenfleisch in den Mund.

»Die Priestergilde der Makar hat in den alten Schriften berichtet, dass eines Tages eines von zwei Neugeborenen dem Ritual unterworfen wird, welches die Blutlinie durchbricht und das uneinige und gepeinigte Land in einen Krieg führt, der letztendlich das Blaue Band aus dem Bann von Makar befreit und alles zurück zum Ursprung führt.«

Mein Mund steht für eine Weile offen, denn die Worte klingen so vertraut in meinen Ohren.

Zu oft habe ich sie in den Lehren der Gilde gehört und doch habe ich sie niemals verstanden. Jetzt sind sie plötzlich wieder so präsent wie das Morgengebet des Argamon.

Mit seinen letzten Worten kehrt diese unbeschreibliche, ausgeglichene Ruhe in seine Worte: »Trotz dieser viel gepredigten Lehren sind die Worte in der Herrscherfamilie schnell vergessen gewesen.

Du wurdest nach deiner Geburt genauso dem Ritual unterzogen wie all deine anderen Brüder und Schwestern, von denen über Generationen Tausende den Tod gefunden haben.

Letztendlich gilt das Ritual nicht der Stärkung der Familienbande.

Vielmehr sollte das Problem eliminiert werden, welches irgendwann heranwachsen würde und von welchem schon seit Anbeginn der Zeitrechnung prophezeit wurde.«

Ich rutsche ein weiteres Stückchen näher an Deon heran, sodass ich seine Wärme durch das Leder meiner Hose spüren kann.

»Dein Bruder wurde als Führer des Herrscherhauses vorgesehen, denn man hatte nicht damit gerechnet, dass es ein zweites Kind geben würde.

Eigentlich wird dafür gesorgt, dass nach der erfolgreichen Durchführung des Katu-Rituals, welches die Linie sicherstellt, kein weiteres Kind geboren wird.«

Seine Augen blitzen im flackernden Feuer. Für einen kurzen Moment kann ich einen Schauer aus Kälte, Hass und Wut fühlen, der wie eine Raupe über die Schulter meinen Rücken herunter kriecht.

Seine Augen spiegeln plötzlich die Dunkelheit um uns herum wider, sodass ich Angst bekomme.

Ich versuche mich wieder zu konzentrieren und wische die nicht zuzuordnenden Gedanken beiseite. Gekonnt wirft er den abgenagten Knochen in das glühende Holz, wendet sich von mir ab und spricht weiter: »Das Katu-Ritual wurde von den Aramern entwickelt und geht zurück bis auf die Ursprünge der Zeit.

Dabei werden Frauen ausgesucht, bei denen die Wahrscheinlichkeit, einen Sohn zu zeugen, bei einhundert Prozent liegt und die selbst kurz vor dem nächsten Level der Auferstehung stehen. Dies bedeutet, dass das Neugeborene die Seele der nächsthöheren Bewusstseinsform empfängt.

Dadurch verfügt es automatisch über einen Vorrat an psychokinetischer Energie, auf die es dann später zugreifen kann. Auf diese Weise wird der Fortbestand der Herrscherfamilie auf höherer Daseinsstufe gewährleistet.«

Er wendet sich mir wieder zu, umfasst mit seinem starken Griff meine Schulter und sagt: »Das Katu-Ritual endet damit, dass nach der Geburt die Mutter des Kindes geopfert wird. Doch die Liebe ist manchmal stärker als jede Bande und jede auferlegte Restriktion.«

Ich bin verwundert und frage: »Was soll das bedeuten?«

»Aruk, der Anführer des zentralen Herrscherhauses hat sich in deine Mutter verliebt.

Er wusste, dass sie dem Katu-Ritual unterzogen werden soll, doch seine Liebe entwickelte sich im Laufe der Zeit zu einer starken Verbindung.

Er bat den Hohen Priester der Makar, sich dem Schluss des Rituales zu verweigern und seine Liebe vor den anderen Häusern zu verstecken.

Er folgte diesem Wunsch.

Aruks Sehnsucht war jedoch so stark, dass er nicht ohne sie leben konnte. Er traf sich heimlich mit ihr und nach einigen Jahren wurde ein weiteres Kind geboren.«

Deon wendet sich von mir ab und schaut nach dem Fleisch. So spannend die Geschichte zu sein scheint, so schwer schlägt sie mir plötzlich auf den Magen.

Wie ein Kloß hängt die Erzählung in der Kehle fest. So einfach kann man das Ganze nicht wegschlucken. Ich runzle die Stirn und frage ihn: »Das heißt, ich bin ein ungewollter Teil in meiner Familie und daher sind wir auf der Flucht.«

Deon prüft die Konsistenz des Fleisches und greift sich ein Stück Brust, welche mit ihrer goldbraunen, knusprigen Oberfläche Lust auf mehr macht. Ächzend stöhnt der Stamm unter seiner Last, als er sich wieder mit einem harten Schlag darauf niederfallen lässt.

Unbekümmert und ungeachtet meiner Aussage vollendet er seine Erzählung: »Aruk konnte das Kind nicht mehr verheimlichen, denn die anderen Häuser spürten die Veränderung der Macht. Was keiner erwartet hatte, war, dass sich die Macht mit dem zweiten Kind noch mehr verstärkte.

In langen Sitzungen beschlossen die drei Häuser letztendlich, dieses Kind gleichfalls dem Ritual der Napuko zu unterziehen. Immer mit der Hoffnung, dass die Napukos das Kind töten würden.«

Stille erfüllt plötzlich die frische, klare, saubere Waldluft. Zerfetzt wird diese Momentaufnahme durch einen weiteren Satz, den ich eigentlich irgendwo erwartet habe: »Leider wurde ihre Hoffnung jäh enttäuscht.«

Deon hält nochmals kurz inne und stopft sich ein weiteres Stück Fleisch in den Mund. Ich durchbreche die Pause und sage: »Aus diesem Grund hat man beschlossen, entgegen der Tradition nicht dem ersten Kind, sondern dem Zweitgeborenen die Macht des zentralen Hauses zu überreichen.«

Meine Worte hallen schnell über die Lichtung.

»Ja«, erwidert Deon mit vollem Mund.

Elektrisierend durchstößt der Gedanke der Einsicht mein Gehirn.
Bei diesen Worten scheint es, als hätte ich den Zusammenhang zwischen allem verstanden.

»Ich verstehe.

Doch die Rechnung ist nicht aufgegangen, denn sie haben erkannt, dass ich derjenige aus den alten Schriften bin. Deswegen haben sie versucht, mich mit Gift in die Knie zu zwingen und mir den Schlaf des Vergessens beschert.«

Deon fängt plötzlich laut an zu lachen.

»Nun übertreib mal nicht.

Es ist nicht erwiesen, ob es wirklich ein Anschlag oder ein Versehen war. Und ob du derjenige bist und die Familien nicht doch die richtige Entscheidung getroffen haben, ist letztendlich nicht geklärt.«

Sein Lachen verstummt.

Plötzlich abgehackt, als ob es durch etwas Übermächtiges abgewürgt wurde.

»Allerdings muss ich zugeben, dass es eine Sache gab, die nicht dem entsprach, was üblicherweise geschieht.

Jedem geweihten Kind opfert sich in der Regel ein Napuko.

Bei dir war es anders.

Eine ganze Herde versammelte sich um deinen kleinen Körper. Die Priester erzählen noch heute, wie sich hunderte von Napuko geopfert haben und sie deinen Anzug aus diesen vielen zusammenstellen mussten. Mehrere hunderte Tage dauerte dies.«

Verwundert lege ich meine Hand auf Deons Oberschenkel und frage: »Und das weißt du alles so genau? Warst du wirklich dabei?«

Sarkasmus schwingt in der Essenz der Worte.

»Ich weiß, worauf du hinaus willst, Jason, aber es ist wahr.

Ich war bei diesem Ritual nicht dabei. Da hast du wohl recht. Meine Mutter hat aber bereits an der Kinderwiege ein Lied darüber gesungen.«

Er nimmt meine Hand von seinem Bein, umfasst sie mit einem schnellen Griff und führt sie zu seinem Mund.

Mit einem zarten Hauch berühren seine Lippen meine Fingerspitzen, während sein Blick fordernd in meinen Augen versinkt.

»Aber wer weiß schon, was der Morgen bringen wird«, flüstert er leise.

Tausende Blüten könnten in diesem Moment vergehen und doch würde dieses vollendete Phantasiegebilde nicht zerrinnen.

Ich schwimme noch einen weiteren Atemzug in meinen naiven Gefühlen, als ohne Vorwarnung diese geträumte Perfektion beendet wird.

Deon schaut sich plötzlich hektisch um, stopft ein letztes Stück des Fleisches in den Mund und schleudert die Hand zu mir zurück. Danach steht er auf und rennt zu Acha.

Aufgeregt kramt er in der Tasche, die am Lederhalfter hängt. Nach kurzer Zeit bringt er eine ovale Metallplatte zum Vorschein, auf der irgendwelche verschnörkelten Bilder eingraviert sind.

Übernervös rennt er wieder zurück zur Feuerstelle.

Eher zappelig als ruhig hält er die Platte vor die Feuerstelle, schließt die Augen und murmelt ein paar Verse vor sich hin, die so leise sind, dass ich sie nicht verstehen kann.

Ich stehe auf und bewege mich in leichtem Abstand zu ihm.

Sein Körper ist so eisig, dass selbst in einigen Schritten Entfernung die ausgestrahlte Kälte einen frostigen Schauer über den Rücken treibt.

Es vergehen kaum ein paar Sekunden, als plötzlich ein kurzer aber heller Strahl aus der Mitte der kleinen ovalen Platte schlägt.

Unbeeindruckt hält er sie noch immer dem lodernden Feuer entgegen. Erneut schlägt ein kurzer weißer Strahl aus der Mitte, sodass sich Deon mit einem Fuß stützen muss, um nicht nach hinten gedrückt zu werden.

Der Strahl schlägt in die Mitte der runden Stelle ein und hüllt das Feuer in einen kuppelförmigen Eisblock. Das lodernde Flammenmeer, die Glut und selbst die flirrenden Rußpartikel in der Luft sind nach dem letzten kurzen Schockstrahl eingefroren wie in einer Momentaufnahme.

Innerhalb von Sekunden verliert das Feuer seine Energie, verblasst immer mehr, bis kaum noch etwas von der gelbrötlichen Brandsäule zu sehen ist.

Nicht verbranntes Holz verändert sich zu schwarzer Kohle. Deon senkt die Metallplatte, als nichts mehr von einem Brandherd zu sehen ist.

Die Eiskuppel löst sich mit einem sanften, dumpfen Schlag in Staub auf und fliegt in kleinen grauen Aschefetzen gen Himmel. Mit einer schnellen Bewegung versenkt er die Platte in seiner Hosentasche. Seine Handfläche verdeckt dabei gekonnt die Oberfläche mit den eingravierten Zeichnungen, die ich kurz sehen konnte, als er die Platte aus dem Halfter genommen hat. Seine Bewegungen sind so schnell und gedrängt, dass es den Eindruck erweckt, als wäre dieses Ding ein Geheimnis, welches nicht für meine Augen bestimmt ist. Dann dreht er sich zu mir um, blickt in mein erstauntes Gesicht und sagt, als ob nichts gewesen wäre: »Wir müssen gehen!

Wir haben schon zu viel Zeit verloren.

Der Schlaf wird zu schnell zurückkehren und wir haben noch einen zu langen Weg vor uns.«

Eben noch so sanft, klingen nun seine Worte so unerwartet hart zu mir.

Keine Zeit, um über gesprochene Worte, erlebte unmöglich erscheinende Dinge oder Geheimnisse, die er in sich trägt, nachzudenken.

Schweigend und mit schnellen Fingern packe ich die umherliegenden Dinge zusammen. Die Riemen von Achas Sattel überprüfe ich, indem ich den Verschluss löse und erneut festzurre. Danach schwinge ich mich rasch auf seinen breiten Rücken.

Ich sehe mich um und folge den schnellen und hektischen Bewegungen Deons. Lediglich der immer dunkler werdende Himmel über der Lichtung weist den Weg in die Unendlichkeit.

Mein Blick schweift in die Ferne.

Der klar und tief leuchtende Planet am Horizont weist den Weg in ein unbekanntes Land. Ein Land, welches mir so bekannt sein sollte wie mein eigener Körper.

Doch bleibt es in einem Schatten gelöschter Erinnerungen verborgen, sodass jede Sekunde eine neue Entdeckungsreise ist. Mir ist klar, dass ich erst am Anfang einer langen Reise stehe.

Einer Reise, deren ich mir selbst nicht eingestehen möchte und deren Existenz ich bis zu diesem Augenblick aufrichtig leugne. Das Unterbewusstsein treibt mich jedoch voran.

Voran, diesen letzten Schritt zu wagen, auch wenn es der Abgrund und damit das Ende sein sollte. Verwirrt über die eigenen Gefühle blicke ich einem Menschen hinterher, der so vertraut erscheint und ohne den ich mir dieses erinnerungslose Leben nicht vorzustellen wage.

Deon ist ein Mensch, der sein Leben für mich opfern würde.

So hat es zumindest den Anschein.

Im Grunde genommen ist mir bis zu diesem Zeitpunkt noch immer nicht klar, weswegen er das machen würde.

Ist es Respekt vor meinem Hause?

Ist es der Schwur, den er abgelegt hat?

Ist es die Verpflichtung seiner Seele?

Ist es gar die Liebe, die ihn in seinem Tun vorantreibt?

Oder ist es nur eine Blendung, der ich erlegen bin?

Eine Lüge seiner Person?

Noch einige Minuten sinniere ich über die Worte, während diese unwirkliche Nacht ihre kalten Schauer über die Lichtung treibt.

Mein Blick folgt Deon, der langsam mit Kapokroon in der Ferne verschwindet.

Ich folge ihnen auf Acha nach.

Verschollen

Finstere Nacht wacht über uns, während die Stille unser Herz in zwei Teile bricht.

Chronisch vertrauen wir auf die Trunkenheit der Dunkelheit, wobei im gleichen Atemzug das Vergessen der Vergangenheit den Platz zwischen dem Leben einnimmt.

Liebe ist die Verblendung des Lebens in seiner reinsten Form, dennoch gibt sie uns die Kraft, den Morgen zu überstehen und den Schritt in die Zukunft zu wagen.

Stetig habe ich immer den Menschen in meinem Leben vertraut und bin doch enttäuscht worden.

Doch sollte diese Enttäuschung niemals mit dem Zugewinn an Weisheit aufzuwiegen sein, denn die Seele ist im Kontakt mit Vergangenheit und Zukunft.

Sie gibt uns die innere Sicherheit des Seins und bewahrt uns unterbewusst vor Fehlern, die wir in einem anderen Leben schon einmal erlebt haben. Zur gleichen Zeit fordert sie nach der unsichtbaren Gefahr, Fehler zu wiederholen, um in der entwickelten Konsequenz aus den Effekten zu lernen und nicht in der weiteren Zukunft erneut in diese Falle zu tappen.

Nur das Vertrauen auf innere Werte birgt die Sicherheit, eine Entwicklung zu vollziehen, die Geist und Körper von Materialismus und Unvollkommenheit loslöst. Allein auf diese Weise ist es dem geistigen Auge überhaupt möglich, das Spektrum eines Weges nach vorne, in die Vollkommenheit zu erkennen. Die Liebe ist dabei positives Gefühl und eine Last zugleich.

Sie ist dem Grunde nach die Erlösung von der Materie, denn sie gibt uns die Kraft, Dinge zu lenken, derer wir ohne dieses Gefühl nicht Herr werden würden.

Unsere Daseinsform, welche in der wahrnehmbaren und irdischen Welt unabdingbar mit den Leiden der vorhergehenden Leben verbunden ist, wird frei und kann unbeschwert davonfliegen.

Es ist wahrhaftig, was ich tief in mir fühle.

Die Unwiderlegbarkeit dieser versteckten Lüge presst sich jeden

Atemzug aufs Neue wie Sodbrennen die Kehle nach oben in den Rachenraum. Immer wieder und wieder schlucke ich das Gefühl von Ehrlichkeit hinunter und verbanne es in meinen Eingeweiden.

Der Wunsch nach Geborgenheit, das Verlangen nach allumfassender Liebe und Nestwärme bleibt vorhanden. Obgleich sich zur gleichen Zeit ein unbekannter Teil in mir weigert, diese verletzbare Seite nach außen zu kehren. Denn eines ist mir bewusst: In jenem gewissen Augenblick der Zeit, an dem ich dieser Begierde Nachdruck verleihe, wird genau in diesem Moment die Leidenschaft im Keim der Fäulnis zerschmettert werden.

Mittlerweile denke ich, dass dies einer der Gründe ist, weswegen immer mehr Lebewesen Liebe in Ratio verändern. Sie wollen nicht verletzt werden und verleihen dieser Emotion der Unbändigkeit die Logik, die man zum Überleben benötigt. Eine Logik, die zwar Ruhe in die Seele bringt, aber uns letztendlich hemmt, einen unbekannten Schritt nach vorn zu gehen. Ist es dann zu guter Letzt wirklich noch echte Liebe?

Ist es nicht eine Verleugnung der eigenen Persönlichkeit?

Ganz langsam trabt Acha durch die sich um uns herum verändernde Umgebung.

Die Argamonzeit hat begonnen und verdrängt langsam die Dunkelheit am Himmel. Sie ist faszinierend und lenkt mich ein wenig ab.

Das Farbenspiel des Himmels ist prächtig und zugleich angsteinflößend. Wir befinden uns kurz vor der letzten, der vierten Phase.

Die Monde und Argamon selbst haben sich während der zweiten Phase so dicht an unseren Planeten angenähert, dass sie die hiesige Atmosphäre gestreift haben.

Durch die Nähe wird die Gravitation so beeinflusst, dass zwischen den drei Gestirnen eine Art Brücke entsteht.

Diese Brücke sind Fragmente, die zwischen den Planeten und dem Stern ausgetauscht werden. Planetenfragmente und Strahlenstöße projizieren ein mächtiges Farbspektakel, welches bis auf die Oberfläche reicht. Am Ende ist aber die Gravitation des zentralen Sternes so stark, dass alle Planeten wieder in gefahrlose Bahnen zurückdriften.

Dies ist die Phase der Trennung.

Das Farbenspiel, welches durch die massiven Sterne gesteuert und entzündet wird, erreicht in diesen langen Nächten seinen Höhepunkt.

Wie ein riesiges Feuerwerk wird der Himmel um Heleria entflammt, bis schließlich Argamon in einer kurzen inaktiven Phase endet.

»Die letzten Tage der Argamonzeit.

Die Zeit der Opfer«, flüstere ich leise vor mich hin, während Acha immer noch träge und erschöpft vor sich hin trabt.

Der Pfad ist eng und Geäst reißt am Leder. Ratschend rutscht ein dicker Ast über das Fell von Acha. Es scheint ihm nichts auszumachen.

Mein Blick verliert sich wieder zwischen den verlaufenden Farben, die sich zwischen den Baumkronen hindurchquälen. Wie die Lichter und die Naturgewalten am Firmament schweifen meine Gedanken erneut um bekannte und unbekannte Dinge. Immer wieder versuche ich, die Vergangenheit zu ergründen, wie im gleichen Atemzug die Gegenwart analysiert wird. Ich fühle mich, als ob ich zwischen den Welten hin- und herfallen würde und doch erfolgt der Aufschlag auf keiner von beiden. In den letzten bewusst wahrgenommenen Tagen habe ich so viel Neues über die Vergangenheit erfahren und doch wünschte ich mir, es wäre nie geschehen.

Der Schlaf, der das Vergessen mit sich brachte, zieht zwar zum einen an den Nerven, zum anderen ist er aber sehr befreiend, denn er befreit die Seele von jeglicher Last.

Gefühle, die keine Richtung finden, und ein Weg, den ich mich nicht einzuschlagen traue, ist der tagtägliche Wegbegleiter seit den Stunden des Erwachens.

Deon kann mir Antworten auf Dutzende meiner Fragen geben. Jedoch scheint er gebunden durch ein Versprechen, dass er dem gleichen Menschen gegeben hat, dem er verpflichtet ist, Aufklärung und Licht in das Dunkel seiner Gedankenwelt zu bringen.

Letztendlich bin ich Gefangener meiner eigenen Verpflichtung geworden.

Einer Verpflichtung, die ich mir selbst auferlegt habe: herauszufinden, warum die Welt um uns herum nur ein Schein der Wirklichkeit ist.

Eine Welt, die lediglich den materiellen Schatten unserer verkommenen Gedanken darstellt.

Eine Welt, die ein Abbild dessen ist, was das Individuum sein möchte und dabei die anderen Individuen ihrer Individualität beraubt.

Es ist eine Schande, dass ich noch immer nicht den Bogen zum Ganzen gefunden habe. Ich könnte mir die Haare ausreißen, dass unter der Schädeldecke womöglich alles versteckt ist, aber der Schlaf mich des Erkennens beraubt hat.

Ich blicke erneut gen Himmel und bin beeindruckt von dem Lichterspiel, welches sich zwischen dem hier und dort am Firmament abbildet. Argamon drängt sich immer weiter in die zentrale Präsenz am Horizont. Das eigene Leuchten, die eigene ungebändigte Energie, die auf unsere Sphäre herunterprasselt, verdängt nun auch langsam den letzten Funken von Dunkelheit.

Es scheint, als wollen uns die Götter mit einem Spiel aus Farben in ein Gemälde aus Öl tauchen.

Ein lebendiges Gemälde aus reiner Energie, die mit unserer Welt interagiert.

»Ist es nicht wunderschön«, sage ich mit beeindruckter Stimme.

»Genieße diese Zeit, denn sie ist der Kern unseres Glaubens«, erwidert Deon.

»Wir müssen uns immer an den großen Krieg erinnern, der gewesen ist und dass uns letztendlich das Herrscherhaus Stabilität gebracht hat.

Ohne die Gilde wären die Menschen schon längst verloren.«

Ich schweige auf die Worte. Möchte nichts mehr erwidern, denn irgendwie kann ich fühlen, dass hier in der Aussage von Deon irgendetwas nicht zusammenpasst.

Ich senke das Haupt und schließe meine Augen.

Dann nehme ich einen tiefen Atemzug durch die Nase und genieße die feuchte, kalte Luft, die nach frischen Gräsern und Wald riecht.

Immer weiter traben wir ganz langsam voran.

Nichtssagend.

Still.

Umschlossen von der Farbenpracht der Götter.

Der Weg vor uns ist anstrengend, obwohl wir dem Ziel so nah sind.

Bandamon, die Stadt im Süden, ist nur einen Steinwurf entfernt.

Jedoch ist der Steinwurf kein leichter Weg, denn nur mühsam können wir uns durch das Geäst dieses verwilderten Waldes vorantreiben. Seit fast einem Tag sind wir unterwegs und die Pfade, auf denen wir uns dahinschlängeln, werden immer enger. Gerastet haben wir nur kurz, um unseren beiden Reittieren eine kurze Ruhepause zu gönnen.

Jetzt fange ich an zu bereuen, Deons Angebot dieser knusprig gebratenen Taubenhälften ausgeschlagen zu haben.

Doch dem nachzutrauern, hilft nicht. Die Zeit ist dahingeflogen, sodass wir uns seit dem letzten Halt dazu entschieden haben, den Tieren die Sporen zu geben, um so wieder etwas Luft zu gewinnen.

Mit aller Kraft presse ich mich in den Sattel, während links und rechts von mir dieses furchteinflößende schwarze Dickicht vorüber rast.

Mir kommt es vor, als ob der Pfad seit der letzten Erholungsphase noch enger und verschlungener geworden ist. Wie Wellen windet sich dieser kleine, mit Kieseln belegte Weg eng zwischen den Bäumen hindurch. So schnell wie am Anfang kommen wir schon lange nicht mehr voran. Unsere beiden Tiere verstehen es, die Gefahr vor uns abzuschätzen und genau die richtige Geschwindigkeit zu wahren.

Würde man zu schnell reiten, bestünde die Gefahr, von einem herunterhängenden Ast kurzerhand erschlagen zu werden.

Acha und Kapokroon halten sich jedoch nicht zurück. Dort wo es geht, wird die Geschwindigkeit immer weiter gesteigert. Sie liefern sich ein gegenseitiges Wettrennen, bei dem Deons Reittier eindeutig die Marschrichtung vorgibt.

Geäst von hochwachsenden Sträuchern peitscht immer wieder ins Gesicht.

Zuerst klatscht die angenehme und erfrischende Feuchtigkeit der Blätter auf die Haut. Sekunden Bruchteile danach folgt der brennende Schmerz, der zur gleichen Zeit rote Striemen quer über das Gesicht zeichnet.

Deon, der sich nur wenige Zentimeter vor mir befindet, ist kaum zu erkennen, denn die Krone des Waldes ist so dicht, dass kein Sternenlicht hindurchzudringen vermag. Immer weiter und tiefer dringen wir in die Dunkelheit vor, ohne einen einzigen Blick zurück zu wagen. Ich möchte etwas sagen, doch die Worte bleiben im Hals stecken, denn die Stille ist überwältigend und furchteinflößend zugleich.

Lediglich Achas schneller Galopp presst die Luft aus den Lungen und erzeugt ein rhythmisches, im Takt der Hufe abgestimmtes leises Stöhnen. Immer wieder blickt Deon kurz zu mir zurück. Er macht den Eindruck, als würde er sich um mich Sorgen machen.

Ich muss gestehen, dass ich mich bei diesem Gedanken sehr wohl fühle.

Es existiert jemand in meinem Leben, der sich um meine Person, um mein Wohlbefinden sorgt. Nichtsdestotrotz darf ich mir von diesem egoistischen Denken nichts anmerken lassen. Immer öfter schweift mein Blick von dem Pfad vor uns ab.

Häufiger als vorher verliere ich mich in dieser tiefschwarzen Umgebung.

Wehmut erfüllt die verbliebende Dunkelheit und deutlich kann ich fühlen, dass wir nicht allein unterwegs sind.

Die Sucht nach Blut, nach unendlicher Energie zischt durch die Luft und hinterlässt eisige Kälte. Erschrocken schaue ich nach hinten, denn es scheint, als hätte plötzlich irgendetwas meine Schulter gestreift. Gänsehaut zieht wenige Sekunden später über den Arm und den Körper bis in die Waden.

Ich blicke weiter nach vorne und befehle Acha, schneller zu laufen, um näher zu Deon aufzuschließen. Die Stimmung ist von einer Sekunde zur anderen erdrückend geworden.

Ein Band, welches sich sanft um deine Kehle legt und danach ganz langsam zusammenzieht.

Plötzlich: Als hätte man einfach die Luft angehalten, verschwindet die Umgebung in einem Vakuum.

Ich nehme alles nur noch in einem dumpfen Ton wahr.

Zuletzt ist nichts mehr zu hören.

Das Schlagen von Achas Hufen ist lautlos geworden, genauso wie der eben noch durch die Baumwipfel streichende Wind.

Nur der Druck, die Bewegung und das Schlagen des Sattels im Steiß ist der letzte vermeintliche Kontaktpunkt zur materiellen Gegenwart. Der Weg vor mir verschwimmt immer schneller in der Dunkelheit, während ich bei Deon nur noch das Hinterteil seines Reittieres erkennen kann.

Ohne mir weitere Gedanken zu machen, gebe ich Acha erneut die Sporen.

Mein Herz schlägt bereits bis zum Hals und ich kann das Pressen der Angst förmlich in der Halsschlagader bis hinter die Ohren spüren.

Angst, die unaufhörlich mehr und mehr Adrenalin zu produzieren beginnt. Das Gehirn schaltet das Bewusstsein aus und um mich herum fällt die Tiefe des Raumes zusammen in eine einzige schmale Röhre.

»Deon«, schreie ich aus vollem Hals.

Doch die Umgebung scheint jeden Ton in sich zu verschlingen.

»Deon, hilf mir«, rufe ich erneut.

Ohne dass ein Augenschlag dem anderen folgen kann, zieht sich der Tunnel wie eine enge Schlaufe um mich und Acha zusammen.

Deons Antlitz verschwindet in der Ferne und ich kann spüren, wie ich plötzlich das Gleichgewicht verliere.

Als wären wir in der Zeit eingefroren findet der hektische Galopp abrupt sein Ende und wir scheinen im Raum zwischen den Realitäten gefangen zu sein.

Es fällt mir schwer, die Augen weiter geöffnet zu halten.

Schnell werden ein paar letzte Blicke erhascht, um den eigenen Standort besser bestimmen zu können. Allerdings ist außer Dunkelheit nichts zu sehen.

Die Tatsache, gefangen zu sein, erscheint nicht neu.

Im Innersten ist dieses beklemmende Gefühl nicht wegzuweisen. Angst und Verzweiflung treibt den Schweiß aus den Poren, auch wenn die stillstehende Zeit um den Körper herum die Transpiration verhindert.

Nach einer Millisekunde mit geschlossenen Augen schießt erneut das Adrenalin durch die Venen, denn in dieser düsteren Umgebung ist unerwartet eine Präsenz zu spüren, die durch ihre übermittelte Stärke und Macht meine Gedanken zum Vibrieren bringt.

Ich öffne wieder die Augen.

Verschwommen kann man erkennen, wie die Dunkelheit zu tanzen beginnt.

Kleine Flecken im tiefschwarzen Raum bewegen sich wie von Geisterhand. Als ob ich zu viel Alkohol getrunken hätte, bewegt sich der Raum um mich herum, während Acha und mein Körper in Eis gefroren sind.

Ein Klirren ertönt in der Ferne, während der Raum weiter in das Vakuum gezogen wird.

Mit aller Gewalt presse ich die Augenlider auf und erneut bewegen sich die Schatten der Dunkelheit um mich herum.

Der Wald ist schon lange verschwunden und von Deon gibt es keine Spur mehr. Im Bewusstsein, erneut in einer Vision gefangen zu sein, scheitere ich bei dem Versuch, einen klaren Gedanken zu fassen. Irgendetwas scheint diesmal anders zu sein.

In den Visionen zuvor war es immer möglich gewesen, Dinge zu greifen oder zumindest das Bewusstsein darüber zu erlangen. Zwar lief es dort auch jedes Mal wie in einem Film ab, jedoch war ich als Betrachter eingebunden und konnte die Dinge um mich herum fühlen und berühren.

Jetzt ist es nicht so.

Ich kann diesen Tunnel erkennen und fühle die eisige Kälte um uns herum. Achas Gedanken indes sind verstummt und bei dem Verlangen, Kontakt mit ihm aufzunehmen, ist dort nur diese absolute Leere. Schmerzend und drückend ist diese unbekannte Präsenz förmlich im Raum zu riechen.

Auf der einen Seite scheint die Art vertraut, auf der anderen Seite schmerzt diese Macht wie ein Stich in die Stirn.

Und noch eines ist anders: Jedes Mal, an das ich mich erinnern kann, hat es sich bei Visionen nur um wenige Augenblicke gehandelt, bis ich die letzte Kontrolle verloren habe.

Dieses Mal bin ich in ihr gefangen und es scheint keine Fluchtmöglichkeit zu geben. Dunkelheit und Kälte umgibt mich.

Plötzlich: Ein dumpfes Schlagen irgendwo in der Tiefe der unbekannt gewordenen Umgebung. Die Luft vibriert im Bass der Schläge, die immer schneller und schneller werden. Am Ende gleichen sie einem dauerhaften Trommeln.

Das Gleichgewicht schwindet für wenige Millisekunden und ich spüre noch, wie ich von Achas Rücken gleite.

Ein weiterer dumpfer Schlag.

Eine weitere Sekunde Dunkelheit.

Ein weiterer Augenblick der Stille.

Wieder atemlos.

Trotz geschlossener Lider ist die schmerzende Kraft der Sonne zu spüren, welche die Augen zum Brennen bringt.

Als hätte ich stundenlang geschlafen, drücken Sandkörner auf den Augäpfeln.

Nur träge öffne ich die Augen, denn noch vor wenigen Sekunden habe ich auf Acha gesessen und mich der unbekannten Dunkelheit ergeben. Die Dunkelheit, der Tunnel und das Vakuum sind verschwunden. Der schnelle Pfad, auf dem wir eben noch geritten sind, gehört der Vergangenheit an.

Wieder mit Boden unter den Füßen kratzen die Sonnenstrahlen, die durch einen schmalen Spalt des riesigen Scheunentores scheinen, warm im Gesicht.

Mein Körper liegt vergraben zwischen riesigen Strohballen.

Den Kopf schüttelnd schiebe ich mit aller Kraft die dicken zusammengerollten Ballen zur Seite und gehe mit wankenden Schritten auf das Scheunentor zu. Ich blicke mich um, doch außer Stroh scheint es hier nichts zu geben.

Die Wände sind aus einfachen Bretterbeschlägen gezimmert und zwischen Giebel und Boden ist eine zweite Etage aus Holz eingezogen, die man mit einer einfach angestellten Holzleiter erreichen kann. Doch auch dort scheint es nichts anderes als aufgelockertes Stroh zu geben.

Eine Stimme durchbricht die Stille: »Asif?«

Es ist eine Frauenstimme.

Unbekannt und doch scheint in ihr eine Bestimmtheit zu liegen, die auf meine Person gerichtet ist.

»Asif?

Wo bist du?«

Klar in meinen Gedanken suche ich die nächste Deckung. Auch wenn ich spüre, dass die Suche in meine Richtung deutet, weiß ich doch, dass ich Jason und nicht Asif bin.

Erschrocken eile ich hinter einen größeren Balken, der am anderen Ende der Scheune die Abtrennung zum Werkzeug darstellt. Ich versuche, mich ganz klein zu machen, und hoffe, so nicht entdeckt zu werden.

Das große Tor, welches ebenfalls aus einem Bretterverschlag notdürftig zusammengehämmert wurde, bewegt sich langsam und mit lautem Knarren.

Schmale, schmächtige Finger werden sichtbar, die mit aller Kraft an den Holzbohlen des Türrahmens drücken. Schwergängig wird letztlich ein kleiner, aber passierbarer Pfad freigegeben, durch den die blaurötlich getränkten Sonnenstrahlen in das Innere der großen Scheune vordringen können.

»Asif.

Bist du hier drin?«

Die Stimme ist sehr fein. Mit ihr schwingen die Gedanken der Vertrautheit.

»Du musst keine Angst haben.

Ich bin es, Kyara.«

Der Spalt zwischen Scheunentor und Wand ist gerade so groß, dass die schmächtige Gestalt mit einem schnellen Schritt in das Innere dieses großen und luftdurchzogenen Raumes vordringen kann. Es ist ein unbeschwerter Schritt, der dieses zarte Wesen in eine schummrige Umgebung versetzt.

Ich staune mit offenem Mund, denn die Bewegungen gleichen einer Feder. Gleichzeitig zucke ich zusammen, denn ich erwische mich selbst dabei, wie ich aus der Deckung nach oben blicke.

Schnell ducke ich mich wieder und versuche, mich durch Zusammenkauern noch kleiner zu machen.

Den Kopf zwischen die Oberschenkel gepresst hoffe ich, nicht entdeckt zu werden.

»Asif, nun komm schon.

Es ist Zeit, dass wir gehen. Der Ort wird nicht lange durchstehen.«

Die Neugier ist zu groß. Mit einem schnellen, unsachlichen Blick versuche ich, ein wenig um den dicken Pfeiler herumzuschauen, der die kleine Abstellfläche bis unter das Dach vom Rest des riesigen Raumes abtrennt. Ich kann fühlen, dass ihre intensive Suche auf meine Person ausgerichtet ist. Doch ich kann mir nicht vorstellen, dass sie mich meint, denn eben habe ich noch auf Achas Rücken gesessen.

Nur einen einzigen Wimpernschlag entfernt, war ich an einem anderen Ort.

»Asif?«

Ihre Stimme ist so hell wie ein Sommerlüftchen.

Aussprache und Betonung gleichen mehr einem Gesang als einem Lockruf. Ihre langen Haare aus Gold glitzern im schwachen Schein der hellen Lichtstrahlen, die sich durch die Bretterritzen schlängeln.

Ihr Gesicht ist so zart und sanft wie das eines jungen Pfirsichs. Unerwartet und plötzlich ertönt ein lauter Knall. Krachen und Zirren erfüllt die Scheune. Ich zucke zusammen und falle nach hinten auf den Boden. Das Holz birst, Späne und Holzstaub wirbeln überall durch den Raum.

Als wäre ein Tornado über uns hereingebrochen, so reißt es mit tosendem Lärm die Umgebung in zwei Hälften.

»Hilfe«, schreit das schmale Mädchen, welches sich selbst Kyara nannte, mit ächzender Stimme, während das Stroh wie kleine Pfeile durch die Umgebung schießt.

Trotz der Angst entdeckt zu werden und trotz der Ungewissheit über die Situation springe ich auf und schnappe ihre Hand. Es geschieht alles in wenigen Sekunden. Zeit zum Nachdenken oder etwas Zeit um die Situation einzuschätzen bleibt nicht.

Pures Vertrauen auf die richtige Intuition lässt die Muskeln schnellen.

Die Deckung aufgebend springe ich quer durch den Raum, schnappe nach dem ohnehin dünnen Handgelenk der blonden, unbekannten Gestalt und ziehe sie mit einem vehementen Ruck auf den Boden. Späne des berstenden Holzes und Splitter sausen durch die Luft und bröseln auf unsere Köpfe nieder.

Mit aller Kraft reiße ich an ihrer Hand.

Noch immer vom Schock der unerwarteten Situation erstarrt kommt das zierliche Mädchen nur langsam in Bewegung. Mein Blick ist nach vorne auf die Lichtung außerhalb der Scheune gerichtet, während ihr Kopf den zersplitternden Wänden zugewandt ist und erschrocken die Ursache zu ergründen versucht. »Lauf«, schreie ich aus voller Lunge und erneut entlädt sich ein dumpfer Donnerschlag, während zeitgleich irgendetwas, nur wenige Zentimeter von uns entfernt, abermals in den Boden einschlägt.

Sand und Erde schleudern durch die Luft.

Kleine Steinchen treffen mich am Kopf und Staub erfüllt die Luft, sodass das Atmen schwerfällt.

»Lauf«, schreie ich erneut und zerre dieses dünne, zarte Wesen hinter mir her.

Ich versuche nur noch, von dieser Stelle wegzukommen, an der sich eben noch die Scheune befand.

Es verbleibt keinerlei Zeit, sich nochmals umzuschauen. Wir laufen so schnell wie möglich, bis erneut ein lauter Knall die Umgebung in Schweigen hüllt und mir die Ohren dröhnen.

Wieder schlägt etwas direkt vor uns ein und wir müssen die Richtung ändern. Das saftig grüne Gras wird einfach dahingefetzt und verteilt sich zusammen mit Teilen des Bodens in der Luft. Ich spüre, wie das Ziehen am Arm nachlässt, denn nun hat das unbekannte Mädchen an meiner Seite realisiert, dass es nur eine Richtung gibt, in die wir uns bewegen können: weg von der Scheune, in Richtung des dichten Waldes, der sich am Fuße einer breiten Wiese direkt hinter der Scheune ausbreitet.

Als wäre sie endlich zur Besinnung gekommen, ruft sie laut: »Die Schatten!«

Ich bin überrascht, wie schnell dieses zarte Ding plötzlich laufen kann. Mit schnellen Schritten und mit der Sanftheit einer Feder holt sie langsam an meine Seite auf.

Ihr Gesicht und die goldenen Augen blitzen mich an.

»Schnell Asif, folge mir.

Ich weiß, wo wir sicher sind.« So schnell mich meine Beine tragen können flitze ich über die flache Ebene einer riesigen Ebene aus Gras.

Am Horizont ist ein kleines Dorf zu erkennen und zu meiner Rechten ragt ein größeres Haus über eine kleine Anhöhe.

Das mit Stroh bedeckte und schon etwas vermoderte Dach geht in die Umgebung wie ein Ganzes über. Das Haus ist ebenfalls aus natürlichen Materialien errichtet, sodass von Weitem alles wie ein gewachsener Hügel aussieht.

»Wo willst du hin?«, frage ich außer Atem.

Mit festem Griff ergreift Kyara meine Hand und zieht mich in Richtung einer Waldschneise direkt vor uns.

»Vertraue mir und beeil dich.

Die Schatten können sich nur langsam am Tag bewegen.«

Ich wäre lieber in Richtung des Dorfes oder des unbekannten Hauses gerannt, doch Kyara zieht mich zur Linken an den an die frei liegende Fläche grenzenden Wald, der aus weißen, blühenden Bäumen besteht und dessen Blätter in der Sonne wie Schnee leuchten.

Der Weg scheint unendlich zu sein.

Jeder Laufschritt mehr lässt die Kraft aus den Muskeln schwinden. Kyara löst sich von meiner Hand und überholt mich.

Sie wirft einen kurzen Blick zurück, sieht mich an und ruft: »Wir haben es gleich geschafft.«

Im Rücken ist das Sausen des Windes zu hören. Als wir den Rand des Waldes erreichen, kommt sie abrupt zum Stehen.

Der Waldrand ist so dicht bewachsen, dass es keinen Eingang zu geben scheint. Ich versuche ein paar Äste zur Seite zu drücken, doch schon bei dem Versuch ranken plötzlich kleine stachelige Sträucher aus dem tiefen Inneren hervor und umschlingen meine Arme.

Das Napukoleder leuchtet hell auf, als sich die Schlingen um die Unterarme fester ziehen. Mit einem Zischen qualmen die grünen Ranken kurz auf, bis sie zu grauschwarzer Asche zerfallen. An den Handgelenken, wo mich das Leder nicht schützen kann, haben sich die Stacheln mit ihren Widerhaken festgeklammert. Als ich die Hände aus Schock wieder zurückziehen will, werden kleine Fetzen aus Haut aus den umschlungenen Handgelenken gerissen.

»Wie willst du da hineinkommen?«, frage ich verwundert.

Es raschelt kurz. Als könnten die Bäume ihren Standort bewegen, rücken sie enger zusammen und bilden eine Art Mauer.

Zwischen den dicken Stämmen wuchern langsam breite Hölzer mit größeren Stacheln, die Katzenkrallen ähneln.

Außer Atem beuge ich mich nach vorne, um wieder etwas Luft zu schnappen. Ein kurzer Blick zurück lässt mich erschrecken. Ein riesiger dunkler Tornado hat die Scheune in sich eingehüllt und scheint sich langsam in unsere Richtung zu bewegen. Bei genauer Betrachtung ist zu erkennen, wie lange Tentakel aus der dunklen Wolkenmasse hervorquellen. Wild schlagen sie um sich. Immer wieder krachen sie mit voller Wucht in den Boden, was dieses dumpfe

Geräusch erzeugt, das den Boden zum Vibrieren bringt. »Was machen wir jetzt?

Hier kommen wir nicht weiter.«

Mein Herz flattert, so aufgeregt bin ich.

Am liebsten würde ich einen Durchgang in die Waldschneise sprengen

»Hab Geduld«, sagt Kyara mit sanfter Stimme.

Sie ist so entspannt, als ob wir alle Zeit der Welt hätten und nicht dieser wütende, tosende Sturm hinter uns her wäre.

Sie schließt ihre Augen und lässt sich, ohne etwas zu sagen, auf die Knie fallen. Danach faltet sie die Hände vor ihrem Gesicht zusammen. Ihre Haare glitzern im Sonnenschein und die weiße Haut gleicht den Blättern der riesigen Waldkrone vor uns. Mit einem anbetenden Blick schaut sie in die Höhe und fängt an, Worte zu sprechen, die ich nicht verstehe, obgleich ich ihre Gefühle in mir wahrnehmen kann.

»Asch kaman, kre tibi non.«

Sie hält kurz inne, gestikuliert ein paar wilde Zeichen in die Luft und sagt erneut den Satz von eben: »Asch kaman, kre tibi non.«

Immer wieder spricht sie diese Worte vor sich hin. Mit jeder Wiederholung hebt sie die Stimme mehr an. Von beschwichtigend bis fordernd.

Eine leichte Brise kommt auf und die Blätter fangen an zu rauschen. Unaufhörlich spricht sie weiter und mit jeder weiteren Wiederholung rascheln die Blätter mehr und mehr. Die leichte Brise verwandelt sich in ein kleines Lüftchen bis hin zu einem leicht zerrenden Windstoß.

»Wir haben schon einen Sturm, vor dem wir fliehen sollten!«, sage ich etwas erbost und weiterhin ungeduldig.

Der schwarze Tornado mit seinen suchenden Tentakeln bewegt sich indes immer schneller auf unsere Position zu. Meine Worte haben sie unberührt gelassen, denn immer weiter wiederholt sie die unbekannten Worte, bis plötzlich Kyaras Haare die Farbe der Blüten im Geäst der alten Bäume annehmen.

»Asch ken re«, hallt es unerwartet aus den Wipfeln, und als würde sich die Umgebung verformen, biegen sich die Stämme so nach links und rechts, dass sich ein kleiner Tunnel inmitten des undurchdringbaren Geästs bildet.

Kyara steht auf, schnappt erneut meine Hand und wir schlüpfen durch das kleine Loch, welches gerade so groß ist, dass ein Mensch hindurch passt. Nur wenige Meter bewegen wir uns in das Innere des Dickichtes vor.

Um uns herum lediglich dicke, dunkle Stämme und Geäst von Sträuchern. Als wir den letzten Fuß hinter die Grenze des Waldes gezogen haben, schließt sich das Loch sofort wieder und wir sind eingeschlossen. »Wir müssen hier warten, bis die Schatten wieder verschwunden sind.«

Kyara fasst nach meiner Hand und legt sanft ihren kleinen Kopf auf meine Brust. Wärme durchflutet meinen Körper in diesem Moment. Erschrocken zucke ich zurück

»Nein. Warte.«

Kyaras Stimme ist ganz sanft, beschwichtigend, als wolle sie einen Löwen bändigen.

Der Kopf, die Nähe und die Wärme, die den Körper in einer sanften Woge durchfluten, lassen die Anspannung weichen, sodass ich mich von einer Sekunde auf die andere sanft in ihre Arme gleiten lasse. »Du musst keine Angst haben, Asif.

Wir warten, bis die Schatten aufgegeben haben, und dann gehen wir zurück nach Hause.«

Sie redet, als würde sie mich schon seit Jahren kennen, obgleich ich mich wie ein Fremder fühle und lediglich die Erinnerung an den dunklen Pfad, an Acha und Deon geblieben ist. Das Gefühl erschleicht die Gedanken, ein Fremder unter einer Horde von Barbaren zu sein.

»Hey«, sagt sie und stößt mich von sich weg, wobei sie im gleichen Moment mit ihren kleinen Handflächen meine beiden Gesichtshälften ergreift und fordernd auf mich starrt.

»Du musst keine Angst haben.

Ich habe schon lange gewusst, dass dieser Tag kommen wird und nun ist es soweit.«

Erneut zurückweichend erwidere ich verwundert: »Was bedeutet, dass du es gewusst hast?«

Ohne Antwort lässt sie die Finger schnalzen und reibt die kleinen Handflächen ineinander. Ich weiche ein weiteres Stück zurück, während um uns herum der Sturm durch die Wipfel rauscht.

Ein Sturm der Schatten, der einer Jagd nach Dämonen durch die Unendlichkeit gleicht. Kyara nimmt ihre rechte Hand und formt sie zu einer Art Kuhle. Es sieht aus, als wolle sie einen Ball in ihr verstecken. Die linke Hand streckt sie flach gegen meine linke Brust.

Mein Herz fängt dabei lauter an zu schlagen. Es ist ein unbekannter, aber zugleich herausfordernder Wunsch nach mehr. In der Hoffnung, sie würde es nicht bemerken, wandere ich mit meinen Augen langsam über jeden Millimeter ihrer dünnen und zarten Hände. Sanft berühren sie meinen Körper und lassen dabei ein wohltuendes, warmes Gefühl durch mich hindurchströmen.

Noch immer sind die Gedanken um die Vergangenheit verschwommen. Bis zu diesem Augenblick kann ich mich nicht erinnern, jemals Liebe, Nähe oder gar sexuelle Lust mit einem Menschen erlebt zu haben. Die Nähe zu einem anderen, einem fremden Körper ist mir unbekannt, obgleich ich dieses Prickeln in mir spüren kann.

Ein ähnliches Verlangen habe ich bei Deon gefühlt.

Allerdings war da dieses Ziehen in meinem Körper, dass es etwas Falsches ist. Gerne möchte ich diesem Gefühl der Wollust, das einer von der Zeit losgelösten Emotion gleicht, eine Sekunde meines Unterbewusstseins schenken.

So wie es Körper und Geist ohne Nachfragen zu durchströmen begonnen hat, schiebe ich es auch gleich wieder beiseite. In meinem Innersten kann ich genau spüren, wie unmöglich es zu sein scheint, in meiner jetzigen Situation etwas Derartiges zu empfinden.

Schnell schiebe ich die Gedanken beiseite und konzentriere mich wieder auf Kyara. Ihre Augen sind verschlossen. Meditierend schweigt sie vor sich hin. Der Sturm über den Dächern des Waldes tost mit breiter Front über uns hinweg.

Durch ihre Augenlider hindurch kann ich diese absolute Ruhe und Ausgeglichenheit in ihrem Herzen spüren.

Normalerweise prasseln die Gedanken der anderen auf mich ein. Doch bei ihr ist nichts zu hören. Lediglich absolute und vollkommene Stille und diese Emotion von Ruhe und Ausgeglichenheit. Ich könnte sie stundenlang so beobachten.

Als ob sie mich gehört hat, öffnet sie wieder ihre Augen. Das Weiß der Augäpfel ist verschwunden und das gesamte Auge ist von tiefschwarzer Leere erfüllt, die mir einen kurzen Schauer über die Schultern krabbeln lässt.

»Der Sturm wird gleich vorüber sein und die unruhigen Geister werden sich wieder auf die andere Seite zurückgezogen haben.«

Kurz erhebt sie ihren Kopf bei diesen Worten und senkt ihn im gleichen Augenblick wieder auf die gefalteten Hände, die zwischen ihren Beinen ruhen.

»Ich habe alle Antworten auf deine Fragen, nur leider bin ich an den Eid der Aue gebunden und kann dir nur so viel sagen, wie es das Ereignis erfordert.«

Ich versuche ihren Arm zu greifen, werde jedoch beim Griff durch eine unbekannte Schwere oder einer Art Hindernis zurückgehalten.

»Ich verstehe nicht, weswegen mir keiner etwas sagen darf. Wieso das alles?«

Ich stoppe abrupt mit meinen Fragen, denn ich bin geschockt, dass ich erneut die gleichen fordernden Fragen an einen Menschen stelle, der an einen Eid gebunden zu sein scheint.

Kyara macht mit ihren gefalteten Händen kurze kreisende Bewegungen, bevor sie weiterspricht: »Am Ende deiner Reise wirst du alles verstehen. Aber in alledem musst du dich etwas in Geduld üben.

Es ist ein Teil des Ganzen, dass das Schweigen der anderen dir den richtigen Weg weist.

Wenn man dir zu viel verraten würde, würdest du in der wichtigsten Stunde die falschen Entscheidungen treffen. Aus diesem Grund musst du deine Vergangenheit selbstständig erkunden, und letztendlich musst du bestimmen, welchen Weg es einzuschlagen gilt.«

Sie sitzt bewegungslos da und redet zu mir, ohne direkten Blickkontakt zu halten.

»Seitdem ich angefangen habe zu denken, renne ich jeden Morgen um die gleiche Zeit in Richtung unseres Schuppens.«

Kyara hält abermals für eine kurze Weile inne. Dann setzt sie fort: »Als kleines Kind hatte ich diese Vision.«

Sie schweigt einen Moment und rückt ihre Position zurecht. Noch immer toben die Seelen weiter über den dichten Blätterwald hinweg. Vereinzelt ertönen dumpfe Schläge, die den Waldboden zum Vibrieren bringen.

Kyara erzählt indes weiter: »Eine Schlange hatte mich gebissen und im Wahn des Fiebers hatte ich immer wieder diese Bilder vor Augen: Der Schattensturm, der eines Morgens unsere Hütte zerstört und der Junge, dessen Name seit dem Fieber auf meinem Arm geschrieben steht, wird plötzlich da sein und den Schutz der Aue verlangen.

So ist es heute geschehen.

Siehst du?«

Sie öffnet die Handflächen und dreht ihren Unterarm nach außen, damit ich es sehen kann. Wie durch Feuer eingebrannt sind dort hieroglyphische Zeichen in der Haut niedergeschrieben.

»Was bedeutet das?«, frage ich.

Ich fasse sanft nach ihrem Arm und streiche über die Zeichen. Wie kleine Hügel oder Insektenstiche im Sommer durchkreuzen sie die sanfte Oberfläche und scheinen eine Geschichte zu erzählen.

»Ao Kat Da Mo.

Dies sind die alten Zeichen der Aue.

Jedes Dorf hat sich über die Jahrtausende seine eigenen Schriftzeichen und seine eigene Sprache bewahrt. Allerdings hat der große Krieg auch viel zerstört und vieles ist durch die Herrschaft der Aramer verloren gegangen.

Lediglich die Jatuse, ein Orden von Frauen, die abgeschieden in der Aue leben, bewahrten die Tradition. Einmal in ihrem Leben dürfen sie ein Kind gebären, welches der Tradition nach alles Wissen vermittelt bekommt und den Orden langfristig erhalten soll.

Allerdings muss dieses Kind ein Mädchen sein, denn die Jatuse leben ausschließlich unter Frauen und jeder Kontakt zu Männern ist untersagt, da man der Meinung ist, dass der Einfluss dieser verdorbenen Rasse die Traditionen und vorhandenen Fähigkeiten zerstören kann.«

Kyara schweigt für einen kurzen Augenblick und zieht ihren Arm zurück.

»Ich bin die Tochter einer Jatuse.

Allerdings hat sich meine Mutter in ihren Spender verliebt und sie war immer ein Gegner der Traditionen, da sie glaubte, dass die Jatuse ihre Fähigkeiten auch unter Männern behaupten können.

Aus diesem Grund gebar sie mich und ließ mich zurück bei meinem Vater. Sie erzählte, dass ich tot geboren wurde.«

Ich beuge mich nach vorne und schaue in ihre Augen. Deutlich kann ich die Trauer in ihr fühlen. Eine Trauer, die einer Art geschmähten Liebe und zugleich der Verzweiflung und der Suche nach Geborgenheit und Zuneigung gleicht.

Deutlich ist die Sehnsucht nach mütterlicher Liebe zu spüren. Einer Liebe, die sie bis heute nie in ihrem Leben erlebt hat.

»Wo ist deine Mutter jetzt?

Wir werden sie holen«, sage ich mit erregter Stimme.

Dabei greife ich nach ihren Handflächen um meine Verbundenheit auszudrücken. Mit einer schnellen und abstreifenden Bewegung wehrt sie die Geste ab. Ihre Finger zu einer Faust gefaltet sagt sie: »Nein, Asif!« Ihre Worte sind fordernd und eindringlich.

»Du hast einen wichtigeren Weg vor dir.

Meine Mutter ist Vergangenheit. Sie hat sich entschieden, mich zurückzulassen, da ich einen anderen Weg beschreiten muss und die Geheimnisse der Aue zu einem guten Zweck einsetzen soll. Jeden Abend stahl sie sich aus dem Dorf und lehrte meinen Vater, was sie wusste. Nach wenigen Wochen wurde sie entdeckt. Sie entsandte einen Biguan mit dem Buch der Jatuse.«

In meinen Erinnerungen kramend suche ich nach dem Aussehen eines Biguan.

Ich denke zu wissen, dass er einem Hund ähnelt. Meistens hat er weißes kurzes Fell über einer rosa mit grauen Punkten befleckten Haut. Mit Flügeln wie ein Greif und intelligent wie kein anderes niederes Tier ist er der treueste Begleiter eines jeden Menschen. Allerdings sind sie sehr rar auf unserem Planeten.

Kyara schaut kurz nach oben in die Krone des Waldes. Danach blickt sie wieder in mein Gesicht und setzt fort: »Mein Vater lehrte mich aus diesem Buch, sodass ich meine Fähigkeiten entdecken und verfeinern konnte.

Ich bin der Beweis, dass gesellschaftliche Traditionen gebrochen werden müssen, um allen Menschen dieser Sphäre Wohlstand und das Voranschreiten in der Evolution zu ermöglichen.

Die Eskisis ist das große Ziel unserer Gesellschaft.«

Beim letzten Satz streift sie mit einer rituellen Geste beide Handflächen über Stirn und Haare. »Ja, das verstehe ich«, erwidere ich verständnisvoll, aber mir doch unklar über die Sinnhaftigkeit dessen, was ich bis jetzt alles erlebt habe.

Kyara schließt die zu einer Kugel geformten Hände und sagt: »Die Sphäre, in der wir leben, wird bestimmt von einer herrschenden Kaste.

Alle Lebewesen haben sich ihrer geborenen Klasse unterzuordnen. Vermischungen sind verboten, denn nur die Reinheit wird gelehrt und gefördert.

Liebe, die Grenzen überschreitet, gibt es schon seit Jahrhunderten nicht mehr, wobei alle ausgelöscht werden, die sich nicht unterordnen wollen.«

Diese Worte klingen hart und treiben zugleich eine Klinge durch das in mir brennende Verlangen nach Gerechtigkeit.

»Ich verstehe«, meine ich widerwillig.

Mit einer schnellen Bewegung verlagere ich mein Gewicht und zugleich die Position. Ich schnaufe kurz, um die Schwere von mir zu schieben, die den Raum um uns herum zu füllen scheint. Erneut greife ich nach Kyaras Handflächen und sage: »Deon hat mir von dem Herrscherhaus erzählt.

Ich denke, du meinst dieses damit.«

Kyara schaut nach oben, weist meine Hand zurück und formt erneut ihre Handflächen, als würde sie etwas in ihnen schützen wollen.

»Schau her.« Sie murmelt erneut irgendwelche Silben, die in meinen Ohren keinen Sinn ergeben zu scheinen: »AO RAT TAM MO. AO KAT SA RU.«

Beim Sprechen dieser Worte lichtet sich plötzlich der Wald über uns und man kann für wenige Sekunden den tiefschwarzen Sturm sehen, der noch immer über uns hinwegfegt.

Ein lautes Tosen hallt durch die Öffnung, als unerwartet ein rosafarbener Strahl aus purer Energie durch das Loch in den Wipfeln vordringt. Er bewegt sich anfänglich wie in einer Art Zeitlupe, während an dessen Enden winzige elektrische Funken in die nähere Umgebung feuern.

»AO KAT SA RU«, sagt Kyara erneut.

Die Worte sind kaum ausgesprochen, schon beschleunigt sich die Bewegung des Strahles. Als würde er diesen Wortschnipseln gehorchen, zuckt er bei jeder Silbe, die über Kyaras Lippen rollt. Wie aus einem Spiel heraus rast er plötzlich auf mich zu und zieht sich sofort wieder zurück.

Vor Schreck lasse ich mich nach hinten fallen. Deutlich ist die elektrische Ladung zu spüren, die durch die Luft surrt.

Mit einem dumpfen Schlag plumpse ich auf den feuchten, aber doch weichen Waldboden.

Das Herz rast.

Immer stärker bündelt sich der Strahl, bis das dunkle Unterholz um uns herum in gleißendem Licht erscheint. Zischend vollzieht der Lichtbogen in der Luft eine Kurve und fährt letztendlich mit voller Wucht in Kyaras weit geöffnete Handflächen. Ich möchte in diesem Augenblick laut schreien, aber das ruhige Gefühl, welches ich deutlich in ihrem Bewusstsein spüren kann, sitzt wie ein Kloß im Hals und hält jede Art von Ton in mir gefangen.

»AO DA TA MO!«

Kyaras Stimme ist bestimmt und laut.

Es erscheint, als wolle sie den Strahl bezwingen, gar befehligen, ihrer weltlichen Ordnung zu folgen. Ein tiefes Geräusch folgt den hohen Tönen und der Strahl aus purer Energie verändert seine Farbe von rosa über grün zu blau.

Langsam erhebe ich mich vom Boden und blicke auf ihre Hände. In der Handkuhle formt sich ganz langsam eine Art glänzende Kugel aus purer Energie.

»Komm, Khua Jason.«

Ihre Stimme hat sich verändert, obgleich sie äußerlich immer noch die gleiche Person ist. Die hellen, goldenen Haare schwingen ganz sanft in der elektrisierten Luft.

Sie schließt kurz ihre Augen.

Ihre Wangenknochen pressen sich durch die Haut, runden aber die gesamte Form des Gesichts ab. Das schmale Kinn ist mit kleinen, kaum sichtbaren Grübchen versehen, die das ganze Aussehen interessant wirken lassen. Die dicken Brauen über ihren Augen sind ebenfalls auffällig hell. Fast schneeweiß. Scham überkommt mich, denn meine flüchtigen Blicke verbergen das Gefühl nach Begierde. Ich zucke zusammen, als sie ihre Lider wieder öffnet und mich anblickt.

Kyaras Augen sind rot unterlaufen.

In ihren Pupillen spiegelt sich der glitzernde Strahl wieder, der eben aus den Wolken hervorgequollen ist und sich als blitzende Kugel in ihren Handflächen formiert hat. Ich drücke mich vom Boden weg und knie kurz vor ihr nieder. Mein Blick verläuft sich in diesem kleinen und doch mächtig wirkenden Ball aus Energie. Er pulsiert zwischen ihren zarten Fingern und die von dort ausströmende energetische Kraft treibt mir einen Schauer über den Rücken.

Immer schneller fließen verschiedenfarbige Lichter im Kern der Kugel ineinander. Ich bin gefesselt von dieser bunten Dynamik, die nicht enden will.

»Du möchtest etwas über die herrschende Kaste erfahren, dann schau tief hinein.

Eventuell kannst du auch etwas über dich selbst lernen.«

Verwundert schaue ich in ihre tödlich funkelnden Augen. Eben noch wollte sie mir nichts über mein Leben und die Vergangenheit berichten und genau im selben Augenblick hat es den Anschein, als wolle sie die vorherrschende Dunkelheit in meinem Gehirn beseitigen und Licht in die verlorene Vergangenheit zurückbringen.

Die Blase aus Elektrizität pulsiert und fordert förmlich, einen Blick hineinzuwagen. Gefangen vom fluktuierenden Lichtspiel verliere ich mich in Bildern, die mir auf der einen Seite bekannt vorkommen, aber doch nicht Teil meiner bewussten, gelebten Erinnerung sind. Zerrbilder von Gewalt und Tod flackern schnell am geistigen Auge vorbei.

Ich sehe Tausende von Menschen, Frauen, Kinder, die gewaltsam aus ihrem Leben gerissen werden. Zugleich lodern Feuer, die ganze Städte verschlingen.

Bilder von Deon erscheinen wieder vor meinem geistigen Auge sowie ein blutiges Schwert, in dessen Mitte ein roter Diamant klafft.

Ich sehe Türme in tausend Teile bersten und wie ein Thron inmitten eines riesigen Saales in Flammen aufgeht.

Kurz breche ich mit den Gedanken, wende den Blick ab von der rotierenden Kugel und sage: »Du hast mich beim Namen genannt und mir verständlich gemacht …«

Mit einem schnellen Finger fährt Kyara über meine Lippen.

»Schweig, Jason.«

Sie greift nach meinem Kopf und umschließt mich mit ihren Armen.

»Du darfst kein Wort mehr sagen. Was du gesehen hast, war für deine Augen bestimmt. Ich bin eine Jatuse und verfüge über die Macht der Aue.

Dem Grunde nach bin ich eine Dienerin und erfülle einen höheren Zweck. Aus diesem Grund leben wir zurückgezogen und nicht in der Masse der Bevölkerung. Nur wir haben die Macht, eine Verbindung zum Blauen Band, der zentralen Energie unseres Universums herzustellen.

Wir können in außergewöhnlichen Situationen auf das dort gespeicherte allumfängliche Wissen des Kosmos zugreifen. Während dieser Phase ist unsere Seele mit Makar verbunden und unser Körper ist ein Instrument des Ganzen.

Lösen wir uns wieder von der Verbindung, bleibt nur das in unserem Gedächtnis zurück, welchem wir dienlich sein sollen.

Auf gar keinen Fall dürfen wir die gleiche Information besitzen wie die Person, für die wir die Verbindung hergestellt haben. Das Wissen darüber würde uns verbrennen.«

Im Zittern ihrer Stimme ist deutlich das Unbekannte zu hören, welches an ihren Kräften gezehrt hat. Die über Kyara hereinbrechende Erschöpfung ist ein so stark vorherrschendes Gefühl, dass sich meine eigenen Augen anfühlen, als würde ich durch Sand tauchen.

»Khua Jason.« Schnaufend greift sie nach mir.

Dann redet sie weiter: »Ich kenne deinen Namen und dein Ziel, welches du so schnell wie möglich erreichen musst, bevor dich der Schlaf des Vergessens erneut einholt.

Zweimal bist du ihm schon verfallen.

Beim nächsten Mal wird ein erster Teil deiner Persönlichkeit schwinden und beim vierten Mal wirst du nicht mehr derjenige sein, der du momentan bist. Dein Leben wird verloren gehen und du wirst dich wieder einreihen in die vorhandenen gesellschaftlichen Strukturen.«

Sie löst die Umklammerung und versucht sich mit beiden Händen auf die Beine zu pressen. Mit ihren unterlaufenen Augen blickt sie in die rotierende und bunt leuchtende Kugel in ihrer Hand.

Ganz langsam hebt sie den Arm und hält mir die rotierende Masse aus reiner Energie vor die Nase. Dann sagt sie: »Das müssen wir verhindern.

Unabhängig davon, welche Opfer ich bringen muss.

Dies ist die Aufgabe, die mir vorhergesagt wurde.«

Sie schweigt einen Moment und holt tief Luft.

»Außerdem habe ich auf die Kraft zugegriffen. Dies wird nicht unbemerkt bleiben. Die Gemeinschaft der Jatuse hat diese Erschütterung bestimmt ebenfalls bemerkt.

Ganz zu schweigen von den Priestern der Makar.

Sie werden nach mir suchen, deshalb müssen wir sofort los!«

Die Worte sind noch nicht einmal vollständig ausgesprochen, da wendet sie sich von mir ab. »Warte«, halte ich sie mit einem einfachen Wort fest, während zur gleichen Zeit meine Finger nach ihrem schmalen Oberarm greifen.

Mit einem leichten Druck und einem kurzen Zug in meine Richtung fordere ich Aufmerksamkeit ein. Ohne dass ich dies vorher jemals getan habe, dringe ich in ihren Geist vor und rede zu ihr, ohne auch nur ein Wort über meine Lippen zu bringen: »Was ist mit dem Sturm?«

Kyara gibt der Stärke meiner Hand nach und schaut mir tief in die Augen. Angst erfüllt mich, denn in ihr kann ich das wilde Tier spüren, welches durch die zarte äußere Hülle gebändigt wird. Genau wie ich scheint sie über die gleiche Fähigkeit zu verfügen, ausschließlich in Gedanken kommunizieren zu können: »Mach dir keine Sorgen über den Sturm.

Er wird in wenigen Sekunden davonziehen, denn er hat die Macht des Makar gespürt. Von jetzt an kann er uns nichts mehr anhaben, denn die gefangenen Seelen wissen, dass sie dieser Macht untergeordnet sind.

Jeder, der das Blaue Band in sich vereinen kann, ist ein PI GAO.

Und nun denken sie, wir gehören dazu.«

Verwundert frage ich laut: »PI GAO?«

»Wir Jatuse nennen die Priestergilde PI GAO.

Sie leben auf der Landzunge von Makar und sind die heiligsten Lebensformen, die dieses Universum hervorbringen konnte.

Die Mitglieder der Priestergilde sind als einzige in der Lage, mit den Göttern zu sprechen, und sie kontrollieren das Blaue Band, welches die direkte Verbindung zur zentralen Energie unseres Kosmos ist. Man sagt, sie sind die direkten Gesandten der Götter. Deshalb berufen sie sich auf das Recht, das Vermächtnis zu wahren und zu schützen.

Welchen Preis dies auch immer kostet.«

Kyara ist sichtlich erschöpft, doch sie kämpft innerlich.

Den Satz mittendrin unterbrechend konzentriert sie sich und stammelt erneut diese fremden und unverständlichen Silben vor sich hin. Die pulsierende Kugel verliert plötzlich ihren Glanz.

Das Blitzen und Flackern verliert sich im Nichts.

Kyara schließt ihre Handfläche und vernichtet so das eben Geschaffene. Ganz langsam öffnet sie die Handfläche und schaut zum Wolkendach, welches sich wieder geschlossen hat.

Ihre Augen klären sich auf und die Erschöpfung ist von einer Sekunde auf die andere verschwunden. Dann setzt sie fort: »In der Bevölkerung hat man noch niemals einen Mönch der PI GAO zu Gesicht bekommen.

Man spricht jedoch beim Lagerfeuer von den Geschichten dieser Gilde.

Man redet von hochgebildeten Mönchen, denen es möglich wäre, die Sphäre, gar die Dimensionen zu durchreisen.

Sie nutzen dazu das Blaue Band in Makar.«

Kyara zieht mich näher an sich heran, sodass ich den feuchten Atem auf meiner Haut fühlen kann. Mit gedämpfter Stimme erzählt sie weiter: »Die Jatuse gehörten einst zur Gilde der Hohen Priester von Makar.

Bis kurz nach dem großen Krieg lebten sie als gemeinsame Gilde in Makar, einer Landzunge des zentralen Kontinentes. Die hohen Priester hatten sich dem Auftrag verschrieben, das Blaue Band zu schützen, welches der sichtbare Teil der zentralen Energie unseres Kosmos ist und durch einen Raumspalt in Makar zu Tage tritt.

Lange lebte die Gilde in Eintracht zusammen, doch im Laufe der Zeit kristallisierten sich die Unterschiede heraus. Eine Gruppe von Frauen unter den Priestern lehnte sich letztendlich auf, da sie die Freizügigkeit und die Lust unter der Gilde verurteilten. Sie waren der Überzeugung, dass Liebe, Lust und Leidenschaft nicht mit Gebeten harmonisieren, und vertraten die Auffassung, dass Polygamie falsch ist. Aus diesem Grunde verließen die Jatuse die Gilde der Hohen Priester und zogen sich auf eine einsam gelegene Insel zurück.«

Sie hält kurz inne, rückt ihre Kleidung zurecht und streift die langen Haare gekonnt mit einer Hand hinter den Rücken.

Dann sagt sie: »Sie haben sich zwar von der Gilde der Hohen Priester getrennt, doch haben sie sich weiterhin dem Schutz des Blauen Bandes verschrieben.«

Meine Hand gleitet kraftlos von Kyaras Arm. Wie ein Stein, der von meinem Kopf gefallen ist, glaube ich nun den Zusammenhang zu erkennen.

»Daher erklärt sich auch die enorme Macht der herrschenden Familie. Die Aramer stehen noch immer in direkter Verbindung mit Makar und dem Blauen Band.

Sie missbrauchen die Priestergilde zu ihren persönlichen Zwecken.«

»Genau, Jason.

Du hast es verstanden.

Sie ziehen alle ihre Energie aus der gleichen Quelle und doch sind sie Gegner.«

Erneut dringe ich in Kyaras Gedanken vor, denn diese Frage möchte ich nicht laut aussprechen: »Aber wieso leben die Jatuse nur unter Frauen?«

Ich erschrecke, denn ohne einen Grund fängt Kyara plötzlich hämisch und laut an zu lachen.

»Jason«, sagt sie sanft und streichelt dabei meine Wange, während noch immer der ganze Mund von einem Ohr bis zum anderen grinst. »Ich glaube, du musst noch viel lernen. Wir müssen aber jetzt los.«

Ich stocke für einen Moment.

»Aber, aber …«, stottere ich.

»Du bist noch zu jung, um dir darauf eine Antwort zu geben. Wir müssen los, der Sturm legt sich.«

Ich bin wie vor den Kopf gestoßen. Fühle mich in diesem Moment wie ein Aussätziger. Auf der einen Seite schmerzt die Wichtigkeit in meiner Seele, auf der anderen Seite bin ich zu jung für Fragen, die so offen auf der Hand liegen wie ein Platzregen im Sommer.

Der Sturm über uns hat sich gelegt. Nur noch ganz leicht rascheln die Blätter der Baumwipfel im Wind. Kyara hält ihre Hand dem undurchdringbaren Wall aus Sträuchern, Ästen und Dornen entgegen und wie von Geisterhand öffnet sich wieder ein schmaler Durchgang, indem sich das dichte Gestrüpp zurückzieht. Mit einer schnellen Bewegung pressen wir uns hindurch und sind aus dem schützenden Wald zurück auf der riesigen Wiese, auf der eben noch der tödliche Tornado sein Unwesen getrieben hat.

Der Sturm hat seine Spuren hinterlassen.

In größeren Abständen sind tiefe Krater in die saftig grüne Wiese gerissen. Auf der kleinen Anhöhe, wo eben noch Haus, Hof und die Scheune standen, sind nur noch die Grundmauern zu erkennen.

Über allem breitet sich der farbige Himmel aus. Unschuldig taucht er die Umgebung in abwechselnde Farben. Argamon mit seiner vollen Pracht in der Mitte und kaum zu übersehen. Seine Größe und Stärke ist beeindruckend. Er nimmt fast die Hälfte des Horizontes ein, so dicht ist er an unsere Welt herangerückt.

Hätte seine Oberfläche Vegetation, so könnte man sogar die Pflanzen erkennen.

Ob dort eine Oberfläche existiert, bleibt verborgen unter der rotierenden Masse aus Gas, die kaum einen Blick auf die Haut des Sternes zulässt.

Lediglich bei den kleineren Planeten Kubike und Ratase, die sich in unmittelbarer Umgebung von Argamon befinden, sind deutliche Krater zu erkennen.

Unruhige Zeiten haben sie hinter sich.

»Wir müssen zum Tor der Jatuse«, fordert mich Kyara auf und zieht an meinem Oberteil.

Auch wenn ich nicht weiß, wovon sie eigentlich spricht, folge ich ihr. Mit einem schnellen Schritt rennt sie durch das flache Gras. Die Halme sind feucht und vereinzelt groß gewachsene Zweige prickeln beim Schlag auf die Oberschenkel. Wir rennen immer weiter und lassen den zerstörten Schuppen, das kleine Haus mit dem vermoderten Dach aus Stroh sowie die sanfte Anhöhe hinter uns.

Die Ebene scheint lang, fast unendlich zu sein.

Zur Rechten der dichte, undurchdringlich scheinende Wald, in dem wir eben noch Zuflucht gesucht haben.

Zur Linken eine riesige Fläche aus Gras, die wie ein riesiger Strauß mit bunten Blumen gespickt ist. Vor uns tut sich ebenfalls eine riesige, kaum zu überblickende flache Landschaft aus Sträuchern auf. Durchzogen mit Flecken aus Blumenfeldern und kleineren Lachen aus Wasser.

Ich bin beeindruckt von der Größe und davon, dass es hier kein einziges Lebewesen zu geben scheint.

Am Horizont ragen spitze Klippen in die Höhe, deren Gipfel mit einem leichten Zuckerguss bedeckt sind. Der Schnee strahlt in einem gleichmäßigen Weiß, sodass man bei längerem Hinsehen zu träumen beginnen könnte.

Schnell kommen wir voran.

Ich weiß zwar nicht warum, aber Kyara sucht den Schatten des Waldes. Immer weiter hangeln wir uns am Rand entlang.

»Warum überqueren wir nicht einfach die Ebene?«, frage ich sie.

»Wenn du weiter leben möchtest, folge mir einfach.

Was du von hier aus nicht siehst, ist tückisch. Das Gras ist mit Sumpflöchern durchzogen. Wenn du einen falschen Schritt wagst, bist du verloren.«

Ich akzeptiere die Antwort und folge ihr, ohne ein zusätzliches Wort zu verlieren. Immer weiter und weiter quälen wir uns einige Stunden so voran.

Indes bin ich erstaunt über Kyaras Ausdauer.

Meine Füße schmerzen bereits.

Die Sohlen brennen.

Kraftlos möchte ich einfach zu Boden fallen. Kyara scheint dies alles nichts auszumachen. Nicht eine Schweißperle ist auf ihrer Stirn zu sehen.

»Kyara«, rufe ich erschöpft und stetig nach Luft schnappend.

»Ich kann nicht mehr. Lass uns eine Pause machen.«

Sie hält in ihrem starken und weiten Schritt inne, dreht sich um und schaut mich mit einem mehr fordernden als weichen Blick an.

»Es ist nicht mehr weit.

Wir sind gleich da.«

Ich lasse mich mit einem dumpfen Schlag vor Erschöpfung zu Boden fallen und erwidere: »Seit Stunden laufen wir nun schon. Vor mir, hinter mir nur Gras, soweit das Auge reicht. Ich sehe den Sinn nicht.«

Schnaufend unterbreche ich meine Worte.

»Wo liegt unser Ziel?«

»Komm schon«, erwidert sie mit forscher, bestimmender Stimme.

»Nur noch wenige Meter, dann sind wir da.«

Ich rappele mich erneut auf die Beine, die sich anfühlen, als ob ich Schuhe aus Beton an den Füßen tragen würde.

Jeder Meter wird schwerer, denn die Steigung nimmt zu. Als wollte die weite Fläche in den Himmel wachsen, so steigt der Hügel immer stärker vor mir an, bis Kyara plötzlich wie aus heiterem Himmel stehenbleibt.

Ihr Blick ist in die Ferne gerichtet.

Am Horizont zerklüftete Berge, die dunkelgrau und in Zucker gehüllt die Wolken durchbrechen. Wie Sahnespritzer wirkt die Schneedecke.

Ich hechte ihr noch immer wie ein kleiner Hund hinterher. Ihre Energie ist unglaublich. Auf ihrer Stirn ist nicht einmal eine winzige Schweißnaht zu erkennen.

Nichts.

Als ich auf ihre Höhe aufschließe, trete ich sofort erschrocken wieder einen Schritt zurück.

Denn wie aus dem Nichts tut sich wenige Meter vor uns ein steiler Abhang auf. Der ansteigende Hang täuscht Unendlichkeit vor, so kann ich mir vorstellen, dass viele Wanderer dieses Pfades in der Tiefe ihr Ende gefunden haben.

Der Blick zur Rechten lässt mich vom Schreck ins Erstaunen wechseln.

Der Wald, der normalerweise genauso abrupt enden müsste, um vor dem Abhang zu warnen, endet nicht abrupt. Er wird hinter dem steil abfallenden Hanf gespiegelt.

Wie eine Fata Morgana wird ein Wald aus dichten Bäumen im Gegenüber projiziert, der augenscheinlich kein Ende nimmt.

Langsam wage ich mich einen weiteren Schritt nach vorne. Sand bröselt unter dem Gewicht den steilen Hang hinunter.

Ein leichter, warmer Wind weht aus der Tiefe ins Gesicht. Mit Respekt beuge ich mich ein wenig über die Steilgrenze und versuche, das Ende zu erspähen.

Doch alles verschwimmt bei der näheren Betrachtung. Es wirkt, als wolle sich die Umgebung vor uns verschließen.

»Nimm meine Hand und bezwinge die Illusion. Glaube an die Wirklichkeit«, sagt Kyara zu mir während sie nach meinen Fingern schnappt.

»Ich glaube immer an die Wahrhaftigkeit«, erwidere ich und werde jäh unterbrochen.

»Still«, fährt sie mir über den Mund.

»Schließe die Augen und erkenne, fühle die Energie, die diese Gegend erfüllt.«

Ich tue, wie sie mir vorgibt, schließe für einen kurzen Moment die Augen und versuche zu fühlen, was diese Gegend ausmacht.

Ich bin erstaunt über die Energie, die überall wie ein Wirbel hervorströmt. Hinter verschlossenen Augen, in meinen Gedanken baut sich erneut die Ebene auf, über die wir gerannt sind. Der Abhang, der vor meinen Füßen liegt und ein riesiges Meer, welches durch den einen riesigen Berg begrenzt wird.

Alles in Farben, als wäre ich auf einem anderen Planeten.

Dann plötzlich kann ich sehen, wie von Norden erneut diese Dunkelheit mit ihren fletschenden Zähnen in Erscheinung tritt.

Sie verschlingt die Pflanzen, das Land, jegliches Leben.

Das Abbild des Waldes ist verschwunden.

Erneut blicke ich über die Kante vor mir.

Am Fuße dieses steilen, mit Felsen zerklüfteten Hanges zieht sich ein schmaler Streifen aus rötlichem Sand entlang, der wiederum in dunkelgrünes Wasser mündet.

Über dem Wasser, welches nur ganz leicht an der Brandung zu erkennen ist, hat sich schon wenige Meter vom Strand entfernt ein rötlich schimmernder Nebel ausgebreitet. Obwohl die Sonne weit im Zenit steht, ist kein Ende des Nebels in Sicht. Darüber das Abbild des Waldes, der uns blenden soll und womöglich Ungläubige in die Tiefen stürzen lässt.

Er scheint erst dort sein Ende zu finden, wo die Berge gen Argamon ragen.

Die Größe ist beeindruckend.

»Das Land der Jatuse«, sagt Kyara.

Verwundert schaue ich sie an.

»Da ist doch nichts als Nebel?«

Kyara grinst ein wenig und sagt: »Nein.

Das ist das Meer, welches das Land der Jatuse umgibt. Der Nebel wird von den Jatusen erzeugt, um das Land vor Eindringlingen verborgen zu halten.«

Bedächtig faltet sie ihre Hände vor ihrer Brust und spricht mit ruhiger Stimme weiter: »Nebel und Meer schützten sie zum einen und zum anderen dienten sie dazu, die eigene Gilde daran zu hindern, in die anderen Gebiete vorzudringen.«

Sie schaut zu mir herüber und greift nach meiner Hand.

Dann sagt sie: »Wir müssen dorthin, denn dies ist der einzige Ort, an dem das Tor der Jatuse existiert. Das Tor ist die einzige Möglichkeit, um schnell von hier nach Bandamon zu kommen.«

Sanft legt sie ihre Hand auf meine Schulter, während sie mit der anderen auf die Berge am Horizont deutet.

»Siehst du?

Das ist Siangpai.

Der Sage nach ist Argamon vom Himmel herabgestiegen und hat die Erde mit einem Teil des Mondes Ratase zu diesem Berg geformt. Als sein Werk fast vollendet war, befahl er drei Hundertschaften, sich dem Berg zu opfern, um ihn auch gegen die Dinge zu schützen, die nicht von dieser unserer Welt sind. Einer nach dem anderen opferte sich, indem sie sich selbst ihre Halsschlagadern durchschnitten. Begleitet von Schreien bluteten ihre Körper aus.

Während das Blut tief in die Erde drang, blieben die Seelen bei ihren Körpern. Normalerweise steigen die Wesen auf oder gehen als Teil der Energie in das Blaue Band ein, welches die Dimensionen durchzieht. Argamon verweigerte ihnen den Aufstieg.

Der Sage nach verknüpfte er den Aufstieg an den Auftrag, die Trennung zwischen den Dimensionen und Ebenen zu wahren.«

Kyara hält kurz inne.

»Sieh hin!

Jede Stunde, wenn Argamon seine Phase wechselt, kannst du das Blut der Verstorbenen sehen. Der Schnee färbt sich rot, als Erinnerung an den Auftrag und die Ergebenheit gegenüber ihrem Gott Argamon.«

Ich beobachte den Horizont. Für einen kurzen Augenblick vibriert das Licht Argamons, der wie ein feuernder Ball in der Sphäre steht. Wenn man länger hineinschaut, ist man fasziniert, wie ein Kind, welches dem Kaminfeuer stundenlang zusieht. Die unglaubliche Nähe und Größe des flammenden Balls am Firmament lässt das Herz schneller schlagen. Wie glühende Kohlen scheint die Oberfläche zu brennen und doch verglüht diese Welt nicht.

Kurzes Flackern, kurze Sekunden aus Lichtwellen verändern die Sichtweise und läuten eine weitere Stunde in der schier unendlich erscheinenden Welt des Seins ein. Mit dieser Lichtreflexion färbt sich die Oberfläche des Siangpai in ein dunkles Rot.

Von Weitem sieht es aus, als würde ein riesiges Herz pulsieren, wobei wirklich nur die Oberfläche Siangpais die neue Farbe anzunehmen scheint. Felsen, Kieselsteine, Schnee und Sand strahlen plötzlich diese rote, blutähnliche Farbe aus.

Die darauf wachsenden Bäume und Sträucher jedoch bleiben weiter grün und bedecken weite Teile wie Moos. Es ist ein faszinierender Anblick.

Einmal mehr verlieren sich meine Finger in Kyaras Hand.

Das riesige Gebirge flößt in dieser göttlich anmutenden Form eine unwahrscheinliche Achtung ein. Innerliche Demut zu zeigen ist eine schreiende Forderung, die ohne gesetzliche Grundlage beim reinen Anblick dieses Ungetüms im Raum steht.

Die Energie, die von Siangpai ausgeht, trifft mich frontal wie ein Bass im Klang der Musik.

Mit leichter Furcht umschließe ich ganz fest ihre Finger, als würde ich mich an einem Baumstamm festklammern wollen. Ihre Wärme dringt über die Handflächen in mich ein. Nichtssagend stehen wir einen Schritt vor dem Abgrund und starren gebannt in die Ferne.

Eine starke Brise weht durch ihre Haare.

Wie Engelsstaub tanzen sie im Wind.

Für einen Augenblick kann ich nicht umhin, ihr in die Augen zu schauen.

Ein Kribbeln durchfährt meine Glieder, als ihre haselnussbraunen Augen wie klares Wasser in der rötlichen Sonne blitzen. Die magischen Sekunden des Moments dringen durch die Gedanken und lassen die Gehirnknospen sprießen.

Erschrocken ziehe ich meine Finger aus der Umklammerung. Zwar habe ich schon einmal dieses Gefühl erlebt, doch erschreckt es mich, dass es bei einem Menschen vorkommt, den ich noch nie in meinem Leben gesehen habe.

Gleichzeitig ist da diese Vertrautheit, als hätten wir schon Jahrhunderte zusammengelebt. Diese Intimität zu beschreiben, scheint kaum möglich, denn sie besteht nur aus diesem einen Gefühl: Geborgenheit. Erneut wage ich einen Blick in ihre Augen.

Tiefgründig mustere ich sie und suche dabei nach dem Grund für diese Zusammengehörigkeit. Ich bin verwundert, denn es hat den Anschein, als wären zwei Seelen zusammengewachsen. Schon in meiner Jugend wurde ich in die Religionen der auf der Sphäre lebenden Gruppen eingeführt. Mir wurde beigebracht, dass es gewisse Seelen gibt, die in den verschiedenen Ebenen der Existenzform immer wieder zueinanderfinden.

Sie gehören einfach zusammen und bilden in ihrer mannigfaltigen Form eine Autorität aus, die eine einzelne Seele niemals zu erreichen vermag. Vielleicht ist es bei Kyara genauso. Schließlich hat sie mir auch von ihren Visionen erzählt, die sie bis zum heutigen Tage getrieben haben.

Aus irgendeinem unerfindlichen Grund begleitet sie mich in dieser schier unendlichen Einsamkeit. Sie riskiert sogar, die Macht einzusetzen, die ihr gegeben wurde.

Ein weiterer Stoß des warmen Windes weht aus der Tiefe herauf.

Ich schließe die Augen, während ich die Gedanken weiterspinne.

Deon war bislang der Einzige, bei dem ich dieses Gefühl der absoluten Vertrautheit gespürt hatte. Er war die einzige Person, der ich bislang dieses warme Gefühl entgegenbringen konnte. Ich war mir immer sicher, dass wir beide zusammengehören. Doch nun tritt jemand in mein Leben, der in mir die gleiche Reaktion hervorruft, wie dies immer bei ihm gewesen war.

Verunsichert schweift das Auge erneut in die Ferne, wo Siangpai nach Argamon zu greifen scheint. Deutlich kann ich die Kraft dieses Monstrums in meinen Venen spüren. Seine Macht scheint unendlich. Möglicherweise ist dieser Strauß aus Gefühlen ein Spiel meiner männlichen Empfindungen. Schließlich ist es auch nicht ungewöhnlich, etwas gegenüber dem eigenen Geschlecht zu empfinden, denn in den dunklen Ecken der Erinnerung kann ich nicht erkennen, dass die Geschlechtertrennung in der Erziehung jemals hochgehalten wurde.

Auch ist es meines Erachtens nicht ungewöhnlich, dass ich mich zu Deon hingezogen fühle, denn er wurde mir mit seinem Leben zur Seite gestellt.

So hat er es mir zumindest berichtet.

Mit einem leichten Stoß werde ich von Kyara aus den Gedanken gerissen.

»Hey, Schlafmütze«, sagt sie laut.

»Wir müssen weiter.

Es wird bald dunkel und ich möchte bis dahin durch das Territorium der Jatuse sein.«

Etwas stutzig frage ich: »Und wie kommen wir dort hinunter?«

»Kein Problem.

Folge mir.«

Wir laufen ein paar Schritte an der Kante des abschüssigen Steilhanges entlang. Irgendwann bleiben wir stehen. Ich blicke hinunter. Der Hang scheint hier weniger steil zu sein und ist auch nicht so stark mit spitzen Felsen durchsetzt. Kyara tritt so nah an die Kante der Böschung, dass unter der Spitze ihrer Schuhe kleine Erdbrocken wegbrechen und in die Tiefe rollen. Danach greift sie nach ihrem Beutel aus Stoff, der mit einem Band um ihren Hals geschlungen ist und auf Brusthöhe nach unten hängt.

Mit der einen Hand hält sie die Öffnung dicht vor sich, während sie mit der anderen Hand tief darin herumkramt.

Nach einigem Rupfen und Ziehen zeigt ihr Gesicht, dass sie endlich gefunden hat, wonach sie sucht. Eine lockere Bewegung bringt zwei Federn zum Vorschein. Braun, weiß und grau gemustert scheinen sie von einem Falken zu stammen.

»Hier«, sagt sie fordernd.

Mir bleibt nichts anderes übrig, als verdutzt zu schauen, denn ich kann mir beim besten Willen nicht vorstellen, wie mir zwei kleine Federn helfen sollen, diesen Steilhang zu überwinden.

»Entschuldigung.

Ich vergaß«, erwidert Kyara mit leicht gesenktem Haupt.

Sie hat wohl meinen fragenden Ausdruck erkennen können.

»Das sind Federn des Rak«, spricht sie weiter.

»Ich werde das für dich erledigen.«

Sie faltet die Hände wie zu einem Gebet und versteckt in der Mitte eine der beiden Federn.

»Mach es mir nach«, fordert sie mich auf.

Ich tue es ihr gleich, nehme die zweite Feder, falte die Hände und halte die Öffnung dicht vor meinen Mund, als ob ich der Feder etwas sagen möchte.

»Sprich mir nach.

Ao Rak Ta moo.

Ao Rak Ta Dah.

Ao Rak Ta Maah«, sagt sie in schnellen Worten und pustet zwischen die Handflächen.

Ich spreche ihr schnell nach und mache die gleichen Bewegungen. Plötzlich leuchtet es grell zwischen unseren Fingern.

Kyara öffnet die Handflächen und macht eine salbende Geste über ihr Haupt. Es sieht aus, als wolle sie virtuelles Wasser über ihren Kopf schütten.

Kleine funkelnde Energiewellen hüllen ihren Kopf ein und wie Wasser läuft es langsam vom Haupt beginnend ihren Körper hinunter. Ich mache es ihr nach.

Prickelnd kann ich dieses Funkeln am ganzen Körper spüren. Ich beobachte Kyara und sehe, wie sich die Energie auf ihrem Rücken sammelt. Immer mehr konzentriert sie sich an zwischen Nacken und Schulterblättern.

Je konzentrierter sie wird, desto deutlicher ist langsam zu erkennen, wie sich kleine Flügel formen.

»Das sind die Flügel des Rak«, sagt sie laut. Wie Geisterschwingen sind in wenigen Minuten riesige Flügel auf ihrem und meinem Rücken gewachsen.

Sie erscheinen jedoch nicht real. Sie blitzen wie weißes Licht, sind durchsichtig, ähnlich einem Hologramm.

»Sie halten nur wenige Minuten.

Los, spring!«, fordert sie mich lautstark auf.

Ehe ich mich versehen kann, hüpft sie mit einem schnellen Schritt über die Klippe. Ich schaue ihr nach, als sie wie von Geisterhand von diesen nicht real existierenden, nur aus Licht auf unsere Rücken geworfenen Rak-Schwingen in der Luft gehalten wird.

Ich zögere, denn außer einem Prickeln auf dem Rücken kann ich nicht fühlen, ob dort wirklich diese Flügel existieren.

»Los, spring!«, fordert sie mich erneut.

Mit einem beherzten Schritt wage ich den Sprung über den Rand. Ohne mein Zutun falle ich wenige Meter, bis plötzlich der Fall abrupt gebremst wird.

Am Anfang rasant und dann mehr einem Schweben gleichkommend gleiten wir den Steilhang nach unten, bis wir sanft im Sand landen.

Als hätte sie dies schon häufiger gemacht, steht Kyara schnell wieder auf den Beinen.

Sie wiederholt diese Geste, als ob sie Wasser über ihren Kopf ausschütten würde, und die Flügel verschwinden so schnell wieder, wie sie gewachsen sind. Kyara zieht mich am Arm auf die Beine und tanzt wie ein kleines Kind.

»Das war doch toll, oder?«

Übermütig und überschwänglich freut sie sich und klatscht dabei in die Hände. Ich öffne die Lippen, um etwas zu erwidern, doch zeitgleich unterdrücke ich wieder das Verlangen, eine Frage zu stellen. Irgendwie habe ich genug von den Fragen, wie das alles sein kann und wie mir gerade geschehen ist.

Ich hoffe darauf, dass irgendwann meine Erinnerungen zurück sind. Die Hände gefaltet, tue ich es ihr gleich. Die Federn zwischen die Ballen der Daumen geklemmt streiche ich erneut über den Kopf und fühle, wie das Licht auf meinem Rücken langsam verschwindet.

Mit ihnen geht auch diese prickelnde Energie, die meinen Körper eingehüllt hat. Ich schaue mich um. Die Aussicht ist atemberaubend. Vom Hügel sah es so aus, als sei der Nebel undurchdringlich. Ein Nebel, der in seinem Innersten ein dunkles Geheimnis hütet, welches dem unkundigen Betrachter auf keinen Fall offengelegt werden soll. Hier am Fuße des Meeres hüllt die rötliche, dichte Masse nicht die komplette Oberfläche in sich ein.

Vielmehr schwebt sie in einigem Abstand über dem Wasser, sodass man denken könnte, es wäre ein zweiter Himmel. Die Wasserdecke zieht sich, soweit das Auge blicken kann. Ab und an wird sie von zerklüfteten Felsen durchbrochen, auf deren Oberfläche kleine Pflanzen sesshaft geworden sind. Das Meer scheint ruhig zu sein. Keine Wellen, kein Luftzug ist zu spüren. Die perfekte Ruhe, ein vollendet befriedeter Ort.

»Hilf mir«, ruft Kyara, während sie nicht weit entfernt unter einem Baum Reisig zur Seite schiebt. Neugierig versuche ich unter den getürmten Haufen das verborgene Geheimnis zu erspähen.

Mit ein paar ungestümen, schleudernden Bewegungen helfe ich Kyara, die großen Äste zur Seite zu schieben.

Ein Holzkiel kommt zum Vorschein.

Das Gestrüpp ist mit kleinen Dornen besetzt, die sich schnell und schmerzend in die Fingerspitzen bohren. Ungestüm schieben wir immer mehr von dem Unterholz zur Seite. Schnell ist zu erkennen, dass sie ein kleines Ruderboot darunter versteckt hat.

Die braunen, rauen Planken aus Holz sehen mitgenommen aus. Würmer haben bereits kleine Löcher in die Bohlen gefressen.

»Sicher, dass wir damit noch fahren können?«

Kyara greift unter den Kiel des Bootes und zaubert zwei Paddel hervor. Stolz präsentiert sie sie.

»Klar.«

Kaum ist das Wort ausgesprochen, schon dreht sie mit gekonntem Schwung das Boot um. Es tut einen kurzen Schlag und das Geäst knirscht unter der Last des Bootes. Schnell springt sie ins Boot, posiert in einer Art Siegergeste an der Spitze und reißt stolz ihre beiden Paddeltrophäen in die Luft.

»Es kann losgehen.

Das Abenteuer beginnt«, schreit sie laut.

Just in diesem Moment bricht eines der beiden Paddel in der Mitte auseinander und fällt zu Boden. Ich fange laut an zu lachen.

»Hey, das ist nicht witzig.

Dann wirst du eben alleine paddeln müssen.«

Mit Trotz stößt sie mir das letzte Paddel gegen die Brust. Das Lachen vergeht mir, aber ich kann mir nicht verkneifen zu antworten: »Du musst schon sagen: Witzig war es.«

Kyara schaut mich nur vorwurfsvoll an. Ich befreie den Rest des Bootes von den Ästen, befestige ein kleines Tau, welches im Rumpf gelegen hat an der Spitze und ziehe es langsam Richtung Ufer.

»Spring hinein!«, fordere ich Kyara auf.

Das lässt sie sich nicht zweimal sagen. Mit einem gekonnten Sprung ist sie im Boot und setzt sich auf die eingezogene Queerstrebe in der Mitte zwischen den Planken.

Zwei Schritte weiter und der Grund sinkt plötzlich so schnell unter meinen Füßen ab, dass ich wegrutsche und bis zu den Hüften im Wasser stehe.

Ich ziehe mich an der Seite des Bootes entlang, bis es vollständig im Wasser schwimmt. Mit an den verkrusteten Brettern festgekrallten Fingern unternehme ich einen ersten Versuch, ebenfalls ins Boot zu kommen.

Es wackelt hin und her, es ist nicht gerade einfach, das Gleichgewicht zu halten. Es kommt mir vor, als würde ich einen Wackelpudding bezwingen wollen.

»Beeil dich, sonst wirst du noch von den Fischen gefressen.«

Mein Herz schlägt laut bei dem Gedanken, dass es in diesem trüben Gewässer Wesen gibt, die Freude an frischem, lebendigem Fleisch haben. Es hilft aber, denn mit einem schnellen Sprung lande ich im Boot.

»Du sollst mich nicht auf die Schippe nehmen, Kyara.«

Die Zähne auf die Lippen gebissen verkneift sie sich das Lachen. Deutlich ist dieses verschmitzte Lächeln zu sehen, welches in ihr Gesicht geschrieben ist.

»Ausgleich«, sagt sie und wirft mir das Paddel entgegen.

Ohne ein weiteres Wort zu verlieren, stoße ich in den steinigen Sand des Ufers, um das Boot weg vom Ufer zu bringen. Ein paar schnelle Bewegungen im Trüben und wir sind in wenigen Sekunden auf einem unbekannten Meer. Kaum haben wir uns wenige Meter vom Ufer entfernt, senkt sich der rote dichte Nebel über uns hernieder. Ganz leicht umhüllt er das Boot und taucht die Umgebung in eine unwirkliche, abstrakte Welt.

Der Strand, die Uferböschung, der Hang und die Klippen verschwimmen in einer rötlichen Suppe, bis nach wenigen Paddelschlägen nichts mehr zu sehen ist.

Kyara sitzt am Ende des Bootes und steuert den Kurs unseres Kleppers mit einem kleinen Ast, der aus dem Rumpf ragt. Je weiter wir auf das Wasser hinaustreiben, desto dunkler wird es.

Echte Nacht stellt sich nicht ein. Es ist eher ein fades, dämmriges Licht. Wenn man glaubt, diese Leichenblässe würde die Sicht rauben, irrt man. Die Umgebung ist so klar zu erkennen, als würde man mit einer präzisen Brille schauen.

Zwar kann man nicht sehr weit sehen, doch die aus dem ruhigen Wasser ragenden Felsen sind so deutlich, dass man ihre scharfen Kanten erkennen kann. Es ist faszinierend anzusehen, was sich in dieser unwirklichen Umgebung ohne Sonnenlicht entwickelt hat.

Auf zahlreichen Felsspitzen wimmelt es von Leben. Kleine Insekten, Würmer oder echsenartige Tiere fristen ihr Dasein. Teilweise ragen kleine Bäume gen Himmel. Manche Gesteinsbrocken sind mit bunten Flechten und Moosen überwuchert.

Als wir gerade nahe an einem herausragenden Felsen vorbeifahren, versuche ich von einer hochsprießenden, blumenähnlichen

Pflanze einen Ast abzureißen. Als meine Hand noch nicht einmal vollkommen ausgestreckt ist, schreit Kyara: »Nein!

Tu das nicht.«

Ganz schnell springt sie vom Ende des Bootes zu mir nach vorne, sodass wir gefährlich im Wasser schaukeln. Sie reißt meinen Arm und zugleich meinen ganzen Körper zurück. Dumpf schlagen wir zusammen auf dem Rumpf auf.

Ich versuche, mich wieder aufzuraffen, und kann erkennen, warum sie so reagiert hat. Der unscheinbar aussehende kleine Baum verändert seine Form.

Seine Äste formen sich zu kleinen gallertartigen Schlingen, die noch im gleichen Atemzug in der Luft herumwirbeln und nach meinem Körper zu greifen versuchen.

Erschrocken zucke ich zurück, doch es ist zu spät. Meine Neugier fordert ihren Preis ein. Eine Art Tentakel wirbelt durch die Luft und schlägt auf der Reling ein. Ein zweites Tentakel wickelt sich um die Bugstagbefestigung und zieht uns langsam in die Nähe des breiten Felsblockes.

Kyara hat sich auch gerade wieder aufgerafft, greift in ihre Tasche und holt einen kleinen verrosteten Dolch hervor, den sie mir zuwirft.

Beherzt schlage ich mit der stumpfen Klinge auf einen der Tentakel ein. Die Schläge bleiben nicht lange unerwidert. Ein zweiter Tentakel kommt mir entgegengeflogen und ich kann mich gerade noch bücken, um auszuweichen.

Der Zug dieses Wesens ist mittlerweile so stark, dass das Ruderboot kopflastig wird und von vorn mit Wasser vollläuft.

Der dicke, grüne Fühler des Pflanzenwesens, dem ich eben noch ausgewichen bin, sucht hektisch im Boot herum. Mit einem harten Hieb versuche ich, der ganzen Situation Herr zu werden. Doch es ist so glitschig und schnell, dass ich abrutsche, und von einer Sekunde zur anderen hat es meinen Unterarm umschlungen. Der starke Zug, der von dieser kleinen, unscheinbar wirkenden Pflanze ausgeht, ist schmerzend durch das Leder meines Anzuges zu spüren.

»Ich habe dich gewarnt.«

Kyara ergreift meinen Arm und versucht mich loszureißen.

»Es funktioniert nicht.

Wir müssen uns beeilen, bevor es beginnt, Säure zu produzieren.« Panik ist ihr ins Gesicht geschrieben. Mein Herz rast. Am anderen Ende der Tentakel formt sich indes eine Art Trichter, der aus dem Inneren des wurzelähnlichen Stumpfes hervorquillt. Im Inneren des Trichters sind Tausende kleine Fasern zu sehen, die sofort beginnen, ein rötliches Sekret zu produzieren. Die Flüssigkeit, die sich zu einer Art Zunge bildet, kriecht langsam entlang der Tentakel.

Intuitiv hat es sein Ziel erkannt und anvisiert. Kalter Schweiß strömt über meinen Körper. Ohne zu wissen, was ich machen kann und eng umschlungen vom scheinbar tödlichen Griff, schweifen meine Blicke immer wieder Hilfe suchend in Kyaras Richtung.

»Gut.

Jetzt hilft nur noch eines«, sagt sie panisch, während sie nach meiner Schulter greift und meinen Blick tief in ihre Augen zwingt.

Sich zu konzentrieren scheint fast unmöglich, denn der zerrende und beißende Schmerz lässt mich wünschen, keinen Arm mehr zu besitzen. Mit harschem Griff schnappt Kyara nach meinem Kinn und rückt es in ihre Blickrichtung. Ihre Augen haben sich von der Haselnussfarbe in ein Eisgrau verwandelt. Kalter Schweiß ist am ganzen Körper zu spüren.

Sie schließt ihre Augen.

Plötzlich kann ich ein leichtes Vibrieren in der Luft fühlen. Der Nebel, der über die Weite des Wassers gezogen ist, scheint sich zu lichten.

Argamon ist derweil tiefer gesunken und hüllt die Umgebung in ein fades, graues Licht.

Die blutige Nacht bricht sehr schnell über der Sphäre herein.

Schneller als der Tag.

Die Luft bebt und ich kann einen kalten Hauch in meinem Gesicht spüren, während sich der Nebel immer weiter lichtet.

Das Vibrieren verformt sich nun zu einer Art Brummen und plötzlich stürmen von allen Seiten Tausende leuchtender Drohnen herein. Sie kommen aus dem Dunkel des Nebels und schwirren nun über unserem Boot in der Luft. Kyara ist tief in eine Meditation verfallen und blickt noch immer mit fixierten, starren, unbeweglichen und tot wirkenden Augen auf mich.

Mit lautem Surren schwirren die Drohnen über uns und es scheint, dass immer mehr aus dem dichten Nebel folgen. Ihr helles Leuchten erfüllt die Dunkelheit. Die rötliche Färbung des Nebels ist verschwunden. Die Umgebung ist nur noch mit einem hellen Grün dieser leuchtenden Käfer durchflutet. Sogar der sandige Grund des Wassers ist nun zu erkennen. Der Anblick lässt für einen Augenblick den beißenden Schmerz vergessen.

Plötzlich löst Kyara die Verbindung zu mir und steht auf.

Das Boot schaukelt im Wasser.

Mit einer schwingenden Handbewegung und einigen Worten, die ich nicht verstehe, scheint sie Einfluss auf das Verhalten der Drohnen in der Luft nehmen zu können. Aus dem wilden Hin- und Hergeschwirre wird nun ein geordneter Schwarm, der sich spiralförmig in die Höhe des Himmels bewegt.

Kyara ist dabei die Vortänzerin.

Die Drohnen folgen ihren kreisenden Armbewegungen. Kyaras Augen sind eisgrau und nichtssagend. Sie gleichen in ihrer Farbe einem der Monde neben Argamon.

Mit einer weiteren schnellen Bewegung deutet sie auf die unscheinbaren Pflanzen auf dem Felsen. So schnell wie die Drohnen aus der Unendlichkeit des Nebels gekommen sind, so schnell stürzen sie sich aus der Höhe nieder und lagern sich auf der Pflanze ab.

Der komplette Felsen mitsamt den gebildeten Tentakeln, die meinen Arm umschlingen, ist plötzlich mit diesen fliegenden Tieren überzogen.

Das grüne Leuchten der Hinterteile wirkt, als würde die Pflanze samt Felsen in Flammen stehen. Langsam kann ich spüren, wie der brennende Schmerz schwächer wird. Die Drohnen scheinen die Pflanze zu fressen, denn mein Arm ist plötzlich nicht mehr von Interesse.

Der Druck, mit dem sich der Tentakel um ihn gewunden hat, verschwindet von einer Sekunde auf die andere.

Das Licht ist so gleißend, dass es kaum noch möglich ist, direkt hineinzusehen. Ich wende mich ab, als Kyara am Kragen des Napuko-Anzuges reißt, sodass ich mit ihr nach hinten wegfalle.

Das Boot schwankt im Wasser. Mit dem rechten Arm versuche ich Kyara zu stützen, doch ich kann der kippenden Bewegung des Bootes nicht entgegensteuern.

»Warte, warte …«, ruft Kyara laut.

Doch jede Hilfe kommt zu spät.

Das Boot kentert und wir schlittern zusammen mit einem lauten Platschen ins Wasser.

Schnell schnappe ich nach Kyara, bis ich feststelle, dass das Wasser gar nicht so tief ist. Ich wische mir das Wasser aus dem Gesicht und starre auf Kyara, die sich neben mir gefangen hat.

Ihre Haare sind nass und das Wasser tropft von den Spitzen in ihr zartes Gesicht. Der ernste Blick verformt sich zu einem Schmunzeln, bis sie plötzlich laut anfängt zu lachen.

Mir geht es nicht anders, denn irgendwie ist das Ganze doch komisch. Die Schmerzen sind wie verflogen, während wir beide uns vor Lachen in den Armen liegen.

Doch plötzlich ist es aber irgendwie anders.

Das Wasser steht brusthoch um uns, während ich feststelle, dass meine Arme um ihren Oberkörper geschlungen sind. Ihre nassen Haare glitzern leicht in den Lichtern der umherschwirrenden Drohnen. Argamon ist nun soweit gesunken, dass er nur noch zur Hälfte wie ein riesiger Feuerball am Himmelszelt steht.

Kubike, der erste Mond ist seit Langem wieder voll am Himmel zu sehen. Mit seiner zerklüfteten Oberfläche strahlt er weiß neben dem roten Riesen. Ratase ist nur noch als kleiner Anhänger darunter zu erspähen. Alles scheint perfekt zu sein.

Ich schaue in Kyaras kristallklare Augen. Das kalte Eisgrau, der tote Blick ist verschwunden. In verschiedenen Farben erscheinen die Augen so hell und jung, als wäre ihnen noch niemals etwas Schlimmes oder Schlechtes vorgeführt worden. Noch nie habe ich ein Mädchen so betrachtet. Bislang waren es für mich immer nur Freunde oder Kameraden.

Dunkel kann ich mich erinnern, wie man immer stetig darauf bedacht war, dass keine Mädchen mit mir zu tun hatten. Gerade so, als wolle man mich vor etwas bewahren.

Mit leichter Hand streiche ich über ihr Gesicht. Sie schließt dabei die Augen, als würde sie es auch genießen. Ihre Haut fühlt sich so zart an und ihre kleine Nase passt perfekt zwischen die katzenhaften Augen. Auf diese Weise habe ich sie noch nicht betrachtet. Ich öffne meine Gedanken und kann für einen Augenblick ihr Verlangen in mir spüren. Ein Verlangen, welches mit einer gewissen Art von Hingebung verbunden ist. Gerade so, als wolle sie sich einfach gehen lassen und in meinen Armen sterben. Wie in einem perfekten Moment scheint alles um uns herum zu verstummen.

Lediglich beide Herzen schlagen in der unscheinbaren Welt.

Die Drohnen surren um uns herum und über uns scheint Argamon den Platz zu räumen für Kubike und Ratase. Zwei ungleiche Monde, die für die Gegensätze der Individuen stehen, die es auf der Sphäre gibt. Das Verlangen will mehr und wir scheinen beide wie von einer fremden Macht gesteuert.

Eine Hand, die uns führt, denn plötzlich: Von einer Sekunde auf die andere berühren sich unsere Lippen. Wasser tropft zwischen unseren Gesichtern herab.

Es ist perfekt.

Ein vollkommener Moment, wie ich ihn schon einmal in meinem Leben erlebt habe.

Allerdings war es damals etwas anderes.

Nichtsdestoweniger ist es ein Kuss, der unendlich zu sein scheint.

»Warte, warte«, sagt Kyara mit leiser, aber doch bestimmter Stimme.

»Es ist falsch.

Es ist zu früh.

Wir dürfen nicht das Ganze gefährden.«

Mit einem Ruck stößt sie mich zurück und hält mich an den Schultern.

»Wir kennen uns schon eine Ewigkeit, doch sind wir erst eben aufeinander getroffen. Deine Bestimmung ist nicht dieser Augenblick.«

Kyara bewegt sich von mir weg, rutscht auf die fordere Paneele des aus dem Wasser ragenden Buges unseres kopfüber im Wasser liegenden Bootes.

»Es ist spät geworden.

Wir müssen nach Bandamon. Kubike erhellt schon den Himmel und die Sphäre ist in beträchtlicher Gefahr.

Ich bin die Erste von Dreien, die dich auf deiner Reise unterstützen werden, um so allen Individuen wieder die Freiheit zu schenken.«

Gerade als ich Luft hole, um etwas zu sagen, greift Kyara nach vorne und legt mir den Zeigefinger auf die Lippen.

»Nein, sag nichts. Die Zeit ist nicht reif, um darüber zu sprechen.

Es wird der Augenblick kommen, dann wirst du alles verstehen und die Teile in deinem Kopf werden sich zu einem Ganzen formen.

Es ist jetzt meine Aufgabe, dich nach Bandamon zu bringen, damit du dich wieder mit Deon vereinen kannst, um den Weg zu vollenden, der dir beschrieben ist.«

Da sind wieder die Fragen, die mich schon die ganze Zeit quälen. Erinnerungen an eine Leere. Es verbleiben Tausende von Fragen über den Weg, den ich zu gehen gezwungen bin.

Ein Pfad, der nach wie vor so unklar ist, dass mir bereits der Gedanke darüber Kopfschmerzen bereitet. Noch während ich mich in Gedanken meines Selbst labe, steigt Kyara in die Spitze des Bootes. Sie schaut kurz zu mir nach hinten und sagt: »Wir sind spät dran und daher werde ich mich eines Rituals der Jatuse bedienen, welches mich meine Mutter noch lehrte.

Wir ersparen uns damit den Weg über Singpai, aber der Orden wird auf uns aufmerksam werden.«

»Dann lass uns lieber laufen«, erwidere ich.

»Nein, Kubike ist bereits zu sehen.

Es war nicht vorgesehen, dass wir uns bereits hier in meinem Heimatort treffen. Das bedeutet, die Zeit und der Ablauf des Geschehens wurde bereits durch die Aramer beeinflusst. Sie wollen deinen vorgesehenen Weg verhindern.«

Ihre Stimme ist forsch und selbstbewusst.

»Eigentlich wollte ich im Land der Jatuse nach einem Reisenden suchen, der uns mit nach Bandamon nimmt.

Aber ich denke, die Zeit ist zu kurz bemessen. Die Zeichen deuten darauf, dass ich dich eher an den Bestimmungsort geleiten muss. So, wie es mir in frühester Kindheit als Vision mitgegeben wurde.«

Die Nachhaltigkeit und Stärke lässt die Worte in der Dunkelheit weit über dem Wasser nachklingen. Mit einem Bein auf der Planke des Bootes beugt sich Kyara weit über den Bug nach vorne. Die Hände verkrümmt und die Finger nach hinten gezogen, wedelt sie mit ihren Armen in der Luft herum.

Es sieht aus, als wolle sie die umherfliegenden Drohnen einfangen. Eine tiefe Stimme flüstert alte und für mich unverständliche Verse vor sich hin.

Und tatsächlich.

Die kleinen Drohnen, die die Dunkelheit erhellen, sammeln sich um Kyara. Immer mehr von ihnen tauchen aus der Tiefe des nebligen Raumes auf.

Eigentlich dachte ich, sie surren nur und sind wie kleine Fliegen, doch nun, wo sie sich so nah um dieses zarte weibliche Geschöpf bündeln, kann ich ihre kleinen Stimmen hören.

Es klingt, als wollen sie etwas erzählen. Wenn man ganz leise ist und genau hinhört, kann man die winzigen und zarten Stimmen in der Luft vernehmen.

In nur wenigen Sekunden hat sich die Anzahl verdoppelt. Vor Kyaras Kopf hat sich ein Ball aus Drohnen gebildet, der nun wie eine helle Lampe vor dem Bug des gekenterten Schiffes leuchtet.

Sie selbst ist wieder in ihre Gebete verfallen, sodass sie gar nicht mitbekommt, was um sie herum geschieht. So scheint es zumindest.

Es vergeht nicht viel Zeit und immer mehr und mehr Drohnen sammeln sich um uns herum. Kyaras Worte sind augenscheinlich ein Lockruf für sie. Unaufhörlich murmelt sie weiter ihre unverständlichen Worte.

Eben waren es noch wenige Hundert, nun sind es schon Tausende, die das komplette Boot in ein grünes Licht eintauchen. Je mehr kommen, desto heller wird es, man wird gezwungen, die Augen zu verschließen.

Plötzlich hält Kyara mit ihrem Gebet inne.

Sie dreht sich zu mir um und sagt: »Jason, es geht los.

Halt dich an mir fest.«

Ihre Augen leuchten in einem hellen giftigen Grün, genau wie die Drohnen, die um uns herumschwirren. Ich stolpere zu ihr nach vorne, während ich versuche, das Gleichgewicht zu halten, denn die Oberfläche des Rumpfes ist durch das Wasser glatt und schmierig.

Leicht umfasse ich ihre Hüfte. Möchte nicht aufdringlich wirken.

Plötzlich erschrecke ich, als sie mit ihrer Hand nach meiner greift und hart in ihre Hüften presst. Was sie eben noch in sich hineingemurmelt hat, schreit sie nun plötzlich laut aus sich heraus: »Pra At I Kho Nam Da.

Ih Ti Pi So Mang Da.«

Sie hält kurz inne. Ringsherum verfällt alles in tödliche Stille. Mit einer langsamen Bewegung richtet sie sich auf und holt tief Luft.

»Lua Fei«, schreit sie mit aller Kraft aus sich heraus.

Mit diesen letzten zwei Silben ertönt ein lauter Schlag und die Drohnen, die eben noch alle um einen Punkt geflogen sind, sprengen auseinander, als wäre eine Granate in ihrer Mitte explodiert.

Nun beginnt Kyara plötzlich, mit ihrem Arm kreisende Bewegungen auszuführen, denen die Drohnen wie hörig zu folgen scheinen. Um unser kleines Boot herum bildet sich ein Fluss aus gleisendem Licht. Die kleinen, zarten Stimmen dieser Wesen sind verstummt in dieser unendlichen Helligkeit.

Lediglich ein Stöhnen und Summen ist noch zu vernehmen.

Kyaras Handkreise werden immer schneller und mit kraftvoller Stimme schreit sie erneut.

»Lua Fei!«, fordert sie mit befehlender Stimme.

Die letzte Silbe ist kaum vollendet, als plötzlich wieder dieser laute Schlag ertönt. Mit beiden Händen kralle ich mich an den Bohlen fest, denn das Wasser wird immer unruhiger. Der Schlag scheint aus der Tiefe des doch flachen Grundes zu ertönen.

Die Drohnen fangen plötzlich an zu sirren, als Kyara zu einem erneuten Ruf der Jatuse auszuholen scheint.

»Lua Fei!«, schreit sie abermals.

Erneut trommelt der Schlag aus der Tiefe.

Dieser Schlag war so stark, dass das Wasser Wellen schlägt und wir beide beinahe von der breiten Oberfläche rutschen. Die Drohnen fliegen wie wild durcheinander und haben eine solche Geschwindigkeit erreicht, dass nur noch ein Ring aus gleißendem Licht zu erkennen ist.

»Gat Du Rai.«

Kaum hat Kyara dies ausgesprochen, erstarren plötzlich die wilden Bewegungen um uns herum. Ich kann riechen, wie sich die Luft verändert, die jegliche Bewegung einzufrieren scheint.

Nicht einmal ein Wimperschlag ist vergangen und plötzlich steht alles um uns herum still.

Der Schlag aus der Tiefe ermüdet in einer halben Welle aus Wasser, deren Ausschlag kurz unter dem Reigen der schwirrenden Drohnen endet.

Kurzerhand wage ich mich ein wenig an den Rand des Lichtschweifes. Ich erschrecke, denn ich kann in dem Licht die kleinen grünen Lebewesen erkennen, an deren Hinterteil eine erbsengroße Fackel aus echtem grünem Feuer lodert.

»Gu A Rai Fai Dei Mei«, ruft Kyara in der absoluten Stille.

Ein ohrenbetäubender Schlag ertönt. Aus dem Stillstand wird Chaos. Das schillernde Licht um uns verschmilzt mit dem Wellenschlag des Meeres.

Der Nachklang, das Echo des Trommelns, welches aus der Tiefe des Meeres entrinnt und über das Wasser schleicht, wird untermauert mit kreischenden Rufen und Wehklagen. Weißes Licht vermischt sich immer mehr mit Wasser, bis wir und das Boot plötzlich komplett verschlungen sind. Kyara schreit weiter irgendwelche Rituale in die Luft und wedelt dabei wild mit ihren Händen.

Ich habe in diesem Moment nur noch das Bedürfnis nach Halt.

Mit der einen Hand am Boot schnappe ich mit der anderen nach Kyaras Gewand. Die fliegenden Drohnen haben sich indes komplett mit dem Wasser verschmolzen. Beides rotiert in einer unsagbaren Geschwindigkeit um uns herum.

Unter uns öffnet sich plötzlich der Boden und das Boot, die Drohnen und wir werden in einer Art kreisenden Krater in die Tiefe gesogen. Ich rufe nach Kyara, doch der Lärm ist so ohrenbetäubend, dass ich meine eigenen Schreie nicht mehr vernehmen kann.

Immer schneller fallen wir hinunter, bis sich von einer Sekunde auf die andere die Wand des Strudels öffnet. Mit einem weiteren lauten Schlag zerspringt das Loch aus Wasser und grünem Licht wie Glas. Kyara bricht vor mir zusammen und fällt rückwärts in meine Arme.

Herabfallende, nicht zu identifizierende Splitter prasseln auf uns ein. Ich lege mich über sie und versuche sie so zu schützen.

Noch immer fallen wir.

Mein Gesicht presse ich tief in Kyaras lange Haare, während ich ihren bewegungslosen Körper umklammere.

Ein wiederkehrender dumpfer Schlag.

Ein Pressen von unten gegen unsere Körper.

Ein lauter Knall und Splitter, die ich mit einem stechenden Schmerz auf meiner Haut spüren kann.

Mir wird kurz schwarz vor Augen, während ich noch immer Kyara umklammere. Das Bewusstsein verliere ich jedoch nicht.

Abermals ein dumpfer Schlag, gefolgt von einer reißenden und schnellen Bewegung. Machtlos sind wir der Gewalt, die auf unsere Körper einwirkt, ausgeliefert. Ich kann merken, wie das Holz des Bootes um mich in alle Richtungen berstet.

In einer anderen Sekunde schlage ich mit den Knien auf einem dunklen Boden auf und falle mit Kyara in den Armen zur Seite. Die Wärme des Napukos ist zu spüren, als ich auf dem Boden entlangschlittere. Mit einem Fuß versuche ich die Rutschbewegung in eine Richtung zu steuern, damit ich auf dem Rücken gleite.

Kyara ist leicht wie ein Engel, deshalb fällt es mir nicht schwer, sie fest in meinen Armen zu halten. Der Boden ist mit kleinen Kieselsteinen übersät. Ich befürchte, dass das Napukoleder dies nicht lange aushalten wird. Zwar ist es sehr zäh und kann durch die Magie auch kleinere Messerhiebe abhalten, doch ist der Träger nicht gänzlich unverletzlich.

Die reibende Bewegung wird es beschädigen, wenn ich nicht bald zum Stehen komme. Eine Möglichkeit mich umzuschauen, um so nach dem Erstbesten zu greifen, was Halt verspricht, gibt es nicht. Kyara, die auf mir liegt, versperrt die Sicht.

Ich versuche deshalb mit den Füßen einen Halt zu finden und die Rutschbewegung zu verlangsamen. Irgendwie scheint mir das zu gelingen. Als ich deutlich langsamer werde, drücke ich Kyara von mir, blicke mich um und ergreife den nächstbesten Ast, den ich erblicken kann. Mit den Oberschenkeln umklammere ich ihren Körper, damit wir uns auf keinen Fall verlieren.

Plötzlich: ein Widerstand.

Abrupt kommen wir zum Stehen.

Es tut einen dumpfen Schlag, der bis in die letzte Faser der Muskeln zu spüren ist. Keuchend lasse ich meinen Kopf zu Boden fallen.

Noch immer realisiere ich nicht wirklich, wo ich bin oder was gerade geschehen ist. Erschöpft schließe ich für eine Sekunde die

Augen. Die Anstrengung und Belastung kann ich bis in den letzten Knochen fühlen. Ich öffne wieder die Augen, während sich die Umgebung langsam lichtet. Der Trichter aus Wasser und Licht ist in feinen Nebel übergegangen.

Langsam verflüchtigen sich die winzigen Partikel und aus der eingebrochenen Nacht ist wieder Tag geworden. Ein blaurötlicher Himmel hängt am Firmament. Nur wenige Sekunden sind wir durch den Strudel gefallen, aber es scheint doch einige Stunden vergangen zu sein.

Mit einiger Kraft richte ich mich auf. Die Glieder schmerzen und an meinen Händen sind blutige, brennende Risse zu sehen. Schnell bewege ich mich auf Kyara zu, die noch immer bewegungslos am Boden liegt.

»Kyara, Kyara.

Kannst du mich hören?«, rede ich auf sie ein.

Mit rüttelnden Bewegungen versuche ich sie wieder zu Bewusstsein zu bekommen.

»Hey!

Wir haben uns gerade kennengelernt.

Du kannst mich jetzt noch nicht allein lassen.«

Plötzlich hustet sie und aus ihrem Mund schäumt dunkelgrünes Wasser. Schnell richte ich sie auf, damit sie besser Luft holen kann. Ächzend hustet sie noch mehr Wasser aus ihren Lungen.

»Hey, bist du in einem See ertrunken?«

»Nein«, ringt sie nach Luft.

»So schnell wirst du mich noch nicht los, Himmelsstürmer.«

Verwundert schaue ich sie an.

»Wir müssen gehen«, fordert sie mich auf. Sie scheint ein kleines Wunder zu sein. Innerhalb weniger Sekunden ist es ihr möglich, sich komplett zu erholen. Verletzungen oder Ereignisse, nach denen jeder andere, und da schließe ich mich gerne mit ein, erst einmal ein paar Stunden oder gar Tage Ruhe braucht, um wieder komplett der Alte zu sein, sind bei ihr in Sekunden verflogen.

Ich schüttele kurz den Kopf, will eigentlich noch etwas sagen, doch Kyara ist schon einige Meter vorausgelaufen.

Zum ersten Mal habe ich die Gelegenheit mich umzuschauen. Das

Boot, in dem wir eben noch saßen, ist in Einzelteilen über die ganze Umgebung zerstreut.

Wir sind auf einem Weg gelandet, der ohne Pflastersteine mit tiefen Löchern versetzt seine Bahnen zieht. Die Ränder sind mit eckigen, weißen Quadern versetzt, die den Pfad eindeutig vom Rest der flachen Umgebung abtrennen soll.

Bis zum Waldrand sind es einige Meter. Dazwischen Gras, Sträucher und anderes Dornengestrüpp.

»Wir müssen da lang«, ruft sie, rennt mit unbeschwerten Schritten zu mir zurück und zieht an meinem Arm.

Ungeduldig deutet sie auf eine kleine Anhöhe, über die sich der Weg hinwegschlängelt. Bis zu der Anhöhe ist außer Wald und dem breiten Weg nichts anderes zu erkennen. Über der Kuppe der Anhöhe thront ganz stolz Argamon.

»Was machen wir da?«, frage ich.

»Nach Bandamon.

Da wo wir hinwollten«, erwidert sie.

»Ich verstehe nichts mehr.

Wie ist das möglich?«

Beeindruckt lasse ich mich von Kyara den Weg entlangziehen. Zur gleichen Zeit bewundere ich ihre Kraft, mit der sie eben noch einen Absturz aus unbekannter Richtung überlebt hat und jetzt wieder dahinrast, als wolle sie ein Rennen gewinnen.

Als wir die Anhöhe erreichen, halten wir kurz inne.

»Wir sind da«, sagt sie mit beruhigender Stimme.

»Bandamon.«

Sollte dies wirklich Bandamon sein?

Eben war ich noch im Nirgendwo verschollen und nun bin ich da angelangt, wo ich zu dem Altbekannten zurückfinde. Einem alten Wegbegleiter, der mir so vertraut, aber doch so fremd zu sein scheint, da ich mich an nichts außer den letzten Tagen erinnern kann. Ein paar Schritte weiter, hinter dem Hügel, tut sich am Ende der Straße eine Stadt auf, die mit einer riesigen Mauer umgeben ist. Voller Anmut ragen in kleineren Abständen lange Wachtürme gen Himmel.

Wenn man sich die kleinen Fenster und Schussscharten wegdenken würde, sähen die Türme aus wie der lange Stachel eines Skorpions.

Dort, wo die Straße in die Stadt mündet, durchbricht ein großes, braunes, hölzernes Tor die Mauer. Von der kleinen Anhöhe aus, auf der wir uns befinden, kann man sehr gut das Getümmel im Inneren der Stadt betrachten.

Ein einzigartiger lebendiger Kern, aus dem Dutzende kleiner Rauchschwaden aufsteigen. Es ist ein atemberaubender Anblick.

Am Horizont Argamon, der langsam Kubike und Ratase Platz macht. Dazwischen rötlich schimmernder Himmel und darunter die riesige Stadt.

»Bandamon«, sage ich laut und zugleich sanftmütig.

Ich blicke kurz zu Kyara hinüber, greife nach ihr und ziehe sie mit mir nach vorn. Weiter den Weg entlang. Mein Gefühl sagt mir, dass dies nicht das Ende der Reise zu sein scheint. Eher ein Anfang, denn in mir klärt sich mehr und mehr die Nacht, die meine Erinnerung verdunkelt.

»Bandamon«, sage ich immer wieder leise, während wir langsamen Schrittes Hand in Hand auf die Stadttore zuschlendern.

Bandamon

Mit tief über ein weißes Blatt Papier gebeugtem Kopf zeichnet eine knochige Hand Hieroglyphen zwischen dunkelgraue Linien, welche als Hilfe beim Niederschreiben dienen sollen.

Das Gesicht ist absolut regungslos und der Körper scheint vollkommen ohne Gefühl zu existieren. Alte Haut ist gezeichnet mit Falten zahlreicher emotionaler Schlachten. Sie überzieht den gesamten Körper und lässt den jugendlichen Geist hinter einer verkümmerten Fassade aus Leichtsinn und Verdrossenheit dahinsiechen. Dunkle Augen in einer Fassung aus Knochen und Muskeln gleiten unaufhaltsam zwischen einem sich stetig fortschreibenden Schriftzug. Zur gleichen Zeit beobachten sie mit der Genauigkeit eines Adlers den vor ihm verlaufenden Weg.

Beim ersten Anblick könnte man denken, dass es sich um einen Menschen handelt, der sich seiner Arbeit in einer vollkommen aufopfernden Rolle hingibt. Doch der Anschein trügt.

Es ist ein Wesen, das als Wächter eingeteilt wurde, um jedes Geschehnis um sich herum in den für Dritte unlesbaren symbolischen Schriftzeichen niederzuschreiben.

Eine Schildwache ohne verliehene Macht.

Spürbar könnte er in jede Situation um ihn herum eingreifen, doch ist er lediglich existent, um täglich Tausende dieser vollgeschriebenen Seiten zu produzieren, die irgendwo in einem abgelegenen Archiv ohne jegliche Reaktion der oberen Gesetzeshüter verschwinden. So werden in einer unendlichen Zeitreihe die aus Papyrus hergestellten Blätter in feuchte Katakomben zu verrottenden Zeitarchiven zusammengetragen.

Vollgesaugt mit Tintenflecken, die Ausschnitte realer Tage, Wochen oder Jahre symbolisieren. Niedergeschriebene Ansichten, beobachtet und wahrgenommen durch ein durch die Obrigkeit verurteiltes mechanisiertes Wesen, welchem auferlegt wurde, sehend zu sein. Sein Arbeitsplatz ist ein alter verwaschener Holztisch, dessen Verarbeitung mehr einer schnellen Verrichtung als einem Kunstwerk ähnelt.

Die Fläche lässt nicht genügend Spielraum, sich mit anderen Sachen als der eigentlichen Hauptaufgabe zu beschäftigen.

Im Hintergrund dieser beeindruckenden Wache erhebt sich ein stolz gewachsener Tamarindenbaum, dessen Blätter vor Sonne schützen. Seine frischen Blüten verleihen der Umgebung einen lieblich süßen Duft. Die Menge macht die Luft betrunken mit dieser Süßigkeit, derer man vollkommen erlegen ist. Vergleichbar einem Zeitraffer entstehen jede Minute neue Blüten, während sich im Moment der Entstehung einzelner Blätter alte Knospen von der Blütengemeinschaft lösen, um vom Wind davongetragen zu werden.

Noch in der Luft bricht die dünne Schale, und während sie dem Boden entgegenschweben, geht die Blüte auf.

Genauso schnell, wie sie heranreifen, wird der Platz für eine neue Frucht freigegeben.

Wenn man sich die Zeit nimmt und einige Minuten verharrt, kann man zusehen, wie die Früchte heranreifen, sich von einer Sekunde auf die andere vom Ast lösen und nach unten fallen. Einige von ihnen landen im Gras und werden sofort von den langen Zungen einer Echsenart ergattert, welche sich frech in der Sonne aalen und nur darauf warten, dass das Essen in ihre Nähe fällt.

Der andere Teil der Früchte fällt auf den Tisch des zerbrechlichen Schreibers, der noch immer unaufhaltsam seine Zeichen auf die Pergamentrollen kritzelt.

Gewollt fallender Schatten des Baumes vernebelt sein Gesicht, welches aus einer rundlichen Mischung mit tiefschwarzen Haaren und sehr eng und flach verlaufenden Augen dem eines Chinesen ähnelt. Seine Statur ist schmächtig und nicht sehr groß gewachsen. Lediglich die Arme erscheinen in ungewöhnlichem Maße mit Muskeln besetzt zu sein.

Als ob das Wesen nur für diese eine Aufgabe der Dokumentation geboren wäre. Ich drehe mich etwas zur Seite, um alles um mich herum ein bisschen besser sehen zu können.

Bei genauerem Hinsehen ist zu erkennen, dass der Tisch das Einzige ist, was nicht mit dem Körper verwachsen zu sein scheint.

An der Stelle, an der man einen Stuhl erwartet, erstreckt sich ein Teil des Wurzelwerkes dieses übermächtig erscheinenden Tamarindenbaumes. Vom Ende des Unterkörpers an schlagen sich unzählbare Äste und Wurzeln in den Körper. Die Beine sind kaum noch zu erkennen und aus dem Genitalbereich wuchern dicke Adern, ähnlich Röhren, die im Erdboden verschwinden. In ihnen kontrahieren die gelben und braunen Abfallprodukte des Körpers.

Eine perfekte Symbiose, die nur darauf ausgerichtet ist, die aufgetragene Arbeit zu verrichten. In keinem Zeitpunkt soll wohl ein Bedürfnis entstehen, die Aufgabe zu unterbrechen.

Mein Atem stockt für einige Sekunden.

Übelkeit kriecht langsam die Speiseröhre nach oben und ohne es verhindern zu können, beginne ich zu würgen. Ein Pumpen aus den tiefsten Ebenen der Magengegend, erfolglos, aber doch nicht zu stoppen. Die Leere des Magens erwidert lediglich etwas Säure, die im Hals brennt und langsam durch die Nase nach außen läuft.

Die Kraft entzieht sich den Beinen und ich sinke zu Boden. Die quadratischen Steine aus Quarz sind aufgeheizt von der Sonne. Nach Luft ringend, ist der Blick starr auf den minimalen flüssigen Auswurf gerichtet, der sich mit seiner vollen Geruchsintensität vor mir am Boden ausbreitet. Die Hitze des Teers, welcher sich zwischen den Granitquadern wie ein Fluss hindurch zieht, unterstützt die Intensität des Geruches.

Nur langsam beruhigt sich der Körper.

Ich wische mir über Mund und Nase.

»Was tue ich eigentlich hier?«

Den Blick nach oben richtend versuche ich die Umgebung einzuordnen. Es ist der Park der Großstadt, denn zwischen Bäumen und Grünflächen sind deutlich die Umrisse der Häuser am Horizont zu erkennen. Kubike und Ratase haben noch nicht ihren höchsten Stand erreicht, gerade mal knapp über den Häuserköpfen thronen sie stolz inmitten eines wolkenlosen bläulich-rötlichen Himmels.

Der letzte Zyklus scheint gerade angebrochen zu sein, sodass die Argamonzeit in den ersten Zügen liegt. Trotz der faden Umgebung ist noch immer die unendliche Energie, die von den Gestirnen da draußen im All ausgeht, zu spüren. Sie presst sich durch die Kleidung hindurch bis auf die Haut.

Ich blicke mich erneut um.

Abermals versuche ich, mich zu erinnern, denn dies alles kommt mir so bekannt vor. Als wäre ich schon einmal hier gewesen.

Eine Art Déjà-vu.

Jeglicher Versuch des Erinnerns wird sofort mit einem stechenden Schmerz auf der linken Seite des Kopfes unterbrochen. Der Schmerz ist begleitet von einem plötzlich einsetzenden Pfeifen, welches durch das rechte Ohr bis tief in die Gedanken vordringt. Es kommt mir vor, als sollte jede lebende Zelle durch ein Feuer ausgelöscht werden. Anhand einer Reflexbewegung drücke ich beide Hände fest an die Ohren, um das Geräusch abzublocken.

Ohne Erfolg.

Erst mit dem Loslassen dieses verzweifelten Versuchs der Erinnerung wird das Pfeifen leiser, bis der Ton endgültig verstummt ist.

Ich drücke mich wieder auf die Beine.

Kurz den Kopf schüttelnd merke ich beim ersten Schritt nach vorne, dass ich noch immer benommen bin. Plötzlich ein Stoß von der Seite und ich verliere erneut das Gleichgewicht, stolpere über die Kante des Weges und falle auf den Rasen.

»Hey, pass doch auf, wo du hinläufst«, klingt eine harsche Stimme nach, während ich zu Boden falle.

Mit vor die Sonne gerichteter Hand versuche ich mich vor dem Blenden zu schützen und zu sehen, wer mich eben zum Fallen gebracht hat. In der Ferne ist lediglich ein Mann mittleren Alters zu erkennen, der in seiner kurzen, sportlich anmutenden Hose und einem weißen, gefalteten Tuch über den Schultern seine Laufrunden auf den heißen Quarzsteinen dreht.

Ein schmaler, mit Tausenden solcher Steinen gepflasterter Weg zieht kleine Runden zwischen dicken grünen Flächen, während nur wenige Meter dahinter die dunkle Stadt ihre Haustürme baut.

Damit ich nicht erneut umgerannt werde, gehe ich einen Schritt weiter auf die Rasenfläche, wo kleine Kinder mit Bambusreifen und anderem nicht zu identifizierenden Krimskrams spielen. Das Gras ist kalt und die saftig grünen Halme sind mit Tau versetzt. Kubike und Ratase steigen sehr schnell immer höher und bei genauerer Betrachtung kann ich erkennen, dass sie dort am Horizont nicht allein sind.

Während Argamon hinter den Bergen fast vollständig seinen Glanz verloren hat, kann man deutlich erkennen, wie links von ihm hinter den höchsten Türmen der Stadt eine weitere Sonne emporsteigt.

Sie ähnelt Argamon, der in seiner anmutigen Größe von Sekunde zu Sekunde immer mehr seine Energieproduktion einstellt. Er entspricht mittlerweile mehr einem riesigen Kometen oder einem planetengroßen Gesteinsbrocken.

»Die letzte Phase der Argamonzeit beginnt.

Die Zeit der Opfer.«

Ein Wispern aus einer nicht einzuordnenden Richtung.

Immer wieder werden die Worte wiederholt.

Zuerst scheint es eher dem Rauschen des Windes zu gleichen, doch beim genaueren Hinhören sind die Worte zu vernehmen, die elfenartig, mit einer süßen, verzaubernden Stimme, in der Luft schweben.

»Der Tag der Opfer«, rauscht es immer wieder.

Ein Bauchgefühl möchte das Wissen darüber bestätigen, doch zu tief verschlossen sitzt es. Unmöglich, selbst bei stärkster Konzentration, die verankerte Kenntnis an die Oberfläche zu kehren. Aus diesem Grund zerschlage ich mit geballter Faust jeglichen Gedankengang über dieses Thema, sodass nicht einmal der kleinste Funke entfacht werden kann.

Kubike verändert langsam seine Farbe in ein tiefes Blau, wodurch die gesamte Umgebung in eine leichenähnliche Stimmung verhüllt wird. Die neue Sonne, das rötlich Leblose des untergehenden Argamon und die weit im Zenit stehenden und nun zusätzlich ihre Farbe ändernden Planeten Kubike und Ratase mischen sich ineinander und lassen diese Leichenblässe entstehen. Selbst die saftig grünen Blätter der Bäume gleichen mehr einem leblosen Gebilde als einer mit Energie erfüllten Form des Lebens. Behäbig und langsam erklimmt die neue Sonne, die etwas kleiner ist, die Höhen des Horizontes.

Zuerst schwarz erscheinend, wandelt sie sich mit steigender Höhe in ein blutrotes Objekt, welches langsam der toten Bleiche der Umgebung ihre Wärme zurückgibt. Ratase ist gegenüber dem neuen Stern nur ein unscheinbarer Himmelskörper. Ähnlich einem Mond oder einem treuen Gefährten steht er neben Kubike.

Die Mischung des Lichts aller Planeten verleiht der ganzen Landschaft eine unbeschreibliche Intensität. Sobald die Planeten letzten Endes ihren höchsten Stand erreicht haben, wird jeder Mann und jede Frau von der Farbenpracht Helerias gebannt sein. Dessen ungeachtet hält sie nur wenige Minuten vor und läutet gleichzeitig das Fest des Opfers ein, welches als Friedensfest bekannt ist.

Es ist schon paradox, ein Fest, welches der Opferung gilt, als Fest des Friedens zu bezeichnen.

Als ich gen Himmel blicke, kann ich mich plötzlich an eine Fabel aus meiner Kindheit erinnern.

Deon hat mir beigebracht, wie das Fest unter der Bevölkerung interpretiert wird.

Ob es der Wahrheit entspricht, kann ich nicht beurteilen. Mir ist nur für diesen Moment wieder so derart bewusst, als würde Deon selbst die Fabel zu mir sprechen:

Argamon soll der Erste gewesen sein, der auf diese Welt gekommen ist, nachdem das Universum entstand. Kubike, der Spender des Lebens und des Lichtes, soll vom Beginn der Existenz in der Sphäre das Leben gefördert haben, ohne eine Gegenleistung zu erwarten. Ratase hingegen war bekannt dafür, dass er das Leben und die Seelen der Sphäre entzieht.

Er ist der Eskisis, der Unendlichkeit, welche die zentrale Energie des Universums darstellt, am nächsten. Aus diesem Grunde ist er die Brücke zwischen der Energie des Universums und der lebenden Energie dieser Welt. Ratase missachtete stets die Verschwendung. Es missfiel ihm, wie in der Sphäre mit der kosmischen Energie umgegangen wurde.

Aus diesem Grunde beschloss er, den Wesen eine Lehre zu erteilen, damit sie lernen sollten, mit den ihnen gegebenen Ressourcen wirtschaftlich, sorgsam und nicht unverhältnismäßig umzugehen. Er veränderte seine Bahn, sodass das Band durch die Sphäre ging. Kubike wollte dies verhindern und so entbrannte ein erbitterter Kampf zwischen den beiden. Argamon ging dazwischen und zwang beide zum Einhalt. Gleichzeitig erkannte er, dass bei beiden ein Teil der Wahrheit lag, weswegen er einen Kompromiss befahl.

Das Blaue Band sollte die Sphäre an einem Punkt durchkreuzen, um die in ihr lebenden Wesen stetig daran zu erinnern, wie nahe die Gefahr des Existenzentzuges ist. Parallel dazu sprach er einen Fluch über die beiden aus, der sie dazu verpflichtete, bei jedem neuen Zusammentreffen drei Tage und drei Nächte der Meditation und der inneren Einkehr zu pflegen.

Es soll sie daran erinnern, dass sie aus dem gleichen Holz geschnitzt sind und der Krieg eigentlich eine Farce ist.

Argamon überlässt während dieser Zeit den beiden die Herrschaft, wobei sie zu gleichen Teilen die Last auferlegt bekamen, über die Wesen zu herrschen.

Die Legende hat sich bis heute tief in die Köpfe der Bevölkerung eingebrannt.

Aus diesem Grund feiern sie diese Tage der Einkehr und Meditation mit rauschenden Festen, während alle Waffen oder Diskrepanzen vergessen sind.

Zur gleichen Zeit nutzt das Herrscherhaus die Zeit, um Gesetzesbrecher zu richten. In dieser Zeit des passiven Widerstandes füllen sie die Flüsse mit dem Blut derer, die nicht der Linie treu sind.

Der einzig akzeptierten Grundlage des Zusammenlebens.

Dem Codex der Aramer.

Leicht aufkommender Wind rauscht durch die Blätter der Bäume.

Ein letzter Blick auf den Wächter, der noch immer tief über seinen Tisch gebeugt unaufhörlich die blauen Zeichen in jede Zeile seines unbefleckten Blattes schreibt.

Beide Hände tief im Gras richte ich mich wieder auf.

Feuchtigkeit ist durch das Napuko gedrungen und lässt das Leder auf der Haut kleben. Ich begebe mich zurück auf den breiten Weg und versuche, eine Richtung auszumachen. Beim Betreten der Stadt hatte ich mich von Kyara getrennt.

Sie wollte etwas zu essen für den weiteren Weg besorgen und mir hatte sie aufgetragen, eine Karte von der Hochebene zu kaufen.

Ich wühle in meiner Hosentasche und vergewissere mich, ob die Goldmünzen, die sie mir in die Hand gedrückt hat, noch da sind. Ganz locker lasse ich die Münzen durch meine Finger rollen.

Ich befinde mich auf einer kleinen Anhöhe innerhalb der Stadt. Hinter mir die riesige Lunge Bandamons, der Stadtgarten. Ich träume vor mich hin und lasse dabei erneut eine der beiden Goldmünzen unbewusst zwischen meinen Fingern hin- und hergleiten.

Dabei sinniere ich über die gewundenen Türme der Stadt am Horizont.

Zwischen den Türmen zieht sich die steinerne Stadtmauer entlang. In geringem Abstand windet sich ein weiterer Turm in den Himmel. Etwas unterhalb der spitzen Dächer befinden sich hölzerne Aussichtsplattformen, auf denen kleine Feuer lodern.

Vor mir bündeln sich zwei Wege, die in verschiedene Stadtteile führen.

Unbewusst schnappe ich mir die zweite Münze und lasse sie hörbar aneinander schlagen.

Ich halte inne und kurzerhand drehe ich mich um und schlage den linken Weg Richtung Stadtmitte ein. Kyaras Auftrag und ein innerer Instinkt treiben mich voran, denn selbst mit zwei Möglichkeiten ist es ein gewagtes Spiel, da bis jetzt noch immer nicht klar ist, weswegen ich hier bin und was mich dazu bewegt, überhaupt eine Richtung einzuschlagen.

Eventuell ist es simpel.

Ich mache mir Gedanken über die Aufgabe, die mir seit meinem

Erwachen zuerst Deon und dann Kyara zugeschrieben haben. Vielleicht ist diese Aufgabe genauso einfach und exakt umrissen wie die des Wächters.

So einfach und doch bindend für die restlichen Tage seiner jämmerlichen Existenz. Mittlerweile fasziniert es mich, dass mich etwas Unbekanntes jedes Mal aufs Neue diesen unbestimmten Weg vorantreibt. Vielleicht sind der Park und all dies hier nur eine Posse.

Ein Spielball eines immer wiederkehrenden und niemals endenden Uhrwerks, wobei sich in meiner Wahrnehmung ein Defekt eingeschlichen hat, weil ich Bewusstsein über diese Wahrheit erlangt habe. Gleich der schrecklichen Vorstellung, während einer Operation zu erwachen und sich doch nicht bewegen zu können.

Die ritzenden und schneidenden Skalpelle in ihrer vollen Schärfe bewusst zu erleben, wie sie sich tief in das Fleisch schneiden.

Allein der Gedanke lässt mich erschaudern.

Während ich weiter voranschreite und diesem abstrusen Gedanken verfallen bin, verändert sich plötzlich der Weg vor mir. Aus dem Teer zwischen den Steinquadern wachsen kleine Schuppen und die harte, steinige Oberfläche beginnt mehr der schmierigen Oberfläche eines Reptils zu ähneln.

Der große Weg inmitten eines grünen Parks spaltet sich unter einem lärmenden Ächzen in neun kleinere Wege.

Wie Schlangen rekeln sie sich unaufhörlich in ihrer Beständigkeit nebeneinander und führen in unterschiedliche Richtungen, deren Ende mit dem bloßen Auge nicht zu fassen ist. An dem Platz, an dem ich mich befinde, bündeln sie sich in einen Punkt, der genau an den Zehenspitzen endet.

Die eben noch gegebene Wahrscheinlichkeit von fünfzig Prozent, die richtige Richtung einzuschlagen, ist mit einem Schlag um ein Vielfaches gesunken. Den Kopf in den Himmel gerichtet schreie ich verärgert Argamon entgegen. Sinnlos, denn eine Antwort werde ich wohl kaum erhalten.

Während sich unter den Füßen der Boden immer schneller kontraktionsartig zu bewegen beginnt, setzt wieder rasch dieses Wispern der sich zu Hunderten überlagernden Stimmen ein. Ein Drahtseilakt der Konzentration, denn zum einen versuche ich, den Inhalt der elfenartigen Stimmen zu ergründen, und zum anderen wird es von Minute zu Minute schwerer, das Gleichgewicht auf dem reptilartigen Boden zu wahren.

Zwischen den Schuppen quillt eine geleeartige Substanz hervor, die langsam eine grünlich-braune Oberfläche unter sich verschlingt. Wenn ich die Entscheidung noch länger hinauszögere, wird ein Fortkommen unmöglich werden.

Schon jetzt raubt mir die schmierige Masse unter dem festen Schuhwerk den Halt. Hastig versuche ich, die Situation einzuschätzen und gleichzeitig einen Ausweg zu erhaschen. Die elfenartigen Stimmen kreischen in meinen Ohren, sodass es kaum noch möglich ist, einen klaren Gedanken zu fassen. Ich blicke den sich rekelnden Strang entlang und entdecke am Horizont der vielen Wege eine Gestalt auf einem Reittier.

Vom Gefühl kommt sie mir sehr vertraut vor.

Hinter ihr lauert eine Horde wandelnder dunkler Gestalten, die nur darauf warten, den Befehl zum Angriff zu erhalten.

Unerwartet reist die Gestalt den Arm nach oben.

In der Hand ein scharfkantiges Schwert mit breiter Klinge und prunkvoll geschwungenem Schaft.

Mittig im Schaft zuckt ein blutroter Diamant in den Strahlen der Planeten, die hoch am Himmelszelt stehen.

Ich erschrecke einen kurzen Moment, denn ich glaube die Gestalt zu erkennen, die nun auf mich zurast.

Die Bewegungen, die Körperhaltung, sogar die Kopfhaltung im Laufe des Angriffes sind mir so vertraut, da ich sie in meinem Bewusstsein seit Jahrzehnten abgespeichert habe.

Obwohl sich die langen Haare über das Gesicht legen und der einfallende Schatten die restlichen Merkmale verdeckt, kann ich doch fühlen, dass es die Person ist, die ich auf der einen Seite vermisst habe, auf der anderen Seite aber innerhalb der letzten bewusst wieder erlebten Zeit so unbekannt geworden ist wie ein Fremder am Straßenrand.

Immer schneller rast die Gestalt auf mich zu. Dabei stetig das Schwert gen Himmel gerissen.

Der mächtige Blutrote Diamant spiegelt die Macht des Herrscherhauses wieder, zu dem er gehört.

Die Aramer.

Je näher die Person kommt, desto gewisser wird meine Vermutung.

Es ist Deon.

Der Eine, den ich so vermisst habe und der nun meinen Tod zu wünschen scheint.

Zugleich bin ich verwundert, wie er in den Besitz einer Waffe des Herrscherhauses gekommen ist.

Ich denke jedoch nicht weiter darüber nach, sondern versuche mit einem schnellen Sprung von dem Weg herunterzukommen.

Die eigentliche Landung misslingt.

Als hätte ich einen Luftsprung auf der gleichen Stelle unternommen, setze ich mit den Füßen wieder genau dort auf, wo ich abgesprungen war.

Dabei habe ich die glitschige Absonderung auf dem Boden unterschätzt, die sich wie Seide über das Kopfsteinpflaster ausgebreitet hat.

Ohne irgendeinen Halt zu finden, gleitet einer meiner Füße nach vorne weg und reißt den gesamten Körper zu Boden.

Mit einem dumpfen Klatschen schlage ich mit dem Rücken auf dem Boden auf. Die Wucht und die Geschwindigkeit machen es unmöglich, mich abzufedern, selbst die stützenden Hände gleiten in der gelblichen Masse ohne Widerstand zu finden davon und zuletzt schlage ich so stark mit dem Hinterkopf auf, dass ich für den Bruchteil einer Sekunde alles verschwommen sehe.

Als ich die Arme zögernd aus dem Schlick hebe, tropft mir der gelbliche Saft langsam und zähflüssig wie Honig von den Händen.

Süß-säuerlich riechend und verärgert über mich selbst versuche ich die hervorquellende Übelkeit zu unterdrücken und mir mit schnellen Bewegungen den unangenehmen Morast von den benetzten Stellen zu streichen.

Bereits tief in die Fasern der Kleidung eingedrungen scheint das Beseitigen unmöglich zu sein. Resignierend gleiten meine Arme kraftlos zurück auf den Boden. Genau in diesem Augenblick verschwimmt die gesamte Szenerie um mich herum.

Ein kräftiger Griff, wie ich ihn schon häufig gespürt habe, greift nach meinem Oberarm.

Der Morast verschwindet just in diesem Moment und ich werde von einer Sekunde zur anderen zurückgerissen in die Umgebung, aus der ich so plötzlich verschwunden war. Hinter mir taucht wieder der Park auf und vor mir die Stadt mit ihren umtriebigen Häusern.

»Hey«, werde ich erneut wachgerüttelt.

»Du solltest doch nur eine Karte besorgen.«

Noch leicht benommen blicke ich zur Rechten zu der Person, die den harten und bestimmten Griff an meinem Oberarm ansetzt.

Es ist Kyara.

»Dich kann man aber auch keine Sekunde aus den Augen lassen«, schimpft sie mit beherrschter Stimme. Für ein paar Sekunden bin ich noch immer benommen, denn die Vision oder der Tagtraum war so real. So real, dass ich noch den Glibber zwischen meinen Fingern spüren kann.

Mit schnellen, kontrollierten Fingerbewegungen schnipse ich mich wieder zurück in die Realität und sage: »Ich habe Deon gesehen.«

Verstört schaue ich Kyara an.

»So.

Du hast also Deon gesehen«, antwortet sie mit energischer Stimme.

Es macht den Anschein, als wäre ihr alles ein wenig überdrüssig geworden. Noch immer hält sie meinen Arm umschlungen. Als ich intensiver in ihre Augen starre, löst sich blitzartig ihr starrer Blickkontakt. Überflutet von ihren Gefühlen umschlingt sie mich und drück mich fest an sich. Ich kann ihre Wärme spüren, die langsam durch das Napukoleder dringt.

Es ist eine andere Art von Hitze.

Ungleich einem wärmenden Lagerfeuer.

Als wäre man gerade in einen See aus Eis gesprungen, während um einen herum knisternde Flammen lodern. Zögernd versuche ich, ihr zu folgen, doch mein Gewissen sagt mir etwas anderes. Ich greife nach ihren Schultern, bevor die Intensität die Welt um uns herum versinken lässt. Bestimmt drücke ich sie von mir, setze aber einen dicken Schmatzer auf ihre Lippen.

»Wir wollten Ration für den weiteren Weg besorgen und eine Karte.«

Stille umgibt uns bevor sie antwortet: »Ja, du hast recht.«

Ihre goldenen Haare, die bis tief ins Gesicht fallen, versuche ich mit zwei Fingern etwas zur Seite zu streifen, sodass ein klarer Blick in die Ferne möglich ist. Am Horizont türmen sich die spitzen Häuser in den Himmel und dahinter erstreckt sich die furchteinflößende Stadtmauer mit ihren rauchenden und streng bewachten Observationstürmen. Kyara zupft mich am Ärmel und sagt: »Lass uns losgehen. Die Zeit drängt.«

»Wieso?«, frage ich etwas überrascht.

»Mir macht die Stadt Angst und außerdem fühle ich, dass sich etwas zusammenbraut.«

Ihre Stimme zittert leicht.

Ich erwidere: »Aber ich dachte, wir sind hier sicher. Sind wir das nicht?«

»Meine Bestimmung ist es, dich ans Ziel zu bringen. Und du weißt selbst, dass du nicht allzu lange wach bleiben kannst. Sobald du wieder in den Schlaf fällst, bist du verloren, denn du wirst wahrscheinlich nie wieder erwachen.«

Ihre Augen glitzern.

Sie strahlt Fürsorge aus, als wäre ich ihr einziges Kind. Obgleich wir uns nur kurze Zeit kennen, scheint uns doch ein inneres Band zu verbinden. Als wären wir schon seit Tausenden Jahren durch die Galaxien gestreift und hätten uns durch Zufall hier gefunden.

»Gut«, erwidere ich, denn ich möchte nicht mit ihr streiten, da sie mir doch nichts von dem ihr mitgegebenen Wissen Preis geben wird.

Plötzlich sind die Stimmen um mich herum wieder zu hören. Das, was eben noch leise säuselte, ist nun deutlicher zu vernehmen: »Schreite voran.

Der anbrechende Tag des Lichtes bringt die Erleuchtung und offeriert dir den Weg der Selbsterkenntnis.« Das Gefühl, einer irdischen Existenz zu entsprechen, bohrt einen tiefen Schmerz in meine Brust. Trotz der unwirklich scheinenden Situation und des entschwundenen Bewusstseins der persönlichen Vergangenheit fühle ich mich verwurzelt mit dieser chthonischen Welt, deren Abbild hier geschaffen ist. Ich nehme all meine Kraft zusammen, wende mich von dem verschwommenen Blick ab und greife nach Kyaras Hand.

»Lass uns gehen«, sage ich bestimmt und ziehe sie in Richtung Stadtmitte.

Den Park verlassen wir mit einem kleinen Schritt, denn er knüpft direkt an eine belebte Straße, die geradewegs in Richtung Zentrum führt. Die Straße ist mit groben Steinen gepflastert und obwohl wir es im Grunde eilig haben, lassen wir uns Zeit. Wir genießen den Anblick der um uns herum schwer beschäftigten Menschen.

»Ziemlich beeindruckend. Oder?«, stupse ich Kyara an, während ich gen Horizont weise, wo sich ein spitz zulaufender Wachturm in den Himmel bohrt.

Um dessen Kuppe kleben kleine Wolkenfetzen wie Wolle an einer großen Stecknadel. Je tiefer wir in den Stadtkern vordringen, desto mehr spitzt sich der Weg zu.

Links und rechts der Straße zieren bunte Garküchen, Verkaufswagen und professionell geschmückte Tische mit einladenden Waren die freien Plätze zwischen Bäumen und kleinen Grünflächen. Raffiniert wird jede Lücke und jeder vermeintliche Platz genutzt. Selbst die Treppenstufen oder Fensternischen werden als Warenablagen oder als Lagerstädten für noch mehr, teilweise undefinierbare Gegenstände missbraucht.

Je weiter wir uns vom Park entfernen, desto näher kommen wir den unheimlich wirkenden Häusern. Teilweise sind sie aus Stein gehauen, zum Teil wurde alles Mögliche verbaut. Auch Fenster und Türen sind zusammengestückelt aus alten Flaschen und nicht identifizierbaren bunten Gläsern. Die Häuserfassade scheint mehr einem Trödelmarkt zu ähneln als einer Fachwerkfassade. An den Stellen, an denen man ein normales Fenster vermutet, sind nur ein paar Rahmen zusammengeschmiedet.

Hinter den wenig klarsichtigen Glasscheiben sind keine Gardinen angebracht.

»Kannst du dir vorstellen, in so etwas zu leben?«, frage ich Kyara.

Verwundert schaut sie mich an und sagt: »Bandamon ist mehr eine Stadt des Handels. Das kann man nicht mit den Dörfern auf dem Land vergleichen.«

Sie hält kurz inne, während sie nach einer kleinen Vase am Stand eines Händlers greift. Sie lässt sie in der Hand kreisen und sucht nach Bruchstellen.

Der Händler, der eben noch zusammengekauert in der Ecke versteck saß, schwingt sich zu ihr auf und preist sofort die Schönheit dieses vermeintlich kostbaren und einzigartigen Stückes an.

»Nur drei Angons für die schöne Frau«, sagt er mit einer leicht zittrigen Stimme.

»Das ist mir zu teuer.

Danke der Herr«, erwidert Kyara höflich und stellt die Vase auf ihren Platz zurück.

»Ich kann darüber verhandeln«, sagt er aufdringlich, während seine Augen bläulich zu blitzen beginnen. Mit einer Hand greift er nach Kyaras Arm und drängt seinen Blick in ihr Gesicht.

»Die Vase gefällt dir sehr gut.«

Seine Stimme ist von einer Sekunde zur anderen aufdringlich geworden.

Ganz nah an Kyaras Gesicht drängt er ihr die Worte förmlich auf die Lippen. Die faulen Zähne verbreiten einen unangenehmen Geruch.

Es scheint, dass Kyara für einige Sekunden wie gebannt von seinen Worten ist. Doch plötzlich kehrt sich das Blatt.

Kyara streift mit strengem Griff die Umklammerung von sich und schnappt sich sein Handgelenk. Mit einem schnellen Ruck zieht sie den Händler noch näher an sich, sodass sie mit ihrem Mund fast seine Nase berührt.

Mit eindringlichem Blick spricht sie leise. Dabei sind ihre Worte gehaltvoll, hart und unmissverständlich: »Rua Kra Tau!«

Ihre Augen leuchten für einige Sekunden weiß auf, als wäre ein Blitz in sie eingefahren. Der Händler schreckt zurück.

»Es tut mir leid.

Ich wusste nicht, dass Ihr eine Jatuse seid«, wimmert er mit leiser Stimme, während er sich wieder ganz schnell in seine kleine Ecke neben dem Stand zurückkauert.

»Verkaufe deine Waren auf legale Weise oder ich werde wiederkommen und dich zur Rechenschaft ziehen«, ruft Kyara ihm hinterher, während sie schon auf dem Absatz kehrt macht.

»Wir gehen weiter«, ruft sie mir zu.

Dabei ist sie mit schnellem Schritt schon einige Meter voraus. Ich renne kurz, um zu ihr aufzuholen. Ohne ein Wort zu verlieren, sagt sie: »Es ist ein Händler aus den Norba Bergen.

Die Norbas haben die Fähigkeit, anderen Lebewesen ihre Gedanken und ihren Willen aufzuerlegen. Dies ist verboten und steht unter Strafe.

Trotzdem versuchen es immer wieder einige von ihnen.«

Ich nicke nur und setze den Weg fort.

Was soll ich auch kommentieren?

Das Volk der Norba ist mir kein Begriff und scheint auch nicht weiter von Bedeutung zu sein. Unser Weg führt uns immer tiefer in Richtung Stadtzentrum. Die Häuser sind schon beeindruckend. Vor allem jene, die aus jeder Menge Müll errichtet wurden.

Mir fällt ein Haus ins Auge, von dem eine ungewöhnliche Energie ausgeht. In der ersten Etage eines dieser Häuser starrt eine alte graue Frau aus dem Fenster und verfolgt uns mit ihren Augen, während wir die enge Gasse entlangschreiten. Deutlich ist ihre Verachtung uns gegenüber zu spüren.

Doch ist mir unklar, weswegen sie uns gegenüber so abweisend ist. Wie aus Reflex hebe ich meine Hand in Richtung der Alten und krümme meine Finger.

Der Blick der Frau verkümmert plötzlich. Mit beiden Händen umfasst sie ihre Kehle, als würde sie etwas abzuwehren versuchen.

Blut schießt in ihre Augen und die Haut färbt sich bläulich.

»Lass das.«

Kyara reißt meine ausgestreckte Hand nach unten und schaut mich vorwurfsvoll an.

»Wir dürfen hier nicht auffallen. Auch wenn sie eine Hexe ist, dürfen wir ihr nichts tun, denn sonst haben wir gleich die Wachen am Hals.«

Schnell dreht sie sich weg von mir und zieht die dicke Kapuze über ihren Kopf. Aus dem kleinen Beutel an ihrem Gürtel holt sie einen grünen Edelstein, umschließt ihn mit ihrer Hand und richtet diese in Richtung der alten Frau.

Kaum hat sie ein paar schnelle und unverständliche Worte gestammelt, scheint sich die Alte plötzlich nicht mehr vor Schmerzen zu krümmen. Sie richtet sich wieder auf und nimmt den alten Blick ein.

So, als ob nichts gewesen wäre.

»Schnell. Lass uns weitergehen.«

Die enge Gasse lichtet sich wieder und mit flotten Schritten laufen wir über das Kopfsteinpflaster. Eilig schaue ich noch einmal zurück.

Der Blick der Alten verfolgt uns, bis wir in der Menge der Menschen untergehen. Das Gedränge auf der Straße ist so stark, dass man sich durch die Masse der herumstehenden Körper pressen muss, um weiter voranzukommen.

Kyara hat es einfach.

Mit ihrer schmächtigen Gestalt findet sie schnell eine Lücke, durch die sie gekonnt wie eine Katze hindurchschlüpfen kann.

Obwohl der Weg immer breiter wird, scheinen die Stände und die Menschen immer mehr zu werden. Nach wie vor bin ich beeindruckt von der Vielzahl des sich tummelnden Lebens, das aus Handel, Feilschen und Essen besteht.

Manche Leute blockieren einfach den Weg, da sie auf frisch gebratene Insekten warten, die lebend über Holzkohlefeuer zubereitet werden. Eigentlich möchte ich auch etwas von den teilweise nicht eindeutig zuzuordnenden Dingen probieren.

Kyara ist aber so weit vor mir, dass ich gezwungen bin, ihr ohne Pause zu folgen.

Sie schaut nicht einmal zurück.

Immer tiefer dringen wir in die Stadt vor.

Die Menschenmassen sind unbeschreiblich.

Gerade vor Verkaufsständen, die interessante Waren feil preisen, bilden sich große Trauben.

Die Gassen sind nicht gleichförmig in ihrer Breite. Mal gibt es extrem schmale Stellen, sodass sich die Ströme aus Menschen nur in einer Reihe entlangbewegen können.

Mal gibt es Abschnitte, die so breit sind, dass sich Gaukler und andere Artisten breit machen können, um ihre Kunststücke vorzuführen. Zeit, um irgendwo stehenzubleiben, ist kaum noch vorhanden, denn Kyara zieht mich mit ihrer Zielstrebigkeit immer weiter voran.

Schnell und hektisch schaue ich mich um.

Ich versuche mit schnellen Blicken zu erhaschen, ob man irgendetwas von dem, was dort so herumliegt, gebrauchen kann.

Ich muss mich schnell entscheiden, denn von hinten drücken die anderen so, dass ich gar nicht die Chance habe, stehenzubleiben.

»Hierher«, ruft Kyara aus einer kleinen Einbuchtung zwischen moosbewachsenen Häusern.

Ich bin schon einige Meter weiter und muss gegen die Vorwärtsbewegung ankämpfen. Eine Posaune erklingt am Horizont und plötzlich werden die vielen Menschen panisch.

Als ob es Kyara geahnt hätte.

Ich folge ihr zu der kleinen Nische unterhalb eines Hauses, an dem kopfhoch ein Balkon auf die Straße ragt.

Tumultartig, leicht chaotisch bewegt sich der Menschenstrom in alle Richtungen.

Erneut klingt die Posaune und plötzlich kann ich ein Zerren in den Eingeweiden spüren. Es ist ein Gefühl, als würde etwas Dunkles aufziehen.

Mit starker Hand halten wir uns beieinander.

Die Posaune schallt ein drittes Mal aus unbekannter Richtung.

Ihr Klang erfüllt die Straße und verkörpert gleichzeitig die Macht der Allgegenwärtigkeit. Das wilde Laufen um uns herum beruhigt sich langsam. Die Leute, die etwas zu verbergen haben, so scheint es, sind bereits in Häuser geflüchtet oder in einer der engen und dunklen Gassen verschwunden.

Einige Händler haben schnell in Panik ihre Stände abgebaut und sind in den Müllhäusern am Straßenrand verschwunden.

Die anderen, die geblieben sind, pressen sich an den Rand der engen Hauptstraße. In der Mitte haben sie eine breite Gasse frei gelassen.

Deutlich kann ich jetzt dieses ungute Gefühl spüren, welches sich von den Zehen beginnend durch den ganzen Körper zieht.

Ich drücke mich durch die vor uns aufgebaute Menschenmauer durch.

»Nein, bleib hier«, ruft Kyara, während sie an meiner Tasche zieht.

Ich versuche, einen Blick auf die Straße zu erhaschen.

Aus der Richtung, aus der wir gekommen sind, ist wildes Getrappel zu hören. Ich presse die Augen zusammen und kann am Ende der Straße zwei Reittiere erkennen, welche den Korso einer kleinen Garde anführen.

Immer näher kommen sie, während sie sich ohne Rücksicht durch den schmalen Weg pressen, den die Leute in der Mitte der Straße gelassen haben.

»Geh nicht so weit nach vorn. Das ist gefährlich.«

Mit einem Ruck zieht es mich nach hinten, obwohl ich gerade eine tolle Position ergattert hatte. Immer näher kommen die Schritte, bis das erste Reittier an uns vorüberzieht. Dicht gefolgt von grauen Gestalten. Genauso grau wie ihre Haut ist auch ihre Uniform.

»Das sind Rak Tau«, flüstert Kyara leise in mein Ohr.

»Woran kannst du das erkennen?«

Sie drückt mein Gesicht nach vorne in Richtung der Robe eines der Wächter, während sie ganz behutsam in mein Ohr säuselt: »Sieh auf das Revers.

Dort kannst du das Wappen der Herrscherfamilie erkennen.

In der Mitte ein blutroter Kristall.«

Ich blicke auf den Stein und habe plötzlich wieder die Vision vor Augen, wie Deon mit hochgerissenen Armen zum Angriff auf mich zustürmte.

Ich schüttele die Gedanken beiseite und konzentriere mich erneut auf ihre Worte.

»Um ihn herum eine Welle, die das Band von Makar darstellen soll.

Und über allem wacht Argamon, welcher als dunkelroter Kreis dargestellt ist.«

Kyara hält inne, denn die zwei Kreaturen der Garde kommen kurz zum Stehen.

Einer dreht sich zur Seite.

Unter der dunklen Kapuze ist das Gesicht eines büffelähnlichen Wesens versteckt. An den Wangen rekeln sich kleine und große Rüssel, an deren Ende Löcher die Luft der Umgebung einsaugen. Eine Nase haben sie nicht. Ihre Augen sind dunkel und sehen tot aus. Mit schnaufenden Bewegungen blickt einer der Wächter genau in unsere Richtung.

Knirschende und klickende Geräusche sind zu hören.

Ich zucke zusammen und trete einen kurzen Schritt zurück.

Ganz dicht pressen wir uns an die Wand des Hauses und beobachten dabei diese furchteinflößenden Besucher weiter.

Aus ihren engen Kutten, die mit Eisen beschlagen sind, rekeln sich kleine, einem Polypen ähnliche Fühler. Diese kleinen Sensoren, die wohl die Umgebung nach Ungewöhnlichem absuchen, scheinen die Angst der Menschen zu wittern.

»Kat kau«, ruft plötzlich einer der Anführer von seinem Reittier herunter.

Der Wächter schnauft kurz, klackt ein paar schnalzende Laute in die Umgebung und setzt daraufhin seine Marschrichtung fort.

»Das war knapp«, sage ich zu Kyara.

Mit eiligen Schritten stampfen die Wächter in grauer Uniform immer weiter an uns vorbei. Ich drücke mich erneut ganz fest an die kalte, gemauerte Wand des Hauses.

In meinen Gedanken kreisen die Gefühle dieser dunklen Gestalten. Das feuchte Kopfsteinpflaster schreit jeden gleichförmigen Schritt der Gesandten in die Umgebung. Beim Blick um mich herum kann ich die Angst in den Gesichtern der Bürger Bandamons sehen.

Mit jedem weiteren Schritt, den sich diese kleine Invasion durch die Straßen bewegt, werden die Befürchtungen und Ängste der Menschen um uns herum stärker.

Mütter schnappen ihre Kinder und zerren sie von der Straße in die nächste Häuserzuflucht.

Männer verstecken jeden möglichen Gegenstand, der nach einer Waffe oder etwas Ähnlichem aussehen könnte.

In der Ferne erklingt plötzlich erneut die Posaune.

Der Ton ist tief und gleichförmig.

Soll er mehr einem warnenden Ton gleichen oder eher einer Ankündigung, dass etwas in Bandamon angekommen ist, was den Kreislauf des täglichen Lebens durchkreuzt. Ich weiß es nicht genau, jedoch machen mir die grauen Gestalten Angst.

Nachdem der letzte Wächter die schmale Gasse passiert hat, klappt die Menschentraube ein und folgt dem Zug der Rak Tau.

»Komm, Kyara.

Ich möchte sehen, was die hier wollen.«

Mutig schnappe ich nach ihrer Hand. Auch die anderen haben ihren ersten Schock hinter sich gelassen und folgen dem Trupp.

Unsere Schritte sind eilig und wirken gehetzt. Dabei drücken wir uns durch die Masse der Menschen, um so nah wie möglich an der Kolonne zu sein.

Als die Posaune erneut erklingt, stoppen sie plötzlich. Einer der Anführer, der auf dem rechten Ross sitzt, reißt den Arm in die Höhe und ruft: »Halt.«

Ich bin kurz verwundert, dass er unsere Sprache spricht. Mit gekonntem Schwung springt er von seinem Reittier.

Er ordert zwei der uniformierten Wächter zu einem Hauseingang auf der anderen Straßenseite.

Mit ein paar klackenden Geräuschen, welche wohl eine Bestätigung des Auftrages sein sollen, setzen sich die beiden grauen Wesen in Bewegung.

Ihre Schritte sind schwer, und eher behäbig bewegen sie sich zur Haustür. Eigentlich würde man erwarten, dass sie klingeln, jedoch ist das nicht der Fall. Die Kraft der Wächter ist nicht zu übersehen. Muskelpakete stapeln sich unter der engen Rüstung. Ihre Arme sind so dick, dass es mein Oberschenkel sein könnte.

Kurzerhand wird die Kraft eingesetzt.

Der größte von ihnen geht voran und bricht mit einem einfachen Schlag die Tür auf. Ohne auch nur einen Moment zu verweilen, setzen sie sogleich ihren Weg fort und verschwinden kurzerhand im Haus. Hektische Geräusche dringen nach außen.

Poltern von Möbelstücken, Metall, das auf den Boden fällt, und Glas, welches klirrend zersplittert. Plötzlich Schreie.

Sie sind so laut, dass sie selbst durch die Fenster und Wände des Hauses dringen.

Ein Schrei folgt dem anderen.

Eine Frau scheint sich zu wehren, während Klickgeräusche Befehle in die Umgebung schnalzen.

Ein weiteres gequältes Jaulen durchbricht die Wände und versetzt die Menschen auf der Straße in Aufregung.

Beim letzten Schrei sind zwei Stimmen herauszuhören. Es hört sich an, als wäre auch ein Kind verwickelt. Die Leute um uns murmeln untereinander.

Sichtlich aufgeregt versucht jeder eine bessere Sicht zu erlangen. Die verbliebenen Wächter sperren allerdings die Straße und den Eingang weiträumig ab. Jeder drückt und drängt sich nach vorn.

Ich schnappe nach Kyaras Hand und ziehe sie mit nach vorne.

»Was bedeutet das alles?«, frage ich sie, doch meine Stimme wird vom lauten Durcheinanderplappern der Leute übertönt.

Erneut schallen Schreie.

Holz bricht und Geschirr klirrt durch die Luft.

Die Klickgeräusche werden härter und sind extrem fordernd. Weitere wenige Minuten vergehen, bis plötzlich der erste Wächter aus der Tür tritt. Auf der einen Seite hält er ein strampelndes Kind eng an seinen Körper gepresst.

Es ist gerade mal neun oder zehn Jahre alt. Die Mutter zerrt schreiend und flehend an den starken, grauen Armen. Sie versucht verzweifelt, ihr Kind zu befreien. Beherzt wirft sie sich vor den Wächter und versucht ihn auf diese Weise zu stoppen.

Der Koloss aber ist so gewaltig, dass es eher wirkt, als würde eine Fliege gegen ein Nashorn kämpfen. Mit einer schnellen Bewegung drückt der Wächter die Frau von sich weg, während in der gleichen Sekunde ein weiterer von hinten durch die Tür tritt, die Mutter an ihrem schmächtigen Körper packt und sie auf die Straße schleift.

Die Leute verstummen bei dem Anblick.

Ganz leise flüstern sie sich irgendwelche Hypothesen zu.

Kaum eine weitere Minute vergeht, bis der letzte Wächter durch die Tür ins Freie tritt.

Seine übergroßen Pranken umklammern einen dunklen Mann. In mir kribbelt es. Meine Hände ballen sich. Das Gefühl einschreiten zu wollen wird immer stärker. Kyara stoppt mich: »Das solltest du nicht tun«, beschwichtigt sie mich mit einer ruhigen und besonnenen Geste.

Ihre dünnen Finger umklammern mit festem Griff meine Hand. Ganz leise, aber doch eindringlich flüstere ich: »Aber was soll das?

Ich kann deutlich den Hass spüren, den diese Gesandten in die Gegend strahlen. Das muss ich unterbinden.

Es ist nicht richtig.«

Erwartungsvoll blicke ich Kyara an.

Zur gleichen Zeit ist mir klar, dass ich von ihr keine Antwort erwarten kann. Mit etwas Abstand steht sie einfach da und fordert unbewusst von mir ein, dieses Schauspiel mit anzusehen. An den Haaren reißend stoßen die Wachen die Frau, den Mann und das Kind vor den noch immer ruhig auf dem Reittier verharrenden Anführer.

Er versteckt sich hinter einem riesigen Schild aus Bronze, welches mit einer aufwendigen Konstruktion durch das Pferd getragen wird.

Der Schub des Wächters ist so stark, dass alle drei das Gleichgewicht verlieren und auf ihre Knie fallen. Die Hose des kleinen Mädchens zerreißt.

Blut befleckt die Pflastersteine aus Granit. Als der erste Blutstropfen auf das feuchte Kopfsteinpflaster tropft, fängt der blutrote Kristall im Wappen des riesigen Schildes an zu leuchten. Es ist ein leichtes und unscheinbares Leuchten.

Wie ein Vampir zieht er die Energie an, die aus dem Blut und der klaffenden Wunde strömt und in der Luft schwingt. Wie Wölfe in der Nacht strecken die Wächter ihre Köpfe Argamon entgegen und heulen plötzlich ein widerliches Geräusch gen Himmel.

Klickgeräusche übertönen alles um uns herum. Mir wird übel dabei und ich fasse mir an den Bauch, denn ich kann die Galle spüren, die sich durch die Speiseröhre drängt.

Der Anführer scheint es geradezu zu genießen.

Er stöhnt und saugt förmlich die Energie auf, die durch den kleinen unschuldigen Körper freigesetzt wird. Von einer Sekunde zur anderen scheint er sich zu beruhigen, zieht sein Schwert aus dem Halfter, reißt es in die Höhe und schreit: »Ruhe!«

Noch immer sitzt er wie ein König auf seinem Reittier, geschützt durch den Schild mit dem Wappen der Herrscherfamilie.

Ein Zucken geht durch die Menschenmasse und die Wächter verstummen.

»Ich bin Lab«, spricht er laut in die erwartungsvollen Gesichter.

»Durch den Kodex der Aramer wurde ich in der letzten Dekade, dem Monat vor Argamon, von Urtus zum Vorsteher der Provinz Bandamon berufen.«

Er hält kurz inne, schaut einmal ringsum, um sicherzustellen, dass die gesamte Aufmerksamkeit ihm gilt. Dann setzt er fort: »Nach geltendem Recht bin ich befugt, mit Argamon zu sprechen und für Argamon zu richten.

Als neuer Vorsteher habe ich mich mit der Stadt befasst.«

Ein kurzes Raunen geht durch die Menge.

»Es ist traurig, aber es ist auch meine Pflicht, während der Opfertage durch den Kodex bestimmtes und gebrochenes Recht zu vollstrecken.«

Wie beim militärischen Exerzieren steckt er wieder sein Schwert weg. Danach steigt er galant von seinem Reittier und holt eine Rolle aus braunem Pergament aus der Tasche am Halfter des Tieres. Klickgeräusche erfüllen wieder die schmale Gasse.

Sozusagen als Untermalung der Stille, denn keiner auf der Straße traut sich, etwas zu sagen. Der Vorsteher rollt langsam das Pergament aus und beginnt zu lesen: »Wir, die Rak Tau, Gesandte des Himmels und Sprecher der Götter, verkünden Folgendes.«

Er hält kurz inne, faltet behutsam das Papier und wendet es gegen das Licht, sodass er vermeintlich besser die Schriftzeichen entziffern kann, die in großen Buchstaben dort geschrieben stehen.

Er setzt fort: »Argamon hat gesehen, dass diese zwei Menschen nicht nach den Regeln leben.«

Drohend hebt einer der Wächter den Zeigefinger in die Höhe und nimmt direkten Blickkontakt mit einzelnen Personen aus der Menge auf, bevor der Vorsteher weiterspricht: »Die Regeln der Rak Tau wurden für euer aller Wohlbefinden aufgestellt, damit das Glück euch alle erfüllen möge. Sie sind zu befolgen, da sonst großes Unheil droht.«

Seine Augen blitzen rot.

Direkt angeschaute Bürger erstarren und treten einen kleinen Schritt zurück.

Seine Zunge zischt, als er weiterspricht: »Argamon hat gewacht über die Bürger Bandamons und dabei zwei Ungläubige gesehen, die nicht nach seinen Regeln leben.

Sie leben in Unzucht und in einem nicht erlaubten Mischverhältnis.«

Einer der grauen Wächter stößt den Mann mit einem harten Tritt nach vorne, sodass er mit dem Gesicht zuerst vor der Robe des Vorstehers aufschlägt.

Ein stumpfes Stöhnen rollt aus seinem Rachen und langsam hebt er den Kopf. Er blickt an der langen, dunklen Robe des Vorstehers nach oben, scheint aber keinerlei Ehrfurcht in den Knochen zu haben.

Mit einer überheblichen Geste blickt der Gesandte der Rak Tau auf ihn herab. Die eine Hand lässt das Pergament los und zieht ein wenig die Robe nach oben. Unter der Robe sind mit Eisen beschlagene Stiefel zu erkennen.

Deutlich kann man die Befriedigung in seinen Augen sehen, als er mit voller Wucht in das Gesicht des Mannes tritt, welcher erneut mit einem lauten Stöhnen zu Boden fällt.

»Seht, Brüder von Bandamon.

Es ist ein Katarch.

Sein Blut ist violett.«

Er deutet auf die deutlich sichtbare, offen klaffende Wunde in seinem Gesicht. Ein Hautfetzen hängt herunter und aus dem Muskelgewebe darunter dringt eine violette Flüssigkeit nach außen.

Ich bin für einen kurzen Moment angeekelt, denn der Vorsteher hat so hart zugetreten, dass zwischen Hautfetzen und Muskelgewebe ein Teil des Kiefers und ein Zahn zu sehen sind. Doch damit noch nicht genug.

Bevor er weiterredet, rüttelt er an seiner Hose und holt seinen Penis heraus.

Ein gelber prasselnder Strahl ergießt sich plötzlich über das Gesicht des Mannes, der unter Schmerzen noch immer ächzt, aber sich nichts anmerken lassen will.

Die grauen Wächter scheinen das Ritual der Demütigung in allen Zügen zu genießen. Es liegt förmlich in der Luft, wie es ihnen riesige Freude bereitet. Begeisterung und immer stärker werdende Klicklaute ziehen gleichzeitig auf.

Ich drehe mich zu Kyara und flüstere ihr ins Ohr: »Ich halte das nicht mehr aus.

Was soll das alles?

Wieso lassen sich die Leute diese Demütigung gefallen?«

Meine Finger ballen sich erneut zu einer Faust, während die Aggression langsam in der Kehle nach oben steigt.

»Bleib ruhig.

Die Menschen wollen Veränderungen, aber sie haben keinen Anführer, der ihnen dabei Halt gibt.«

»Was ist ein Katarch?«, frage ich leise.

»Die Katarchen umgibt in der Bevölkerung ein dunkles Geheimnis, welches nie enthüllt wurde. Sie leben zurückgezogen in den verschneiten Bergen des Siangpai.

Daher nennt man sie auch das Volk der Berge. Sie gelten als hoch sensibel bei den Kräften des Blauen Bandes und man sagt ihnen einen direkten Kontakt zu Argamon nach. Die Herrscherfamilie hat sie im letzten Krieg bis auf ein paar wenige Hundert dezimiert.

Seit diesem Krieg versucht Urtus, der Anführer der drei Häuser, diese Minderheit unter Kontrolle zu halten.«

Kyara hält inne und sinniert scheinbar über ihre eigenen Worte.

Immer wieder wechselt ihr Blick zwischen mir und dem Geschehen um uns herum.

Dann erzählt sie weiter: »Das Haus der Aramer hat Angst, dass sich die bestehenden Kräfte der Katarchen im Rahmen einer Evolution oder durch Vermischung zwischen den unterschiedlichen Rassen ausbreiten. Daher haben sie ein Gesetz erlassen, das es untersagt, dass sich die Menschen verschiedener Rassen zusammentun.

Kinder zu bekommen ist eine Sünde und wird mit dem Tode bestraft.

Es ist ersichtlich: Die Herrscherfamilie bangt um ihre Herrschaft und die von ihnen gesammelte Macht.«

Wut steigt in mir hoch, als ich die geflüsterten Worte höre.

Mit der Entrüstung über diese Ungerechtigkeit sprießt die Aggression bis in die Fingernägel. Kyara zieht mich weiter nach hinten, denn sie kann deutlich spüren, wie ich auf all diese Worte reagiere.

Zwar kommen alte Erinnerungen immer mehr und mehr zum Vorschein, doch kann ich nicht glauben, dass ich das in meinen jungen Jahren gutgeheißen habe.

Diese schreiende Diskriminierung, die hier als Recht und Ordnung bezeichnet wird, kann nicht der richtige Weg sein. Vor allem bezweifle ich, dass die Bevölkerung dies ebenfalls befürwortet.

Erneut balle ich kräftig die Faust zusammen, bis die Knöchel knacken.

Adrenalin durchflutet den gesamten Körper.

Blut pumpt durch meine Adern, sodass der Kopf heiß wird. Ein jähes Geräusch ertönt, welches den Blick wieder auf das Geschehen in der Mitte der engen Gasse konzentriert.

Der Vorsteher beordert zwei Wächter zu den Reittieren, die in der Mitte einen kleinen Wagen ziehen, auf denen eine angerostete Kiste lagert. Sie sieht schwer aus und an allen Flächen ist deutlich das Siegel mit blutroten Kristallsplittern zu sehen.

Das rote Blitzen, welches wie ein anziehendes Leuchten einen jeden zum Hinsehen verführt, verleitet zu dem Gedanken, dass der Kristall ein eigenes Leben hat.

Vielleicht sind in ihm Geister oder Seelen gefangen. Mein Blick verweilt auf dieser wabernden Oberfläche, sodass ich mich verliere. Ich rüttele mich kurz wach, da man sehr schnell dieser unbekannten Energie erliegt, die von den Kristallsplittern ausgeht.

Die Wächter ergreifen die silbernen Griffe am linken und rechten Ende der Truhe.

Als ob sie nichts wiegen würde, hieven sie diese vom Zugwagen.

Während sie die Kiste vor die Füße des Anführers befördern, liest dieser seine letzten Worte vom verwitterten Pergament ab: »Nach

Paragraph dreiundfünfzig, Absatz achtunddreißig, Nummer eins, Gesetze des Argamon, Ebene Bandamon, werden die hier anwesenden Personen für straffällig befunden. Sie haben sich in die Abhängigkeit der Unreinheit der Rasse begeben und ein beschmutztes Kind als Nachkommen erzeugt.

Nach letzter Rechtsprechung und nach dem Kodex der Aramer ist dieses Vergehen mit der sofortigen Auslöschung der Seele zu bestrafen.«

Mit einer ganz bedachten Bewegung rollt er das Pergament zusammen, deutet auf die Kiste und wirft den beiden Wächtern einen kurzen, aber fordernden Blick zu. Seine Augen blitzen erneut wie die Steine auf der Kiste. Der Ablauf scheint eine normale Vorgehensweise zu sein. Als würden dies die Wächter jeden Tag durchführen, wird eine Art Exerzierformalität abgehalten, bei der sich alle anderen grauen Gestalten der Garde beteiligen. Klickgeräusche, die wie ein wildes Durcheinander klingen, erfüllen jede noch so kleine Gasse.

Ich schaue mich um und sehe in die Gesichter der Menschen. Ihr Ausdruck ist starr vor Angst. Einer der Grauen schnappt den ohnehin angeschlagenen Mann, während der andere mit einem riesigen goldenen Schlüssel das Schloss an der Truhe öffnet.

Am Kopf des Schlüssels fällt dem Betrachter sofort ein roter Kristallsplitter ins Auge, der bei der Berührung des Schlosses anfängt, merkwürdige Surrgeräusche von sich zu geben.

In seiner Mitte ist etwas Lebendiges zu erkennen, was sich hin und her rekelt. Auf diese Entfernung ist es mir jedoch nicht möglich, zu identifizieren, worum es sich handelt.

Ich zucke zusammen.

Bei der Konzentration auf das Innere empfange ich plötzlich Gefühle, gepaart mit den unterschiedlichsten Emotionen.

Angst, Furcht, Freude und ein Schrei nach Hilfe dringen aus dem Kristallsplitter in mein Bewusstsein vor. Ein blechernes Klacken schallt in die Umgebung und das Schloss scheint geöffnet. Der graue Wächter zieht den Schlüssel aus dem Loch und tritt einen Schritt zurück.

Der Vorsteher nimmt Blickkontakt mit einem anderen grauen, muskelbepackten Wächter auf.

Als würde er ihnen ein Kommando in die Gedanken übertragen, scheinen sie wie ferngesteuert seine Befehle auszuführen.

Einer von ihnen geht prompt auf das kleine Kind und die Mutter zu.

Mit bestimmendem Augenkontakt und festem Zug werden beide in die Nähe der Truhe gedrückt. Die Mutter weint erbärmlich und greift nach dem Mädchen.

Sofort geht einer der Wächter dazwischen: »Nein!«, ist aus der klickenden Stimme herauszuhören.

Die Frau schreckt zusammen und fällt zurück.

Der Anführer hebt erneut den drohenden Zeigefinger und sagt: »Argamon hat mir die Kraft verliehen, Recht und Ordnung durchzusetzen.

Die Ebene von Bandamon muss von dem Sudel, der über sie gekommen ist, befreit werden.«

Er deutet mit einer nickenden Geste auf einen Wächter, der sich daraufhin sofort in Bewegung setzt. Danach fährt der Anführer mit seiner Ansprache fort: »Unzucht, Unreinheit kann nur mit Makellosigkeit und Reinheit beseitigt werden.«

Ein Raunen wallt bei diesen Worten erneut durch die Münder der anwesenden Menschen.

»Jedes Geschöpf, welches Argamon geschaffen hat, dient einem Zweck. Die Luminen sind dazu da, die Seele auf ihre Reinheit zu prüfen und im Falle der Unreinheit die Schlacke von dem Gefäß zu nehmen und dessen Lebensinhalt wiederherzustellen.«

Die letzten Worte sind gerade ausgesprochen, schon öffnet einer der Wachen mit seinen großen Pranken die beschlagene Truhe.

Mit lautem Donnern schlägt der Deckel auf dem Boden auf. Tiefer Respekt vor dem Inhalt der Truhe lässt den Grauen genauso schnell von der Kiste zurücktreten, wie er sie geöffnet hat.

Angst, Ehrfurcht und auch ein kleines bisschen Demut ist ihm trotz dieser beeindruckenden Muskelmasse und der Stärke des Körpers ins Gesicht geschrieben.

Respektvoll starrt er auf das Innere, aus dem ein sanftes, schlummerndes Leuchten hervordringt. Zirren und Surren dringt an meine Ohren, sodass man denken könnte, in der Kiste seien Tausende kleiner Grashüpfer eingesperrt, die nur darauf warten, freigelassen zu werden.

Es ist eine beängstigende Situation, da jeder erwartungsvoll auf die klaffende Öffnung der Truhe blickt, aber doch keiner Kenntnis darüber hat, was wohl als Nächstes folgt oder was sich darin verbirgt. Ohne Vorwarnung reißt der Anführer seine Arme blitzartig in Richtung Argamon, der noch immer hälftig am Horizont zu sehen ist. Dabei stammelt er kryptische Worte. Sein Gemurmel scheint das Unbekannte in dem Behälter anzuregen, denn das Summen, Sirren und Zirpen wird mit jedem ausgesprochenen Wort stärker.

Plötzlich ertönt ein Knall, gefolgt von einem dumpfen Schlag, der den Boden unter uns erschüttert. Aus der Truhe feuert ein grüner Blitz und entzündet das Pergament in der Hand des Vorstehers.

Erschrocken weichen die dunkelgrauen Wachen einen Schritt zurück, was die Menge ihnen gleichtut. Unbeeindruckt murmelt der Anführer weiter kryptische Worte vor sich hin.

Ein weiterer dumpfer, den Boden durchdringender Schlag lässt die Oberfläche unter meinen Füßen vibrieren.

Das Kopfsteinpflaster, das sich zwischen den Häuserwänden hindurchpresst, schlägt leichte Wellen unter den aus dem Untergrund hervordringenden Erdstößen. Pfützen und Wasserlachen, die sich in den Vertiefungen des ungleichmäßigen Steinbodens gebildet haben, formieren kleine Wellen auf der Oberfläche. Zuerst laufen sie gerade, dann konisch, bis sie letztendlich in einem perfekten Kreis verebben.

Langsam arbeitet sich das unecht wirkende Feuer durch das Pergament in der Hand des Vorstehers. Kleine flirrende Papierstücke tanzen grün glühend an den Rändern der dicken Rolle. Sanft haucht eine leichte Brise durch die schmalen Gassen, reißt kleine glühende Fetzen aus dem Papier und trägt diese taumelnd zwischen den Häuserfronten in die Höhe, dem unendlich wirkenden Himmel entgegen.

Unecht glüht das grünlich schimmernde Feuer am Rand des Pergamentes.

Leuchtend frisst es sich sehr langsam, aber mit vollem Genuss durch die komplette Rolle mit den formalisierten Befehlen des Herrscherhauses.

Befehle, um Leben zu vernichten und um die Macht ein weiteres Mal zu festigen. Nicht nur die Farbe des schmorenden Brandes verändert sich, sondern auch die Geschwindigkeit.

Aus dem Glühen wird ein leichtes Leuchten. Aus dem Leuchten entwickelt sich schnell eine brennende Glut. Eine brennende Glut, die sich schlagartig immer mehr ausbreitet und zuerst die Hand, dann den Unterarm und zum Schluss auch die Schulter des Anführers verschlingt.

Er selbst scheint von alledem unbeeindruckt zu sein.

»Seht!«, ruft er laut in die Menge, während er seine Arme noch weiter in die Höhe reißt.

Angestachelt durch seine Worte, die voller Energie und Hingabe stecken, lodert der aus Energie zehrende Brand noch heller.

»Argamon ist stark.

Argamon ist unser Führer.

Das Licht im Dunkeln.

Der Mond unter den Sternen«, schreit er mit voller Inbrunst in die Menge.

Trotz dieser imposanten Worte kann man die Gelassenheit in seinen Augen sehen. Seine Ausstrahlung, sein Auftreten und seine Ruhe vermitteln den Eindruck, dass es sich um eine perfekte Inszenierung handelt.

Alles ist vollendet abgestimmt. Die Kiste mit dem Unbekannten, das Beben aus der Tiefe, das Lichtspiel, welches sich gefährlich um den Körper des Anführers windet. Mit Maßnahmen, die sich der normale Bürger nicht erklären kann, versucht man die Furcht in jedem Einzelnen zu schüren. Über diesen einfachen und doch effektiven Weg macht sich das Herrscherhaus die Menschen gefügig.

Unterwürfig folgen sie so jeder Vorgabe, auch wenn sie noch so abstrus erscheint. Doch hinter dem vermeintlichen Szenario steckt mehr. Angst und Respekt davor, die vorgespielte Szenerie nicht mehr kontrollieren zu können, kriecht wie Schleim über die Haut des Vorstehers.

Er spielt mit Maßnahmen, die die Bürger fürchten, weil sie sich selbst nicht erklären können, wie das alles real sein kann. In meinen Gliedern wächst weiter die Wut, denn ich kann nicht fassen, dass man sich einer solchen Strategie bedient.

Ein erneuter Schlag ertönt und der Boden dröhnt so stark, dass man die Erschütterung in den Gelenken merkt.

»Argamon krat uk tau«, ruft er und presst die gleißende Hand aus Licht erneut nach oben.

Zeitgleich mit diesen Worten verdunkelt sich flüchtig der Himmel um Argamon. Das elektrische Feuer, das sich um seinen halben Körper gelegt hat, flacht ebenfalls für einen kurzen Augenblick ab. Es scheint, als hätte man kurz seine Energiezufuhr unterbrochen. Die undefinierbare Dunkelheit verzieht sich genauso schnell, wie sie gekommen ist.

Glasklar schimmert die Oberfläche des Planeten in ihrer zarten rötlichen Färbung und taucht ganz Bandamon in ein warmes Licht. Ohne Unterbrechung geht das vorgeführte Schauspiel weiter: Dort, wo Kubike und Ratase ihre Bahnen ziehen, verformt sich plötzlich die Umgebung.

Eine Art Dunst bildet sich zwischen den einzelnen Planeten, der ganz leicht zu glühen beginnt. Im gleichen Augenblick wechselt das grüne Leuchten in der Truhe seine Farbe. Synchronisiert mit dem Dunst im luftleeren Raum wechselt die energetische Entladung der Kiste ebenso ihre Farbe.

Von Grün geht es über zu einem leuchtenden Gelb, bis es der bläulichen Farbe der beeindruckenden Dunstwolke gleicht.

Blitzschübe schlagen aus der Kiste und elektrisieren immer wieder aufs Neue die sphärisch anmutende Hülle aus schimmernder Energie, die den halben Körper des Vorstehers einhüllt.

Ich bin überwältigt von diesem beeindruckenden Schauspiel. Allerdings kann das Szenario noch mehr aufwarten. Unerwartet entspringt der Kiste ein weiterer Blitzstrahl, der sich um den pulsierenden dünneren Strom legt und so eine stärkere Verbindung bildet. Das Ende spaltet sich wie eine Schlangenzunge in zwei Hälften.

Während ein Teil sich ein weiteres Stück des Vorstehers einverleibt, ist das Ziel des anderen Teils der rote Diamantsplitter, der in der Mitte seines Revers eingearbeitet ist. Beim Einschlag in den Kristall erstarrt plötzlich jegliche Gestik, jede Mimik, jede noch so kleine Bewegung des Anführers.

Starr und tot steht er mit hochgerissenen Armen wie eine Marzipanpuppe da. Sein Blick ist versteinert und kalt. Ein Flüstern zieht durch die Menge, als erneut die Erde unter einem dumpfen Schlag zittert. Ein weiterer elektrischer Schlag entspringt dem Behälter. Er legt sich um die elektrisierte Oberfläche, die sich noch immer um den halben Körper des Mannes windet. Ununterbrochen saugt der Strahl neue Energie aus der Kiste, die sich pulsierend an einem wirbelnden Strang entlangbewegt. Brodelnd und zischend schlägt die unbekannte Kraft in die Umgebung, während sich auf der versteinerten und geöffneten Handfläche des Mannes eine Kugel aus Licht formiert.

Zur gleichen Zeit verbindet sich eine weitere Kette aus flimmernder und zuckender Energie mit dem Diamantsplitter. Das grünliche, kriechende Feuer hat bereits die Papyrusrolle verschlungen. Funkelnd durchbricht die Glut die Hülle aus Energie und verbindet sich mit der Kugel in der Handfläche. Ich blicke zum Horizont und kann zwischen den Sternen ganz klar die Dunstwolke erkennen, die an Helligkeit immer schneller zunimmt.

Als die Wolke alle anderen Planeten in ihrer Helligkeit übertrifft, verdichtet sich der nicht zu identifizierende Nebel. Ganz dicht verwickelt sich die Wolke und aus ihr entsteht ein Band, dessen Oberfläche so glatt zu sein scheint, dass man von Perfektion sprechen kann. Die Menschen um mich herum sind verwirrt von dem Schauspiel. Sie wissen nicht, wo sie zuerst hinsehen sollen.

Das Band, welches sich da draußen in der Atmosphäre bildet, wird immer größer.

Manche beobachten das Schauspiel um den Vorsteher, und andere wiederum starren mit weit geöffnetem Mund auf das unendlich wirkende Band zwischen den Planeten. Je größer das Band wird, desto mehr vibriert der Boden unter unseren Füßen.

Fenster bersten unter dem tiefen elektrischen Summen, während Putz von den Wänden bröckelt. Das Kopfsteinpflaster kreischt. Mit einem lauten Schlag saust ein Teil des Bandes aus dem Universum nieder und rammt sich tief in den Boden vor den Stadtmauern Bandamons.

Die Druckwelle lässt einen Wachturm brechen, dessen Turmspitze sich mit lautem Ton in den Boden bohrt.

Panisch wirkende Gesichter schreien in die Umgebung.

Was mich jedoch verwundert, ist die Tatsache, dass sie alle sich keinen Millimeter bewegen. Noch immer stehen sie da und sind gebannt von dem Schauspiel, welches in seiner besten Besetzung vorgeführt wird. Gleisendes Licht durchdringt jede noch so dunkle Ritze, zieht die Menschen an und versetzt sie in eine Art Lähmungszustand.

Schockiert und beängstigt poltert mein Herz kurz dahin.

Wie im Chor flüstern die Bürger Bandamons ganz leise in die Umgebung: »Das Blaue Band.«

Selbst die grauen und übermächtigen Wächter versteinern und sehen hilflos aus. Mit gebanntem Blick starren sie in den Himmel.

»Makar«, kann ich unter den Klicklauten vernehmen.

Das leuchtende Unbekannte, welches aus dem Nirgendwo des Kosmos hervorquillt, umschlingt Kubike und Ratase und strömt geradewegs wie ein Fluss aus Karamell bis vor die Stadttore Bandamons. Mir imponiert es, wie dieses perfekte Band aus Energie absolute Ruhe ausstrahlt. Größe und Breite faszinieren zeitgleich mit einer vollkommenen Oberfläche.

Allein seine Gegenwart sollte uns alle zur Flucht bewegen.

Gefahr schwingt wie ein Damoklesschwert über uns, während die Oberfläche in einem glitzernden, bläulichen Ton vor sich hin wabert. In meinem Kopf kann ich die Geister der Urahnen hören, die uns dieses Band gebracht haben. Doch für eine genauere Studie bleibt keine Zeit.

Die Menschen sind gebannt von der Macht und Faszination, die das Objekt vor ihrer Stadt auf sie ausstrahlt.

Schwermütig richte ich den Kopf nach oben und blicke zu Argamon.

Genau in diesem Moment kann ich diese gebannte Faszination erfassen. Alles um uns herum: das Licht, das Farbenspiel, die Sternenkonstellation. Alles in dieser großen Szene einer einzigartigen Inszenierung ist komplett abgestimmt.

Blickt man nach oben, so sieht es aus, als hätte Argamon selbst eine Hand ausgestreckt und somit einen Schulterschluss mit dieser Welt geschaffen. Das Band verschmilzt geradezu mit der Planetenoberfläche und vereint zum gleichen Zeitpunkt die anderen Gestirne, die für die Lebewesen der Sphäre die Orte der Götter verkörpern.

»Es geht nicht darum«, sage ich zu Kyara, denn in mir kann ich das Verlangen nach dem Inhalt dieser Kiste spüren.

Ohne Vorwarnung findet der versteinerte Anführer wieder zurück in unsere Realität. Ganz langsam senkt er die in die Höhe gerissenen Arme, während der Ball aus Energie und züngelndem Feuer weiter vor sich hin funkelt.

Noch immer mit einer Kette aus Energie verbunden, erweitert sich langsam die funkelnde Hülle und legt sich zur Hälfte über sein Gesicht. Der Vorsteher genießt das Ausbreiten des Schleiers sichtlich. Wiederholt durchdringt ein Schlag, der seinen Ursprung in der Tiefe der Truhe hat, die angespannte Situation.

Eine zusätzliche Kette aus zuckender, rötlich strahlender Energie schlägt aus dem Inneren der Kiste und erfasst den gepeinigten Mann, der noch immer vor Schmerzen stöhnend vor dem Vorsteher kniet.

Blut rinnt aus seiner klaffenden Wunde und tropft auf das Kopfsteinpflaster. Mit einem saugenden Ton wird blitzartig sein kompletter Körper in eine Art Kokon aus Energie eingehüllt. Unter einem tiefen Stöhnen sackt er vollkommen in sich zusammen.

Schreien kann er nicht mehr, denn die Kraft hat ihn bereits verlassen. Seine Tochter will zu ihm springen, doch die Frau hält sie zurück.

»Lasst uns in Ruhe.

Wir haben nichts Unrechtes getan«, schreit sie den Vorsteher an.

Er bleibt unbeeindruckt. Seine Augen sind weiß unterlaufen, während noch immer ein Dunst aus blauer Energie seinen Körper umhüllt.

Der rote Kristall am Schaft des Schwertes verflüssigt sich schlagartig. Aus der roten Brühe formt sich ein kleiner Vogel, der sich in die Luft erhebt, einige kleine, dann große Kreise zieht und nach kurzer Zeit über dem Mann schwerelos zum Stehen kommt.

Ich blicke mich um und hoffe, dass irgendeiner der vielen Menschen hier auch nur ansatzweise etwas gegen dieses Schauspiel unternimmt.

Nichts.

Alle stehen wie in Wachs gegossen da und starren auf das Schauspiel. Mein Blick wandert weiter zu Kyara, die ebenfalls wie eingefroren in die Gegend starrt. Es scheint, als wäre ich die einzige Person, die noch einen eigenen Willen hat. Deutlich ist der Unmut, die Unzufriedenheit, die Ungerechtigkeit in meinen Gliedern zu spüren.

Abermals balle ich meine Finger zur Faust.

Abermals kann ich die Macht in mir spüren, die wie Adrenalin in den Venen bis ins Gehirn steigt. »Ungerechtigkeit«, flüstert es plötzlich in der Luft.

Wieder kann ich Stimmen hören, die engelsgleich meine tiefen Gedanken als ausgesprochene Worte in den Luftzug legen. Zur gleichen Zeit platzt der Vogel, der noch eben über den Beschuldigten schwebte. Feinster Staub legt sich langsam über die drei Körper.

Deutlich liegt Angst, Behutsamkeit, Grauen in der Luft.

Sie versuchen, nicht zu atmen, denn ihnen ist die Tödlichkeit dieser feinen Rußpartikel bekannt. Rötlich glitzernd schwebt der feine Dunst klar abgegrenzt von der restlichen Bevölkerung in der Luft und setzt sich ganz langsam auf die Körper der Verurteilten nieder.

Der Mann hat sich schon längst aufgegeben.

Er dreht sich kurz um. Danach nimmt er ohne ein Wort zu verlieren die Hand seiner Frau und seiner Tochter. Bedächtig starrt er in die Augen seiner Geliebten und presst mit aller Gewalt letzte Worte aus seinem verstümmelten Antlitz.

»Ich werde euch immer lieben.

Irgendwann wird es ein Ende haben«, röchelt er leise den beiden entgegen, während das Blut aus dem freigelegten Unterkiefer der Frau ins Gesicht spritzt.

Das letzte Wort ist ausgesprochen und der Atemzug, der notwendig ist, den verlorenen Atem wieder zu füllen, wird geflutet von rötlichem Staub. Sein Körper krümmt sich und langsam beginnt sich seine Haut zu verflüssigen. Der Staub frisst ihn von innen heraus auf. Aus den Augen läuft Blut, seine Muskeln zucken und versuchen sich der Kraft zu erwehren, die den Körper verzehrt.

Die Frau weint bitterlich und schlägt dabei immer wieder mit ihren Händen auf den Boden. Der rote Staub ist indes vollständig in den Mann eingedrungen. Immer weiter zerfrisst er seinen Körper. Muskelgewebe ist zu sehen, gefolgt von Knochen.

Auch diese werden letztendlich zersetzt.

Ekel überkommt mich.

Wieder kann ich die Engelsstimmen hören: »Es gehört nicht hierher.«

»Was bedeutet das alles?«, schreie ich heraus.

Als hätte ich den Vorsteher aufgeweckt, blickt er in meine Richtung. Seine Augen sind kalt und leer. Noch immer ist er von pulsierender blauer Energie umgeben.

Die Stimmen, die mit der Luftströmung säuseln, quälen mich: »Eine Trennung ist nicht zugelassen.«

Ich fühle, dass dies etwas mit diesem Band aus Energie zu tun hat, welches sich vor den Stadttoren in die Erde bohrt.

Die Ladung, die weiter aus der Truhe schwallt, scheint unendlich zu sein.

Der Körper des Vaters hat sich indes fast vollkommen aufgelöst. Für einen kurzen Moment kann ich etwas Weißes sehen, als das letzte Stück Fleisch in einer galleartigen, schleimigen Masse am Boden zerfließt.

»Ich werde immer bei euch sein«, kann ich in meinen Gedanken hören.

Es ist der Geist des Mannes, der mich für einen Wimpernschlag überrumpelt.

Noch nie habe ich in meinem Leben die Seele eines Menschen gesehen.

So unscheinbar ist sie, aber doch existent. Leicht wie eine Feder schwebt sie mit all den Erinnerungen aus dem aktuellen Leben und den vielen Leben davor im Raum.

Ich bin überwältigt von der Liebe und der Unvoreingenommenheit. Mein Gehirn fängt an, über die Dinge nachzudenken: Wie kann es sein, dass etwas in Gesetze geschrieben wird und als göttliche Vorgabe gilt, das nicht dem Gesetz der Liebe entspricht.

Gefühle der Zweisamkeit, Verlangen, Vertrauen und die Emotion Liebe an sich können nur gottgegeben sein. Deshalb glaube ich fest daran, dass diese Eigenschaften einen unveränderlichen Bestandteil unserer Götterwillen darstellen.

Argamon wacht stetig über uns. Wie kann es dann sein, dass sich eine Institution dagegen ausspricht?

Die Herrscherfamilien berufen sich auf Mächte, die durch historische Errungenschaften gegeben sind. Sie unterjochen das Volk und zwingen sie in die von ihnen vorgesehenen Bahnen, um so nicht Gefahr zu laufen, Macht und Einfluss zu verlieren.

Ich blicke gen Horizont, wo das blaue Etwas sich immer weiter in Richtung Stadtmitte vorarbeitet. Es scheint, als würde es von dem Ding in der Kiste angezogen werden.

Mein zweiter Blick geht in Richtung der Frau und des Kindes, denn der rötliche Staub hat sich wieder zu dem Vogel verformt und breitet sich erneut über den Körpern aus.

Der Vorsteher sieht noch immer mit seinen toten Augen in meine Richtung, scheint aber gehemmt zu sein, da zum einen dieses Energieschild um ihn brennt und zum anderen der zu Staub verflüssigte Kristall nicht an seinem Platz ist, wo er hingehört.

Er selbst zieht wohl die gesamte Energie seines Lebens aus diesem Splitter.

Gedankenfetzen durchdringen mein geistiges Auge.

Ich erinnere mich an die Lichtung, auf der ich das erste Mal diese unendliche Macht in mir vernommen habe. Ein ungeschliffener Edelstein, der mein Eigen sein sollte, kommt mir plötzlich wieder vor Augen. »Der Stein von Makar«, sage ich leise vor mich hin.

Seine Schönheit, seine Vollkommenheit, seine Perfektion lässt mein Herz höher schlagen.

In mir kann ich plötzlich wieder diese Energie spüren, die mich auch damals auf der Lichtung durchspülte. Die Gesichtszüge Deons irren ebenfalls wie Geisterbilder durch meine Gedanken. Mit einer schnellen Bewegung sehe zu Kyara.

Um uns herum zerfließt die Zeit in Bruchteile von unzähligen Sekunden. Der Schrei des Mannes dringt deutlich hörbar an mein inneres Ohr, während jede Bewegung um uns herum zäh vor sich hinfließt.

Obwohl die Umgebung wie in Zeitlupe gerafft ist, vollzieht sich das Geschehen um den Mann mit rasender Geschwindigkeit.

Noch immer hallt die vor Schmerzen schreiende Stimme durch die Luft. Zur gleichen Zeit ist sein Körper schon verschwunden.

Aufgesogen von der unbekannten Macht aus der Truhe.

Verwandelt in pure Energie und eingegangen in die Sphären der Unendlichkeit.

Kyara scheint die im Zeitraffer verlaufende Umgebung ebenfalls nicht zu beeinträchtigen.

Genauso geistesgegenwärtig greift sie in das Innere ihrer dicken, braunen Lederjacke. Um ihren Hals legt sie eine dicke, feingliedrige goldene Kette frei. Am Ende, zwischen ihren weichen und üppig anmutenden Brüsten, hängt ein konisch geformtes, mit Weißgold veredeltes Amulett.

An der Oberseite sind die Monde Kubike und Ratase eingraviert und ein paar schwach ausgeprägte glyphische Zeichen, die ich zu deuten nicht in der Lage bin.

Ich bin fasziniert von den Symbolen, die mir irgendwie vertraut vorkommen.

»Es ist an der Zeit«, sagt sie, als sie mit ihren dünnen Fingern den kleinen Verschluss an der Seite öffnet. Überrascht verschlägt es mir fast die Worte: »Wie kann das sein?«

Ein kleiner Stein kommt zum Vorschein.

»Du brauchst ihn jetzt«, sagt sie, entnimmt ihn und drückt ihn in meine Hand.

»Wie kann es sein, dass du …«

Mit dem Zeigefinger fährt sie mir über den Mund und sagt: »Es ist Zeit, zu handeln und nicht zu reden.« Im gleichen Atemzug, als sie mir den Splitter eines Steines der Makar in die Hand gedrückt hat, kann ich es in mir wallen spüren.

Es fühlt sich an, als würde ich die Macht Argamons tief in meinem Herzen spüren. Jeder Atemzug von mir ist ein Teil von ihm.

Die Ungerechtigkeit des Seins erfüllt mich.

Ich kann den Willen der Freiheit spüren, die als eigentliche gottgegebene Basis des Lebens unseres Universums opportun ist. Mir wird kurz schwindelig, als die Zeit wieder zurück in den normalen Raum fällt.

»Stopp«, schreie ich laut.

Erstauntes Ächzen rollt durch die Menge.

Ich presse mich weiter nach vorne in das Geschehen. Bereitwillig wird mir der Weg freigemacht.

»Haltet ein, habe ich gesagt.«

Der Vogel aus rotem Staub zerfällt erneut in eine Wolke aus feinsten roten Partikeln.

»Halt«, schreie ich erneut aus vollem Herzen und strecke dabei die Hand mit dem blauen Kristall in die Richtung des Nebels.

Der Staub kontrahiert kurz.

Die grauen Wächter treten erschrocken einen Schritt zurück, anstatt in das Geschehen einzugreifen. In mir kann ich die Macht fühlen, die kribbelnd vom Stein in meiner Hand, den Arm entlang in die Stirn kriecht.

»Beende das Falsche und starte das Neue.«

Die engelsgleichen Stimmen sind tief im Gehirn zu hören.

»Nutze die Macht der Makar. Sie wurde dir gegeben, damit du dem Falschen ein Ende setzt«, setzen die Stimmen fort.

Im gleichen Atemzug, in dem diese unbekannten Zungen zu mir sprechen, kontrahiert der Nebel weiter und der Staub bildet sich immer weiter zu dem Splitter zurück, aus dem er gekommen ist. Unter seiner gläsernen, spiegelnden Oberfläche regt sich das eingefangene Leben.

Aufgesaugte Seelen, die durch das Herrscherhaus für die Hinrichtung bestimmt waren, zappeln im Inneren des Steines. Der Vorsteher steht noch immer regungslos da und starrt mich mit seinen eiskalten und toten Augen an. Seine eigene Seele scheint den Stein anzutreiben, sodass sein Körper nur noch eine leere Hülle im Raum ist.

Ihre Haut ist grau, wirkt verwittert und ist mit jeder Menge Falten überzogen. Wächter des Herrscherhauses schimpfen sie sich und sind doch willenlos. Sie haben um uns einen engen Kreis gebildet, als wollten sie uns ganz langsam die Luft zum Atmen nehmen. Doch auf die eine oder andere Weise kann man den Respekt in ihren verschrobenen, angsteinflößenden Gesichtern sehen.

Respekt, der sie vor weiteren Maßnahmen zurückhalten lässt.

Sie sind zwar stark und scheinen unbezwingbar zu sein, doch sind sie letztendlich auf die Befehle ihrer Herren angewiesen. Ohne diesen sind sie nur ein Haufen willenloser Kreaturen.

Der Kristallsplitter hat sich indes vollständig zurückgebildet.

Unwirklich schwebt er in der Luft und dreht sich dabei ganz leicht.
Unbändige Stärke kann ich in mir fühlen.
Plötzlich dröhnt ein Schlag durch den Boden.

In Wellen vibriert das Kopfsteinpflaster unter unseren Füßen so stark, dass sich die Menschen um uns herum kaum auf den Beinen halten können.

Das Band, das am Horizont zu sehen ist, hat die Pforte der Stadt durchbrochen. Es hat mittlerweile solche Massivität gewonnen, dass seine Ausläufer wie kleine Äste in alle Himmelsrichtungen schlagen. Baumstammstarke Ausläufer bohren sich mit aller Gewalt in die Erde.

Wie eine Seeschlange durchkreuzt das Band den Boden als wäre er aus Wasser.

Seine spießenden Ausläufer durchschlagen Häuserwände, als wären sie aus Papier. Langsam aber unaufhörlich nähert es sich immer weiter unserer Position. Aus dem Kristallsplitter entweicht plötzlich ein elektrischer Schlag, der in das Revers des Vorstehers fährt.

Genau in diesem Augenblick kommt das Leben in seine bis dahin abgeschiedene Körperhülle zurück. Seine Augen verändern sich vom toten Weiß in die blutrote Farbe des Kristalles. Als er auch seine Bewegungsfähigkeit zurückerlangt hat, stolpert er auf mich zu und sagt: »Wer wagt es, das Ritual der Rak Tau zu unterbrechen?«

Die Mutter greift nach dem kleinen Mädchen und presst es fest an ihre Brust. Die Angst ist ihr ins Gesicht geschrieben und dicke Tränen rollen ihre Wangen herunter, während sie sich langsam auf dem Boden rutschend aus dem Geschehen zu stehlen versucht.

Der Vorsteher ist abgelenkt und bemerkt es nicht.

»Ich, Jason«, erwidere ich mit stolzer Brust.

Die Kraft der in mir lodernden Energie lässt mich keine Angst spüren.

»Du bist dir bewusst, dass darauf der Tod steht.«

Er unterbricht seine Worte, läuft langsam um mich herum und mustert mich von oben bis unten mit seinen Blicken. Der Kristallsplitter schwebt noch immer auf Augenhöhe vor mir.

Ein fast unsichtbarer Strahl aus Energie bildet eine Verbindung zwischen der Fassung am Revers des Vorstehers und dem Stein.

Jeder andere wäre in diesem Moment eingeschüchtert, doch in mir kann ich die Macht spüren, das Richtige zu tun.

Mit stolzer Brust antworte ich ihm: »Willkür ist vielleicht der Wille der Rak Tau.

Es ist aber nicht der Wille Argamons, in seinem Namen Ungerechtigkeit zu richten, wo keine Ungerechtigkeit vorhanden ist.«

Ich unterbreche kurz, trete vor ihn und sage: »Argamon hat uns die Freiheit geschenkt!

Barrieren sind uns nicht gegeben worden und so kann es nicht sein, dass künstliche Bandagen auferlegt werden, wo keine Ketten vorgesehen sind.«

Obwohl die Erinnerung noch immer im Dunkel der Nacht verborgen ist, drängen sich diese Worte ganz leicht auf meine Zunge. Sie erscheinen vor dem geistigen Auge, als wären sie mir vom ersten Tag an gelehrt worden. Der Vorsteher scheint davon jedoch unbeeindruckt zu sein.

Ganz dicht presst er sein Gesicht an das meine und kontert: »Vor dir haben dies schon andere versucht und sind doch kläglich gescheitert.«

Ich kann seinen kalten Atem auf meinen Lippen spüren.

Besonnen lässt er seine Hände nach unten sinken. Sein Blick folgt der Frau, die sich noch immer ganz langsam mit dem Kind im Arm aus dem inneren Zirkel zu schleichen versucht.

»Ergreift sie«, befiehlt er den Grauen.

Ein erneuter Schlag lässt den Boden erzittern.

»Wir müssen uns beeilen«, schreit er erneut und setzt fort: »Ihr seid es nicht wert, unter der Obhut Argamons zu leben.

Dieser Körper muss von eurer verkommenen Seele evakuiert werden.«

Als er versucht, nach dem Kristallsplitter zu greifen, handele ich wie im Reflex. Der Stein, den ich noch immer fest mit meinen Fingern umklammere, reagiert auf meine Emotionen und fängt plötzlich an, sehr grell und blau zu leuchten.

»Rak Tau«, ruft einer der Wächter erstaunt und stürmt auf mich zu.

Ich schließe die Augen und konzentriere mich auf das Wasser, durch welches wir eben noch gefahren sind, bevor wir Bandamon betreten haben.

Die Umgebung fließt schlagartig um uns herum wie zähflüssiges Metall zusammen.

Ein Blick geht zu Kyara, die in der geballten Masse der Bewohner Bandamons steht. Durch ihre verschlossenen Augenlider hindurch glüht es blau wie der Stein in meiner Hand. Ich kann mich normal bewegen, während alles um uns herum in Zeitraffer abläuft.

Unbestimmte Worte des Wächters hallen wie Nebelschwaden durch die Luft. Sie verdampfen gleichzeitig mit seiner Wut, die ihn mit voller Wucht auf mich zupreschen lässt.

Ich weiß nicht warum, aber im gleichen Moment erinnere ich mich an das Feuer im Haus meiner Jugend. Wie Wachs fließt die Feuersbrunst über meine Haut.

Sie brennt so heiß, dass die kleinen Härchen in der Hitze zusammenfallen.

Eine Welle aus Glut rollt über mich hinweg.

Die lodernden Flammen vor meinem geistigen Auge sind so real, dass sie um mich herum aus dem Boden schlagen und die Haut der grauen Wächter versengen. Anregender Duft von frisch gebratenen Täubchen über offenem Feuer kriecht um meine Nase, obgleich es nur die versenkte Haut der auf Führung angewiesenen Riesen ist.

Aus dem Boden unter meinen Füßen schlagen immer neue Feuerringe, die sich wie eine Walze um mich ausbreiten und jede geplante oder durchgeführte Attacke der Grauen unterbinden.

Der Vorsteher wird zurückgeschlagen und fällt rückwärts mit dumpfem Schlag auf das harte Kopfsteinpflaster. Wie bei einem trockenen Ast, den man in der Mitte bricht, schallt ein weiterer heller Schlag aus dem Körper des Vorstehers in die Umgebung. Der Unterarm wurde durch die Druckwelle in der Mitte gebrochen und ein Teil des Knochens bohrt sich nach außen durch die Haut.

Einer der Wächter, der auf Kommando des Vorstehers die Frau und das Mädchen ergriffen hat, lässt die beiden los und will ebenfalls in das Geschehen eingreifen. Ich denke an eine weitere Feuerwalze und geschmortes Fleisch.

Abermals drängt sich aus dem Nichts ein Kreis aus lodernden Flammen. Glühend und begleitet von einer unsichtbaren Schockwelle wird der Graue ebenfalls zurückgeworfen.

Gleichzeitig wird sein kompletter Leib mit bläulich-gelb lodernden Flammen überzogen.

Ich fühle, wie die Flammen auf meiner Haut bitzeln und gleichzeitg kann ich die Energie spüren, die langsam die Oberfläche des Wächters als die Brutstätte für ein noch größeres Flammeninferno okupieren.

Schmerzende und schreiende Klicklaute kreischen durch die engen Gassen.

Ich löse kurz den Fokus der Erinnerungen und werfe einen Blick in das Getümmel um mich herum.

Geschockte Gesichter umgeben uns.

Eine Menschenmasse, die wie unter Druck immer enger zusammenrückt.

Ich habe indes noch immer das brennende Gefühl, die Hitze, das Nagen nach mehr Futter tief in meinem Kopf.

Zur gleichen Zeit ist der Koloss eines Wächters nur noch eine lebendige Fackel.

Sein Wehklagen, sein Martyrium verklingt mit der Zeit, sodass letztendlich eine Masse aus Fleisch auf dem Boden der Stadt zusammensackt.

Leblos.

Abermals schließe ich die Augen und denke an das Wasser und die Wesen, die mich beinahe gefressen hätten, wenn ich Kyara nicht gehabt hätte.

Mit geöffneten Händen zeichne ich mit meinen Fingern einen Kreis in die Luft.

Als der Gesandte des Herrscherhauses gerade den Kristallsplitter mit seinen Fingern umklammern will, deute ich auf das dünne Band der Energie, welches zwischen der Fassung und dem Stein schimmert. Ohne weiter nachzudenken, sehne ich die dunkle Nacht herbei, die mich die letzten Tage immer wieder begleitet hat.

Eine schwarze Spalte bildet sich und unterbricht die Verbindung.

Von einer Sekunde auf die andere fällt der Vorsteher in sich zusammen.

Als hätte man den Stecker gezogen, ist sein Körper nur noch eine kraftlose Hülle, die leblos zu Boden fällt.

Wiederholt zeichne ich einen Kreis in die Luft. Dieses Mal aber mit der Hand, in der ich den bläulich schimmernden Stein halte.

Ich verliere mich kurz, schüttele mich und besinne mich wieder auf den Ort im Boot. Weitere Wächter möchten in das Geschehen eingreifen, doch ohne den Einen, der den Ton angibt, sind sie lediglich willenlose Kreaturen.

Verwirrt stehen sie einfach herum.

Auf der einen Seite haben sie den Willen, etwas zu tun, doch auf der anderen Seite sind sie so willenlos gemacht worden, dass sie nicht mehr in der Lage sind, eine eigene sinnvolle oder sinnlose Entscheidung zu treffen.

Ohne mein Zutun fängt der Splitter in meiner Hand stärker an zu vibrieren.

Wie fremdgesteuert werfe ich einen Blick in die Umgebung: Ich schaue nach links, wo der Vorsteher noch immer regungslos am Boden liegt. Einen Blick gen Horizont, der in seiner Farbenpracht den Weg für das Band freimacht, welches sich unaufhörlich immer weiter unserer Position nähert.

Der Kreis, den ich in die Luft gezeichnet habe, gibt ein rotierendes Loch frei, das in eine andere Umgebung zeigt.

Es dauert nicht lange und in der wirbelnden Öffnung ist das Surren der kleinen Drohnen zu hören, die zu Tausenden dem Ausgang entgegenströmen. Ohne einen direkten Auftrag zu erhalten, stürzen sie sich auf den Körper des Vorstehers, der noch immer regungslos am Boden liegt.

Vollständig wird er mit den flirrenden, grün leuchtenden Tieren überzogen. Knisternde und saugende Geräusche heben sich über die schnellen Flügelschläge hinweg.

Es vergeht nicht einmal eine Minute, dann ist der Körper verschwunden. Aufgesaugt durch die kleinen röhrenförmigen Münder und verwandelt in zähflüssigen Lebenssaft, den sie in ihren länglichen Torsos speichern.

Im Schwarm begeben sie sich erneut in die Luft, sodass es kurz etwas dunkler auf der Straße zwischen den Häusern wird.

Schnell bewegen sie sich in einer flüssigen Form des Fliegens auf einen der grauen Wächter zu. Und erst jetzt scheinen die Grauen den Ernst der Lage zu erkennen. Zum ersten Mal in ihrem abhängigen Dasein sind sie gezwungen, eine eigene Entscheidung zu treffen. Nämlich die Entscheidung, die Flucht aus der Stadt anzutreten.

Bereitwillig machen die Menschen von Bandamon den Weg zu den Stadttoren frei, während die Wächter mit schweren und doch schnellen Schritten in alle Richtungen flüchten.

In hohem Ton rasselt die Eisenrüstung an den durchtrainierten, mit Muskeln bepackten Leibern. Vom Himmel herab breitet sich die Hand Gottes in Form eines blauen Bandes aus. Immer weiter hat es sich in die Stadt mit ihren in alle Richtungen sprießenden Ausläufern vorgearbeitet.

Ganz langsam kriecht es wie eine Raupe durch die Gasse.

Die Truhe scheint es magisch anzuziehen. Ohne Vorwarnung bricht plötzlich ein Strahl aus der dicken beweglichen, aus reiner Energie bestehenden Masse heraus, schlägt in die Kiste ein, die hell erleuchtet neben dem Zugwagen auf dem kalten Kopfsteinpflaster steht.

Elektrisiert prickelt die Luft beim Atmen.

Aufgeregte Gesicher sind überall zu erkennen. Das glitzernde Blau des unbekannten Bandes taucht die grauen Gassen in eine angenehme Farbe. Ruhe und wohltuende Kälte lässt die Menschen Ruhe bewahren und nicht in alle Richtungen davonrennen. Sie haben einen kleinen Gang frei gemacht, durch das sich ein Teil des Bandes wie ein Wurm zu ihren Füßen hindurchschlängelt.

Das Ende tief in der Kiste versunken, scheint es die Energie in ihr aufzusaugen. Mit kontrahierenden Bewegungen werden die Teile des Unerklärlichen langsam in das Ganze zurückgeführt.

Beeindruckt gehe ich einen Schritt auf die Kiste zu, denn die Neugier packt mich. Kyara hält mich zurück.

»Das Blaue Band holt sich das zurück, was ihm gestohlen wurde«, sagt sie und zieht dabei aufgeregt an meinem Arm.

Kurzzeitig wird mir schwindelig und ich kann Tausende leise säuselnde Stimmen in meinem Kopf wahrnehmen, die aus dem Inneren der Truhe vordringen.

Es sind die eingefangenen, dem blühenden Leben entrissenen Seelen.

Seelen der zu Unrecht Verurteilten, die mit Erleichterung der Erlösung entgegenfliegen. Ich schließe kurz die Augen, um den Geschichten zu lauschen, die sie erzählen.

Eine Geschichte ist die einer glücklichen Familie, die als Bauern ihren Teil zur Gesellschaft beigetragen haben.

Überraschend wurden sie aus dem Leben gerissen, nachdem sie in einem Jahr der schlechten Ernte ihre Abgaben nicht an das Herrscherhaus zahlen konnten.

Ohne Aufschub und ohne den Hintergrund zu hinterfragen, wurde ihnen die Existenz und zum Schluss das Leben geraubt.

Eine andere Seele wiederum summt leise von der Liebe, die so jäh unterbrochen wurde, als die Seele aus der materiellen Hülle gerissen wurde.

Ich bin geschockt und erneut wird mir kurz etwas schummrig. Noch immer den Stein haltend strecke ich die Hand aus und richte ihn auf Argamon und das Band an seiner Seite.

Ich konzentriere mich auf die Erlösung. Darauf, dass die gefangenen Seelen ihre Ruhe finden sollen. Unter reißendem Ton bricht ein Teil des wurmähnlichen Bandes, das mit seinem Ende tief in der Truhe vergraben ist, auseinander. Gleisendes Licht dringt aus dem Inneren hervor, sodass ich meinen Blick abwenden muss, um nicht geblendet zu werden.

»Erlösung«, wispert es leise im Wind, der nun ganz leicht durch die Gassen weht.

Ich halte die Handfläche vor meine Augen, um so einen Blick zu erhaschen.

Zu Tausenden verschwinden die Geister, die Seelen der Gefangenen in der Öffnung. Das beklemmende Gefühl, welches mich zuvor erfüllte, verschwindet plötzlich. Bedrückung, Ängstlichkeit und Mutlosigkeit geht schnell in Glückseligkeit über.

Seelen, deren Körper vergewaltigt wurden, verlieren sich in Stille und Vollkommenheit.

Sie wechseln in den Zustand der universalen Energie und treten ein in den Zustand der Eskisis, einen Zustand, den jede Seele dieses Universums als letztes Ziel innehaben sollte. Beruhigt trete ich einen Schritt zurück und greife nach Kyaras Hand.

Als das Band den letzten Teil aus der Gefangenschaft zu sich zurückgeholt hat, erlischt das Glühen in der mit Kupfer und Eisen beschlagenen Truhe. Der Kristallsplitter an der Front verwittert und ist nach einer Weile nur noch ein unbedeutender Stein, wie man ihn an jedem Wegesrand in dieser Welt finden kann. Ohne weiteres Zutun verschließt sich die Spalte und das Band löst sich langsam auf.

Es sieht aus, als würde die Energie, aus dem das wabernde und zitternde Etwas besteht, in die Umgebung übergehen. In Luft verwandelt und unsichtbar atmen wir alle einen Teil der unendlichen und allgegenwärtigen Energie des Kosmos. Kaum ein paar weitere Sekunden vergehen und alles erscheint wieder in seinen gewohnten Farben.

Als ob nie etwas geschehen wäre.

Ich strecke Kyara den Stein entgegen, den sie bereitwillig aus meiner Handfläche nimmt und wieder in ihrer Tasche vergräbt.

Erschöpft sinke ich zu Boden.

Kälte des Bodens dringt durch das Napukoleder wie eine Mücke durch den letzten Ritz der verschlossenen Bekleidung.

Kraftlos stütze ich mich mit beiden Händen ab, um nicht komplett zusammenzubrechen.

Kurz aufblickend sehe ich, wie auch der letzte Wächter aus der Stadt flüchtet.

Das Band zwischen Argamon und dem Rest der Sterne verwandelt sich zurück zu Wolkendunst und dieser ist genauso schnell verschwunden, wie er erschienen war.

Immer weiter bildet es sich zurück, als ob nie etwas gewesen wäre.

Am Firmament sind wieder die Götterboten zu sehen.

Unter allen ragt stolz der Riese.

Argamon.

Ehrfürchtig sinke ich auf meine Knie, senke das Haupt und sage: »Die Hand Gottes hat gesprochen.«

Danach sacke ich energielos komplett in mich zusammen.

Außer Atem kauere ich am Boden, während plötzlich von hinten das kleine Mädchen auf meinen Rücken springt und mich mit all ihrer Kraft drückt.

Ihre Arme zittern.

Fest im Würgegriff umschlingt sie mich und rutscht mit ihren feuchten Wangen über mein Ohr. Mit tränendurchtränkten Augen starrt sie mich fordernd an.

»Danke«, sagt sie leise, während ihre Stimme mit den Klangsilben bebt.

Indes hat sich die Menschenmasse wie eine Traube um uns aufgetürmt. Immer näher drängen die Menschen an uns heran, denn das Schauspiel hat sein Ende gefunden. Eine mit Falten überzogene Frau greift beherzt in das Geschehen ein und hilft der Mutter auf die Beine.

Mit Lappen und Stofffetzen bewaffnet eilen aus den mit Holzbohlen beschlagenen, massiven Türen ältere Frauen herbei.

Flinke Finger versorgen die kleinen und großen Wunden. Sie helfen hier und da und sind zur Stelle, wenn Stütze benötigt wird.

Für eine Sekunde kommen die aufgeregten Aktionen zum Stillstand, als bedächtig ein Mann mittleren Alters aus der hinteren Reihe in den Vordergrund tritt.

»Ein weiterer unbekannter Akteur im Schauspiel des Lebens«, denke ich bei mir, als ich den Kopf der Erde entgegenstrecke.

Ich hole tief Luft und blicke erneut nach oben. Kurz geblendet von der Sonne kann ich eine schemenhafte Gestalt erblicken, die mehr und mehr an Konturen gewinnt, indem sie näher auf mich zukommt. Angegraute Schläfen zieren das Gesicht, während die Statur einen ansehnlichen Eindruck macht. Behutsam drückt er die Frau zur Seite und nimmt das kleine Mädchen auf seine muskeldurchsetzten Arme.

Die Menschentraube ist immer dichter geworden, sodass ich den Überblick verloren habe.

Mein Blick wandert suchend nach Kyara umher. Angestrengt drängt sie sich aus der zweiten Reihe nach vorne. In Gedanken wirkt sie beruhigend auf mich ein, während meine Glieder schmerzen.

Schwer atmend lasse ich abermals den Kopf nach unten sinken.

Ausgelaugt und kraftlos sammle ich wieder etwas Stärke zusammen. Doch um mich aufzurichten fehlt noch immer die Kraft. Die blonden Haare schleifen mit ihren Spitzen auf dem Boden und färben sich im Dreck grau.

»Ist alles in Ordnung?«, fragt diese bekannte, wohlklingende Stimme.

Worte und Klang der Stimme treiben sanft mit ihren wohltuenden Schwingungen über meinen Körper. Mit ausgestreckter Hand verlange ich den Kristallsplitter zurück. Aber die Verweigerung ist Kyara deutlich abzulesen.

»Nutze die Kraft nur, wenn sie anderen zugute kommt.

Vermeide es, dich an der Macht zu deinem eigenen Nutzen zu bereichern. So stellst du sicher, dass du ihr nicht verfällst«, sagt Kyara.

Ganz sanft streicht sie dabei durch meine Haare und über meinen Rücken. Belehrend und beschwichtigend zugleich sind ihre Worte eine Warnung und eine Lehre. Dann tritt sie einen Schritt zurück, als eine weitere, raue Stimme zu mir spricht: »Komm, mein Junge. Ich helfe dir nach oben.«

Jede Bewegung fällt schwer und so drehe ich langsam den Kopf zur Seite. Ich sehe einen alten, gebückten und schmächtigen Mann.

Ein selbst geschnitzter Stock stützt ihn.

Seine knöchrigen und kleinen Finger greifen nach meiner Schulter. Trotz seines Alters ist sein Griff fest.

»Wie ist dein Name, mein Junge?«, fragt er, während ich mich langsam nach oben drücke.

Seine Augen sind kristallklar und schneeweiß. Bei längerem Hinsehen verliert man sich einige Sekunden in dieser vermeintlich absoluten Reinheit des Seins.

»Mein Name«, ich stocke für einen Moment.

Kyara stützt mich ebenfalls von der anderen Seite.

Ihre Mimik drückt Besorgnis aus. Zugleich kann ich in ihren Gedanken lesen, dass sie mit allem zufrieden ist, was eben geschehen ist.

»Mein Name«, ich stocke erneut.

Suchend rutschen meine Finger über Kyaras Rebers, ihre Tasche, bis sie sich zwischen den ihren verfangen.

Deutlich kann ich die Nähe des Kristalles spüren, der noch immer in seiner ausgestrahlten Energie nachklingt.

Zwar wird die Stärke der abgestrahlten Energie ständig weniger, doch genügt es, um meine innere Batterie ein wenig aufzuladen.

»Mein Name ist Jason«, erwidere ich, ohne weiter darüber nachzudenken.

»Ich bin stolz auf dich, Jason«, sagt Kyara mit klangvoller Stimme, während sie ihre Kapuze vom Kopf streift.

Deutlich ist der fröhliche Scharfblick in ihrem Gesicht zu erkennen.

Es scheint, als wäre ich ein Teil ihres Herzens und hätte etwas vollzogen, worauf sie ihr ganzes Leben gewartet hat.

Wie das Kind, das seinen ersten eigenen Schritt geht oder das Wort »Mama« spricht, wenn man es nicht erwartet.

Mit einer schnellen Bewegung gräbt sie in der Umhängetasche aus Leder nach dem Stein. Holt ihn heraus und zieht an einer silbernen Kette, die mit dicken Gliedern um ihren Hals geschlungen ist. Am längeren Ende, welches über ihr Dekolleté und die flachen runden Brüste gleitet, ist ein verschnörkelter Kelch angebracht, der wie eine Träne spitz zuläuft.

Sie schließt die Augen und murmelt ein paar kurze kryptische Worte vor sich hin, während sie mit einer Hand den Stein und den Kelch umschließt. Ein kurzer heller Schein aus weißem Licht blitzt auf und erlischt im gleichen Atemzug.

Als sie die Hand entfernt, hat sich der Kelch um den Stein geschlungen. Das Kunstwerk eines Goldschmiedes bleibt zurück. Mit einer schnellen Bewegung lässt sie die Kette mit Kelch und Stein zurück zwischen ihre Brüste gleiten, schließt die Kutte und tritt einen Schritt zurück.

»Komm, Jason«, sagt der ältere Mann und zieht an meinem Arm.

Die Leute haben das Murmeln aufgegeben. Es scheint, der Platz gehört nun uns.

Die Frau und das Kind sind in einer dunklen Seitengasse verschwunden. Aber ich kann spüren, dass es ihnen gut geht und sie wohl versorgt sind.

Erschrocken starre ich in die Umgebung. Gänsehaut zieht über meine Arme, denn die Masse starrt auf uns: den Alten und mich.

Weiter außer Atem presse ich meinen Körper zurück auf die Beine. Das Blut pumpt noch immer durch die Adern, wodurch der Kopf regelrecht donnert.

Mit einer fordernden Pose baut sich der Alte vor der ruhigen und erwartungsvoll gestimmten Menschenmasse auf.

Kyara steht direkt hinter mir und streift mich leicht mit ihrem Körper.

»Brüder, Schwestern von Bandamon«, fängt der alte Mann an zu sprechen.

Seine Stimme kratzt und rollt dabei ganz leicht. Bevor er weiterspricht, geht er auf eine junge Frau zu, die in der Menschentraube steht und ziemlich verschüchtert schaut. Der Alte greift behutsam nach ihrer Hüfte und schaut ihr tief in die Augen.

Dann setzt er fort: »Jahrhundertelang wurden wir ruhig gehalten und von diesen Rak Tau wurde uns das Gesetz gepredigt, welches so nicht existiert.«

»Ja«, raunt es plötzlich durch die Menge.

Er lässt das Mädchen mit seinen knöchernen Fingern los und setzt sich in Bewegung zu einem anderen Bürger im Kreis der Zuschauer. Die Leute verfolgen ihn mit gespannten Blicken, während er unbeholfen auf seinen deutlich sichtbar schmerzenden Füßen dahinstolpert.

»Ich kann mich noch genau erinnern, als Argamon den Ältesten des Dorfes beauftragt hatte, über die Einhaltung des Gesetzes zu wachen, und Bandamon frei war.«

Die Worte strengen ihn an. In seinem Gesicht sind die pumpenden, bläulich gefärbten Adern zu erkennen, die den Lebenssaft in sein Gehirn treiben.

Er ist kein Unbekannter für die Bandamoner, denn ihre Aufmerksamkeit gilt uneingeschränkt seinen Worten. Stolpernd bewegt er sich wieder auf mich zu, als der Schritt über einen kleinen Pflasterstein ihn kurz einknicken lässt.

Die Menge murmelt und im gleichen Atemzug tritt ein anderer Mann mittleren Alters aus der Menge, greift nach dem Alten und stützt ihn bei seinem Gang. Gerade noch rechtzeitig, denn für einen Moment sieht es so aus, als würde er gleich stürzen.

Auch er dreht sich zur Menge und spricht: »Garu begleitet Bandamon als Ältester seit mehr als vierhundert Jahren. Als die Rak Tau die Macht übernahmen, stand er uns immer im Geheimen zur Seite.«

Mit einer stolzen Geste greift er nach dem Alten und spricht weiter: »Ich glaube an die Weissagungen Argamons und an den Tag des Blutes, der uns gleichzeitig die Freiheit wiederbringen wird.«

»Ja, so sei es, Argamon«, stimmt die Menge im Chor ein.

Das Lebensalter dieses alten und immer noch agil wirkenden Mannes erstaunt mich. Ich hätte ihn vielleicht auf achtzig oder neunzig Jahre geschätzt. Mehr als vierhundert Jahre dagegen ist ein unglaubliches Alter.

Während der jüngere Unbekannte ihn stützt, beginnt er, in seiner Tasche zu kramen. Plötzlich bringt er einen nichtssagenden, dunkelbraunen Stein ans Licht, den er hoch in die Umgebung hält. Danach sagt er mit knirschender Stimme:

»Bevor Argamon sich zurückzog und die Verantwortung auf die Weisen der Städte dieser Sphäre übertrug, gab er jeder Stadt, jedem unabhängigen Volk eine Niederschrift des Buches der Makar. Die Seiten sollten die Verbindung zu Argamon halten und uns den Weg in dunklen Zeiten …«

Seine Stimme bricht ab, ein Hustenanfall überkommt Garu und zwingt ihn fast auf die Knie. Der unbekannte Mann aus der Masse, der noch immer an seiner Seite steht, spricht weiter: »Seitdem die Rak Tau die Macht ergriffen haben, hat mein Vater immer wieder zu Argamon gebetet und Hilfe erbeten.«

Er hält inne, sieht auf Garu herab und setzt dann fort: »Lange bevor ich geboren wurde, hat sich Garu, mein Vater, auf die Reise nach Makar begeben, um über das Blaue Band mit Argamon Kontakt aufzunehmen und um Hilfe zu bitten.«

Der Alte rafft sich auf und unterbricht ihn: »Die Reise war wichtig, denn nur die Priester der Makar haben die Möglichkeit, zu Argamon zu sprechen, ohne von den Rak Tau kontrolliert zu werden.«

Erneut wird seine Erläuterung durch einen Hustenreiz unterbrochen. Seine knochigen Finger suchen dabei nach Halt bei seinem Sohn. Während er noch leicht vor sich hin hustet, hält er erneut den grauen Stein in die Höhe.

»Ahn da Argamon«, spricht er zu dem braunen Klumpen, welcher bei diesen Worten plötzlich anfängt zu glühen.

»Als ich die Gelegenheit hatte, zu den Göttern zu sprechen, quälte mich damals vor vielen Jahrzehnten die gleiche Frage, die uns alle noch heute bewegt: Wann wird die Unterjochung durch die Rak Tau beendet?«

Der Alte dreht sich in meine Richtung und streckt den Stein meinem Gesicht entgegen. Ich erschrecke, denn das helle Blenden schmerzt in den Augen.

Je näher er mir den Stein an das Gesicht hält, desto farbenfroher scheint er zu leuchten.

»Es existieren viele Weissagungen und Interpretationen des Buches der Makar, der Urschrift des Tagebuches Argamons. An dem Tag, als ich die Gelegenheit hatte, erhört zu werden, fiel ein kleiner Meteor direkt auf dem Gebiet der Makar vom Himmel. Er durchschlug das Blaue Band und landete fast zu meinen Füßen.

Argamon hat zwar nicht direkt zu mir gesprochen, doch er schickte mir dieses Zeichen.«

Erneut reißt er den funkelnden Stein in die Höhe, bevor er fortfährt. Die Menschenmasse raunt vor Staunen. Es wirkt, als wolle Garu mit einem erstaunten Publikum spielen, er senkt dabei den Stein und hebt ihn wieder in die Höhe, worauf erneut eine Welle des Raunens durch die engen, aber mit Bandamonern überfüllten Gassen rollt.

Dann setzt er fort: »Jahrzehntelang konnte ich mit diesem Zeichen nichts anfangen. Es war ein stumpfer, öder und lebloser Felsbrocken, auf dessen Oberseite ein paar unbekannte Hieroglyphen eingeätzt sind, die mir die Priester mit den einfachen Worten ›Der mir das Licht bringt‹ übersetzten.«

Er dreht den Stein in die Masse.

Sofort verringert er seine Leuchtstärke und an seiner Oberfläche sind geschnörkelte Zeichen zu erkennen, die einer Sanskrit-Sprache ähneln.

Eine Frau ebenfalls mittleren Alters tritt aus der Menge an die Seite Garus und seines Sohnes. Sie hat ein buntes, sehr schön mit Stickereien verziertes Gewand an, welches bis zum Boden reicht.

»Ich bin Mijara, die zweite Regentin des Bandamonischen Rates«, ergreift sie das Wort.

»Wir kennen dich, Mijara.

Du unterstützt seit Jahren die Rak Tau«, ruft ein Unbekannter aus einer der hinteren Reihen.

Mijara bleibt ruhig bei diesem Vorwurf, obwohl man das Gegenteil vermuten müsste. Langsam, bedacht und doch erhaben wandelt sie in Richtung der Stimme. Ihre Hände sind ruhig vor dem Körper gefaltet. Mimik und Gestik sowie die Aura, die sie umgibt, lassen erkennen, dass sie nicht zu der ärmeren Bevölkerung des Stadtkreises gehört.

»Zeige dich, mein Sohn«, sagt sie mit ruhiger, jedoch bestimmter Stimme.

Ein Mann mit lederner Kapuze drängt sich von hinten nach vorne.

»Du möchtest etwas vorbringen?«, sagt sie und greift nach ihm.

Der Junge weicht jedoch zeitgleich einen Schritt zurück und streift mit beiden Händen die Kapuze von seinem Kopf. Nun kann ich deutlich Wut in Mijara spüren, welche sie sich nach außen in keiner Sekunde anmerken lässt.

Ein sehr junger, hochgewachsener Mann kommt unter dem auf den Boden fallenden Mantel zum Vorschein. Die Haare sind rötlich und die Haut ist blass, eher weiß sogar. Seine Augen haben ferner eine kräftige rote Farbe und stehen eng zusammen, ohne dabei beängstigend zu wirken.

Mit einer feinen Geste gebietet er Mijara, Geduld zu haben. Anschließend schiebt er langsam einen seiner Ärmel nach oben, der den linken Unterarm komplett verdeckt.

Der Stoff ist eine Mischung aus Leder und gewebtem Hanf. Ein eintätowiertes Siegel kommt zum Vorschein. Gekreuzte Schlangen, die sich um einen Mond aus Blut rekeln.

Erstaunt fuchtelt Mijara unbekannte Zeichen in die Luft und stottert: »Ein oberster Katarch! Wie bist du in die Stadt gekommen, ohne von den Wachen bemerkt zu werden?«

Der Junge erwidert sofort und in einem ruhigen Ton: »Das tut jetzt nichts zur Sache. Ich bin hier, weil es dem Umstand dient, aber ich zweifle an deinem Glauben.«

Mijara tritt einen Schritt zurück und scheint geschockt. Garu schiebt sich vor sie und sagt: »Ich bürge für sie. Seit Jahren unterstützt sie die Untergrundbewegung.«

Der jung wirkende Katarch tritt einen letzten Schritt nach vorn und steht nun im Mittelpunkt des Geschehens. Immer noch sehr ruhig kontert er in Richtung Garus, während sein Blick Mijara parallel gebannt hat: »Sie wurde von uns beobachtet und wir haben gesehen, wie sie sich mit dem Vorsteher nachts vor den Toren Bandamons traf.«

Er schweigt für einen Augenblick und greift nach ihrem Kopf. »Aber du hast recht, ihr eigentliches Wesen ist rein, denn sie wurde nur besetzt.«

Mit roher Gewalt zieht er sie an sich. Seine langen Finger umklammern den kompletten Schädel und berühren sich an ihrem Hinterkopf.

»Nein. Ich bin nicht besessen«, wehrt sich Mijara.

Ihre Gegenwehr bleibt ohne Erfolg.

Trotz seiner langen und dünnen Statur ist der Katarch kräftig, seine Handlung schlüssig und schnell. Ohne ein weiteres Worte zu verlieren schließt er mit seinem gesamten Körper zu der gegen ihn klein wirkenden Frau auf, sodass sich ihre beiden Nasenspitzen fast berühren. Seine Augenlider öffnen sich so weit, dass die kompletten Augäpfel freigelegt werden. Diese quellen langsam wie Froschaugen aus den Höhlen hervor, bis sie die Stirn von Mijara berühren.

Weiter wehrt sie sich mit all ihrer Kraft und noch immer ist dies ohne Erfolg. Seine langen Finger haben sie fest im Griff.

In meinem ganzen Leben habe ich niemals solche Schreie gehört.

Furcht, Panik und Verzweiflung.

Die Angst drängt sich mit stechenden Spitzen in meine Gedanken. Eigentlich muss man kein Empath sein, um den Angstzustand in der Luft zu riechen.

Dabei ist es ekelerregend, echte Angst in ihrer grauenvollen Härte mitzuerleben.

Aus all ihren Körperöffnungen dringen Schweiß und andere Flüssigkeiten, doch der Katarch lässt sich davon nicht beirren. Deutlich kann ich die Kraft spüren, die von diesem Wesen ausgeht. Furcht vor ihm und seiner Macht kann ich nicht fühlen, denn die Energie, die er ausstrahlt, ist positiv. Es ist eher eine Art Demut.

Wenige Sekunden vergehen, bis plötzlich aus ihrem Mund etwas Reptilähnliches hervorquillt. Es ist klein, mit einer glitschigen Schlangenhaut besetzt und an allen Seiten rekeln sich kleine polypenartige Tentakel. Der Katarch löst plötzlich die Verbindung, schnappt mit seiner Hand nach dem keifenden Ende und reißt den Rest des Tieres aus dem Hals Mijaras, welche im gleichen Augenblick zu Boden sinkt. Aus einer fließenden Bewegung heraus wirft er das Wesen auf den Boden. Es folgt eine kurze Gebärde und schlagartig schießt ein Blitz aus seinen Fingern, der das Wesen so lange schmort, bis es sich nicht mehr bewegt. Ohne weitere Worte zu verlieren, stülpt er sich wieder die lederne Kapuze über den Kopf und sagt: »Nun ist sie frei.«

Garu stolpert nach vorn und nimmt Mijara in den Arm. »Ich wusste nicht, dass sie besessen wurde. Oh Mijara, warum hast du uns das angetan?«

Seine Stimme ist weinerlich, während er mit beiden Armen ihren Kopf an seine alte, mit Flecken übersetzte Haut presst. Mijara ist noch benommen von der Prozedur, schaut zu Garu nach oben, während ihr geschwächter Körper im Schoß des Alten liegt.

»Es tut mir leid, Garu«, flüstert sie atemlos.

Der Alte streift sachte über ihren zarten Mund und sagt: »Du warst nicht du selbst. Schweig!«

Garu dreht sich leicht und sagt mit erwartungsvoller Haltung: »Erfülle uns mit Weisheit, Katarch. Weswegen bist du hier?«

Der junge, nun wieder vollständig verhüllte Mann geht ein paar Schritte auf ihn zu und sagt: »Garu, Grauer der Alten. Vor vielen Jahren hat Argamon ein Zeichen geschickt, welches du bis heute nicht verwerten konntest. Meine Aufgabe war es, am fünfhundertachtunddreißigsten Zyklus des Blutmondes hier zu erscheinen, um der Vollendung ihren Lauf zu geben und die Dinge zusammenzuführen, die für alle anderen unbegreiflich sind.«

Mit einer Hand kramt das Wesen einen weiteren Kristallsplitter unter seinem Mantel hervor und wirft ihn auf den Boden. »Dieser Teil wurde ebenfalls von unseren Göttern erschaffen. Er ist seit vielen Generationen im Besitz des Stammes von Katar. Als die Götter die Welt verließen, so schreibt es die Legende, wurde ein Stein in drei Teile geteilt. Ein Teil der Träne vertraute Karto seinem Volk, den Katarchen, an. Mit dieser letzten Handlung vermittelte er all sein Wissen an die hohen Priester der Gilde von Makar und den letzten Überlebenden der Katarchen. Mit dem Wissen verband er den Schwur und das Ziel, die Eskisis in die Realität umzusetzen. Danach verstarb er. Aus der ausgestorbenen Ursprungsblutlinie von Karto entstammte das Volk der Katarchen. Wir haben uns dem Auftrag verschrieben, um jeden Preis den Tag zu erleben, der allen Lebewesen der Sphäre die Freiheit ermöglicht und den göttlichen Plan vollendet.«

Mit seinen Händen malt er irgendwelche unbekannten und verschnörkelten Figuren in die Luft, bevor er weiterspricht: »Die Zeit der Unterjochung war erforderlich, damit die Individuen auf Heleria erkennen, dass sie nicht ohne einander überleben können.

Nur die Gemeinschaft kann das Kollektiv weiterentwickeln und letztendlich den Fortbestand aller gewährleisten. Argamon, unser Gott und Anführer unter den Göttern, hat bereits vor Äonen erkannt, dass Niedertracht und Macht die Lager immer spalten werden. Egoismus und Materialismus werden die gemeinsame Koexistenz gefährden.

Er hat erkannt, dass das Streben nach Macht und eigener Dominanz die Gesellschaft auf Kurz oder Lang zerstören wird. Allerdings wäre es nicht unser Gott, wenn er nicht einen Weg aus dieser Sackgasse kennen würde.«

Kurz unterbricht er seine Worte und murmelt etwas Unbekanntes in die Umgebung, woraufhin der Splitter, den er eben auf den Boden geworfen hat, zu glühen beginnt.

Dann spricht er weiter: »Egoismus ist zur gleichen Zeit die Erlösung.«

Wieder ein kurzes Schweigen, unterbrochen von kurzen und prägnanten Handbewegungen, nach deren Beendigung er fortsetzt: »Er wusste, dass die Aramer oder Rak Tau, wie ihr sie hier auch kennt, die Macht an sich reißen würden, um alle anderen zu unterjochen.

Unsere Götter wussten aber auch zur gleichen Zeit, dass sich alle

Individuen zusammenschließen werden, wenn die Pein und die Last zu groß werden wird und einer in die Mitte tritt mit der Courage, sein Leben als Opfer zu bringen, um so das Volk zu einigen. Dieser Tag ist heute gekommen.«

Er unterbricht erneut seine Worte und murmelt ein paar Silben vor sich hin, die in unterschiedlichen Stimmlagen wie Wasser in der Luft schwimmen.

Kaum ist die letzte Silbe ausgesprochen, schon fängt schlagartig der Kristall an, in der Luft zu schweben. Dabei dreht er sich leicht und kärgliche Glyphen umrunden eine sich verändernde Abfolge anderer Glyphen, die vor dem schwebenden Kristallsplitter bläulich leuchtend in die Luft projiziert werden.

Ich scheine die Schrift zu kennen, obgleich ich die Worte nicht verstehe, die dort geschrieben sind.

Ich kann an der herunterzählenden Abfolge der Fragmente erkennen, dass es sich um einen Zeitmesser handelt, der gegen Null zählt.

Garu löst sich von Mijara, die bereits das Bewusstsein vollständig wiedererlangt hat. Sein Sohn hilft ihm nach oben auf die Beine, während er sich mit einem Arm auf seinen mit Liebe geschnitzten Stock stützt. Seine alten Finger umklammern noch immer den Steinbrocken, an dem er sich die ganzen Jahre auf der Suche nach einem Sinn die Zähne ausgebissen hat.

Langsam hebt er ihn in die Höhe, um erneut auf die unbekannten Zeichen zu blicken. Doch im gleichen Atemzug, als er die Umklammerung löst, wird der Brocken mit unbekannter Macht aus seiner Hand gerissen. Wie von einem starken Magneten angezogen fliegt der Stein in Richtung des rotierenden Kristalles und vereinigt sich mit ihm.

»Die Übersetzung der Priester war zu eindeutig, dass man sie nicht glauben kann.«

Der Katarch lacht bei diesen Worten, beruhigt sich aber schnell wieder und sagt dann: »Dies ist die offensichtliche Lösung der Worte, denn der Stein wird denjenigen finden, der genau diese Furchtlosigkeit in sich trägt.«

Dann hält er kurz bedächtig inne, bis er sagt: »Die Träne von Argamon.«

Ein tiefes Raunen geht durch die Menge und er setzt fort: »Unsere Götter wussten, die Macht der neuen Herrscher würde so stark sein, dass einer allein dieser nicht Herr werden kann.

Aus diesem Grunde gaben die Götter Argamon, Kubike und Ratase jeweils ihre Tränen, woraus die Träne von Argamon entstand.

Diese wurde in drei Teile getrennt und zwei davon wurden noch während des Krieges auf unserem Planeten belassen. Der dritte Teil sollte dem geschickt werden, der die Reinheit, das Wissen und die Vorsehung der Erfüllung der Prophezeiung in sich trägt.«

Er unterbricht seine belehrenden Worte und schreitet langsam und andächtig nach vorn.

Dann sagt er, indem er sich Garu ganz dicht annähert: »Dies warst du, Garu.«

Sanft blickt er Garu in die Augen, der außer Atem einen Schritt zur Seite tritt.

Danach geht er auf die rotierende, mit dem Stein vereinte Kugel zu und singt ein paar Reime aus Schnalzlauten, die irgendwie in meinen Ohren schmerzen und die ich nicht in der Lage bin nachzuahmen. Daraufhin hört die Kugel abrupt auf zu leuchten und zu rotieren, fällt nach unten in die gespreizte Hand des Katarchens.

»Aber woher weißt du das alles?«, fragt Mijara, die noch immer deutlich angeschlagen auf den Beinen steht, mit gebrochener Stimme. Der junge Mann lacht laut und hämisch.

»Dies ist eine gute Frage.

Argamon weihte die Priester der Makar in seinen Plan ein, welche zur gleichen Zeit den Auftrag hatten, den Krieg und das Vorhaben der Götter im Buch der Makar zu verewigen. Die Priester teilten die Bücher in zwei Teile.

Das Buch, welches ihr kennt, mit all den Regeln und Erzählungen aus der Zeit, zu der die Götter unter uns lebten, gaben sie jedem Dorfältesten als Auftrag mit, das Erbe in Ehren zu halten.«

Der Katarch dreht sich in die Menge und sagt laut, sodass auch der Letzte es verstehen kann: »Die Katarchen waren das Volk, welches mit den Göttern die ersten Siedlungen gründete. Die Katarchen sind nicht umsonst gefürchtet wegen ihrer Macht.

Sie hatten den Auftrag, die vereinten Tränen der Götter zu teilen.

Eine davon haben wir über Generationen behütet und untereinander weitergegeben.«

Der Junge bricht abrupt das Gespräch ab. Er wendet sich ab von der Masse und geht auf mich zu. Eingeschüchtert von der Macht, die ich in ihm spüre, schließe ich die Augen.

Die unbekannte Kraft, die in seinem Innersten schwelt, lodert wie Feuer und ist heiß wie zähflüssige Lava. Tausendfach stärker, als das, was ich in mir selbst spüren kann. Ganz nah schließt er zu mir auf. So nah, bis ich seinen Atem auf meinen Lippen fühlen kann.

Mit hauchender Stimme schnaubt er: »Wir alle wissen, wann die Zeit gekommen ist, um Opfer zu bringen, denn der Tod hinterlässt Fußspuren, die ein jeder wahrnehmen kann.«

Sein letztes Wort ist kaum ausgesprochen, schon dreht er sich wieder in die Menschenmenge und sagt: »Die Zeit hat vorgesehen, wann der Beginn, die Veränderung und das Ende ihren Auftritt in unserer Realität haben. Bürger von Bandamon, es liegt in eurer Hand, die Veränderung herbeizuführen, um so dem einen ein Ende zu setzen und etwas anderes und gegebenenfalls Neues zu beginnen. Heute ist der Tag und es liegt an euch. Ich schenke euch eine essenzielle Entscheidung.«

Mit diesen Worten senkt der Katarch sein Haupt und es scheint, als würde er noch mehr in der Kapuze des langen und dicken Mantels verschwinden.

Ein panisches Gefühl überkommt mich. Ein Gefühl, als würde mir jemand beide Hände über die Gurgel legen und so die Luft abschnüren.

»Nein«, schreie ich laut und will nach ihm greifen.

Mein Schritt nach vorn und der Griff nach seinem Körper unter der geflochtenen Kutte lässt mich ins Leere greifen. In der gleichen Sekunde fällt die leere Hülle aus Baumwollstoff zu Boden. Außer Atem und geschockt für einige Sekunden halte ich die leeren Stoffreste in der Hand. Es fühlt sich an, als hätte ich einen sehr guten Freund verloren.

Für wenige Minuten habe ich dieses unbekannte Wesen kennengelernt. Aber die Verbundenheit und die Bekanntheit treibt ein beklemmendes Gefühl in die Stirn. Ich haben eine Person verloren, die mir so vertraut zu sein scheint, als wären wir schon Jahrzehnte gemeinsam durchs Leben gegangen. Ich kann nicht umhin, auf den Boden zu sinken, denn die Kraft verlässt mich für einen Atemzug.

Trauer zwingt ein paar Tränen aus meinen Augen, die kalt über meine Wangen rollen. Mit einer Hand umklammere ich fest die Kutte des Katarchen, mit der anderen suche ich nach Halt bei Kyara.

Garu wackelt langsam nach vorn und hebt vom Boden den Stein auf, der so groß ist wie eine kleine Melone. Zwei Teile haben sich zu einem zusammengefügt, wobei an einer Stelle die Perfektion unterbrochen ist, da hier eine Lücke, groß wie Ei, klafft, die für den dritten Teil der Träne vorgesehen ist. Mit beiden Händen streckt er behutsam den Stein von seinem Körper weg und tritt vor mich.

Ich presse mich zurück auf die Beine und ergreife bereitwillig den Stein.

»Mir ist bewusst, dass die Aufgabe, die mir übertragen wurde, keine einfache ist«, sage ich mit fester Stimme, obgleich sich in meinem Inneren Angst als bestimmendes Gefühl ausbreitet.

Kyara tritt an meine Seite und umklammert mich.

Als ich den Stein komplett umfasse, kann ich deutlich seine unendliche Energie spüren, die tief in ihm drin steckt. Eine Macht, die den Eindruck vermittelt, ich könnte unsere Welt wie ein Blatt Papier zusammenfalten und in meine Hosentasche stecken. Ganz leicht glimmt der Stein aus seinem Kern heraus in pulsierenden Wellen. Mit jedem Aufblitzen ist die Schrift zu erkennen, die Schicht für Schicht in ihn geschrieben ist.

Eingraviert, um so für die Unendlichkeit erhalten zu sein.

Ich drehe mich in die breite Masse der Bevölkerung und strecke den Kristall in die Höhe. Die Menge staunt und einen Raunen geht durch die Masse.

»Die Freiheit ist das höchste Gut, welches uns die Götter beschert haben. Es steht keinem Menschen und auch keinem anderen Geschöpf dieses Universums zu, uns diese Freiheit, diese Autonomie zu rauben. Wir müssen dafür kämpfen, die auferlegten Gesetze zu vernichten, um so wieder dem vorgesehenen Weg der Götter zu folgen.«

»Ja, so sei es«, rufen die Einwohner von Bandamon zurück, während die Traube um uns zusammenfällt und unzählige Hände meinen Körper berühren.

Sie sprechen mir Mut zu und ich kann fühlen, dass ich etwas losgetreten habe, was nicht mehr zu stoppen ist. Koste es was es wolle, ich muss einen Weg finden, Urtus und das Herrscherhaus aufzuhalten. Dabei ist mir bewusst, dass ich den Schlüssel zu alledem in meiner Hand halte.

Es fehlt nur der letzte Teil, um die Träne zu vervollständigen. Garu greift nach mir und sagt: »Bandamon ist nur einen Steinwurf vom zentralen Herrscherhaus entfernt.

Es gibt einen geheimen unterirdischen Gang hinter die Mauern der zentralen Anlage.

Ich kann euch dorthin geleiten.

Kommt!«

Seine Worte sind aufgeregt. Sein ganzer Leib zittert vor Aufregung, endlich den Sinn seines Lebens erkannt zu haben und letztendlich noch die Möglichkeit zu besitzen, diesen in die Tat umzusetzen. Kyara hält mich kurz zurück, während Garu aufgeregt an mir zerrt.

»Urtus ist nicht zu unterschätzen.

Sei immer auf der Hut, Jason.

Ich kann nicht immer zugegen sein. Und unterschätze in keiner Sekunde die Macht, die dir hiermit in die Hände gelegt wurde. Die Versuchung nach dieser endlosen Energie wird sehr groß sein.«

Ihr Blick, ihre Worte sind fordernd und aggressiv zugleich.

»Ja, ich weiss«, erwidere ich mit schnellen Worten.

»Allerdings ist es die einzige Möglichkeit, der Unterjochung ein Ende zu setzen und Heleria zu befreien.« Die Worte sind kaum ausgesprochen, schon setze ich mich in Bewegung und folge Garu aus der Stadt. Einige Menschen begleiten uns.

Ich komme mir vor wie ein Rattenfänger, der vorne weg läuft und durch ein Lied, welchem kein Nagetier widerstehen kann, alles einfängt, was auf dem Weg liegt. Traubenartig trotten sie hinter mir her. Kinder wie Erwachsene.

Es ist eine Feststimmung, bei der lediglich Pauken und Trompeten fehlen, die eine gut gelaunte Musik anstimmen. Unweit der Mauern von Bandamon kommen wir an einem kleinen Felsvorsprung zum

Stehen. Garu und sein Sohn schieben ein paar Äste und viel Gestrüpp zur Seite und legen eine Holzklappe frei, die in einen flach zulaufenden Berg hineinführt.

Anstelle eines Knaufes zum Öffnen ist ein kurzes Seil in der Mitte der massiven Holztür angebracht, an welchem beide abrupt zu ziehen beginnen. Mit lautem Knarren schleifen die Scharniere ineinander und legen einen dunklen Gang frei, der steil bergab verläuft und tief unter die Erde führt.

»Einige von uns müssen sich nun verabschieden«, sagt der Sohn, faltet die Hände und macht eine verneigende Geste.

»Ich bedanke mich bei euch für euer Vertrauen.«

Mein Versuch, bei diesen stark klingenden Worten ernst zu bleiben, bleibt unbemerkt. Ein Mann aus den hinteren Reihen bringt ein paar Stöcke zu uns, die an einem Ende mit alten Laken umwickelt sind. Die Stofffetzen sind durchtränkt mit einem Gemisch aus Öl und einer anderen brennbaren Flüssigkeit, die bestialisch stinkt.

Garu schnappt sich eine der Fackeln, schnippt kurz die Finger und entzündet dadurch den Stoff. Ganz leicht lodert die Flamme stark rußend in die Höhe.

Kyara tut es Garu gleich.

Bei beiden sieht es so einfach aus. Wie ein unbeholfenes Kind schäme ich mich, die Fackelstange zu nehmen und konzentriere mich darauf, diese zu entzünden. Ein Fingerschnippen braucht es nicht dazu. Es genügt der bloße Gedanke, bis die Flamme lodert.

Als ich mich gerade zur Öffnung drehen will, werde ich plötzlich und unerwartet von hinten angesprungen.

»Pass auf dich auf, Jason, und komm heil zurück«, schreit eine jugendliche Stimme, während ihre Arme mir fast die Luft abschnüren.

Ich drehe meinen Kopf und erkenne, dass es das kleine Mädchen ist, das ich vor dem Hauch des Todes gerettet habe. Sie drückt mir einen dicken Schmatzer auf die Wange, lässt mich los, gleitet von meinem Rücken und kramt anschließend aus ihrer Tasche eine dünne, silberne Kette hervor.

»Das ist für dich«, sagt sie stolz und greift nach meinem Arm.

Mit ein paar flinken Bewegungen legt sie die Kette um mein Handgelenk, hält die Handflächen über die losen Verbindungsglieder und sagt: »Sie möge dich vor Unheil beschützen und dir ein Wegweiser in der Not sein.«

Dann schließt sie kurz die Augen und murmelt mit schnellen Worten: »At Ka Re To kuh Na.«

Die Silben sind kaum ausgesprochen, schon erglüht ein helles, rotes Licht unter der Handfläche. Um mein Handgelenk wird es warm.

Es ist nur ein kurzes Aufflackern, dann schiebt die Kleine ihre Handfläche zur Seite, blickt mich mit ihren großen, dunklen Kulleraugen an und tritt dann einen Schritt zurück. Die losen Glieder der schmalen Kette sind verbunden. Keine Naht und keine Kanten sind zu erkennen, sodass man meinen könnte, dass die Kette direkt an meinem Handgelenk hergestellt wurde.

Ich bücke mich kurz zu dem Mädchen, die in den Armen eines Erwachsenen Halt gesucht hat. Tränen fließen aus ihren Augen und in meinem Inneren kann ich fühlen, dass sie mehr weiß, als sie mir sagen will.

Vielleicht hat sie die Zukunft gesehen oder das, was noch vor mir liegt. Sie ist schließlich die Tochter eines Katarchen und besitzt Kräfte, die von Generation zu Generation weitergegeben werden. Dabei spielt es keine Rolle, ob sie sich vermischen oder der eigenen Kaste treu bleiben. Zuletzt entsteht ein einzigartiges Individuum.

»Ich danke dir …«, fragend schaue ich sie an.

»Anika«, sagt sie mit zitternder Stimme.

Kleine Tränen rollen ihr Gesicht herunter und vereinen sich unterhalb ihres schmalen Kinns.

»Ich danke dir, Anika«, sage ich erneut und drücke ihre Hand.

»Wenn wir uns wiedersehen, wirst du frei sein.«

Meine letzten Worte liegen wie ein dicker Kloß im Hals. Ich drücke mich zurück auf die Beine, schnappe mir eine zweite Fackel und setze mich mit Garu und Kyara in Bewegung. Einen weiteren Blick zurück wage ich nicht, denn das schmerzende Gefühl sitzt zu tief. Ich steige durch das kleine Loch in den schmalen Gang, der tief in den Berg hineinführt.

Leicht abfällig scheint er vor Hunderten von Jahren von Hand gegraben worden zu sein. Modrige, kühle Luft fächelt mir entgegen.

Kaum sind wir einige zehn Meter im Gang verschwunden, höre ich, wie hinter uns die Tür mit einem lauten Schlag verschlossen wird. Nun ist es besiegelt: Es gibt kein Zurück mehr. Immer tiefer arbeiten wir uns in dem schmalen und niedrigen Gang nach vorne, sodass der Rücken langsam zu schmerzen beginnt von der leicht gebückten Haltung. Das rußende Feuer mischt sich mit dem eigensinnigen Geruch aus Wasser, Erde und vermodernden Wurzeln.

Kleine Pilze wachsen an den Decken ein, Kalkablagerungen heruntertropfenden Wassers haben gespenstige Gebilde geformt. Gefährlich sind die Enden. Sie sehen zwar zerbrechlich aus, doch das täuscht, denn der gewachsene Kalk ist hart wie Stein und spitz wie eine Rasierklinge. Einige Hundert Meter weiter kommt Garu plötzlich zum Stehen, denn der Gang scheint zu Ende zu sein.

»Wartet«, sagt er.

Er legt seinen Beutel auf den Boden, der mit langer Schlinge um seinen Hals gelegt war. Dann wischt er etwas Dreck von der Wand und legt vier kreisrunde Steine zu Tage, auf deren Oberfläche jeweils ein Symbol eingemeißelt ist.

»Das sind die Symbole der Urvölker des Universums.

Es bedarf der korrekten Reihenfolge, damit der Gang freigelegt wird.«

Er deutet kurz zu Kyara, macht eine ihr vertraute Handbewegung, welche darauf angelegt ist, ihm zu helfen.

»Wir müssen zusammenarbeiten. Die Symbole müssen gedrückt bleiben, damit sich die Tür öffnet. Es ist ein uralter Mechanismus, der zu den Zeiten der großen Kriege gebaut wurde. Dies alles hier war ein Fluchtgang, der einen Ort freigibt, an dem sich die Menschen über eine längere Zeit versteckt halten konnten. So konnten sich unter anderem einige Mitglieder der Urstämme versteckt halten, um nicht von den Rak Tau niedergeschlachtet zu werden.«

Ohne weitere Worte zu verlieren, drückt Garu den ersten kreisrunden Stein in die Vertiefung und hält ihn gedrückt. Danach den zweiten.

»Nun bist du dran, Kyara.

Betätige den Stein links unten, der das Symbol trägt, welches einem Skorpion gleicht.«

Kyara verliert keine Worte und macht es, wie Garu ihr aufgetragen hat. Danach betätigt sie den vierten und letzten Stein, der als Symbol eine Abbildung der drei Gestirne um Heleria trägt. Kaum ist der letzte Stein in die Vertiefung versenkt, rappelt es kurz und die Tür aus massivem Stein, die ebenfalls rund ist, rollt nach links weg.

Sie gibt ein rundes Loch frei, welches gerade so groß ist, dass ein Mensch hindurchpasst. Garu und Kyara verlieren nicht viele Worte, sondern zwängen sich schnell wie eine Schlange durch die Öffnung.

»Komm!«, sagt Kyara und ich folge ihr.

Als ich durch bin, kann ich meinen Augen kaum trauen. Hinter dem langen Gang tut sich unter der Erde ein riesiges Höhlensystem auf, welches durch Pflanzen, die lumineszieren, taghell erleuchtet ist.

Kleine Sträucher und flache Bäume wachsen verstreut auf den flachen Ebenen. Sträucher und Bäume, die ich noch nie gesehen habe.

Links von uns tut sich ein schmaler See auf, der wiederum nur unweit in einem anderen Höhlendurchgang verschwindet.

»Unten am Ufer ist ein Boot, mit dem wir dem Fluss folgen können.

Der unterirdische Fluss führt direkt unter dem Herrscherhaus entlang. Sie entnehmen ihr Wasser aus einem Brunnen, den wir nach oben steigen können. Dann sind wir genau hinter den Mauern, auf dem Gelände des zentralen Hauses.«

Garu klingt sehr überzeugt von seinem Plan, setzt sich sofort in Richtung Ufer in Bewegung. Ich drehe mich zu Kyara und frage: »Und wer gibt uns die Garantie, dass der letzte Teil der Träne auch wirklich im zentralen Haus aufbewahrt wird und nicht an einem anderen Ort?

Wenn Urtus wirklich diese Macht besitzt, sich aus dem Band zu bedienen, so hat er auch ganz gewiss die Macht, unseren Plan vorauszusehen.«

»Das kann ich dir auch nicht beantworten.«

Diese Antwort beunruhigt mich.

»Wenn du wirklich derjenige bist, auf den wir alle gewartet haben, dann wirst du rechtzeitig erkennen, ob wir auf dem richtigen oder falschen Weg sind.

Unser Leben liegt in deinen Händen. Du wirst im rechten Augenblick die richtigen Entscheidungen treffen.«

Ich weiß nicht, ob ich mich jetzt besser oder schlechter fühlen soll. Die Aussage treibt mir Gänsehaut über den Rücken, denn irgendwie fühle ich mich, als wäre ich der Aufgabe nicht gewachsen. Aber welche Wahl habe ich?

Es kommt mir vor, als wäre ich in einen Zug eingestiegen, die Türen wären zugefallen und beim Abfahren des Zuges hätte ich erkannt, dass ich den falschen genommen habe. Gefangen in einer Situation, die mir selbst nicht mehr ganz geheuer ist. Auf der anderen Seite kann ich das Pulsieren der Macht spüren.

Ich kann die Kraft von Argamon fühlen, die auf meiner Seite zu stehen scheint. Ich schweige einfach und laufe weiter in Richtung des Ufers, wo Garu bereits begonnen hat, das Boot, welches hälftig auf den trockenen Kieselsand gezogen ist, in das Wasser zu schieben.

Es ist ein kleiner Kahn, der in seinem Kiel mit Wasser vollgelaufen ist. Anscheinend schwimmt er aber noch.

Ich helfe Kyara ins Boot, die sich an die Spitze des Vorderdeckes begibt, wo es eine trockene Stelle zu geben scheint. Kauernd presst sie sich an den Decksbalken und die Spant. Mit einem schnellen Schritt springe ich ebenfalls hinein.

Das Wasser spritzt zu allen Seiten.

Wackelnd schließe ich zu ihr auf, rücke die Trosse zur Seite, die auf dem Boden liegen, und setze mich neben sie. Zum ersten Mal seit Langem komme ich wieder zur Ruhe.

Ich genieße den Augenblick, nehme sanft ihren Kopf und drücke ihn an meine Brust. Einschlafen darf ich nicht, doch für sie ist es an der Zeit, sich etwas auszuruhen.

Der Körper kommt zur Ruhe und jetzt kann ich das erste Mal das Zerren und Schmerzen in den Muskeln spüren, denen ich die letzten Stunden zugesetzt habe. Garu hat den Platz am Achterdeck eingenommen. Er nimmt ein langes Paddel und steckt es in eines der Enden. Damit macht er leichte rudernde Bewegungen und plötzlich setzen wir uns in Bewegung.

Das Wasser scheint eine leichte Strömung zu besitzen, so braucht er kaum Kraft aufbringen, um das Boot weiter voranzutreiben. Ich krame in meiner Tasche nach der Träne. Als ich sie gefunden habe, lege ich sie in die linke, weit geöffnete Handfläche.

Ganz leicht rolle ich sie von links nach rechts und betrachte die Perfektion.

Flackernd geben sich die verschiedenen Schichten der mir noch immer unverständlichen sanskritähnlichen Zeichen zu erkennen.

Wie ein Herz pulsiert der Stein ganz leicht.

Wenn ich die Augen schließe und lausche, kann ich leise Stimmen hören, die aus dem Kern vordringen. Beruhigt verschließe ich die Finger und umklammere dabei die Träne. Ich konzentriere mich auf den befriedeten Strom aus Energie, der aus ihr hervorströmt. Ganz leicht verstärkt sich das bläuliche Licht und breitet sich in einem feinen Film über uns und dem Boot aus.

Eine Art Schild aus Licht leuchtet die Umgebung um uns herum bis auf ein paar wenige Meter aus. Immer mehr entfernen wir uns von dem großen Ufer und schließlich dringt unser Boot zwischen zwei riesigen Felsvorsprüngen in eine Art Grotte ein, deren Ende in Dunkelheit liegt.

Fledermäuse flattern still um uns herum.

Kyara liegt auf meiner Brust und ist eingeschlafen.

Ich blicke zu Garu und höre auf das Schlagen des Ruders, welches den Kurs bestimmt. Immer weiter dringen wir vor.

Mit halb kreisenden Bewegungen stochert Garu mit dem langen Paddel im Fluss. Schäumend blubbert das Wasser an die Oberfläche. Es ist ein beruhigendes Geräusch. Mein Kopf wird schwer und ich lehne mich an Kyara, die noch immer fest schläft.

Ich denke an die Geschehnisse und verliere mich erneut in den Träumen der Vergangenheit. Erinnerungen, die nur teilweise da sind.

Mir gibt es Halt, obgleich noch immer die Jugend durch den Mantel der Dunkelheit belegt ist.

Gebrochenes Siegel

Der Anfang bestimmt das Ende,
bevor der Morgen weiß,
dass die Nacht ihr Ableben bestätigt hat.
Gehorche der Nacht, vertraue dem Morgen.
Höre auf die Stimme der Umgebung.
Vertraue und lebe den Tag.
[Gebetsbuch der Katarchen, Band 1, 3. Buch, Eskisis]

Genau dann, wenn man es am wenigsten erwartet, scheint es immer einen Lichtblick zu geben.

Das Treiben auf dem Fluss des Lebens, der trotz seiner todbringenden Strömung stetig Optionen des Haltens anbietet, ist letztendlich kein letaler Strudel. Er fordert am Ende nur dazu auf, die Augen weit genug geöffnet zu halten und den Kopf niemals unter Wasser sinken zu lassen. Das Ufer könnte sonst in unwiederbringbare Fernen abdriften.

Unser Leben ist gleichzusetzen mit diesem Fluss, der uns immer weiter nach vorne treibt.

Er ist so linear wie die Zeit und an seinem Ende mündet er in die große See.

Viele Menschen klammern sich an Gott oder an etwas, was nach diesem irdischen Leben zu existieren scheint, denn sie können es nicht akzeptieren, dass dieses Materielle irgendwann sein Ende finden wird. Es ist wie Stahl, der korrodiert, oder wie die Blüte, die verwelkt.

Zu guter Letzt bleibt zwar ein Teil von diesem erhalten, aber die originäre Existenz ist nicht mehr präsent.

Dies ist einer der Gründe, weswegen sich die meisten Individuen, die über eine eigene Wahrnehmung verfügen, etwas erschaffen, das sie über ihre eigene kleine materielle Daseinsform stellt.

Da sie sich diese eigens erschaffene Form selbst nicht vollständig erklären können, nennen sie diese »Gott«.

Über uns allen schwebend hoffen die Ehrfürchtigen auf ein Zeichen von ihm, damit sie den nächsten in den Fluss ragenden Ast erspähen können, um sich so an diesen zu klammern.

Doch existiert dieses Wesen mit der Helikoptersicht, so stellt sich schließlich die Frage, ob dieses Wesen genau erkennt, wie wir ausgesetzt dahintreiben, und warum es nichts dagegen unternimmt.

Es sieht genau die Stromschnellen oder den Strudel vor uns, ganz zu schweigen von den Wasserfällen, die unser Leben komplett durcheinanderbringen und bei denen wir nach dem Aufschlag nie wieder so sind wie vorher.

Aber hat sich schon einmal jemand die Frage gestellt, ob dies nicht vielleicht alles so gewollt ist?

Wir bauen den Mäusen in ihrem Käfig Hindernisse und Gräben und beobachten klammheimlich, wie sie diese meistern.

Erreichen sie unbeschadet ihr Ziel, sind wir stolz darauf. Wieso sollte es bei uns anders sein?

Dies ist vielleicht der Grund, weswegen ich in diesem Leben erwacht bin?

Aufgewacht als Unbekannter und nun bewusst der Dinge, die es in unserer Welt zu bewegen gilt. Die Kultur in der Sphäre ist geprägt durch Stolz und eine lange Tradition aus Überlieferungen. Eine einzige Familie hat sich dies angeeignet und bestimmt indes das Leben aller Individuen des Planeten.

Vor wenigen Augenblicken war ich noch blind, doch nun habe ich verstanden, dass es an mir liegt, die Welt zu ändern. In jedem von uns liegt diese Kraft der Veränderung.

Einige wenige von uns haben den Mut, diese Veränderung zu bewirken und in die Welt hinauszuschreien. Andere hingegen tun nur ihre Arbeit. Dabei sind sie das Rädchen im Uhrwerk, welches auf keinen Fall aus dem Takt kommen darf, da sonst die Zeit falsch angezeigt wird.

Mittlerweile trage ich in mir das Wissen und die Leidenschaft, dass diese oktroyierte Pein, diese Enge, dieser Zwang beendet werden muss. Ich vermute zu wissen, wie ich dieses Ziel erreichen kann:

Urtus bezieht seine Macht aus dem Teil der Träne, den er an sich gerissen hat.

Demzufolge muss ich den Teil der Träne an mich nehmen, um ihm den zentralen Zugriff zur Macht zu entziehen. Weiterhin sollte es durch die Vereinigung der Träne von Argamon möglich sein, andere Wege zur zentralen Energie für das Herrscherhaus abzuschneiden. Nur so kann ich diese Ära beenden und die Bürde von der Erde nehmen. So hoffe ich es zumindest.

Während der Fahrt hat mir Garu von dem Kronsaal berichtet, in dem er einmal als Junge gearbeitet hat. Er berichtete von einem gläsernen Käfig, in dem Urtus den Teil der Träne aufbewahrt. Der Käfig ist hochgradig gesichert und um den Steinfetzen hat Urtus ein Siegel aus dunkler Energie gebannt, welches es unmöglich macht, den Stein zu nutzen.

Genau hier liegt die Herausforderung. Das Siegel kann nur mithilfe der Makar und des Blauen Bandes gebrochen werden.

Das bedeutet, wir müssen den Kristall stehlen, nach Makar reisen, um die Hilfe der Priestergilde zu ersuchen und dann die Zerstörung des Steines in die Wege leiten.

Ich betrachte Kyara, welche mit geschlossenen Augen an meiner Seite liegt. Ihre Finger umklammern mein Handgelenk, an dem die dünne Kette, die ich als Talisman geschenkt bekommen habe, im Licht blinkt.

Tief in mir kann ich Kyaras Gedanken hören: »Du schaffst das. Es ist für eine gute Sache.«

Ihre Augen sind fest verschlossen, doch ihre Stimme ist allgegenwärtig und hält mich zur gleichen Zeit wach. Sie rekelt sich kurz, drückt meine Hand fester an sich und murmelt ein paar unverständliche Silben. Anschließend ist nur noch das tiefe Schnaufen zu hören, das aus ihrem halb geöffneten Mund dringt. Gerne würde ich auch die Augen schließen.

Aber es scheint mir nicht vergönnt zu sein.

Am liebsten wäre es mir, in den unendlichen Schlaf einzugehen.

Ich fühle die Müdigkeit, die tief in den Knochen meines Körpers sitzt. Seit mehr als zwei Tagen bin ich nun wach und das Ende dieser Reise ist noch nicht erreicht. Ein paar Phasen der Meditation konnte ich dazu nutzen, etwas frische Energie aufzutanken. Dennoch zehrt das Erlebte an meinem Gemüt, obgleich das Ziel so nah zu sein scheint.

Ganz deutlich kann ich es vor mir sehen.

Es scheint greifbar nah zu sein.

So nah, wie es in den letzten Tagen noch nie gewesen ist.

Das Wissen darüber, dass dies alles bald ein Ende haben wird, gibt mir die Kraft, den Schlaf zu besiegen. Ich neige mich über Kyara und küsse sie auf Lippen und Stirn.

Das Boot, die Umgebung, das Licht der Fackel am Bug des Kahns und das leichte Schimmern des Schildes um uns herum werden von der Dunkelheit förmlich aufgesogen. Der Tunnel durch den Berg ist enger geworden.

Viele Meter unter Tage schieben wir uns Meter für Meter voran. Die Höhlendecke, die am Anfang nicht zu erkennen war, ist im Laufe der Fahrt immer tiefer geworden. Mittlerweile kann man über die feuchte, mit Moos bewachsene Oberfläche streifen, wenn man sich auf die Füße stellt und den Arm in die Höhe streckt.

Der Bootsführer scheint aber alles im Griff zu haben. Ein Mann, dem man zuschreibt, alt zu sein. Vielleicht sogar sehr alt. Ein Mensch, ein Individuum, dem man auf keinen Fall ansieht, dass er bereits mehrere Hundert Jahre auf dem Buckel hat. Konzentriert und bewusst bei der Sache, scheint er seine Aufgabe verinnerlicht zu haben. Von links nach rechts und von rechts nach links wandert sein Kopf und beobachtet den Lauf des Bootes, während er mit tiefen Ruderstichen das alte angefaulte Boot vorantreibt. Sein Blick wirkt verbissen, doch seine Gedanken sind frei und bei den Menschen zu Hause in seiner Heimat. In Gedanken bei Freunden, Familie und Angehörigen ist er in seinem Tun darauf bedacht, den Rumpf vor den spitzen Steinen, die links und rechts aus dem Wasser ragen, zu bewahren. So sticht er immer wieder in die Tiefe des Grundes und stößt uns ein wenig mehr voran. Die kleine Laterne an der Spitze über uns wackelt mit den stoßenden Bewegungen. Einmal mehr umschlinge ich Kyaras Körper, der so warm und geschmeidig ist. Fest drücke ich mich an sie.

Leicht gestört von meiner Umarmung öffnet sie ihre Augen, schaut mich mit ihrem katzenhaften Blick an und säuselt ganz zart: »Jason. Sind wir schon da?«

Behutsam streiche ich über ihre Stirn, sodass sie unter meiner Handfläche die Augen schließt.

»Wir sind weit vorangekommen.

Aber schlaf noch ein wenig.

Ich werde dich zur rechten Zeit wecken.«

Beruhigt streckt sie sich kurz und schmiegt ihren Kopf zwischen meine Achselhöhle und Brust. Ich fühle mich wohl bei dem Gedanken einen Menschen in meinem Leben zu besitzen, der mich zu schätzen weiß.

Der weiß, dass ich außergewöhnlich bin und der damit umzugehen versteht.

Ganz sanft streichele ich über ihr Haar und sage: »Schlaf ein wenig.

Schlaf ein wenig mehr.

Ich bin bei dir.

Ich werde dich beschützen.«

Immer wieder streichele ich dabei ganz sanft über ihre wie aus Stoff wirkende Haut. Ihre roten Bäckchen strahlen wie Leuchtpfosten in die Umgebung.

Ihre Anwesenheit beruhigt mich.

Ich kann fühlen, wie die in mir angekettete, immer wieder aufstürmende Katze ihre persönliche Ruhe findet.

Lediglich das Schnurren summt über die schmalen Lippen.

Schnurren der Zufriedenheit.

Unbeschwert seit langen Zeiten schließe ich meine Augenlider und lausche den Paddelschlägen, die mit leichten Zügen in regelmäßigem Takt in das stille Wasser schlagen.

Ich versuche mich in eine Art meditativen Zustand zu begeben, obgleich es schwer ist, nicht das Bewusstsein zu verlieren.

So lange hatte ich keinen Schlaf.

So lange hatte ich nicht mehr dieses Nichts, dieses Schwarz, diese Leere in meinem Gehirn.

Und doch versuche ich stark zu bleiben.

Ich öffne kurz die Augen und blicke auf Kyara.

Danach streichele ich erneut über ihre schmalen Wangen und versinke in den langsam wiederkehrenden Erinnerungen.

E rschrocken zucke ich zusammen.
Beinahe wäre ich eingeschlafen.

Kurz bevor die Gegenwart komplett dahindriftet, kommt unser Boot abrupt zum Stehen.

Die Spitze gleitet über ein flaches Bett aus dicken weißen Kalksteinen.

»Wir sind da«, sagt Garu mit bestimmter Stimme.

Wasser spritzt über die Planken. Schweigend, mit auffordernden starren Augen deutet er auf eine kreisrunde schwarze Fläche, die sich in der Dunkelheit von der Decke abhebt.

»Hier ist die Sohle des alten Brunnens, der seit mehreren Jahren trocken liegt.«

Er schnappt sich das Tau, was zu meinen Füßen liegt, macht einen schnellen Knoten um einen alten, angerosteten Eisenring, der in eine der Holzbohlen des Bootes eingearbeitet ist.

Mit kräftigen Fingern überprüft er noch einmal die Festigkeit, bevor er das andere Ende in die Dunkelheit wirft.

Seine Handlung wirkt professionell.

Ein eingefleischter Führer, dessen Abläufe in Fleisch und Blut übergegangen sind. Als ob er jeden Tag diesen alten Kahn irgendwohin bringen würde und als ob er jeden Tag aufs Neue seine Passagiere von Bord begleiten würde, so beeindruckt bin ich von der Selbstverständlichkeit seiner Handlungen.

Mit schneller, leichter Bewegung verstaut er das Paddel und zieht das lange Ruder aus dem Wasser.

»Wir können durch den Schacht des Brunnens nach oben steigen.

Er endet im Vorgarten des zentralen Herrscherhauses. Das war einmal der zentrale Wasserbrunnen des großen Hauses.«

Ich runzele die Stirn, obgleich man meine Skepsis in der Dunkelheit bestimmt nicht sehen kann.

Während ich versuche, Kyara wachzuschütteln, wende ich das Wort an Garu: »Wie sollen wir dort hoch kommen? Vom Boot aus sind dies gut und gerne anderthalb Meter.«

In der Tat hat sich der verengte Tunnel wieder etwas ausgebreitet. Der Fluss unter Tage, dem wir viele Kilometer gefolgt sind, hat wieder an Breite zugenommen und in weiter Ferne kann ich das Gluckern des Wassers hören.

Ein leichter Schauer läuft mir über den Rücken. Blubbern und Plätschern verheißen nichts Gutes.

»Wir haben schon früher den alten Brunnenschacht benutzt, um uns heimlich aus dem Hause zu stehlen«, erwidert Garu mit leicht sarkastischer Stimme.

Ich hole meinen Stein der Makar aus der Hosentasche und umklammere ihn.

»Bringe mir Licht«, flüstere ich leise zu ihm und denke daran, den Tunnel zum Leuchten zu bringen.

Deutlich drückt Energie, ausgehend von dem unscheinbar wirkenden Stein, auf meine Brust. Ohne dass viel Zeit vergeht, erlischt der leichte Schild um uns herum und wenige Meter weg vom Boot tut sich eine kleine Spalte auf, die gleisendes Licht ausstrahlt.

Alles um uns herum ist plötzlich taghell erleuchtet.

Zum ersten Mal sind wir in der Lage, die Umgebung um uns herum zu erkennen. Das Boot schwimmt in einem schmalen Fluss, der kristallklares Wasser mit sich führt. Man kann den Boden erkennen, obwohl dieser viele Meter entfernt ist.

Zu allen Seiten haben sich wunderschöne Gesteinsformen aus Sedimentablagerungen gebildet. Abstruse, aber auch interessante Formen, die das Gehirn zu phantasievollen Gebilden auffordern, die man aus dem tagtäglichen Leben kennt.

Zylinderartig hat sich über die Jahre ein Schacht ausgewaschen, in dessen Zentrum wir uns befinden. Durch die ständig wechselnden Wasserstände und das sandsteinartige, poröse Gestein ist der kreisrunde Zylinder immer breiter geworden.

Dies erklärt auch, warum der Brunnen nicht mehr genutzt werden kann. Zwar hat der Hohlraum, der nach unten immer breiter wird, keinen großen Durchmesser. Doch reicht es durchaus, dass sich das Boot ohne Probleme um die eigene Achse drehen könnte.

Der breiter werdende Schlauch hat in seiner Sohle einen solchen Durchmesser erreicht, dass der Druck nicht mehr ausreichend ist, um das Wasser in den Schacht hineinzusaugen und den Brunnen so nutzbar zu machen.

Stattdessen hat sich der unterirdische Fluss immer mehr in die Tiefe gefressen. Tunnelartig verschwindet er vor uns in der Dunkelheit.

Sollte das Wasser ansteigen, so wären wir gefangen.

Die Höhlendecke ist nicht sehr weit. In der Tat wird die zerklüftete Decke mit einem mittelgroßen Loch durchrissen, welches die perfekt natürlich geformte Gestalt dieses unterirdischen Labyrinthes kaputtmacht.

Die Träne in meiner Hand vibriert.

Engelsgleiche Stimmen zischen durch die Luft. Sie dringen aus dem Kern des Steines hervor: »Argamonzeit ist begrenzt.

Es empfiehlt sich zu beeilen.«

Die Umgebung vibriert vor meinen Augen wie Wasser, dessen Oberfläche mit einem Stein gesprengt wurde. Sanft, doch bestimmt werde ich aufgefordert zu handeln.

»Wie kommen wir da hoch?«, frage ich, während ich den Stein wieder in der Hosentasche verstaue.

Garu schnappt sich einen langen Stock, der unter Planen im Rumpf des Bootes versteckt ist. An seiner Spitze ist ein länglicher Widerhaken aus Metall angebracht. Unbeholfene Bewegungen folgen. Als wolle er einen Brei rühren, fuchtelt er in der Luft herum.

»Soll ich dir helfen, Garu?«, frage ich.

Er unterbricht seine Handlung und drückt mir den Stock vorwurfsvoll in die Hand.

»Ich bin zu alt geworden.

Mach du das!«

Etwas eingeschnappt verschränkt er beide Arme vor sich und starrt mich an.

»Ja.

Und dann?«

Verdutzt blicke ich zurück, denn ich bin mir nicht bewusst darüber, ihn beleidigt zu haben. Aber eventuell sind alte Menschen so. Schließlich hat er ja mehrere Hundert Jahre auf dem Buckel und da ist es nichts Ungewöhnliches, ein wenig eigenartig zu werden.

»Ich bin halt nicht mehr der Jüngste.

Ich weiß genau, was du denkst, junger Jason.«

»So habe ich dies auf keinen Fall gemeint«, erwidere ich mit ruhigem Tonfall.

»Sag mir, was ich machen soll.

Lenke mich mit deiner Weisheit.«

»Schon wieder Sarkasmus.

Sei's drum.«

Er löst seine eingeschnappte Haltung, tritt an mich heran und deutet mit seinen langen knochigen Fingern auf das schmale Loch in der Decke.

»An der Wand in dem Brunnenschacht ist eine Strickleiter angebracht.

Du musst versuchen, sie zu angeln und dann auszuhängen.«

Kyara ist mittlerweile aus ihrem Tiefschlaf erwacht und stellt sich neben mich. Das Boot schaukelt beunruhigend hin und her, da wir alle drei nun stehen.

»Warte, ich helfe dir.

Nichts einfacher als das. Bevor wir hier stundenlang im Dunkeln stochern, habe ich das richtige Hilfsmittel für euch.«

Noch während Kyara die Worte spricht, kramt sie wieder in ihrer Umhängetasche. Ich bin fasziniert, was sie darin alles versteckt hält. Ein Sammelsurium an Instrumenten der Jatuse. Kaum sind ihre Worte ausgesprochen, hält sie mir ein Ziegenauge vor die Nase.

Kurz zucke ich zusammen, denn es sieht eklig aus. Dünne Äderchen am Ende des Augapfels hängen herunter.

»Dieses Auge wird uns helfen zu sehen, wo wir nicht sehen können.«

Sie legt das Auge in ihre weit geöffnete Handfläche. Danach murmelt sie die für mich noch immer unbekannten Silben, die nur die Jatuse verstehen können.

Als die letzte Silbe über ihre zarten rosafarbenen Lippen rollt, scheint in das karamellisierte Auge wieder Leben eingehaucht zu sein.

Die Regenbogenhaut zieht sich zusammen und erweitert sich wieder. Ich trete einen Schritt zurück, als es sich wie von Geisterhand aus der Handfläche löst und vor unseren Gesichtern schwebt.

Kyara streckt die Handfläche nach vorne in Richtung des Auges.

Ein leichter, fast unsichtbarer Strahl aus Energie züngelt aus ihrem Arm und verbindet sich mit dem Ende des Augapfels.

Zum ersten Mal realisiere ich die Verbindung des Körpers zu dieser Energie. Bislang war es für mich so selbstverständlich, dass eine permanente Verbindung zwischen den Dingen und Lebewesen dieser Welt besteht.

Ich hatte es so verstanden, dass wir alle mittels einer zentralen Energie dauerhaft vernetzt sind und einfach nur den richtigen Code finden müssen, um die Verbindung zu aktivieren und beeinflussen zu können. Dies ist nicht so. Zwar zehrt da Leben in unserer toten Materie aus dem Netzwerk dieser unsichtbaren und uns alle miteinander vernetzenden Energie.

Doch es sind nicht immer alle Verbindungen aktiv und mit Energie erfüllt. Man muss diese erst aktivieren.

»Kyara, kann man auch damit …«

Ich werde von ihr unterbrochen.

»Ja.

Es ist möglich, auch Menschen durch die Beeinflussung der Energielinien wieder zum Leben zu erwecken. Allerdings gibst du auf diese Weise nur der Materie die Energie zurück zu funktionieren. Die Seele hat bereits die Eskisis vollendet oder wurde neu zugewiesen.«

Kyara konzentriert sich wieder auf das Auge und sagt: »Ich werde es führen. Jason, blicke in meine Augen, dann kannst du sehen, was das Auge sieht.«

Ich mache, was sie mir aufgetragen hat. Erstaunt sehe ich in ihre Augen, die sich wieder zu dieser schwarzen Masse verändert haben, die mir Angst einflößt.

Von einer Sekunde zur anderen kann ich plötzlich an der Oberfläche ihrer aufgerissenen Augen das projizierte Bild unserer Gesichter sehen.

Es ist exakt das, was das Auge wahrnimmt.

»Ich werde es nun nach oben befehligen. Jason, bringe Licht in den Schacht!«, sagt Kyara.

Ohne großartig darüber nachzudenken, was gerade geschieht,

hole ich den Stein wieder aus meiner Tasche heraus und denke daran, wie das Licht den Schacht hell erleuchtet. Genau wie es eben neben dem Boot passiert ist, tut sich ein weiterer kleiner Spalt vor dem runden Eingang auf und taghelles Licht strömt in die Öffnung.

Kyara befiehlt das Auge, woraufhin es sich wie von Geisterhand in die Höhe bewegt. Es schwebt schnell und ist nach wenigen Sekunden im Schacht verschwunden.

Ich blicke in Kyaras Augen, die die zerklüftete Wand des Schachtes widerspiegeln. Teilweise sind Kratz- und Hackspuren zu erkennen, die tief ins Gestein geschlagen sind.

Ein Zeugnis dafür, dass der Tunnel von Menschenhand erschaffen ist.

»Du musst das Auge ein wenig mehr drehen.

Irgendwo muss die Leiter sein«, sage ich.

Kyara befiehlt das Auge und kurz darauf kann ich die Strickleiter erkennen, die an einem Haken an der Wand eingehängt ist.

»Lasst mich etwas probieren.«

Schnell lege ich den Stock beiseite und konzentriere mich auf das Ende der Leiter. Ich versuche, meine bewussten Gedanken, mein geistiges Auge auf den kleinen eisernen Haken zu fokussieren, in den die letzte Sprosse eingehängt ist.

Vorsichtig strecke ich meine Hand dem Loch entgegen und denke daran, die Strickleiter aus dem Haken zu befreien. Es dauert nur ein paar Sekunden, bis etwas passiert.

Durch das Auge kann ich sehen, wie sich das Ende der Leiter kurz anhebt. Ich erschrecke für eine Sekunde.

Mein Herz rast und schlägt bis zum Hals.

Es funktioniert.

Eigentlich war es nur ein Hirngespinst, die Idee eines kleinen Kindes. Und doch scheint es so zu sein, dass ich verstanden habe, wie alles miteinander zusammenhängt. Schauer krabbeln wie kleine Ameisenfüße über meine Schulterblätter. Durch die Schrecksekunde ist das Ende der Leiter wieder in die halbrunde Öffnung des Hakens gefallen.

Alles wieder von vorne.

Verdammt.

»Konzentriere dich!«, sagt Garu mit beruhigender, doch zugleich fordernder Stimme.

Behutsam tritt er an mich heran und streicht dabei über meine Schulter.

»Gut.

Lasst mich einen weiteren Versuch wagen«, erwidere ich.

Ich sauge die Leere des Tunnels in mich auf. Lausche für wenige Sekunden dem plätschernden, blubbernden Geräusch des dahinfließenden Wassers. Danach versuche ich, mich wieder auf das Ende der Sprosse zu konzentrieren, die in dem gebogenen Haken aus Metall eingerastet ist. Ich blicke tief in Kyaras Augen und erzwinge in Gedanken die Befreiung der Leiter aus dem Haken. Plötzlich tut es einen lauten Schlag und ich sehe, wie die Sprosse in der Mitte berstet. Im gleichen Moment fällt sie nach unten und ragt fast bis auf die Höhe des Bootes.

Garu lacht laut.

Hämisch krümmt er sich, bevor er sich mit Tränen in den Augen wieder fängt und sagt: »Das ist natürlich auch eine Methode, die Leiter auszuhängen.«

Dabei lacht er weiter und greift nach dem Ende, an dem nun links und rechts des Taues zwei Holzklötze nach unten hängen.

Kyara befiehlt das Auge zurück und verstaut es wieder in ihrem Beutel. Wir verlieren nicht mehr viele Worte, denn Garu hat bereits eine Sprosse in der Hand und steigt langsam nach oben.

»Geh du als nächstes«, fordere ich Kyara auf.

Dabei suche ich wieder nach Körperkontakt, der aber von ihr nur mit der kalten Schulter erwidert wird. Garu ist nicht mehr der Schnellste, so kommen wir nur ganz langsam voran. Je höher wir sind, desto beklemmender wird das Gefühl.

Ich blicke nach unten.

Wie eine Spielzeugfigur liegt das Boot am Boden des schmalen Erdschlauches. Am Ende des Gucklochs zurück in die Tiefe. Mit leichten Bewegungen spielt es mit der Wasseroberfläche, wippt oder wackelt hin und her. Nachdem wir den ausgewaschenen Trichter verlassen haben, schlüpfen wir durch ein Loch in eine noch engere Röhre.

Das Loch, in dem wir verschwinden, ist sehr klein.

Gerade so passt eine Person hindurch. Wieso sollte es auch breiter sein, denn es diente ja nur dazu, um Wasser zu holen. Ein Blick nach oben bringt nichts, da ich direkt auf das Hinterteil von Kyara starre. Garu ist so breit, dass er den schmalen Schacht komplett ausfüllt. Bei jeder seiner Bewegungen rieseln kleine Steine und Kiesel nach unten.

Ich schüttele mich, als Sand in meine Augen fällt. Nach einigen Minuten öffnet sich das Loch zu einer größeren Fläche. Es ist der Boden des Brunnens, der früher einmal komplett mit Wasser gefüllt war. Das Mauerwerk um uns herum ist aus porösem, gelbem Sandstein hergestellt. Rund gemauert ist der Brunnen zwar wesentlich größer als der Tunnel, aber sehr viel Platz, um gemeinsam hier zu stehen, haben wir auch nicht.

Ich sehe nach oben und kann in zehn bis zwanzig Metern Entfernung das Holzdach des Brunnens erkennen.

An der Seite sehe ich den wolkenbehangenen, noch immer tiefrot eingefärbten Himmel.

»Jetzt kommt der anstrengendste Teil«, sagt Garu.

»Wir müssen an der Wand nach oben klettern. Ich hoffe, ihr habt genug Kraft in den Fingern.«

Irgendwie wusste ich, dass er das sagen würde. Und ich wusste, dass etwas auf mich zukommt, was ich abgrundtief hasse. Lieber kämpfe ich gegen eine ganze Horde von Wächtern, als mit Geschick nach hervorstehenden Steinen zu suchen, um mich dann an einer fast senkrechten Wand einige Meter nach oben zu hangeln.

»Na toll.«

Das ist das Einzige, was mir in diesem Moment einfällt. Ich kann kaum meinen Augen trauen, als Garu uns zeigt, wie es geht. Selbst in seinem hohen Alter ist er schnell und beweglich wie eine Gazelle. Seine knochigen Hände klammern sich an kleine hervorstehende Steinbrocken und ziehen den gebrechlichen Körper in die Höhe.

Was bleibt mir da noch übrig.

Kyara tut es Garu gleich und folgt ihm. Jetzt muss ich mich wohl zusammenreißen.

»Die Wand ist dein Feind, besiege sie«, sage ich zu mir selbst und suche nach dem ersten herausstehenden Stein.

Ich kann fühlen, wie die Fingernägel an den Steinen abbrechen. Aber ich muss so viel Kraft aufwenden, da ich Angst habe, abzurutschen.

Als Garu den Rand des Brunnens erreicht, befiehlt er uns, kurz innezuhalten.

Vorsichtig sondiert er die Lage, macht einen schnellen Sprung und verschwindet hinter der Brunnenmauer.

Kyara und ich folgen ihm.

Mit einem Satz befinden wir uns in einem riesigen Innenhof. Wir suchen Deckung hinter der Brunnenmauer.

Garu flüstert: »Ich denke es ist ein guter Zeitpunkt.

Die Wachen machen Mittag.

An der rechten Seite des Hauses gibt es einen Boteneingang. Hier habe ich alte Freunde, die uns die Tür öffnen werden.«

Ich hebe ein wenig den Kopf über die Mauer und versuche, mir einen Eindruck zu verschaffen. Der Brunnen befindet sich auf der rechten Seite des Vorhofes, zwischen dicken Walnussbäumen.

Wenige Meter hinter uns erstreckt sich eine hohe Mauer, die das komplette Anwesen umrandet. Vor dem Brunnen befindet sich eine dicke Grasnarbe, die jede Menge Sträucher, Blumen und andere Pflanzen beherbergt. Davor beginnt ein riesiger, mit hellem Schotter überzogener Platz, an dessen Spitze eine monumentale Treppe in das dahinterliegende Anwesen führt.

Das Haus ist riesig.

Es gleicht einem Palast.

Massives Mauerwerk teilt das Anwesen in drei Hälften.

Ein Hauptteil in der Mitte, welcher aus drei Etagen besteht und dessen Front mit riesigen Rundbögen verziert ist. Ein langgezogener Balkon verbindet den linken und rechten Flügel mit den jeweiligen Etagen des Haupthauses.

»Es sieht aus wie die zentrale Kathedrale von Makar«, sagt Kyara erstaunt.

Ihr Mund steht dabei offen. Ich kann mir nicht vorstellen, was sie meint, doch der Bau ist schon sehr beeindruckend.

Das muss ich mir selbst eingestehen. Er strahlt die Macht aus, die die Aramer in unserer Welt verkörpern. Aber irgendwie fühle ich mich zu Hause.

Das Anwesen kommt mir seltsam vertraut vor.

Als wäre ich schon einmal hier gewesen. Und dies nicht unbedingt als Gast. Bei dem Versuch, in den verborgenen Erinnerungen zu graben, flackern auf einmal Bilder von Acha vor meinem geistigen Auge auf.

Ich kann vor meinem geistigen Auge sehen, wie ich mit Deon über diesen Hof geritten bin.

Ich kann den weißen Schotter erkennen und die führenden Zügel Deons, die mich zum einen in meine Schranken verwiesen und mir zum anderen aber verdeutlicht haben, wie ich Reiten in Perfektion ausführe.

Ein fester Griff holt mich zurück in die Gegenwart: »Es ist ein guter Zeitpunkt.

Lass uns an den Bäumen entlang zum Nebeneingang gehen.«

Garus Worte sind bestimmt. Kaum sind sie ausgesprochen, schon setzt er sich in schleichender, leicht gebückter Haltung entlang der Mauer in Richtung des rechten Flügels des riesigen Anwesens in Bewegung.

Kyara und ich folgen ihm, doch lassen mich die Bilder nicht los. Ich blicke auf die andere Seite, um Bestätigung für diese Gehirngespinste zu bekommen. Ich erinnere mich an einen offenen Unterstellplatz für Acha und Kapokroon, einen Holzverschlag, der unmittelbar vor dem Eingang des Hauses platziert war.

Und tatsächlich.

Während wir in geduckter Haltung zwischen bunten Blumen, gepflegtem Rasen und dicken Baumstämmen dahinschleichen, kann ich in einiger Entfernung die Holzbehausung erspähen. Ein karger, aus dünnen Holzbrettern zusammengezimmerter Unterstand für Lasttiere. Bei genauerer Betrachtung kann ich eine dunkle Mähne erkennen, die mir bekannt vorkommt.

Der längliche Hals ist umschlungen mit einer grobgliedrigen Stahlkette, die an einen der dicken tragenden Balken gebunden ist.

Ist das etwa Acha?

Im gleichen Moment, als ich mir die Frage stelle, kann ich beobachten, wie das Reittier darauf reagiert. Es windet sich und schlägt mit seinen Hufen die Wachen von sich weg.

Garu zwingt mich nach unten, wodurch ich den Augenkontakt verliere, denn ich lande auf allen vieren in einem großen Blumenbeet. Mit harten, direkten Gesten und Handbewegungen deutet er uns, still zu sein. Am besten tief geduckt, flach an den Boden gepresst und eigentlich gar nicht bewegen.

Neugierig wage ich einen Blick nach oben und kann sehen, wie nur wenige Meter vor uns zwei Wachen vorbeischlendern. Sie scheinen keinen Verdacht geschöpft zu haben. Vertieft in gegenseitiger Unterhaltung schlagen wieder diese bekannten Klick- und Schnalzlaute durch die Luft.

Urtus scheint nur die Stärksten und Kräftigsten dieser willenlosen grauen Kreaturen zum Schutz seines Anwesens abkommandiert zu haben.

Die muskelbepackten Tiere flößen mir echt Angst ein. Sie sind mächtiger und stärker als diejenigen, die ich in Bandamon gesehen habe.

Flach an den Boden gepresst, bleiben wir unentdeckt.

Ganz langsam entfernen sich die zwei Wachen, sodass wir weiter in Richtung eines breiten Seitenganges schleichen können.

»Wartet hier«, flüstert Garu ganz leise.

Mit rollender Bewegung begibt er sich aus der Liegeposition in die Hocke, um dann gebückt den schmalen gepflasterten Weg entlangzurennen.

Wenige Meter hinter der Hausfassade macht der Weg eine Neunziggradkehre. An deren Ende schließen sich Treppenstufen aus Marmor an, die er behutsam wie eine Katze nach oben schleicht. Danach klopft er an die weiße Tür, die durch ein kleines hervorstehendes koloniales Holzdach geschützt ist.

Als sich nichts tut, wiederholt er das Klopfen.

Kurz darauf öffnet sich die Tür um einen winzigen Spalt.

Ein kleiner Kopf mit zierlichem Gesicht und blonden Haaren lugt durch den schmalen Schlitz.

»Die Zeit ist gekommen«, sagt Garu, während der Kopf, ohne etwas zu erwidern, nur zustimmend nickt. Daraufhin zieht sich der Kopf wieder zurück und die Tür öffnet sich soweit, dass ein Mensch gerade so hindurchschlüpfen kann.

Garu winkt uns zu folgen, dann verschwindet er im Inneren des

Hauses. Ich schaue mich nochmals kurz um, danach robbe ich nach vorn, an den Rand des Weges, rolle mich auf ihn und flitze ebenfalls in Richtung des Türspaltes.

Kyara folgt mir.

Schnell zwänge ich mich durch den Spalt und wir befinden uns in einem größeren Vorraum, der vollgepackt ist mit jeder Menge Kisten und anderen Sachen.

»Das ist der Lagerraum für eintreffende Sendungen.

Stört euch nicht an den ganzen unnützen Dingen, die hier so herumliegen. Lenkt lieber eure Aufmerksamkeit auf mich.«

Man kann förmlich seinen Stolz in der Luft sehen, der wie kleine Schmetterlinge herumflirrt.

»Darf ich vorstellen, das ist Okylia, meine alte Freundin und ehemalige Schülerin.«

Mit erhobener Brust deutet Garu auf das feine Gesicht, welches nun mit einem schmalen, leicht zerbrechlich wirkenden Körper seine Vollendung findet. Sie verneigt sich vor uns und faltet dabei ihre Hände vor dem Gesicht.

Sichtlich unter Druck und beschämt versucht sie ein paar Worte über ihre Lippen zu bringen, doch mehr als gluckernde und brechende Laute dringen nicht nach außen.

Enttäuscht senkt sie ihr Haupt.

Ihr schmaler Körper ist in ein wunderschönes weißes, aus Spitzen bestehendes Gewand gehüllt. Garu tritt etwas näher an sie heran.

Mit einer behütenden Bewegung drückt er sie fest an sich und sagt: »Okylia ist die Generation nach uns.

Die Neuen.«

Er unterbricht seine Worte und blickt erneut stolz auf sie. Dabei schiebt er ihren Körper so an seine Seite, dass er seinen Arm um ihre Hüfte winden kann. Gekonnt drückt er sie fest an sich, als wäre er gerade Zwanzig geworden, so sprießt plötzlich seine Energie aus den Poren.

Dann wendet er sich wieder an uns und spricht weiter: »Als wir die Arbeit im Hause der Aramer aufgegeben haben und in allen Himmelsrichtungen verschwanden, wurden Teile von uns für die Herrscher unsichtbar. Zur selben Zeit gelangten erste Interna unter die Bevölkerung.

Daraufhin realisierten sie zum ersten Mal, welche Informationen wir mit uns herumtragen.

Aus diesem Grund wurde zur Behütung ihrer Geheimnisse und vor allem zur Behütung des Ausplauderns interner Gespräche allen Angestellten, die direkt in der Nähe der Familie ihren Dienst verrichten, die Zunge abgeschnitten.

Seitdem ist es keinem der Arbeiter, die direkt innerhalb der Familien Dienst tun, mehr möglich, ein Wort zu sprechen.«

Das zarte Geschöpf mit seinen bildschönen kullerrunden Augen, den schmalen Wangenknochen und dieser perfekten purpurroten Haut nickt ganz vorsichtig zustimmend.

Danach löst sie sich flink aus Garus Umklammerung und läuft in Richtung einer zweiflügeligen Tür. Sie drückt ihren Körper gegen eine der schweren Holztüren, die daraufhin mit einem metallischen Klopfen die Verriegelung freigibt.

Laut knarrend schiebt sie sich nach außen und gibt uns den Weg in eine riesige Vorhalle frei. Garu will gerade losstürmen, als Okylia ihn aufhält.

Sie starrt ihn an, schließt ihre Augen.

Ich kann fühlen, wie sie mit dem alten Mann über ihre Gedanken Kontakt aufnimmt. Worte säuseln kryptisch durch die Luft. Verstehen kann ich sie nicht.

Es dauert nicht lang, dann öffnet sie wieder ihre Augen. Mit einem schnellen Schritt macht sie uns den Weg frei.

»Was hat sie dir mitgeteilt, Garu?«, frage ich.

Deutlich unter Spannung antwortet er mit besorgter Miene: »Wir haben uns den schlechtesten Tag ausgesucht.

Urtus ist zugegen.

Wir müssen uns beeilen.

Der Teil der Träne befindet sich im Krönungssaal. Rein, Träne nehmen und nichts wie weg.

So heißt das Motto.«

Mein Herz rast für einige Sekunden, als er den Namen ausspricht, der mir plötzlich so viel Respekt einflößt, als hätte Argamon selbst sich herabgelassen und würde mir hier begegnen.

»Gut.

Dann lass uns schnell machen. Ich habe kein gutes Gefühl bei der Sache«, erwidere ich.

»Vielleicht sollte Kyara hier auf uns warten?«, meint Garu.

Doch Kyara scheint davon wenig begeistert.

Verärgert entgegnet sie ihm: »Ihr werdet mich brauchen.

Wie sonst wollt ihr ohne die zusätzliche Macht der Jatuse das Siegel zerstören? Ich bezweifle, dass Jasons Kraft schon weit genug ausgeprägt ist, um das Siegel zu zerstören.

Außerdem würde Urtus einen solchen Einfluss durch die Macht bemerken und wir wären aufgeflogen.« Sie will gerade einmal Luft holen, um noch mehr zu sagen, doch schon wird sie unterbrochen: »Gut.

Ich habe verstanden.«

Ein wenig eingeschnappt setzt er sich schnell wie eine Katze in Bewegung. Wir folgen ihm im kurzen Abstand. Schleichend laufen wir quer durch ein riesiges Gewölbe, das mit Marmor ausgekleidet ist. An den Wänden hängen riesige, mit Goldrahmen verschnörkelte Spiegel, dazwischen Ölbilder, die einige Kriegsszenen darstellen. Eine hohe Decke wird gesäumt von drei riesigen Kronleuchtern, deren Kristalle nicht etwa aus Glas sind.

Nein.

Anhand der Lichtbrechung und des klaren Leuchtens kann man erkennen, dass es geschliffene Edelsteine sind.

Das Licht in der Mitte besteht aus einem rotierenden bläulich-weißen Ball aus reiner Energie. Ich bin stark beeindruckt und zugleich niedergeschlagen, denn der Reichtum ist schmerzlich zu Lasten jedes einzelnen Individuums der Sphäre erkauft.

Zeit, weiter über das Unrecht zu sinnieren, bleibt nicht. Kyara zieht an mir vorbei. Wir folgen der langgezogenen, halbrunden, breiten Treppe aus bräunlichem Marmor, die in die nächste Etage des Hauses führt. Sie endet auf einem schmalen, vorgelagerten Gang, der nach vorne offen links und rechts einige Hundert Meter in die Flügel des Anwesens führt. Vor uns breitet sich eine weitere zweiflügelige massive Holztür aus. Sie ist so groß, dass es den Anschein hat, als müsste man mit mehreren Leuten antreten, um dieses gewaltige Tor zu öffnen.

»Das ist der Eingang zum Kronsaal.«

Garu runzelt die Stirn.

»Jetzt wird es ernst.«

Kyara schiebt sich zwischen uns und sagt: »Die Tür zu öffnen ist eine Leichtigkeit.«

Sie kramt kurz in ihrem umgehängten Beutel aus Leder und fischt ihren kleinen Stein der Makar heraus. Kräftig umklammert hält sie ihn vor das Schloss. Plötzlich zuckt die ganze Tür und ich kann erkennen, dass diese mit einer Art Kraftfeld gesichert ist.

»Urtus ist nicht dumm, müsst ihr wissen.

Aber gegen die Kraft der Jatuse ist er machtlos.«

Kyara kann sich ein leichtes Kichern nicht verkneifen. Danach konzentriert sie sich kurz.

Die Luft schmeckt für einige Sekunden nach Strom, daraufhin glitzert die Oberfläche des Kraftfeldes, woraufhin es augenscheinlich in sich kollabiert.

Wie von Geisterhand klackt auch dieses Schloss und eine Seite des Tores öffnet sich. Schnell schlüpfen wir hindurch.

Ein weiterer riesiger Raum tut sich vor uns auf. Mit Smaragden verzierte Wände säumen den vorderen Teil des Saales. An beiden Seiten stehen sauber aufgereiht mit rotem Samt bezogene Stühle. In der Mitte steht ein einige Meter langer brauner Holztisch. An dessen Ende erhebt sich ein weiterer, kleinerer Tisch, der die separate Tafel von Urtus zu sein scheint, denn dahinter steht ein riesiger Stuhl mit hohen klassisch verzierten Lehnen.

Überzogen mit einer Goldlasur erstreckt sich eine breite Rückenlehne weit in die Höhe. In der Mitte am oberen Ende ist ein runder, roter Kristall eingearbeitet, der die Macht des Besitzers demonstrieren soll. Wir ziehen an dem Tisch vorbei, an dem wohl allabendlich festliche Gelage unter der Aufsicht von Urtus stattfinden. Einige Meter hinter dem Tisch befindet sich eine weitere Fläche, die mit Kissen ausgelegt ist. Zirka zehn bis fünfzehn Meter dahinter befindet sich eine weitere Treppe mit drei Stufen und einem leicht höher gelegenen weiteren Bereich.

Von der Decke herab hängt ein überdimensioniertes, aus Bronze gegossenes Siegel der Aramer-Familie. Ein kreisrunder Schild, dessen

Oberfläche mit Leder überzogen ist, das meinem Anzug ähnelt. In der Mitte ein weiterer Kristallsplitter und um ihn herum ein roter Kreis.

Deutlich kann ich die Kraft fühlen, die davon ausgeht. Es ist beeindruckend und zugleich verlockend, dieser Macht zu verfallen.

Es kribbelt in meinen Fingerspitzen. Am unteren Ende ist eine riesige goldene Glocke angebracht, die einen knappen Meter über einem riesigen Stuhl endet.

»Der Thron des Herrschers.

Von hier aus wird über Leben und Tod entschieden«, sagt Garu mit leicht trauerndem Unterton. »Kommt.«

Schnell windet er sich am Stuhl vorbei.

Wir folgen ihm.

Der Raum läuft kurz hinter dem Thronstuhl konisch zu. Bunte, mit Bildern verzierte Gläser schmücken die Fensterfront am Ende des Raumes. Davor steht eine schmale, rechteckige Glasvitrine. Deren Inhalt wirkt unscheinbar, ist jedoch das, was wir gesucht haben. Auf rotem Tuch aus Samt ist der letzte Teil der Träne gebettet.

Eigentlich unbedeutend, doch für Urtus das zentrale Stück, um seine Macht auf dieser Welt zu behaupten. »Das Ziel unserer Reise.«

Garu klingt erleichtert.

Vor allem, da bislang alles so reibungslos geklappt hat. Ich laufe einige Male um die Vitrine herum.

»Ich kann keine besonderen Sicherungsmechanismen erkennen. Lass uns einfach die Scheibe einschlagen, das Teil nehmen und verschwinden.«

Kyara lacht kurz über meine Naivität.

»Versuch es mal«, sagt sie mit breitem Grinsen im Gesicht.

Ich überlege nicht lange, hole aus und möchte auf die dünne Scheibe einschlagen. Kaum habe ich ausgeholt, trifft mich ein Schlag.

Mir wird schwarz vor Augen und ich sacke kurz zusammen. Blechern höre ich nur das Kichern Kyaras, während mir Garu wieder auf die Beine hilft.

»Bist du nun überzeugt davon, dass nichts so ist, wie es scheint?

Die Vitrine ist durch ein Sicherheitssiegel geschützt, welches nur mit Zauber, Tugend, Aufopferung und Unschuld gebrochen werden kann.

Den Zauber habe ich gelernt.

Die Tugend bringst du mit und die Aufopferung wird von Garu verlangt.

Zudem hat mich meine Mutter gelehrt, die Unschuld bis zu dem Tag zu bewahren, an dem ich diese Aufgabe erfülle werden.

Nun ist es soweit.«

Schnell kramt sie in ihrer Tasche abermals den kleinen Stein der Makar hervor. Dazu ein kleines, in Leder gebundenes Buch. Hastig sucht sie nach der richtigen Seite, umklammert den Stein und hält ihn in Richtung der Glasoberfläche.

Anschließend fordert sie uns auf: »Ihr müsst mich berühren, so-dass wir die Voraussetzungen in geschlossener Energie erfüllen.«

Sanft umfasse ich ihre Taille. Garu legt seine knochigen, verrunzelten Hände auf Kyaras Schultern. Danach beginnt sie mit unbekannten Worten die Zeilen aus dem Buch zu zitieren. Für mich sind es nur kryptisch zusammengereihte Laute, die zwar klangvoll sind, aber doch keinen Sinn ergeben.

Die ersten Zeilen sind kaum vollendet, schon beginnt auch dieses unsichtbare Siegel zu flimmern. Immer stärker vibriert die Oberfläche und kleine Blitz schlagen in die Umgebung.

Es wird heiß.

Ich fange an zu schwitzen.

Am liebsten möchte ich mir die Schweißperlen von der Stirn wischen, doch auf keinen Fall darf ich die Verbindung zu Kyara lösen. Immer stärker vibriert und zischt die Oberfläche, bis plötzlich ein gleisender Blitz durch den Raum schlägt.

Unsere Verbindung löst sich durch die Druckwelle. Geblendet versuche ich wieder, den Raum zu erkennen. Kyara tritt nach vorn an die Vitrine und greift hinein.

»Es ist vollendet.«

Schnell nimmt sie den Stein und drückt ihn mir in die Hand. Gänsehaut läuft mir über den Rücken, als ich ihn in der Hand halte.

Die Verbindung zum Blauen Band ist nun so nah, als würde ich in ihr baden. Kraft und unendliche Energie durchfluten meine Knochen, denn alle Teile sind nun vorhanden. Verführerisch ist die Kraft, die aus dem Inneren dieses kleinen Teiles hervorgeht.

Ich krame in meiner Tasche und bringe den eiförmigen Stein zum Vorschein, wo an einer Stelle eine kleine Lücke klafft, in die dieser letzte Teil perfekt zu passen scheint.

Wie ein Magnet wird der letzte Teil angezogen. Es ist kaum möglich, sich dagegen zu wehren. Als der letzte Teil einrastet, wird der komplette Stein mit Licht durchflutet. In dessen Mitte sind wieder die leuchtenden Hieroglyphen zu erkennen, die mir so bekannt und doch unbekannt zu sein scheinen. Eine wohltuende Energiewelle durchflutet mich.

Kraftvoll, zerstörerisch.

Konnte ich bis eben noch die Welt wie ein Blatt Papier zusammenfalten, so fühle ich mich, als könnte ich das Universum mit einem Atemzug in mich aufnehmen.

Kyara erdet mich, indem sie nach mir greift.

»Ich weiß, dass die Macht verführerisch ist, allerdings darfst du ihr nicht erliegen.

Wo ist dein Stein der Makar?«

Mit trübem Blick folge ich mehr ihren Lippenbewegungen als ihrer Stimme. Ich schwimme förmlich in der Energie aus Raum und Zeit. Fühle mich, als wolle ich dieses Gewässer nie wieder verlassen. Alles um mich herum schwimmt wie Wasser.

Kyara zieht an mir und fordert meine Aufmerksamkeit ein.

»Konzentriere dich auf mich.

Lass dich nicht von der Macht überwältigen. Sie wird dich letztendlich zertören.«

Sie kramt an mir herum, bis sie meinen Stein der Makar in der Hand hat, und nimmt eine goldene Kette aus ihrer Tasche. Am Ende der Kette ist ein Metallgeflecht angebracht. Gerade so groß, dass mein Stein hineinpasst.

Ich taumele kurz.

Mein Mund wird trocken.

Kyara murmelt kurz ein paar Jatuse-Sprüche in die Luft, woraufhin sich die kleinen Drähte wie Raupen bewegen und den Stein komplett einfassen. Danach hängt sie mir die Kette um den Hals. Als ich wieder in Kontakt mit dem Stein komme, verschwindet dieses Gefühl, als wäre ich unter Wasser. Ein Saugen zieht mich wieder komplett zurück in die Gegenwart.

»Das ist ein kleiner Gegenpol zu der Versuchung, die du nun mit dir herumträgst.«

Ein leichtes Lächeln fährt über ihren Mund. Plötzlich höre ich, wie jemand hinter uns zu klatschen beginnt. Ich erschrecke, zucke förmlich zusammen.

»Sehr gut.«

Eine tiefe, mächtige Stimme hallt durch den Raum.

Wie angewurzelt traue ich mich kaum, mich umzudrehen. Die Luft bitzelt vor so viel Macht, die sich nun in dieser Halle befindet.

»Es ist schon beeindruckend, dass ihr euch so viel Mühe gemacht habt, um mir die Träne auf einem Silbertablett zu servieren.«

Ganz langsam drehe ich mich, während sich Kyara und Garu vor mir aufbauen. Eine junggebliebene Gestalt, gehüllt in eine breite Robe aus Seide, bewegt sich ganz langsam auf uns zu.

An seinem Schritt kann man erkennen, dass er nicht mehr der Jüngste ist, obgleich sein Äußeres einem Mann mittleren Alters gleicht.

Weiße, tote Augen, wie die eines Fisches, glotzen in die Umgebung.

Seine permanente Verbindung zur zentralen Energie ist zu riechen. Die Luft schmeckt, als würde man flüssiges Metall in seine Lungen saugen.

Ekel kriecht meine Kehle nach oben.

»Die Träne ist nicht dein Eigentum.

Ich werde deine Herrschaft beenden«, schreie ich ihm entgegen.

Garu blickt kurz zu mir herüber und sagt: »Lauft.

Meine Zeit ist gekommen.

Ich werde versuchen, ihn aufzuhalten.

Aufopferung war meine Aufgabe, die ich nun vollenden werde.«

Ohne großartig nachzudenken, schnappe ich nach Kyaras Hand und renne in Richtung der bunten Fenster. Ein letzter Blick zurück gilt Garu.

Ich sehe, wie Energiestrahlen aus seinem Körper schlagen und versuchen, Urtus in die Schranken zu weisen. Ein kleiner augenscheinlich unbedeutender Mensch, der so viel Energie in sich trägt um das Schicksal des Universums in die richtigen Bahnen zu weisen.

Ich kann fühlen, wie der Teil der Träne, der nun in unserem Besitz ist, unsere Schlagkraft deutlich verbessert hat.

Ich kann fühlen, wie sie zur gleichen Zeit die bestehende Macht von Urtus deutlich geschwächt hat.

Gerade, da er nun den Teil verloren hat, der seine Macht um ein vielfaches potenzierte, so kann ich deutlich erkennen, wie er einen Großteil seiner Kraft eingebüßt hat.

Doch noch immer sollte man ihn nicht unterschätzen. Seine Stärke ist noch immer unberechenbar.

Mein Blick folgt Garus wehrhaften Attacken gegen Urtus.

Zugleich sehe ich sein unter Schmerzen verzogenes Gesicht und höre die Schreie, die gellend durch den Raum springen.

Ohne weiter nachzudenken habe ich Kyaras Hand mit aller Kraft umschlungen und mit einem schnellen Satz, mit den Füßen voran, durchbreche ich als erster dieses riesige bunte Fenster.

Splitter flirren um uns herum, als wir einige Meter in die Tiefe stürzen.

Äste, dicke Blätter und Gestrüpp bremsen unseren Fall. Wie Peitschenhiebe schlagen sie gegen alle Körperteile und hinterlassen ein brennendes Gefühl.

Unsanft schlagen wir im weichen Gras auf.

Ohne viel Zeit zu verlieren, rennen wir los. Keinen einzigen Blick würdigen wir mehr dem Geschehen hinter uns. Es ist die Devise ausgerufen, einfach nur weit weg von dem Haus, von Urtus, von dem Geschehen zu kommen. Wir folgen der schmalen Grasnarbe entlang in Richtung des Unterstandes für die Reittiere an der Vorderfront des Hauses.

Ich kann fühlen, dass Garu uns verlassen hat.

Für eine Sekunde wage ich einen Blick zurück zum Haus. Zurückblickend kann ich sehen, wie seine Seele langsam gen Argamon aufsteigt.

Alarmierte Wachen ziehen sich zusammen. Als ich den Unterstand erreiche, kann ich sehen, dass es wirklich Acha ist, den man hier angekettet hat.

Mit Erstaunen erblickt er mich.

»Meister, was machst du hier?«, versucht er mich in Gedanken zu fragen.

»Keine Zeit.

Wir müssen weg.«

Mit einer Hand umgreife ich die grobgliedrige Eisenkette. In meinen Gedanken zerlege ich sie bis auf Molekülebene und denke daran, wie sie zu Staub zerfällt.

Nun kann ich verstehen, was die Träne so gefährlich macht.

Mit Leichtigkeit wird die Kette gesprengt. Nicht einfach nur in ihre Bestandteile zerlegt, sondern sie fängt zuerst kurz an zu leuchten, als würde sie zu Glut geschmiedet. Immer heller wird das Leuchten des Metalls, bis sie schlussendlich zu Staub zerfällt.

Wir schwingen uns auf den Rücken von Acha und ich gebe ihm die Sporen.

Alarmierte Wachen strömen zu Hauf herbei und wollen uns aufhalten. Doch der bloße Gedanke genügt, um sie mit einer kleinen Schockwelle von uns wegzustoßen.

»Lauf Acha«, schreie ich laut.

Er läuft so schnell er kann auf das Eingangstor zu, das ein kleiner Trupp der Wachen gerade verriegeln will.

Ich strecke den Arm nach vorn, konzentriere mich darauf, dass uns der Weg freigemacht ist und zur gleichen Zeit sprengt es mit einer wuchtigen Explosion das massive Eisentor in zwei Hälften.

Ich presse mich dicht an Acha, während sich Kyara an meinen Rücken schmiegt. Schnell reiten wir auf das freie Feld.

Vor uns lediglich die grenzenlose Freiheit und über allem wachen die Götter.

»Auf nach Makar«, rufe ich Acha zu.

Ich bin enthusiastisch, denn trotz mangelnden Schlafes fühle ich die Energie des allumfassenden Bandes in mir.

Als ob ich nie wieder schlafen müsste.

»So sei es Meister.

Es ist schön, dass du wieder bei mir bist«, erwidert Acha in Gedanken und rast den geschwungenen Pfad, der direkt an das Anwesen in einem Wald verschwindet, entlang.

Er gibt sein Bestes, sodass wir fürs Erste sicher sein können, dass Urtus und sein Gefolge weit hinter uns abgeschlagen ist.

Doch ich kann spüren, dass er uns bereits auf den Fersen ist.

Er, das Dunkel der Nacht.
Er, das Unbekannte und doch bekannte.
Er, das Böse an sich.
Der Dämon: Urtus.

Dämonen

Die Welt ist unvollkommen, solange es Menschen gibt.
Sie sind barbarisch und denken trotz ihrer fortgeschrittenen technologischen Evolution in Schubladen. Nur wenige unter uns, die sich sozial engagieren, tun dies, um ihr eigenes Sein und somit ihre eigene Daseinsberechtigung zu rechtfertigen. Damit wollen sie den Eindruck erwecken, dass sie den Unvollkommenen etwas zurückgeben.

Am Ende stehen sie erneut im Rampenlicht, damit das Ego ohne Abriss gestreichelt wird.

Während das Licht des riesigen Scheinwerfers auf sie strahlt und die Kamera jede Bewegung detailgetreu verfolgt, schnurren sie wie kleine Kätzchen, die das Kraulen des Hausherrn genießen. Das Schnurren verstummt zum Schluss im Blitzgewitter der Aufmerksamkeit.

Nur wenn man genau hinhört, kann man die innere Wohltat wahrnehmen. Noch immer gibt es genügend Plätze auf dieser Erde, an denen die Schere zwischen Arm und Reich so weit auseinander liegt, dass die Kluft zwischen beiden gar nicht geschlossen werden kann. Auch wenn man wollte, ist an alledem nichts zu verändern.

Was ich den Menschen geben kann, ist ein wenig Ruhe, ein wenig Frieden. Ich bin nur das Hintergrundrauschen im Lärm der Großstadt.

Acha fliegt förmlich über den Boden dahin.

Kyara hat mich fest umklammert, während ich unserem Reittier befehle, so schnell zu laufen, wie es ihm möglich ist. Müdigkeit zerrt an meinen Nerven, sodass ich es kaum erwarten kann, hinter jeder kleinen Anhöhe endlich die Ebene von Makar zu erblicken.

Eine Hand umfasst den Zügel aus engmaschiger Jute, während ich mit der anderen den Stoffbeutel festhalte, in dem sich die Teile der Träne befinden. Unter keinen Umständen werde ich diesen Teil loslassen. Egal, ob ich bewusstlos werde oder sterbe. Ich bin mir über die Wichtigkeit des Inhalts bewusst. Unter allen Umständen müssen wir die Mission beenden.

Der Wind zischt über die Stirn und wühlt sich wie ein Kamm

durch meine Haare. Am Himmel sind die ersten Auswirkungen der sich dem Ende nähernden Argamonzeit zu erkennen. Es ist nicht mehr lang, bis der letzte Zyklus vollendet ist.

Mein Körper verlangt nach Schlaf.

Unser regelmäßiger Sprint wird zu rhythmischen Bewegungen Achas, die es nicht wirklich einfacher machen, sich nicht dem Schlaf, dem Nichts hinzugeben. Vor uns liegt eine ausgebaute, breite, aber auch menschenleere Straße.

Normalerweise hätte ich Patrouillen erwartet. Zumal wir uns langsam der verbotenen Zone, dem ersten Außenring um Makar nähern.

Vielleicht liegt die gähnende Leere aber auch daran, dass keinem Menschen außer den Mitgliedern der Herrscherfamilie der Zugang zu diesem Gebiet gestattet ist. Jede Verletzung dieser Regel hat den Tod zur Folge. Je länger wir reiten, desto häufiger falle ich wieder und wieder in das Dunkel, in das Vakuum meines Bewusstseins.

»Bleib wach.

Es ist nicht mehr weit.

Du musst nur noch ein bisschen durchhalten«, schreit Kyara von hinten in mein Ohr und rüttelt dabei an meinem Oberkörper.

Sie war selbst immer wieder kurz weggetreten, kommt aber in Schrecksekunden zu sich, da ihre Sorge, dass ich mich dem Schlaf des Vergessens ergebe, so groß ist, dass sie keine Ruhe findet. Immer wieder kneift sie mich von hinten in meine Rippen. Ihr Kneifen hält mich wach und diesmal rüttelt sie mich zurück aus den vertieften Gedankengängen auf die flache Piste. Sie hat wohl gemerkt, dass meine inneren Gedanken präsenter geworden sind als meine äußere Wahrnehmung, sodass mein Geist nicht weit vor dem Abgrund des Schlafes steht.

Eine weitere Anhöhe liegt vor uns und wieder habe ich die Hoffnung, hinter der Kuppel die Ebene erreicht zu haben. Wieder wird meine Hoffnung jäh enttäuscht, denn hinter der Anhöhe befindet sich erneut ein kleines, schmal geschnittenes Tal. Und am Ende dieser Öde zieht ein neuer Berg in die Höhe. Unberührte Landschaft, soweit das Auge reicht.

Je weiter wir uns von den großen Stadtzentren entfernen, desto naturbelassener wird die Umgebung. Feld, Wald und Wiesen scheinen jungfräulich, doch alleine sind wir nicht. Kribbelnd durchströmt mich das Gefühl, dass uns die Truppen von Urtus folgen. Seicht wie plätscherndes Wasser kann ich ihre Emotionen fühlen, die darauf gerichtet sind, uns zu schnappen und die Träne zurückzuholen.

Urtus' Macht ist allgegenwärtig.

Sie legt sich wie ein dunkler Schleier, wie ein Mantel des Grauens über die Atmosphäre dieses Planeten. Je mehr ich an ihn denke, desto gegenwärtiger wird er.

Plötzlich haucht etwas Dunkles um mich herum. Wie eine Art Wind, aber doch kalt wie Stein berührt es meine Wange. Kalter Schauer, Gänsehaut zieht über mein Gesicht.

»Komm zurück nach Hause.

Lass uns teilen, was uns gehört.«

Ganz leise rauschen die Worte an mir vorbei.

»Kyara, hast du das auch gehört?«

»Nein. Was ist?«

»Dämonen«, entgegne ich leichtfertig und befehle Acha abermals, schneller zu laufen.

Ohne Vorwarnung kann ich diesen unbekannten dunklen Schatten an mir vorüberfliegen sehen. Mein Herz rast.

Ich gebe Acha nochmals die Sporen und wir haben in wenigen Minuten das Tal durchschritten und tauchen erneut in einen dieser unbekannten, dunklen, verstörenden Wälder ein. Mit aller Kraft zwingt sich mein Reittier einen schmalen gewundenen Pfad in die Höhe. Immer das Ziel vor Augen, dass wir die Ebene von Makar so schnell wie möglich erreichen müssen.

Als er die Spitze der Anhöhe, inmitten eines undurchdringlichen Dickichtes erreicht, kann ich den Weg vor mir wieder abfallen sehen.

Ich kann die Erleichterung von Acha fühlen, der sichtlich erschöpft ist, doch zugleich nicht aufgeben will. Den gleichen Höhenunterschied, den wir eben bergauf überwunden haben, rasen wir nun auf der anderen Seite einen schmalen, gewundenen Pfad hinab.

»Mein Herr, ich denke, wir sind gleich da.

Da vorne ist die letzte Anhöhe. Ich war hier schon einmal mit Kapokroon und erinnere mich ganz genau.«

Achas Gedanken sind sehr bestimmt.

Seine Erschöpfung, die auch die letzte seiner Fasern durchdringt, kippt über mich wie Eiswasser aus einem Eimer. Er ist zwar darauf abgerichtet, weite Strecken zu laufen, doch nicht in dieser durchgehend schnellen Geschwindigkeit.

Ich schmiege mich ganz fest an ihn und drücke die Augenlieder zusammen, um den Blick in die Ferne einzuschärfen.

Gerade rasen wir wie ein Blitz um die letzte Biegung. Dicke Bäume verhindern jegliche Sicht in die Ferne. Lediglich der vor uns liegende, mehr einem Trampelpfad gleichende Weg lässt sich ausmachen.

Eine Biegung nach rechts, eine Biegung nach links und schon verlassen wir von einer Sekunde zur anderen den Wald.

Vor uns eine erneute, allerdings sehr schmale Lichtung. Breit, soweit das Auge blicken kann und an deren Ende eine weitere kleine Anhöhe, die jedoch mit nichts weiter als ein paar Bäumen und jeder Menge Sträuchern besetzt ist.

»Danke, mein Freund.«

Ich löse mich ein wenig vom Zügel und streichle durch seine dicke Mähne.

»Ich weiß, welchen Dienst du uns erwiesen hast.«

Ich fühle, wie er die Komplimente genießt und erneut versucht, ein wenig schneller zu galoppieren. Mit Mühe können wir uns auf ihm halten, denn je schneller er wird, desto stärker werden die kontrahierenden Bewegungen seines Rückens.

»Ich erkenne es jetzt.

Die kahle Kuppe da vorne markiert die Grenze«, sagt Kyara und legt dabei ihren Mund an mein Ohr.

Ich wage einen weiteren Blick in die Ferne und kann auf der Anhöhe am Horizont eine Reihe verkohlter Bäume und Sträucher erkennen.

Wie eine Grenze zwischen zwei Welten zieht sich dieser Rand der Verwüstung entlang des Horizontes. Soweit das Auge blicken kann.

»Gib auf!

Es ist das Beste.«

Erneut säuselt diese dunkle und furchteinflößende tiefe Stimme so um mich herum, dass mir kalt wird. Für eine Sekunde verliere ich das Bewusstsein, doch ich ringe mich zurück in die Gegenwart.

Nur wenige Minuten vergehen und wir erreichen die Anhöhe.

Acha kommt abrupt zum Stehen.

»Herr, du musst uns den Weg öffnen.«

Ich schaue in Kyaras Augen und frage: »Was meint Acha damit, dass ich den Weg öffnen soll?«

Ohne ein Wort zu verlieren, schwingt sie sich vom Rücken des Reittieres. Unaufgefordert geht sie an die höchste Stelle der Kuppe, an der die Straße in die tiefer gelegene Ebene abknickt. Ich tue es ihr gleich. Auf Augenhöhe will ich einen weiteren Schritt nach vorne treten, doch mit starkem Griff hält sie mich zurück.

»Die verbotene Zone ist durch einen Schild geschützt.«

Sie nimmt einen kleineren Stock, der am Rande des Weges liegt, und wirft ihn in Richtung der Kuppe. Blitzend wird das kleine Holzstück von Stromschlägen eingehüllt und geht in Flammen auf.

Erstaunt und respektvoll trete ich einen Schritt zurück, sehe nach links und rechts und verstehe jetzt die gerade Schneise aus verkohlten Bäumen, die exakt hier die Umgebung von der Ebene dahinter abtrennt. »Urtus hat nach dem großen Krieg diesen Energieschild aufgebaut. So will er sicherstellen, dass keiner die Zone von Makar betritt.

Aber mit dir an der Seite ist es eine Leichtigkeit, den Zugang für uns zu öffnen.«

Sie läuft an den Straßenrand, bleibt kurz vor dem eingelassenen Bordstein aus Basaltsteinen stehen und macht eine streichende Bewegung durch die Luft.

Eine verborgene Säule aus Stein wird sichtbar.

»Ich brauche deinen Seelenstein«, sagt sie und streckt mir dabei ihre geöffnete Hand entgegen.

Ich gehe auf sie zu und löse dabei die Kette um meinen Hals. Der Stein ist eingebettet in einen verschnörkelten Käfig aus feinen Weißgolddrähten. Schwungvoll geschnitten bilden verschiedene Krappen einen Mantel aus Metall, der den Stein gefangen hält.

Ich löse die Öse von der langen Kette. Der Stein leuchtet kurz zwischen meinen geschlossenen Fingern auf, als ich ihn Kyara in die Hand drücke.

Sie nimmt ihn und hält ihn kurz vor die Säule. Zischend und mit einem dreifachen kurzen Leuchten erwidert die Säule Kyaras Handlung.

Sie bewegt sich auf mich zu, gibt mir den Stein zurück und sagt: »Mithilfe deines Steines von Makar haben wir uns als zugangsberechtigt autorisiert.

Wir können nun weiter.«

Mit einem Klick rastet die Öse des Anhängers wieder in eines der Kettenglieder ein. Ich schiebe alles unter die Kleidung und kann erkennen, wie ein Teil des Schildes, der genauso breit wie die Straße ist, seine Farbe verändert. Kyara wartet indes vor unserem Reittier.

Ich frage sie: »Woher wusstest du, dass meine Träne uns den Zugang gewähren wird?«

Sie zuckt gleichgültig mit den Schultern.

»Ich wusste es nicht.

Ich habe es lediglich vermutet. Und, was soll ich sagen. Es hat halt geklappt.«

Ich schüttele nur den Kopf, trete mit einem Fuß in den Steigbügel und schwinge mich zurück auf den Rücken von Acha. Danach ziehe ich Kyara zu mir hoch und befehle meinem Reittier, den Weg fortzusetzen.

Der Durchgang ist zwar breit, aber nur wenige Fuß hoch. Es sieht aus wie ein Wasserfall. Dabei haben wir mit der Öffnung des Portals die herabfallenden Wassermassen unterbrochen, die nun links und rechts von uns in einem stärkeren Strom herunterprasseln. Allerdings ist es kein Wasser, sondern pure Energie. Ohne weiter darüber nachzudenken, dass jede Berührung mit dem Kraftfeld unsere kleinen Körper zu Asche brutzeln lassen würde, begeben wir uns von der Auskolkung auf die andere Seite.

Es kribbelt, als wir hindurchtreten.

Achas doppelter, fächerförmiger Schwanz hat kaum den Schild passiert, schon schließt sich der Durchgang.

Eigentlich hat sich an der Umgebung nichts geändert. Doch der Unterschied ist deutlich zu spüren. Als wir uns wieder mit altgewohnter Geschwindigkeit in Bewegung setzen, werfe ich einen kurzen Blick zurück. Von dieser Seite aus kann man sehr gut den Schild erkennen, der sich akkurat am Berghang entlangzieht.

In der Höhe gleicht er einer Kuppel, die halbkreisförmig einige

Tausend Meter in die Luft ragt. Es ist eine klare Grenze, die niemand überschreiten soll. Die Herrscherkaste hat so viel Angst vor Veränderung, dass sie einen solchen Aufwand betreibt, um die Menschen von diesem Land fernzuhalten. Dabei scheint es hier nichts Besonderes zu geben.

Ich stoße den Gedankengang beiseite und konzentriere mich wieder auf den Weg vor uns.

»Wie weit ist es jetzt noch bis zur Tempelanlage?«, frage ich Kyara, während der Wind über mein Gesicht pfeift.

Sie umschlingt wieder mit festem Griff meine Taille.

»Wir müssen nur dem Weg folgen.

In ungefähr einer Stunde sollten wir die Landzunge erreichen.«

»Acha, schaffen wir das eventuell ein bisschen schneller?«, frage ich mein Reittier laut und streiche erneut mit gespreizten Fingern durch seine dicke Mähne.

Er gibt einen unverständlichen Laut von sich, während seine Gedanken stillbleiben. Danach beschleunigt er abermals ein wenig, sodass ich mich noch fester an seinen Körper krallen muss. Windschnittig liegen wir auf seinem Rücken und fliegen förmlich über die grünen, fetten Wiesen dahin. Bäume sind nur noch vereinzelt in Gruppen vorhanden.

Flaches Land, soweit das Auge reicht. Der rötliche Ton des Himmels färbt die saftig grünen Wiesen dunkel ein. Vereinzelt breiten sich Matten aus unterschiedlich blühenden Pflanzen aus. Ich bin beeindruckt von der Schönheit und vor allem von der Unberührtheit der Ebene. Wir reiten noch einige Zeit dahin, bis wir an eine kurvige Steilküste gelangen.

Spitze Felsen schneiden das flache Land abrupt ab und enden in einem riesigen Meer. Anders als beim Land der Jatuse in der Nähe des Siangpai-Berges erstreckt sich die riesige, stark bewaldete Landzunge in einen wahrlich beeindruckenden Ozean. Bei klarer Sicht kann man bis zum Horizont sehen, der zur Linken und Rechten aus gebogenem Wasser besteht.

Hier und da ziehen kleine Rauchschwaden gen Himmel, die aus den langen Schornsteinen der kleinen, gut versteckt mitten in die dichten Waldabschnitte gebauten Häuser kriechen.

»Das ist Makar.

Die verbotene Zone und das Ziel unserer Reise«, sagt Kyara, die ganz nah an mich herantritt.

Mit beiden Armen hängt sie sich bei mir ein und schmiegt ihren Kopf an meinen Oberarm.

»Ich bin so froh, dass wir es bis hierher geschafft haben.

Gemeinsam werden wir endlich siegen.

Den Menschen da draußen ein neues Leben schenken.

Ein Leben ohne Last.

Ein Leben in Freiheit.«

Seufzend reibt sie ihre Wange an mir entlang.

Ich erwidere nichts, sondern lass einfach die Worte, den Ausblick, die gesamte Impression des Seins auf mich einwirken.

Dennoch bin ich froh, dass wir diese Reise endlich zu Ende bringen werden. In mir brennt das Verlangen, die Träne und damit die Dominanz der Aramer zu zerstören. Mit ihm wetteifert die Sehnsucht, endlich meine Augen schließen zu können.

Endlich den nach Ruhe lechzenden Körper dem Schlaf zu übergeben.

Wir stehen auf dem Scheitelpunkt der Straße, die vor uns in Serpentinen steil bergab fällt. Stark befestigt zieht sie sich schlangenartig an den abschüssigen Bergwänden in die Tiefe. Dabei verbindet sie das Land, auf dem wir uns befinden, mit dieser langgezogenen Zunge aus bewaldetem Gebiet, welche schlank bis zum Horizont reicht. Der schmale Landstrich ist links und rechts durch steile Klippen begrenzt. Scharfkantig bricht das Land ab. An dessen Fuß bersten Wellen meterhoch zwischen dicken, zerklüfteten Steinen.

Schäumendes Wasser rinnt zurück, während erneut eine Welle Anlauf nimmt. Dabei rauscht der Sprudel aus eingeschlossenem und sich befreienden Sauerstoff bis hierher an meine Ohren.

»Siehst du dort hinten die Türme?«

Kyara deutet mit langem Zeigefinger auf die Mitte der Insel.

Ich kneife die Augen zusammen. Dann sehe ich es: vier riesige Türme, die sich gen Himmel strecken. Wolkendunst legt sich um ihre Spitzen, sodass das Ende nicht zu erkennen ist.

»Das ist die Kathedrale von Makar.

Die zentrale Tempelanlage.

Unser Ziel.«

Durch den blutrot gefärbten Himmel ist die Sicht in die Ferne stark begrenzt. Anders als bei Sonnenschein, in den die Welt eintaucht, ist diese unscheinbare Helligkeit ein Hindernis, auf größere Entfernungen sehen zu können. Es ist zwar irgendwie taghell, aber die unwirkliche Färbung des Himmels lässt die Ferne verschwimmen.

»Hier ist also der Ort, an dem der große Krieg ganze Völker vernichtet hat.«

Ich bin beeindruckt von diesem historischen Hintergrund, der die Erde unter meinen Füßen in Blut getränkt hat.

»Aber die Tempelanlage wurde erst später errichtet. In den vielen Jahrzehnten haben die Priester die Anlage immer weiter ausgebaut. Dabei achteten sie darauf, dass die Natur erhalten bleibt. Um das Blaue Band wurde diese prächtige Kathedrale errichtet, die gleichzeitig als Mahnmal für die unendliche, unbezwingbare Macht des Universums gelten soll.«

Kyara beendet ihre Worte, indem sie zurück zu Acha läuft und sich auf den hinteren Teil seines Rückens schwingt.

Ich bin indes noch gebannt von der Größe der Türme, obgleich von der restlichen Tempelanlage oder gar von der Kathedrale auf diese Entfernung nichts zu sehen ist.

»Kommst du?

Wir müssen weiter!«, fordert sie mich auf und streckt mir ihre Hand entgegen.

Ohne einen weiteren Gedanken zu verlieren, steige ich in den Bügel und schwinge mich in den Sattel. »Dann lass uns zu Ende bringen, wozu wir hergekommen sind«, sage ich mit energischer Stimme, bevor ich Acha die Sporen gebe und wir losreiten.

»Rapah Karu!«, sage ich mit bestimmten Worten, als ob ich nie etwas anderes gelernt hätte.

Es ist eine alte Sprache, die für diesen Augenblick wieder in meine Gedanken schießt. Die Sprache unserer Ahnen.

Acha scheint meine zusammengesetzten Silben zu verstehen. Ohne weiter nachzufragen, setzt er sich geschwind in Bewegung.

Wir rasen die Serpentinen dahin, sodass wir uns noch fester an seinen Körper klammern. Seine Hufe schlagen kleine Steinbrocken aus dem Weg, die neben uns den steilen Abhang hinunterrollen. Aus Angst, in der Geschwindigkeit aus dem Sattel gerissen zu werden, klammern wir uns ganz fest an seinen Körper. Zwischen Axthieb und Mähnenkamm befinden sich seitlich kiemenartige Öffnungen, die sich ganz hektisch öffnen und schließen und so den Körper mit noch mehr Sauerstoff versorgen. Seine geschmeidigen Haare, die dicht an seiner Haut liegen, sind glatt und spitz.

Mit einer Hand umklammere ich das Horn des Sattels, dass meine Hand schmerzt. Mit der anderen Hand versuche ich Halt über den Zügel zu finden. Dabei versuche ich darauf zu achten, dass Trense und Stirnriemen nicht zu sehr an Achas Kopf ziehen und ihm Schmerzen bereiten. Doch bei dieser Geschwindigkeit ist das kaum zu verhindern.

Kyara presst ihren Kopf dicht an meine Schulter und ihr Kinn drückt in meinen Nacken.

Immer tiefer rasen wir den steilen Abhang hinunter.

Keine Sekunde stoppen wir.

Niemand soll uns aufhalten.

Der Ritt ist nicht mehr lange und unser Reittier kommt abrupt vor einer Mauer aus aufgetürmten Steinen zum Stehen.

Konstante Geschwindigkeit und Rhythmik des Reitens sitzen uns noch immer tief in den Knochen. Ein kurzes Stöhnen wird gefolgt von krampfhaften artistischen Darbietungen gleichenden Bewegungen die darauf ausgerichtet sind, den fast steif gewordenen Körper aus dem Sattel zu pellen.

Um die verkrampften Muskeln zu lockern, strecke ich mich ein wenig.

Danach sehe ich mich um.

»Ich denke, hinter dieser Mauer beginnt die Tempelanlage«, sagt Kyara.

Kaum hat sie dies gesagt, fängt sie an, einige Sachen zu sammeln, die am Sattel befestigt oder in den Ledertaschen verstaut sind. Ungeduldig kramt sie ein großes Tuch aus ihrer Tasche und breitet es vor sich aus. In dessen Mitte packt sie die zusammengesuchten Dinge.

Mit ein paar schnellen Handbewegungen ist das ganze Sammelsurium in einen Punkt zentriert. Rasch dreht sie einen Knoten in die Enden des Leinentuches und schnallt anschließend das ganze Bündel auf den Rücken.

Fertig.

Ich prüfe indes die Hufe von Acha, die sehr in Mitleidenschaft gezogen sind. An einigen Stellen haben Äste tiefe blutige Einschnitte hinterlassen. An seinem linken Huf ist die Lederhaut gerissen und er blutet stark.

»Ich werde mich darum kümmern, wenn ich zurück bin.

Das verspreche ich dir«, sage ich mit beruhigender Stimme, während ich ganz vorsichtig über seinen Hals streiche.

Seine Halsvene pumpt unter meiner Handfläche. Geschwindigkeit und Hast stecken noch immer in seinen Gliedern.

»Wir müssen weiter«, sagt Kyara, während sie bereits an meiner Kleidung zerrt.

Richtig Zeit, mich zu verabschieden, habe ich nicht, denn sie zieht mich bereits weiter, einen schmalen Weg an der Steinmauer entlang. Ich werfe einen kurzen Blick zurück, bis ich über querliegende Wurzelstränge stolpere, die mich auffordern, mich auf den Weg vor mir zu konzentrieren.

Die Steinmauer ist ungefähr zehn Fuß hoch aufgeschüttet, sodass man auch auf Zehenspitzen keine Möglichkeit hat, dahinterzublicken. Der ausgebaute Weg, den wir gekommen sind, endet genau vor dieser unüberwindbaren Mauer aus hellen Basaltsteinen. Als wäre es gewünscht, dass niemand in das Land dahinter einzudringen vermag. An ihr entlang führt ein ganz schmaler Weg, der mehr einem Trampelpfad gleicht. Dornensträucher und anderes Geäst breiten sich links und rechts des Weges aus. Voranzukommen ist schwer. Man hat mehr mit den Stacheln und Brennnesseln zu kämpfen, die rote Striemen auf freiliegender Haut hinterlassen, als mit dem leichten Berganstieg.

Nach einigen Metern endet auch dieser Pfad und vor uns ist nichts anderes als dichtes Buschwerk zu erkennen.

Ein Durchkommen scheint nicht möglich.

Auch ein Ausweichen scheint unmöglich, da vor uns nur noch dichter Dschungel ist, der mit jedem Meter immer mehr in die Breite geht.

Kyara tritt einen Schritt zurück und schiebt mich nach vorne, ohne dass ich verstehe, wieso sie das macht. Plötzlich höre ich ein Zischen und fühle, wie plötzlich etwas Kaltes, Samtweiches vom Boden her meinen Rücken hinaufkriecht. Ich traue mich nicht mehr, mich zu bewegen, als ich das Zischen im Ohr wahrnehme, während am Hals eine trockene, weiche Zunge kitzelt.

»So«, zischt eine Stimme an meiner Seite.

»Du bist also derjenige, welcher das zu Ende bringen will, was vor Jahren begonnen hat?«

Sabbernd zischt eine zynisch wirkende Stimme durch die schwüle, feuchte Luft. Ich fühle, wie sich ein breiter Schlauch ganz langsam meinen Körper hinaufwindet. Zu bewegen traue ich mich nicht.

»Ja, das bin ich.

Gib uns den Weg frei. Wir haben nicht viel Zeit.«

»So«, zischt es erneut.

Ganz langsam züngelt es an meinem Ohr entlang, bis auf einmal in geringem Abstand vor meinem Gesicht ein kleiner trapezförmiger Kopf einer riesigen Schlange auftaucht. Große runde, schwarze Augen starren mich an.

»Bist du es wirklich wert, diesen Ort zu betreten?«

Die Zunge schlängelt bei den Worten um ihren Mund. Erstaunt und doch auch irgendwie ein wenig ehrfürchtig nehme ich allen Mut zusammen und entgegne dem gefleckten Schuppengesicht: »Möchtest du erst eine Kostprobe meiner Fähigkeiten sehen, damit du uns den Weg freigibst?«

Meine Worte sind mutig, denn ich kann fühlen, wie sich der dicke Körper dieses Schlangenwesens ganz langsam um meine Hüfte windet.

Meine Worte scheinen ihr nicht wirklich gefallen zu haben. Keifend reißt sie ihr Maul auf und ich blicke in einen rosa Schlund, der mit spitzen halbmondförmigen Zähnen gespickt ist. Ein Grollen ertönt ohne Vorwarnung. Mit ihm faucht ein Blitzschlag durch die Luft, der den Schlangenkörper von mir weichen lässt.

»Es hat seine Richtigkeit, dass sie hier sind, Sakiken.«

Benommen von der Helligkeit des Blitzschlages blicke ich zur Seite, um mich wieder zu fangen. Beleidigt zischend verkriecht sich das Wesen in das Unterholz, wo es hergekommen ist.

»Es tut mir leid, dass euch die Sakiken belästigt haben.

Sie sollen uns eigentlich vor Eindringlingen schützen, doch ich denke, ihr seid hier, weil ihr meine Hilfe benötigt.«

Tief, sanft und vollkommen ausgeglichen schwingt die tiefe Stimme an mir vorbei. Ganz langsam schwindet die Blendung und ich kann wieder Umrisse erkennen. Vor uns steht ein alter Mann in grauer Kutte, die als Ganzes um seinen Körper gewickelt ist. Seine wenigen Haarstoppel, die auf dem Kopf emporsprießen, sind schneeweiß.

Er runzelt kurz seine faltige Stirn, zieht die Augenbrauen nach oben und tritt ein wenig näher an mich heran.

»Hast du sie bei dir?«

Fast dämonisch hallen die Worte in den Ohren. Ich fühle mich, als müsse ich die Träne um jeden Preis beschützen. Gleichzeitig zwingt mich eine unzuordenbare Kraft, die von ihm ausgeht, wahrhaftig zu sein.

»Ja, habe ich«, erwidere ich.

Meine Worte sind ungesteuert. Ich berappele mich wieder meiner Gedanken, meiner eigenen Person und erwidere: »Wieso fragst du danach?«

Dabei lasse ich ihn in meinem Tonfall merken, dass ich in keiner Weise kompromissbereit bin. Ich versuche der fordernden Energie zu widerstehen. Eine Energie, die aus dem Zentrum seines Körpers ausgeht und Vertrauen erwecken soll.

Er streckt mir seine rechte Hand entgegen. Lange Fingernägel ragen über die Fingerkuppen hinweg.

»Gibst du sie mir? Ich werde sie für dich bewahren.«

Seine Stimme zischt und schnalzt feucht in die Umgebung. Als ich einen Schritt zurücktrete, faucht er mich ohne Vorwarnung an. Seine Klauen fuchteln mir entgegen. Kurzzeitig verändert sich sein Gesicht.

Verzerrte Formen zittern mir entgegen, mit Zähnen, die danach lechzen, das Fleisch vom Körper zu reißen. Augen, die so furchterregend sind, dass man Angst hat just in diesem Moment hineinzufallen und in unendlicher Tiefe zu zerschellen.

Erschrocken schlägt mein Herz bis unter die Kehle.

Ich blicke in den dunklen Teil dieser eigentlich so reinen Seele. Finsternis, die sich vom Körper loslöst und als zweite Gestalt mit aller Gewalt versucht in diese Realität zu drängen. Das stetig vorhandene und doch verdrängte finstere Geheimnis hinter unserer körperlichen Gestalt kommt zu Tage. Das Übel, das die Seele eines jeden Individuums erfüllt und irgendwo vergraben ist wie eine tote Katze in der Erde des Hinterhofes. Ich starre erschrocken in den Teil der Seele, der sich vom Körper mit aller Gewalt losreißen möchte. Es ist der Teil, der sich nach Macht sehnt. Den Teil, den die Träne als unendlichen Machtpool erkannt hat, versucht sie nun mit ihren ekligen Krallen zu ergreifen.

Schnell weiche ich dem verzerrten Abbild aus, greife gleichzeitig mit meiner Hand danach. Presse die Finger zusammen, um es zu zähmen. Mein Stein am Hals fängt an zu glühen, als ein Schlag ertönt und der Körper, aus dem die zwielichtige Gestalt hervorquillt, plötzlich in sich kollabierend zusammenfällt.

Ein weiterer Mann steht direkt dahinter. In seiner Hand hält er einen Metallstab, an dessen Spitze ein riesiger Edelstein eingearbeitet ist, der in die Umgebung leuchtet. Einen so großen Stein habe ich noch nie gesehen. Mit einer schnellen Bewegung reißt er seinen Stab in die Höhe. Der Stein in der Spitze fängt ebenfalls kurz an zu glühen, sodass Kyara und ich geblendet für einen kurzen Moment die Augen verschließen müssen.

Als ich die Augen wieder öffne, sehe ich, wie der Mann am Boden wie unter Stom stehend mit seinen Extremitäten unkontrolliert zappelt und unter qualvollen Schmerzen schreit.

Langsam senkt der Unbekannte den Stab und zeigt mit dem Ende auf den wehrlosen Körper. Erneut fangen unser beide Steine an zu glühen und in gemeinsamem Takt zu vibrieren.

Ein erneuter Schlag erfüllt die Umgebung.

Erneut werden wir geblendet, bis plötzlich alles Licht erlischt. Der Körper bäumt sich kurz auf und aus seiner Oberfläche entschwindet die verworrene zweite Gestalt in die Umgebung. Erstaunt trete ich einen weiteren Schritt zurück und kann beobachten, wie dieser schlechte Teil der Seele, manifestiert als eine Art Wolke, in den Himmel gen Argamon auffährt. Der Körper liegt desweilen bewegungslos, zusammengekauert auf der steinigen Erde.

Der unbekannte Mann tritt einen Schritt an uns heran und sagt: »Es tut mir leid.

Es gibt auch in unserer Gilde Menschen, die der Versuchung nicht widerstehen können.«

Behäbig stapft er mit seinen Lederlatschen um uns herum. Sein musternder Blick erfasst jeden Winkel unserer Körper.

Langsam und bedächtig spricht er weiter: »Ich muss auch sagen, dass selbst ich das Kribbeln in meinen Fingern fühlen kann.

Der Versuchung zu unterliegen, ist so, als ob man dem Hund befehlen würde, auf keinen Fall die Wurst zu essen.«

»Mein Name ist Jason. An meiner Seite ist Kyara.«

Wir verbeugen uns ehrfürchtig vor ihm. Mit respektvoller Haltung falte ich dazu beide Hände vor meinem Gesicht, senke mein Haupt zu Boden und spreche weiter: »Wir sind hierher gekommen, um die Hilfe der Gilde zu erbitten. Wie es in den alten Prophezeiungen geschrieben steht, ist es nur der Gilde möglich, die Träne zu zerstören.«

Er tritt an mich heran, zieht sanft mein Gesicht auf seine Augenhöhe und sagt: »Ich bin Moorie, der Anführer der Priestergilde.

Ich habe gewusst, dass ihr auf dem Weg seid und habe euch bereits erwartet.«

Erwartungsvoll sehe ich ihn an.

»Dann sollten wir uns beeilen, denn Urtus ist uns auf den Fersen.«

Eigentlich möchte ich noch etwas ergänzen, doch er unterbricht mich, als ich die erste Silbe ausspreche: »De…«

Er schnappt meine Silbe auf und komplettiert sie in einer omnipotenten Art und Weise: »Dessen bin ich mir bewusst.

Wir haben euren Weg verfolgt. Deshalb solltet ihr mir jetzt folgen. Zu den heiligen Hallen ist es nicht weit. Folgt mir.«

Zustimmend nicke ich ihm nur kurz entgegen. Meine Gedanken haben aufgegeben, weitere Fragen zu stellen, da mich der Eindruck ereilt, dass ich sowieso nicht das gesamte Bild erfassen kann. Jeder scheint nur den Teil der Wahrheit preisgeben zu wollen, die in seine persönliche Situation passt. Ich blicke mich um. Kyara ist bereits dabei, letzte Gegenstände von Acha zu holen.

Ohne weiter viele Worte zu verlieren, setzen wir uns mit schnellen Schritten in Bewegung.

Als ich die Grenze mit den aufgetürmten Steinen übertrete, erkenne ich die Täuschung, die sich vor uns aufgebaut hat. Wenn man vor dem Steinwall in die Ferne blickt, ist nichts anderes zu erblicken als ein flaches, mit tiefen Ebenen durchsetztes Dschungelgebiet.

Blätterwald, soweit das Auge blicken kann. Am Horizont ein schmaler Gebirgssattel und dahinter erneut Wasser. Als ich meine Füße hinter die Mauer setze, verschwimmt augenblicklich die bewaldete Oberfläche und aus den grünen, unbewohnten Tälern werden bewohnte und bebaute Anlagen. Eine riesige Tempelanlage tut sich vor uns auf, in deren Zentrum eine monströse Kathedrale alle anderen winzig wirkenden Bauwerke in den Schatten stellt. Die kleinen Tempel und Wohnanlagen sind reichlich verziert und mit Gold verkleidet. Glänzend strahlt die kleine Stadt der Priester Argamon entgegen. Doch das wirklich beeindruckende ist die Kathedrale.

An ihren vier Ecken befinden sich gewundene Türme, die so weit in den Himmel ragen, dass ihre Spitzen im Wolkendunst versinken. Die einzelnen Seiten der quaderförmigen Türme sind mit ihren Kanten exakt an den vier Himmelsrichtungen ausgerichtet.

»Jeder Turm steht für ein Element eurer materiellen Welt: Wasser, Feuer, Erde und Luft«, sagt Moorie, ohne sich uns dabei zuzuwenden.

Trotz seines beträchtlichen Alters scheint er der rüstigste von uns zu sein. Wie ein junges Reh sprintet er den schmalen, steinigen Pfad entlang. Da mitzuhalten, lässt mich ins Schwitzen kommen. Es dauert nicht lang, bis wir die ersten Wohnquartiere erreichen.

Unsere Anwesenheit bleibt nicht unbemerkt.

Wie auch, wenn Moorie bereits wusste, dass wir kommen würden. Zuhauf strömen die gleich aussehenden Priester aus allen Himmelsrichtungen herbei. Sie sprechen synchronisierte Gebete, während mich einige Hände berühren, um so ihre Ehrerbietung zu erweisen. Bedrängt drücke ich mich mit demütiger Haltung durch die herbeilaufenden Priester. Immer wieder berühren mich Finger, und Hände streichen über meine Gliedmaßen.

Dankend, vorsichtig und respektvoll drücke ich sie von mir weg. Der Vorfall vor der Stadt sitzt mir noch immer in den Knochen. Deswegen traue ich hier niemandem. Teilweise kann ich verborgene, nicht zuordenbare Emotionen von Verlangen und Sehnsucht in der Umgebung fühlen.

Die Macht der Träne ist zu verlockend. Auch wenn sich diese Lebewesen ihrem Schutz verschrieben haben, so ist dies kein Garant dafür, dass nicht auch sie der Versuchung erliegen können.

»Hier entlang. Zur Kathedrale sind es nur einige Meter.«

Moorie spurtet weiter voran, windet sich dabei wie eine Katze durch die Menschenmasse. In seiner Nähe zu bleiben fällt extrem schwer. Dichtes Gedränge und das Verlangen der anderen Geweihten, uns zu sehen oder gar zu berühren, erschwert jeden einzelnen Schritt.

Als wir uns auf diesem unbequemen Gang durch die mit Liebe angelegten Straßen winden, bin ich mehr und mehr beeindruckt von der Anlage. Alles ist mit sehr viel Liebe fürs Detail errichtet.

Blumenkübel, kleine mit Wasser gefüllte Fässer, in denen gelbe, grüne und rote Seerosen blühen, füllen selbst leblose Ecken mit Leben. Häuserfassaden sind aus Holz erbaut. Ecken und Kanten sind mit feinen Schnitzereien verziert, die wiederum mit Gold und Platin überzogen sind.

Keine einfache und schlichte Farbe. Echtes Edelmetall. Jedes Haus, jeder kleine Tempel, der sich zwischen den Wohnhäusern befindet, ist anders verziert. Einmal glotzen mich riesige aus Diamanten bestehende Augen eines Fabelwesens an. Ein anderes Mal ist ein Bild aus der Zeit des großen Krieges in das Material gebannt. Nach wenigen Minuten erreichen wir den Vorgarten der Kathedrale.

Die Mönche folgen uns in einigem Abstand und bilden mittlerweile eine riesige Traube aus mehreren Hundert jungen und alten Menschen in monotonen, grauen Gewändern.

Moorie läuft nach vorne und öffnet eine große schwere Stahltür. Knarrend und quietschend schiebt sie sich nach innen mehr widerspenstig als bereitwillig auf.

»Folgt mir, wir dürfen nicht viel Zeit verlieren. Seht ihr am Horizont die schwarzen aufziehenden Wolken? Urtus wird bald hier sein. Wir müssen vorher vollenden, wozu ihr gekommen seid.«

Er beendet seine Worte, indem er der vorderen Reihe der Mönche ein Zeichen gibt, welches für uns keinen Sinn macht, aber für diese ein Befehl zu sein scheint, der sofort umgesetzt werden muss. Moorie selbst verschwindet im Inneren der Kathedrale. Es hallt noch nach: »Kommt, habt keine Angst.«

Schnell drücken wir uns durch die schmale Öffnung der Pforte. Nicht unweit der Eingangstür befindet sich ein mittelgroßes achteckiges Taufbecken. Aus Holz konstruiert hat es eine farbige Fassung mit sparsamer Vergoldung. An dessen Fuß sind drei flache, enge Stufen angebracht, deren Ecken parallel zu den acht Flächen des Blockes verlaufen. An den Kanten befinden sich kleine Drachenfiguren, deren Schwänze um das komplette Becken herumgeschwungen sind und sich ineinander verkeilen. Riesige Flügel füllen dabei die Flächen des Holzblockes.

Ich laufe ein wenig weiter in die riesige Halle hinein, folge Moorie, der ganz genau zu wissen scheint, was sein Ziel ist. Erstaunt, zugleich beeindruckt und voller Ehrfurcht blicke ich dem Schiff dieser großen Halle entgegen. Zwei ineinander greifende Tonnengewölbe bilden vier Kuppeln.

Dort, wo die Kuppeln aufeinander stoßen, entstehen sich kreuzende diagonale Grate, die reichlich verziert sind. Über die ganze Fläche hinweg ziehen sich verschiedenste Malereien, die zum einen die vier großen Urvölker darstellen sollen. Weiterhin sind in bunten Farben die Planeten Argamon, Kubike und Ratase abgebildet. Aber das Faszinierende am Kirchenschiff ist das schmale, eingelassene Fenster, welches sich halbmondförmig von der linken Seite der Kirche quer durch das Dach auf die rechte Seite der Kirche zieht.

Ich bewege mich ein wenig mehr nach vorn und kann jetzt erkennen, dass Argamon durch dieses Fenster zu sehen ist. Der Stern steht genau im letzten Quartal des langen Fensters, welches mit Malereien umrandet ist. Moorie bleibt kurz stehen, wendet sich uns zu und sagt: »Hier kann man ganz genau die Zyklen von Argamon nachvollziehen. Die vier großen Phasen der Argamonzeit.

Wir befinden uns in der letzten Phase. Dem vierten und letzten Zyklus. In kurzer Zeit werden sich die Götter wieder in die Zwischenwelt zurückziehen und alles beginnt wieder von vorn.«

»Sehr beeindruckend«, erwidere ich mit weit geöffnetem Mund.

Moorie hat uns indes schon wieder unbeachtet stehen lassen und begibt sich in Richtung der großen Kanzel am Ende der Halle. Noch immer sichtbar beeindruckt von der Schönheit der Kathedrale wandert mein Blick weiter herum, um so noch mehr versteckte Details zu finden, die eventuell eine weitere Lücke in den im Dunkel gelegten Erinnerungen schließen zu können.

Deutlich abgegrenzt wirkt die Gebets- und Andachtshalle wie eine Kiste, die nicht zum Gesamtgebilde passt. Die vier Türme, die von außen in den unendlich wirkenden Himmel ragen, sind hier nicht einmal ansatzweise zu sehen.

Wir befinden uns im Kern des Hauptgebäudes. Sein rechteckiger Grundriss ist klar gezogen. Andere Gebäudeteile sind durch mehrere reich verzierte Stahltüren abgetrennt. Dort, wo ich die Türme vermute, sind runde Löcher eingelassen, die etwas nach innen abgesetzt mit steinernen Siegelplatten verschlossen sind.

»Feuer, Wasser, Luft und Erde«, flüstere ich leise, als ich die alten Symbole und deren Bedeutung wiedererkenne.

»Siehst du die Symbole auf dem Boden?«, fragt Kyara.

Sanft umschlingt sie meinen Körper und tritt ganz nah an mich heran. Elektrisiert knistert Haut, während gefühlte Ameisen über meine Bauchdecke rennen. Ich drehe mich zu ihr, sehe direkt in ihre Augen, in die ich am liebsten sofort hineinstürzen möchte.

»Ja.«

»Das sind Epitaphien, die an die Begründer der Existenzebenen erinnern. In der alten Glaubensrichtung geht man davon aus, dass im Zeitpunkt der Gründung des Kosmos, ausgehend von der zentralen Energie, verschiedene Ebenen der Existenz geschaffen wurden.

Als Dimensionen legen sie sich wie Schalen um die zentrale Energie. Doch damit sich dies überhaupt entwickeln konnte, bedurfte es der Verbindung von vier Grundelementen. Mit dem Zusammentreffen und unter Einwirkung der zentralen Energie konnte unser Universum erst entstehen.«

Kyaras Stimme klingt überzeugt und energisch.

»Glaubst du daran?«

Ihre Frage wirkt etwas einschüchternd, denn in meinem Herzen fühle ich, dass es irgendwo der Wahrheit entspricht.

Leidenschaft lodert, sobald ich an die Bedeutung einer zentralen, alles steuernden, lebensgebenden und zugleich lebensnehmenden Kraft denke.

Sie muss existent sein, denn schließlich bediene ich mich aus deren Pool. Ich ziehe die Träne aus meiner Tasche. Aus dem Kern heraus flackert noch immer unaufhaltsam dieses undefinierbare Glühen. Abwechselnd lässt es uralte Schriftzeichen, die Hieroglyphen ähneln, aufleuchten. Angestrengt konzentriere ich mich auf die geschwungenen Linien. Doch was erhoffe ich mir davon?

In meinem Inneren kenne ich die Bedeutung, doch sie Wort für Wort zu charakterisieren, ist nicht möglich. Schwer atmend senke ich den Stein aus meinem Blickfeld und sehe, wie Moorie am Steinaltar eine Tür geöffnet hat, die in die Dunkelheit führt. Er befehligt einige Priester herbei, die, ohne ein Wort zu verlieren, in der

Dunkelheit verschwinden. Ich bewege mich auf Moorie zu und sage: »Was ist dort?«

Sichtbar nervös wackelt er auf seinen Füßen herum.

Mit leicht zitternden Händen sagt er: »Unter der Kathedrale befindet sich ein riesiger See, der unser Dorf mit Wasser speist. Wir haben nach dem großen Krieg das Haus um den Dimensionsdurchbruch des Blauen Bandes geschaffen. Dadurch wird das Wasser mit der Kraft der zentralen Energie versorgt. Wie sonst könnten die Menschen der Priestergilde Hunderte von Jahren überdauern, ohne wesentlich zu altern?«

Ich mustere ihn von oben bis unten.

Recht hat er.

Zwar ist seine Haut schon mit leichten Falten gezeichnet, aber sein Körper scheint jugendlich geblieben zu sein. Lediglich in seinen Augen kann man die Trägheit, Weisheit und Vollkommenheit des Alters herauslesen. Man muss jedoch etwas länger hineinschauen.

»Das heißt, dass die Priestergilde noch immer aus unseren Vorfahren besteht, die den großen Krieg miterlebt haben?«

Als würde er kein Interesse mehr haben, über dieses Thema mit mir zu sprechen, antwortet er kurz: »So ist es.«

Im gleichen Moment treten nackte Füße aus dem Dunkel ans Tageslicht. Vier jugendlich aussehende Mönche tragen einen Metallkrug, der mit einem halbrunden Deckel verschlossen ist. Äußerlich sind geschwungene Henkel angebracht, die das Tragen des schwer wirkenden Gefäßes durch vier Personen ermöglichen. Am Boden befinden sich schlichte Füße zum Abstellen.

»Das Ankat-Gefäß stammt aus der Zeit, in der die Träne geschaffen wurde. Karto nutzte das Behältnis, um anhand eines Rituales die Träne zu schaffen.

Dort, wo Geschichte begann, ist auch an der Zeit, Geschichte zu beenden.«

Mit seinem Stab aus Metall schlägt er auf den Boden der Kathedrale, die sofort zu beben beginnt. Dröhnend und donnernd rollt die Welle unter meinen Füßen hinweg.

Die eingelassenen, runden Siegel an den vier Ecken des Andachtsraumes glimmen für einen Augenblick auf. Gestank von verbrannten Blättern zieht an meiner Nase vorbei und der Spuk hat sein Ende gefunden.«Kommt, wir müssen auf die Ebene von Makar und werden dort anhand eines überlieferten Rituales die Träne zerstören.«

Moories Aufforderung ist harsch. Ohne sich auf weitere Diskussionen einzulassen, folgt er den Mönchen, die den Metallkrug durch die Tür tragen. Wir folgen ihm. Als wir ins Freie treten, läuft Gänsehaut über meinen Rücken, denn ich sehe, wie Hunderte von grau gekleideten Mönchen im Vorhof der Kathedrale im Schneidersitz Platz genommen haben. Mit wippenden Bewegungen sind sie in Gebete verfallen, die in gleichlautenden Silben in den Himmel schallen.

Schnell bewegt sich die kleine Gruppe mit dem schweren, ballförmigen Topf durch die engen Gassen der Tempelanlage. Mit flinken Schritten folgen wir ihnen. Ohne etwa ein Wort des Befehls erheben sich die betenden Priester der Reihe nach und folgen uns in einigem Abstand. Kyara und ich laufen Moorie hinterher, der ebenfalls damit begonnen hat, ein Gebet aus zweisilbigen Worten vor sich hin zu summen. Sobald er einen Satz beendet hat, erwidern die Mönche hinter uns einen weiteren Teil. Es hört sich an wie ein einstudiertes Lied, welches das Bewusstsein wie einen Schwamm mit Wasser auszuwringen scheint. Dem Weg, den wir gekommen sind, folgen wir nicht.

Wir laufen links weg und folgen einem schmalen, mit rosafarbenen Sandsteinen gepflasterten Pfad. Als wir die Anlage verlassen, folgt nach einigen Metern eine Anhöhe, die mich ein wenig ins Schwitzen kommen lässt. Sobald wir den Scheitelpunkt erreichen, tut sich eine große Ebene auf, die sich kreisrund ausbreitet und von dichtem Wald eingebunden wird.

»Das ist die Ebene von Makar«, sagt Kyara mit stolzgeschwellter Stimme.

»Ich habe mir schon als kleines Kind gewünscht, diesen Ort einmal in meinem Leben zu betreten. Nun ist es soweit.«

Kurz hinter der Kuppe bleibt sie stehen, macht eine dankende Geste. Danach fällt sie kurz auf ihre Knie, küsst den Boden und verneigt sich dreimal. Der Rest der Gruppe bleibt von Kyaras Freudenbekundungen unbeeindruckt. In Reih und Glied winden sich die jungen, glatzköpfigen Mönche einen schmalen Pfad entlang. An der Spitze wird feierlich der Krug wie eine Trophäe getragen. Summende Gebete, unter einschläferndem Rhythmus, legen sich um seinen bauchigen Körper wie ein Seidenschal um den Hals einer schönen Frau.

Wir schlängeln uns von der Anhöhe herab einen weiteren Pfad entlang, der anfänglich durch Buschwerk, später durch immer höher werdendes Geäst führt und dann in dichtem Wald endet. Mit jedem Schritt über den buckelig gewordenen Pfad schließt sich die Baumkrone dichter über uns. Umwucherte dicke Stämme, großblättrige Ranken verdichten mehr und mehr das Gehölz um uns herum. Je weiter wir laufen, desto enger schließen wir zueinander auf, bis sich plötzlich vor uns ein großes Loch auftut, aus dem wir wie kleine Hasen herausschlüpfen.

Vor uns liegt eine riesige Aue, die mit saftig grünem Gras überzogen ist. Es ist das kreisrunde Tal, die Ebene von Makar, die wir von der Kuppe der Anhöhe aus gesehen haben.

Moorie und die Priester mit dem runden Krug laufen weiter und platzieren sich in der Mitte der Ebene. Als die vier jungen Mönche den schweren Krug abgestellt haben, treten sie einige Meter zurück und setzen sich im Schneidersitz nieder. Die anderen Mönche folgen uns.

In einem Kreis versammeln sie sich um uns herum, wobei sie in exaktem Abstand zueinander sitzend Ringe bilden, die sich ineinander verzahnen. Schneidersitz, angewinkelte Arme, deren Hände in sich ruhen. Abgeknickter Kopf, geschlossene Augen und Gedanken, die spürbar in Sphären abgedriftet sind, die ich niemals erreichen werde. Es folgt eine Welle aus gleichlautenden summenden Silben. Sie schallt durch die Ebene von Makar.

Es scheint ein Befehl zu sein, den jedes Tier, jeder Grashalm, jedes Element dieser Sphäre zu verstehen scheint.

Alles um uns herum wird still.

Es scheint, als würde alles den rhythmischen Silben der Mönche folgen.

Kein Vogel, kein Reh, kein sonstiges Getier ist zu hören.

Die Welt scheint unter Kontrolle dieser Gebete.

Kyara, Moorie und ich befinden uns im Kern des Kreises. Ich halte noch immer die Träne fest umklammert. Moorie schließt die Augen, streckt die Arme weit geöffnet in den Himmel. Gen Argamon ruft er: »Wir haben uns entschieden, die Prophezeiung zu vollenden.

Wir haben mit unserem Leben geschworen, der Gegenwart eine Zukunft zu bringen.

Wir haben geschworen, den Willen der Götter in die Tat umzusetzen.«

Er senkt sein Haupt, tritt an den Trog heran und stößt den Deckel herunter.

Mit einem dumpfen Ton, wie bei einem Glockenschlag, schwingt der Deckel, als er auf dem Boden aufschlägt.

Ich bin erstaunt.

Im Inneren des heilig wirkenden Topfes befindet sich nichts anderes als Wasser, welches milchig einen sanften Glanz ausstrahlt.

Moorie tritt an mich heran, streckt mir seine geöffnete Handfläche entgegen und sagt: »Überreiche mir die Träne!«

Ohne darüber nachzudenken, löse ich meine Umklammerung. Sanft lasse ich sie in seine Handfläche rollen. Dabei kann ich fühlen, wie die eben noch so greifbar nahe Macht in weitere Ferne rutscht.

Moorie umklammert die Träne mit festem Griff und beginnt sofort, leise irgendwelche unbekannten Silben vor sich hin zu murmeln.

Der große Bronzekrug, den die Mönche aus dem Inneren der Kathedrale hierher getragen haben, scheint den Ton, die Schwingung des Gesangs in sich aufzunehmen.

Schnell und fast unscheinbar beginnt die Oberfläche des geöffneten Bronzekruges zu schwingen. Kleine Welle bilden sich im milchigen Wasser aus. Vom Zentrum ausgehend schwingen sie bis zum Rand, werden dort gespiegelt und lösen sich letztendlich im letzten Dreiviertel des Kessels gegeneinander wieder auf.

Moories Gebetsgesang schallt in die Umgebung. Obwohl es nur Silben sind, so scheinen sie doch etwas zu bewirken. Die Flüssigkeit im Inneren des Kessels besitzt eine eigene Energie. Ich nehme an, es ist die Energie des Bandes, welche hier gefangen ist.

Doch die sinnlos wirkenden Silben scheinen mehr zu bewirken. Das eigenständige Glühen der Flüssigkeit nimmt unter den singenden Gebeten zu. Auch die Mönche stimmen in Moories Gesang ein, bis wieder der Abschnitt in den Versen erreicht wird, in dem Moorie etwas vorsingt und die in Trance versetzten Mönche das Gebet vollenden.

Ich erschrecke, als plötzlich drei schwarze Vögel mit langen dunklen Schnäbeln um uns kreisen. Schimpfend, heulend krächzen sie uns entgegen. Ihr Gefieder ist tiefschwarz und die Federn sind massiv. Der Himmel verdunkelt sich und auf einmal kann ich spüren, wie ein Erdstoß den Boden unter uns zum Wackeln bringt. Moorie und die Mönche lassen sich indes nicht aus der Ruhe bringen. Als wäre nichts geschehen, beten sie weiter, während der Hohe Priester die Träne mit beiden Händen von sich weg knapp über das nun bläulich leuchtende Wasser hält. Erneut tut es einen dumpfen Schlag tief unter uns. Wieder bewegt sich der Untergrund, sodass ich mich kaum auf den Füßen halten kann.

»Sieh doch!«, sagt Kyara.

Ich blicke auf den Stein um meinen Hals, der zwischen dem Drahtgeflecht anfängt, mit intensiver Helligkeit zu leuchten.

»Urtus.«

Die Worte sind kaum ausgesprochen, schon tut es in einiger Entfernung, dort wo sich der Waldrand befindet, einen weiteren Schlag.

Die Bäume bersten.

Blätter, Äste und Steine fliegen durch die Gegend. Eine Schneise bildet sich, durch die sich ein wirbelnder, dunkler Nebel drückt. Mit rasender Geschwindigkeit kommt er auf uns zu. Als wären sie kleine Papierschnipsel, werden die Mönche durch die Luft geschleudert. Ich höre ein Knacken und Knirschen, als ihre Knochen durch das undefinierte Herumschleudern in der Luft gebrochen werden. Moorie schaut nur kurz in unsere Richtung und sagt: »Ihr müsst ihn aufhalten.

Die Träne muss zerstört werden.«

Danach setzt er sein Ritual fort. Einige Mönche, deren Trance nicht so tief war, wollen aufgeschreckt davonlaufen. Doch ein kleiner wirbelnder Ausläufer erfasst die zerbrechlichen Körper und zerteilt sie in verschiedene Einzelteile.

Blut spritzt durch die Luft.

Doch den Boden erreichen die Spritzer nicht. Tausende oder gar Millionen kleiner Insekten, die sich mit dem Wirbel bewegen, saugen es noch im Fall auf. Sie verschlingen es mit Wollust. Noch immer kann ich deutlich die Kraft in mir spüren. Mit der linken Hand umfasse ich den in das Amulett gebunden Stein von Makar an meinem Hals, während ich mit der rechten Hand mit weit geöffneter Handfläche versuche eine Mauer zu bilden.

Kyara umschlingt mich von hinten, sodass ich ebenfalls auf ihr Kraftpotenzial zugreifen kann. Wütend tost der fauchende, rotierende Nebelsturm vor sich hin und kommt plötzlich an einer unsichtbaren Barriere zum Stehen. Ich kann fühlen, wie mir mit jedem Atemzug mehr Kraft aus dem Körper gesogen wird. Doch auf einmal geschieht etwas Unerwartetes. Das Tosen, das Fauchen, das Keifen des dunklen Windes hört auf. Von einer Sekunde auf die andere versiegt der Sturm und löst sich in Luft auf. Im gleichen Atemzug zucke ich noch einmal zusammen, denn ich kann dieses bekannte Gesicht erkennen, welches auf mich zukommt.

Es ist Urtus.

Seine Augen sind schneeweiß. Genau wie seine langen Haare, die offen im abflachenden Wind herumwirbeln. Harte Eisenschalen, die als Rüstung seinen Körper schützen sollen, schellen bei jedem seiner schweren Schritte. Sein Gesicht ist mit einigen tiefen Narben gezeichnet. Ein kurzgeschorener Bart ziert sein Kinn. Ich kann die Macht spüren, die in seinem Inneren brodelt. Zur gleichen Zeit fühle ich aber auch, dass er etwas davon durch den Verlust des Teils der Träne eingebüßt hat. Ich konzentriere mich auf seinen Körper und darauf, ihn zu stoppen.

Es gelingt.

Als würde er vor einer unsichtbaren Mauer stehen, kommt er keinen Schritt weiter. Er versucht kurz, gegen mich anzukämpfen, doch ohne Erfolg. Dann hält er inne, richtet das Wort mit ruhiger Stimme an mich: »Jason, mein Sohn. Erkennst du deinen eigenen Vater nicht mehr?«

Geschockt wird mir kurz schwarz vor Augen. Ich verliere das Gleichgewicht, fange mich aber sofort wieder.

»Du bist nicht mein Vater.

Das warst du nie!«, schreie ich ihm entgegen.

»Verleugne nicht deine Herkunft.

Du bist mein Sohn. Der Thronfolger der Aramer.

Du solltest dir deiner Aufgabe bewusst sein. Nimm die Träne und führe unsere Familie endlich zu der Macht, die auch über die Grenzen von Heleria hinaus reicht.«

In meinen noch immer stark vernebelten Gedanken der Vergangenheit kann ich einzelne Bilder meiner Jugend erkennen, die seine Worte wahr erscheinen lassen. Doch ich kann auch fühlen, dass die Menschen etwas Besseres verdient haben als die Unterjochung durch eine Familie, deren Macht auf dem Anzapfen unseres Glaubens beruht.

»Es mag sein, dass du die Wahrheit sprichst. Doch ich bin hier, um die Ära der Aramer zu beenden. So haben es die Götter gewollt und so sagt es die Prophezeiung«, schreie ich ihm entgegen.

Ich blicke kurz zu Moorie herüber, der tief in Trance versetzt ist. Seine Augen sind geschlossen.

Das milchige Wasser im Kessel brodelt mittlerweile und strahlt in den verschiedenen Farben in alle Himmelsrichtungen. Ich kann fühlen, dass die letzte Verbindung noch nicht hergestellt ist. Dass es eines letzten Anstoßes bedarf, um die Träne zu zerstören.

Ich kann auch fühlen, dass ich es beschleunigen kann. Doch löse ich die Verbindung, kann Urtus einschreiten, denn ich bin nicht mehr in der Lage, ihn aufzuhalten. Ich trete einige Schritte zurück, ohne den Kontakt zu der Barriere zu verlieren, die die Bestie am Handeln hindern soll.

»Die Träne muss zerstört werden. Sollten sich danach die Aramer als herrschende Kaste behaupten, so werden sie dies in Einvernehmen und ohne den Zugriff auf zusätzliche Macht ausführen müssen.«

In dem Moment, als ich ihm diese letzten Worte entgegenschmettere, entschließe ich mich, den letzten Schritt zu wagen. Schnell drehe ich mich Moorie entgegen, reiße die Kette mit dem Stein der Makar von meinem Hals und werde diese in den brodelnden und glühenden Bottich aus Metall.

Die Barriere fällt, doch in der gleichen Sekunde steigt ein hell leuchtender Strahl aus dem Inneren des Topfes in Richtung Argamon auf. Augenblicklich lässt Moorie die Träne los, die sofort von dem Strahl erfasst wird. Gleisendes Licht erfüllt die Umgebung. Es tut einen lauten Schlag, der in ein ohrenbetäubendes Quietschen übergeht.

Der Krug explodiert.

Ich schlage auf dem Boden auf.

Versuche, noch einen Blick zu riskieren, aber erfolglos. Die Umgebung ist so hell erleuchtet, als würde ich in einem Raum aus reinem Weiß sein, der mit Licht ausgeleuchtet wird. Blut spritzt plötzlich durch die Gegend. Schreie erfüllen die Aue und mein Blick wandert gen Argamon, der als einziger deutlich über uns zu erkennen ist. Mir wird schwindelig. Kurz darauf verliere ich das Bewusstsein.

Stille.

Dunkelheit.

Leere.

Das Ende?

Habe ich das Ziel erreicht, was ich mir selbst aufgebürdet habe?

Oder habe ich letztendlich versagt?

Hölle

Wir alle müssen uns die Frage stellen, ob wir für das einstehen, zu dem wir uns im Leben entschlossen haben. Jeder von uns wird irgendwann einen Scheideweg erreichen, der die Marschrichtung bestätigt oder uns in eine komplett andere Richtung führt. Eine Gabelung des Lebens, an der man sich für eine von zwei Alternativen entscheiden muss: entweder den Weg links oder den Weg rechts einzuschlagen.

Der Blick in die Weite ist getrübt, sodass es nicht erkennbar ist, was uns dort wohl erwartet. Viele von uns werden abwägen. Sie schauen zur einen und zur anderen Seite, um so einen Hinweis zur Entscheidung zu erhaschen, welche Straße von beiden wohl leichter zu gehen ist. Letztendlich entschließen wir uns für den vermeintlich leichteren Gang, denn was wir zu diesem Zeitpunkt nicht erkannt haben, ist die Tatsache, dass wir die Entscheidung treffen, die uns in genau diesem Augenblick vorgegeben wurde.

Das Individuum ist faul und wird immer den Gang antreten, der ihm mit dem wenigsten eigenen Einsatz den größten Nutzen beschert. Am Ende wird jeder erkennen, dass der einfache Gang nicht unbedingt den gewünschten Erfolg bringt. Der Weg des vermeintlich Einfachen war nicht der letztendliche und endgültige, den wir uns jederzeit so sehnlich erhoffen. Mit jedem weiteren Schritt voran ist es an der Zeit zu erkennen, dass dieser Weg nur eine andere Art von Steinen vor uns hingelegt hat, denen wir ausweichen müssen. Zur Linken wären sie größer und rund gewesen, zur Rechten sind sie kleiner und spitz.

Ich bin mir nicht sicher, wie mein Leben verlaufen wäre, hätte ich nicht diesen Drang gespürt, mich einzumischen. Hätte ich mich in Bandamon zurückgehalten und nicht angeboten, den Wunsch vieler in die Tat umzusetzen. Vielleicht wäre aber auch trotzdem alles so gekommen, wie es geschehen ist. Immer wieder und wieder schießen diese Gedankenblitze durch den Kopf, ohne dass ich mich ihnen erwehren kann.

Im Augenblick einer absoluten Ergebenheit sprudeln Emotionen der Gleichgültigkeit und einer übermächtigen Hingabe durch mein Hirn. Ich wurde in eine Welt hineingeboren, in der Rassentrennung sowie der Gedanke in Klassen eine von Gott gegebene Tatsache ist. Doch eines war mir von Anfang an klar: Argamon, unser Gott, der über alle Lebewesen der Sphäre wacht, strebt nach Individualismus. Ich war nicht vollkommen. Schon gar nicht bin ich vollkommen. Im Innersten brodelt die Macht zur Dunkelheit.

Sie ist verlockend und so unendlich süß wie ein Fass aus weißer Schokolade. Eigentlich möchte ich mich dieser Versuchung ergeben. Einer Verlockung, die mir den Wohlstand und die Vollkommenheit offeriert, die sich jeder sterbliche Mensch wünscht. Doch letztendlich hält mich mein Gewissen immer wieder aufs Neue zurück. Bremst mich aus, wie ein vor mir einscherender Wagen. Genau diesen Weg haben die Rak Tau beschritten und waren somit zur gleichen Zeit Gefangene ihrer selbst.

Voller Bewusstsein atme ich die frische, feuchte Luft in meine Lungen ein. Erleichtert atme ich aus und beobachte die Wolke aus Wasserdampf, die in die Luft aufsteigt. Den Kopf nach unten geneigt, mit einer Hand im tiefen, weichen Moos versunken, schweift das Haar im Wind. Kalte Luft zieht über die Aue von Makar.

Nebelschwaden rollen wie kleine Bälle hier und da zwischen Büschen und Bäumen hin und her. Ich weiß, warum ich hier bin, obgleich mir bewusst ist, dass die Menschen der Sphäre einer Führung benötigen. Sind die Rak Tau vernichtet, stellt sich die Frage, ob die Bevölkerung am Ende ihren eigenen Weg findet oder ob sie sich zuletzt wieder von einer anderen Riege unterjochen lässt. Ich hole erneut tief Luft und genieße die Frische in meinen Lungen.

»Argamon befiehlt, wir folgen.«

Ganz leise säusle ich die Worte vor mich hin. Dabei beobachte ich wieder die feuchten Wölkchen, die sanft vor meinen Augen in die Höhe schweben und sich mit jedem Zentimeter verflüchtigen. Schlagartig setzt leichtes Nieseln ein.

Horizont, Bergspitzen und das saftige Gras der Umgebung ist durch Argamons rotglühendes Erscheinungsbild in ein blutiges Rot getaucht. Ich atme tief durch, bevor ich mich aufrichte. Tief in mir kann ich die Energie der gesamten Sphäre spüren. Sie ist kaum zu zügeln.

Diese Macht brennt in mir und möchte ausbrechen. Nur schwer kann ich dies in mir festhalten. Bedächtig richte ich den Kopf nach oben. Mein Herz schmerzt, denn das zu vernichten, was man gelernt hat zu lieben, ist nicht einfach. Die Anhöhe von Makar wirkt flach und ist doch durchsetzt von leichten Hügeln, die sich wie Puderzuckerspitzen überall abgesetzt haben.

Wie eine Matte aus Filz liegt das unendliche Grün über den kleinen Bergspitzen. Jedenfalls kann man das Grün der Pflanzen erahnen, denn das Rot Argamons lässt die Umgebung in einer Leichenblässe vergilben. Immer dunkler wird der rötliche Ton, da sich Kubike und Ratase ein letztes Mal zwischen Sonne und Argamon schieben, sodass er erneut die komplette Welt mit farbenprächtigem Licht einhüllen kann. Sehr schnell verfärbt sich die Umgebung, bis sie letztendlich total durch die Präsenz des Hauptsternes und den Sitz unseres Gottes vereinnahmt ist. Seichter, stickiger Wind schleicht über die von der Sonne rotbraun gefärbte Haut der Unterarme.

Die Müdigkeit ist so unerträglich, dass man sie sich einfach aus dem Gesicht reißen möchte. Doch schon seit den ersten Tagen dieses verdammten, nicht mehr enden wollenden Kampfes haben wir gelernt, dass es einen Bestandteil des Überlebens darstellt, wach zu bleiben. Ein zu tiefer, zu fester, in Träumen der Unbestimmtheit mündender Schlaf bringt den Tod über mich. Langsam schleicht er sich an und saugt dabei den letzten Tropfen Leben aus deinem ausgedörrten Körper, der sich jede Sekunde an den letzten verbleibenden Faden des Lebens klammert.

Hoffnung ist das Licht in der Dunkelheit. Zuversicht, Mut und Zukunftsglaube lässt uns weiterkämpfen in dem Bestreben, diesem seit Jahrhunderten dauernden Gemetzel endgültig ein Ende zu setzen. Ein Ende, welches der Anfang eines neuen Lebens für uns alle darstellt. Ein Ende, dessen Beginn der Anfang einer mit Frieden erfüllten Zivilisation ist. Das ist das eigentliche Ziel, welches uns von Geburt an gelehrt wird. Eine Geburt zwischen Blut, leblosen Leibern und verwesenden Körperteilen.

»Argamon befiehlt, wir folgen«, hauche ich erneut in die Umgebung, um gleichzeitig die quälenden Gedanken abzuwehren.

Wie ein Hase sitze ich zusammengekauert hinter einer kleinen

Anhöhe, zwischen irgendwelchen Sträuchern und kargen Bäumen. Immer wieder und wieder denke ich über all das nach. Jedoch genauso oft, wie ich über das Geschehene, die Gerüchte und die mystische Prophezeiung grübele, weise ich sie von mir wie Schmutz auf der Kleidung.

Ich blicke nach oben in den rötlichblau eingefärbten Himmel. Tiefe innere Verbundenheit klammert mich mit einem unsichtbaren Band an diese Welt. Gebetsartig wiederhole ich die Worte, die mich beruhigen sollen: »Argamon befiehlt, wir folgen.«

Ich schüttele mich kurz, während ich schwerfällig aufstehe. In meiner Hand halte ich fest den Schaft des Schwertes umklammert, welches entlang der Klinge ganz dezent rotblau schimmert. Mit schweren Schritten bewege ich mich aus der Deckung und betrete die riesige freie Fläche, die eben noch so friedlich ausgesehen hat. Schwarz gefiederte Vögel kreisen am Himmel und stoßen einen kurzen gellenden Schrei aus, bevor sie zu Boden stürzen. Ihre spitzen, länglichen Schnäbel bohren sich in die Körper, die zu Hunderten verstreut am Boden liegen.

Mir wird bewusst, dass ich durch blutdurchtränkten Schlick wate.

Leichen, soweit das Auge reicht.

Auf einigen leblosen Körper kauern dunkle Vögel, die so groß wie Katzen sind und sich um herausgerissene Gedärme streiten. Blutdurchtränkte Kutten lassen nicht einmal mehr erahnen, dass es sich wohl um seidene Gewänder von Mönchen gehandelt hat. Sie alle haben sich dem größeren Ziel verschrieben. Von diesem Ziel ist lediglich die körperliche Einheit geblieben. Einheitliche Roben, kahlrasierte Köpfe, entfernte Augenbrauen und an den Handgelenken ein Band aus aufgereihten Kristallen, die dem Gebet als Marschrichtung dienen.

Blut ist überall.

Selbst die Grashalme sind mit einem Blutfilm überzogen.

Meine Füße schmerzen, als ich ein paar Schritte gehe.

Ich blicke mich um und suche nach Kyara, die irgendwo hier sein muss. Seit der großen Explosion habe ich den Kontakt zu ihr verloren.

»Kyara, wo bist du?«, rufe ich in die Ebene von Makar, obgleich ich nicht wirklich erwarte, eine Antwort zu erhalten.

Die Klinge des Schwertes leuchtet noch immer in die düster wirkende Umgebung. Feuchte Nebelschwaden fließen wie Wasser über den Boden. Dabei verschlingen sie geräuschlos die toten Körper.

»Kyara, wo bist du?«, rufe ich erneut.

Plötzlich werde ich am Fuß von einer kalten Hand gepackt und festgehalten. Ich knie nieder, wische die Erde aus dem Gesicht des unbekannten Wesens. Hustend, keuchend und nach Luft ringend krümmt sich der schmächtige Körper mir entgegen. Sofort erkenne ich sie.

»Ich bin so froh, dass es dir gut geht.«

Erleichterung durchwallt meinen Körper, als ich sie fest in die Arme nehme. Mit etwas Schwung ziehe ich sie auf die Beine.

Meine Hände sind nicht viel sauberer als ihr Gesicht, dennoch versuche ich, den Dreck davon zu wischen. »Was ist passiert?«, fragt sie mit schwerer Stimme.

»Moorie, der Hauptpriester der Gilde, hat die Träne erfolgreich zerstört.

Die Explosion war so stark, dass sie viele der Mönche in den Tod gerissen hat.«

Erschöpft lehnt sie sich an meine Schulter.

»Ist es beendet?«, fragt sie mich, blickt dabei tief in meine Augen und streicht zart über meine Fingerknöchel.

»Dies ist meine Hoffnung«, sage ich, nehme ihren Kopf zwischen meine flachen Hände und küsse sie auf die Stirn.

Ich blicke gen Horizont und sehe, wie langsam die Farbenpracht vom Himmel schwindet. Argamon entfernt sich immer mehr von der unseren Welt, während Kubike und Ratase in den Hintergrund treten. Die Sonne kann nun wieder ganz langsam und ungehindert auf den Planeten einstrahlen, bis der Zyklus erneut durchlaufen wird.

»In dreidreiviertel Jahren wird die Argamonzeit erneut beginnen und es wird der erste Zyklus sein, den die Menschen von Heleria in Freiheit feiern können. Die Zeit der Bauernopfer wird beendet sein.«

Stolz strecke ich das Schwert der immer stärker werdenden Sonne entgegen, während sich die Sterne der Götter in eine andere Dimension zurückschieben und lediglich das Echo des Bildes am Himmel erhalten bleibt.

»Das hoffen wir«, sagt Kyara stolz und greift ebenfalls nach dem Schaft.

Unterhalb der Parierstange aus geschmiedetem Weißgold und Platin, genau in der Mitte der Klingenwurzel funkelt mein Stein der Makar in einem hellen Licht. Er spiegelt die ersten klaren Sonnenstrahlen wieder. Zugleich gibt er mir die Hoffnung, das Ziel erreicht zu haben. Kyara umklammert meine Finger. Ganz fest ist ihr Griff, der meine Hand an den mit Rillen und Schnörkeln gravierten Griff presst, sodass Energie aus dem Stein der Makar ausfließen kann.

Ganz langsam kriecht wohltuende, prickelnde Elektrizität über Unterarm, Oberarm und durchflutet zum Schluss unsere beiden Körper. Sie dreht sich zu mir um und schaut mir tief in die Augen. In ihr flimmert das Verlangen nach mehr.

Immer näher kommen wir uns, sodass ich ihren Atem auf meinen Lippen spüren kann. Feucht und warm breitet er sich immer weiter aus, bis wir uns so nah sind, dass sich unsere Lippen mit geöffnetem Mund berühren.

Ihr Atem dringt in mich ein und ich fühle unnachgiebiges Verlangen nach ihr. Sanft streichelt ihre harte Zunge über meine Lippen, bis sie schließlich mit ihrer feuchten Spitze in meinen Mund eindringt und meine Zunge streicht.

Zusätzlich zur Energie, die von dem Stein von Makar ausgeht, kribbelt es überall an meinem Körper. Ein Blutstoß durchwallt mich, der mein Gehirn elektrisiert. Es ist ein angenehmes Gefühl, denn das Verlangen, einen Teil von ihr in mich aufzunehmen, ist groß.

Das Schwert vibriert in meiner Hand. Tiefe Verbundenheit, die in Begierde umschlägt, lässt mich den Tod um uns herum vergessen. Unglaubliche Wärme durchströmt meinen Körper und gleichzeitig kann ich ihre Hände überall auf meine Haut fühlen. Unsere Körper umschlingen sich und gleiten zu Boden. Wie Eis schmelzen wir zusammen. Eine einzige lebendige Masse, die sich rekelt und windet. Wir wälzen uns auf der feuchten Erde aus Gras und Schlamm. Blutspritzer benetzen Halme und Steinoberflächen. Dass neben uns Leichen liegen, ist nicht mehr von Interesse. Die Realität ist vollkommen ausgeblendet. Ich spüre lediglich Kyaras Hände, Kyaras Wärme.

Sie ist überall. Ihre Haut ist so zart und prickelt ganz leicht auf der Zunge, wenn ich über die Oberfläche lecke.

Salziger Geschmack zieht im Nachgang über die Zunge. Sie versteht es, mit ihren Fingern umzugehen. Mit hartem Griff greift sie nach Körperteilen, die mich kurz zusammenzucken lassen. Im gleichen Augenblick entspanne ich mich wieder, denn das Gefühl ist wohltuend und überflutet mich mit einem Schub aus Glücksgefühlen. Obwohl wir uns tagelang nicht gewaschen haben, riecht ihr schmaler Körper perfekt. Dezenter Geruch, der in meine Nase aufsteigt, bringt mein Blut in Wallung. Ich streife über ihre Arme und sauge sie förmlich in mich auf. Ihre Brust ist so weich wie ein Daunenkissen.

Ich verliere mich in ihr und streichele sanft mit meiner Zunge über ihre harten Brustwarzen. Mit Schwung wirft sie mich zurück auf den Rücken. Danach drückt sie meine Hände über den Kopf auf den Boden und arbeitet sich langsam mit ihrem Mund von Hals über Brust und Bauch nach unten vor. Ich fühle, wie ich jeden Moment explodieren könnte, doch bevor es so weit kommt, stockt sie, kommt wieder nach oben, küsst mich und setzt sich auf mich. Mit ihrem ganzen Oberkörper umschlingt sie mich und hält meine Hände fest am Boden ins Gras gepresst.

Es ist ein unbeschreibliches Gefühl, wenn sie mit ihrem Körper immer wieder meinen harten, fleischigen Knochen zwischen den Beinen aus ihrer feuchten Stelle gleiten lässt und ihn kurz darauf wieder und wieder tief in sich hineinrammt. Dabei gleitet ihre rötliche, feuchte Zunge immer wieder über meine Ohrenspitzen. Tiefes Stöhnen haucht sie aus ihren Lungen. Wollüstiges, wohltuendes Stöhnen. Immer und immer wieder wiederholt sie das Ritual, bis wir letztendlich beide zusammenkrampfen und ich spüre, wie der Saft des Lebens in sie schießt. Sie genießt es förmlich und bringt sich selbst zur Ektase. Ganz deutlich kann ich die Kontraktionen zwischen ihren Beinen spüren, die mein Glied rhythmisch zusammenpressen.

Kraftlos lässt sie sich in meine Arme sinken und säuselt in mein Ohr: »Auf diesen Moment habe ich schon so lange gewartet.

Seit dem ersten Tag, als wir uns begegnet sind, habe ich dieses heiße Verlangen in mir gefühlt. Ein Verlangen, dir meinen Körper hinzugeben.«

Ich sage nichts, sondern küsse sie nur auf die Stirn. Danach nehme ich sie fest in die Arme und genieße den Augenblick. Grasbüschel versperren die Sicht. Mein Kopf liegt tief im Gras vergraben.

»Ich danke dir«, sage ich zu Kyara, streichle über ihre zarten Wangen, die eine gesunde rötliche Farbe angenommen haben.

Ganz langsam schiebt sie ihren dünnen Körper von mir herunter und streift ihre Kleidung wieder über. Wir schweigen, obgleich sich unsere Blicke immer wieder kreuzen. Als ich mich auf die Beine stemme, kann ich fühlen, wie ein Teil von Kyaras Flüssigkeit meinen Oberschenkel hinunterläuft. Ich ziehe die Hose aus Napukoleder nach oben und verstecke den noch immer feuchten Teil meines Unterleibes. Bei dem Gefühl durchzuckt mich erneut dieses Gefühl von Lust, welches ich eigentlich gerade eben ausgelebt habe, wie noch nie in meinem Leben.

Ich binde die Hose an der Seite zusammen. Danach versuche ich, die Jacke zuzuknüpfen, die sich jedoch etwas widerspenstig verhält. Kyara hat es leicht. Ihr schlichter Rock ist schnell wieder gerichtet. Das Oberteil ist im Gegensatz zu meinem rasch zugeknöpft. Tasche sowie Gürtel sind sogleich wieder an ihre vorgesehenen Stellen gerückt. So ist Kyara schnell fertig, während ich noch immer an mir herumzerre. Zum ersten Mal realisiere ich wieder die Umgebung.

Die Sterne der Götter sind mittlerweile komplett in ihre Dimensionen zurückgekehrt, sodass die Sonne unseres Universums wieder die Hoheit über das Himmelszelt gewonnen hat. Nebelschwaden, die den Boden verschleierten, sind fast vollständig verzogen und die Ebene von Makar wäre in ihrer vollständigen Schönheit zu sehen, wenn da nicht überall die Kadaver toter Menschen liegen würden. Ein kalter Schauer läuft mir über den Rücken. Mir wird erst jetzt richtig bewusst, dass wir unseren Liebesakt zwischen hunderten von Toten vollzogen haben. Kyara hat meinen geschockten Gesichtsausdruck erkannt, greift nach meiner Hand, zieht mich an sich heran und sagt dann: »Mit dem Ende der Unterjochung wird der Tod die Niederkunft des neuen Anführers begleiten, der das Volk in eine Zeit des Glücks und der Auferstehung begleiten wird.

So steht es geschrieben in der Prophezeiung Argamons.«

Regungslos blicke ich sie an.

»Was soll das bedeuten, Kyara?

Ich dachte, du hattest mir alles berichtet?«

Sie drückt meine Finger. Dann erwidert sie: »Das Buch, welches niedergeschrieben wurde, ist in mehrere Teile geteilt worden. Ein Teil davon wurde den Jatusen vermacht. Auch die Gilde der Hohen Priester kannte die vollendete Prophezeiung.

Allerdings mussten sie sicher sein, dass wichtige Informationen nicht verloren gehen. Deshalb haben sie ihr Wissen mit den Jatusen geteilt. Ihnen wurde auch ein Teil der Abschrift überlassen, welches sie um den Preis ihrer eigenen Leben sichern sollten.«

»Ist das auch wirklich alles?«, entgegne ich auf ihre Worte.

Ein ungutes Gefühl durchfährt mich, als ich höre, dass dies alles einem großen Plan entspricht, dem man nicht ausweichen kann. Die Zukunft scheint bereits in dem Moment geschrieben zu sein, in dem die Gegenwart ihren Lauf nimmt.

»Es gibt noch einen weiteren Teil der Prophezeiung.

Man nennt ihn ›Die Hölle‹. Leider ist mir dieser Teil nicht bekannt, denn nur der Anführerin der Jatuse und dem Hauptmönch sind diese Seiten zugänglich.

Doch ich vertraue darauf, dass uns Argamon den richtigen Weg weisen wird.

Die Eskisis ist unser aller Ziel.

Die Eskisis ist der Sinn unserer Existenz. Wir müssen alles dafür tun, den Bewusstseinszustand der Eskisis zu erreichen.«

Sie schließt die Augen, faltet gläubig die Hände vor ihrem Gesicht und neigt den Kopf ein wenig nach vorn. Ich schnappe Kyara an der Schulter.

»Lass uns zurück zum Haupttempel gehen. Vielleicht hat Moorie überlebt und kann etwas Licht in das Dunkel bringen.«

Langsam öffnet sie ihre Augen.

»So sei es, Jason.«

Ihre Stimme ist sehr ruhig. Fast tiefsinnig macht sie den Eindruck auf mich, als hätte sie das Wissen über unser Universum in sich aufgenommen. Sie wirkt ausgeglichen, ruhig und bedacht. Vollkommen anders, als ich sie bislang erlebt habe. Als hätte sie bereits ihr endgültiges Ziel im Leben erreicht. Im Gegensatz zu mir. Langsam laufen wir über das weite Feld in Richtung der Tempelanlage, die zu unserer Linken an der Spitze der Kathedrale zu erkennen ist und tief im Tal liegt.

Aus dem angrenzenden Unterholz rennen wolfsähnliche Gestalten quer über die Wiese. Kurzerhand rotten sie sich zusammen und schnappen sich mit ihren scharfen Zähnen und Krallen einen Leichnam. Danach verschwinden sie wieder im Unterholz. Sonnenstrahlen verdrängen ganz langsam auch die letzten Nebelschwaden, die sich zwischen den dickeren Unterhölzern eingenistet haben. Dabei wird der Blick auf das angerichtete Unheil immer schärfer.

»Ich hätte nicht gedacht, dass das Zerstören der Träne ein solches Ausmaß an Tod hervorruft. Hätte ich das gewusst, hätten wir das verhindern sollen.«

Mit starkem Händedruck erwidert Kyara: »Es war die richtige Entscheidung.

Ich denke, die Menschen haben sich gerne geopfert, denn sie wussten, dass es der Gesellschaft dienlich ist und Heleria befreien wird.«

Die Worte beruhigen mich nicht wirklich, denn jedes geopferte Leben, sei es Mensch oder Tier, ist ein geopfertes Leben zu viel. Langsam stolpern wir dahin. Mit dem Fuß vertreibe ich eines der schwarz gefiederten Biester, das mit seinem Schnabel das Fleisch aus einem Kadaver pickt.

Kreischend beschwert sich der Vogel, flattert kurz in die Höhe und setzt sich nicht unweit auf einen anderen leblosen Körper. Danach setzt er sein Picken, Hacken, Reißen und Rupfen fort. So lange, bis ein schönes Stück Fleisch triefend vor Blut in seinem krumm geformten Schnabel hängt. Es folgt ein gekonnter Kopfstrecker in die Höhe, der den Fleischbrocken direkt in den Schlund schleudert. Anschließend schüttelt er sein Gefieder und hackt erneut in den seelenlosen Körper.

Indes entfernen wir uns immer weiter von der Stelle des Gemetzels, schlängeln uns einen kleinen Weg hinunter, der geschwungen hinter die ersten aus Basaltsteinen errichteten Mauern des Priesterdorfes führt. Wir laufen ein paar Meter weiter, dann blicke ich mich um.

Die Tempelanlage ist der magischste Punkt von Makar. Sie erstreckt sich über mehrere Hundert Quadratkilometer. In ihrer einmaligen kubischen Form beherbergt sie verschiedene Tempelhäuser. Einzigartige Konstruktionen und reich verzierte Mauern haben die Anlage strukturiert. Mein Atem stockt für einige Sekunden, denn das Bild, was ich noch vor meinem inneren Auge habe, stimmt in keiner Szene mehr mit dem überein, was nun zu erblicken ist.

Von der Pracht, der Schönheit, der Grazie dieser weiten Anlage ist rein gar nichts mehr zu erkennen. Bäume und Sträucher sind niedergebrannt. Vergoldete Dachkuppeln sind geschmolzen. Die massiven Mauern, die sich wie Labyrinthe durch Berge und Täler ziehen, sind stückweise geborsten und teilweise mit kreisrunden Löchern durchschlagen.

»Die Explosion hat selbst die riesige, aus massivem Stein errichtete Tempelanlage in Mitleidenschaft gezogen.

Siehst du die runden Löcher?

Strahlen haben Materie umgewandelt und förmlich von dieser Welt weggesaugt.«

Kyaras Augen werden größer, als ich die Worte ausspreche. Sie drückt meine Hand und zieht mich schneller in Richtung des Zentrums.

»Vielleicht hat jemand in der Kathedrale überlebt. Wir sollten die Hoffnung nicht aufgeben.«

Der Kern der Tempelanlage scheint nach wie vor erhalten geblieben zu sein. Jeder Turm, der ein Element des Materiellen darstellt, streckt sich noch immer unversehrt in die Höhe. Um die Spitzen paaren sich weiße Wolkenbündel. Mit schnellen Schritten nähern wir uns der äußeren Umrandung. Wie beim ersten Mal, als ich vor der riesigen Kathedrale stand, habe ich erneut dieses Gefühl von Ehrfurcht und Respekt. Gleichzeitig schiebt sich ein eisiger Schauer der Angst über den Rücken. Im Bauch kribbelt es vor Anspannung.

Die äußere Mauer ist bunt verziert mit allerlei angsteinflößenden Putten, die sich uns alle zugewandt haben. Sie starren einfach nur, sodass man mit einem beklemmenden Gefühl angesteckt wird. Je länger ich eine von ihnen ansehe, desto mehr beschleicht mich das Gefühl, als würden sie leben. Eine aus Stein gemeißelte Form, die sich ganz leicht, ganz unscheinbar zu bewegen scheint.

»Lass uns gehen. Das ist mir zu gruselig hier«, fordert mich Kyara auf.

Ihre Stimme zittert ein wenig. Ich blicke mich um und suche nach dem verborgenen Eingang. Die Kathedrale scheint an ihren unendlich langen Seiten keinen einzigen Eingang zu besitzen. Eine Steinmauer, soweit das Auge reicht. In einiger Höhe, wo man eine Leiter bräuchte, um dort heranzureichen, befinden sich riesige, mit buntem Glas durchzogene Fenster. In etwas Abstand kann man die aus Glas geformte Geschichte der Vergangenheit erkennen. Eine Geschichte aus einer Zeit, die Krieg und Frieden, Harmonie und Hass sowie Blut und Wasser vereinigt.

»Ich glaube, hier war es.«

Ich schiebe Kyara ein wenig von mir weg und fahre mit der Hand über das Mauerwerk. Sand rieselt ganz leicht zu Boden, als ich mit dem Finger in einer der Fugen entlangstreiche. Mit einer schnellen Bewegung ziehe ich das Schwert aus der Halterung, die quer über meinen Rücken baumelt. Der Kristall in der Mitte leuchtet stark und pulsiert.

Mit ehrfürchtiger Geste halte ich den Knauf vor meine Stirn, damit die Spitze des Steines von Makar meine Stirn genau in der Mitte berührt.

Ich schließe die Augen.

Dabei denke ich an das Blaue Band und daran, mir Einlass in die Kathedrale zu gewähren.

Plötzlich ertönt ein lautes Zischen. Ich öffne die Augen. Die Mauer ist in einer Breite von fünf Metern und einer Höhe von acht Metern vor mir verschwunden. Lediglich ein bläuliches Kraftfeld verschließt noch den Durchgang. In der Mitte des Kraftfeldes ist ein kreisrundes Symbol abgebildet, welches das Siegel der Priestergilde darstellt. Ganz ruhig senke ich das Schwert, bis es mit seiner Spitze den Boden berührt. Es vergehen kaum ein paar Sekunden und plötzlich erscheint auf der anderen Seite der Barriere ein vertrautes Gesicht.

Es ist Moorie, der Anführer der Hohen Priester. Er tritt mir gegenüber und sagt: »Jason. Ihr habt überlebt. Das ist ein Wunder.«

Seine Robe ist ebenfalls mit Blutspritzern überzogen und seine Stimme wirkt schwer und erschöpft.

»Ich habe die Kathedrale mit dem Siegelschutz belegt, der das Innere vor Eindringlingen schützen soll.

Wartet, ich werde den Schutz aufheben.«

Kaum sind die Worte ausgesprochen, schon macht er mit seiner Hand kreisende Bewegungen und spricht ein paar unbekannte Silben in die Luft. Kurz darauf zischt es erneut und das Siegel sowie der Energieschild, der den Durchgang schützt, verflüchtigen sich.

»Kommt herein. Es ist sicherer hier drinnen.«

Ein paar kurze Schritte und wir befinden uns in der riesigen Halle der Kathedrale. Kalte Luft wirbelt mir entgegen. Ich wende mich Moorie zu, der sichtlich mitgenommen ist, und frage: »Du hast die Explosion überlebt?

Wie hast du das geschafft?

Du warst doch mitten im Geschehen.«

Er humpelt weiter in Richtung Zentrum der riesigen Halle. Ohne sich mir zuzuwenden, sagt er: »Über die Jahrzehnte bin ich immun gegen die Kraft der zentralen Energie geworden. Mir ist es vergönnt, aufzusteigen oder auch abzusteigen. Aus diesem Grund konnte ich auch das Ritual der Spaltung der Träne unbeschadet überstehen.«

Vor einem Steinaltar bleibt er stehen. Ganz leicht beugt er sich über die riesige Steinplatte aus Marmor. Auf ihr liegt ein lebloser Körper. Ich komme ein Stück näher, um zu sehen, um wen es sich handelt. Erschrocken trete ich einen Schritt zurück.

»Urtus«, sage ich mit stockender Stimme.

Moorie bleibt sichtlich entspannt.

»Sieht er nicht friedlich aus?«

Ganz sanft streichelt er über die gelbliche, faltige Haut. Ich trete einen weiteren Schritt näher heran, während Kyara in einigen Abstand hinter mir bleibt.

»Man würde niemals denken, dass es sich um einen Massenmörder handelt. Um einen Menschen, der über Jahrhunderte Unheil und Leid über diese Welt gebracht hat.«

Er schüttelt den Kopf und hält seine Hand weit geöffnet in einigem Abstand über die Brust des Leichnams.

»Weißt du, Jason, der Tod ist nur eine Farce. Der Körper in unserer Welt ist nur Materie und erst die Seele erfüllt den Körper mit Leben.

Der Tod in unserer Welt ist lediglich der Wechsel der Seele zu einer anderen materiellen Hülle. Wenn sie den richtigen Weg beschritten hat, besitzt sie die Möglichkeit, sogar die Dimensionen zu wechseln. Wir nennen es den Aufstieg oder einen Schritt der Eskisis.

Zum Schluss ist es aber doch nur eine Zwischenstation, denn die Zeit ist eine menschliche Erfindung. Am Ende der Eskisis steht der Anfang.«

Mit angestrengtem Gesicht konzentriert er sich für einige Sekunden. Plötzlich schießt ein Energieblitz aus seiner Handfläche und der Körper fängt an zu zucken. Er unterbricht die Prozedur, wendet sich mir zu und sagt: »Noch einige Tage nach dem Tod ist die Materie mit der Seele verbunden und es ist möglich, diese in den Körper zurückzurufen.«

Als er sich wieder abwendet und erneut einen Schlag ausüben will, springe ich dazwischen und unterbreche seine Handlung.

»Nein. Tu das nicht!«, fordere ich ihn auf, während ich seinen Arm ergreife und an mich reiße.

»Wieso willst du ihn zurückrufen? Das Leid hat ein Ende und die Menschen sind befreit. Es macht keinen Sinn, Unheil zu bringen, wo Frieden und Glück sich ausbreiten können.«

Seine Augen sind vor Wut mit Blut unterlaufen, sodass ich seinen Arm ohne Nachdenken freigebe.

»Jason.

Zu der Zeit, als die Urvölker den Planeten besiedelten und der große Krieg ausgebrochen ist, war die Geschichte bereits geschrieben. Wir, die Priestergilde, haben uns dem Schutz der Zukunft verschrieben. Zukunft und Gegenwart sind immer vereint, wobei die endgültige Prophezeiung noch nicht erfüllt ist.« Langsam beruhigt er sich wieder, greift freundschaftlich nach mir und spricht mit Ehrfurcht weiter: »Auch wenn du die Macht beherrschst und du dich in der Lage fühlst, die zentrale Energie zum Wohle aller zu steuern, alle in der Masse besitzen eine Dynamik, die irgendwann unberechenbar wird. Das Individuum selbst wird unzufrieden werden, denn letztendlich benötigen sie die Enge, um nach einem Ausweg zu suchen.

Der Mensch benötigt die Gefahr, um sich zu entwickeln. Dieser Tatsache wirst du auch mit der dir gesendeten Macht nicht Herr werden. Aus diesem Grund benötigt diese Welt eine Zeit der Ruhe und des Friedens. Sobald dieser Zyklus beendet ist, wird es angebracht sein, ein neues Angstgerüst auf die Bühne zu werfen.«

Er schnauft kurz und wendet sich erneut dem leblosen Körper zu. Bevor er wieder seine Handfläche in einigem Abstand über der Brust von Urtus ausbreitet, sagt er: »Jason, sag mir: Was ist besser?

Ein Feind, den man bereits kennt, den man lenken und steuern kann, oder ein Feind, der unbekannt ist und den man nicht einzuschätzen vermag?«

Ich stocke kurz bei dem Gedanken, dass die Worte sinnvoll klingen. Danach erwidere ich: »Du hast recht, Moorie. Es ist natürlich weiser, einen Feind auf die Bühne zu rufen, den man bereits kennt und einschätzen kann.«

»Richtig«, sagt Moorie und lässt sofort wieder elektrische Funken aus seinen Fingern sprießen, die nun vollkommen den Körper einhüllen.

Ich trete aus Respekt einen Schritt zurück.

»Aber heute ist noch nicht die Zeit dafür. Deswegen ist es meine Aufgabe, ihn für den Tag der Auferstehung vorzubereiten.«

Er senkt die Hand. Dann schließt er die Augen, um erneut die Energie zu entzünden. Kyara steht nur erstaunt hinter mir, doch ihre Gedanken sind eindeutig. Sie stimmt dem Schiedsspruch des hohen Priesters zu, obgleich ich in ihrem tiefsten Innern den Widerstand gegen diese dem Grunde nach irrsinnig erscheinende Entscheidung spüren kann.

Immer stärker wird der Energiestrahl, sodass sich der äußerlich im mittleren Alter befindliche Mann vor Kraftanstrengung krümmen muss. Zischend hebt sich der Leib langsam von der Platte des Altars und schwebt einige Zentimeter in der Luft. Auf einmal ertönt ein dumpfes Summen, begleitet von einem tiefen Grollen. Wie von Geisterhand schiebt sich die Marmorplatte zur Seite und legt einen dunklen Hohlraum frei, der tief in die Erde unter der Kathedrale führt. Modriger Geruch kriecht mir um die Nase. Ohne weitere Worte zu verlieren, bewegt der Hohe Priester anhand seiner Gedanken den Körper ganz langsam in den freigelegten Hohlraum.

Als dieser vollständig verschwunden ist, spricht er ein paar unbekannte Worte. Langsam verringert sich der ausgesendete Energiestrahl, bis er abermals in kurzen Intervallen dicker aus Augen, Händen und Mund schießt. Aus seinem seidenen Umhang holt er aus einer eingenähten Tasche einen kleinen Stein hervor. Es könnte ein Stein der Makar sein, aber so richtig kann ich das nicht erkennen. Die ausgestrahlte Energie lässt uns einen weiteren Schritt nach hinten treten. Im Gesicht fängt die Haut an zu prickeln. Schweißperlen rollen an meiner Stirn herunter. Moorie erhebt seine Stimme und schleudert den Stein in den gleißenden Strahl aus Energie, der sich um den Körper bündelt. Ich zucke zusammen, als eine kurze Schockwelle aus der Gruft hervordringt. Sie nimmt uns fast die Luft zum Atmen und hüllt die Kathedrale in ein unwirkliches Licht.

Es vergeht kaum eine Sekunde, dann beginnt der Stein einige Zentimeter über dem Leichnam in der Luft zu schweben.

»AT GHA SAMAT ARGAMON.

AT GHA SAMAT URTUS.

ET KRA BO PA.«

Wieder und wieder schallen seine Worte durch die riesige Halle:

»AT GHA SAMAT ARGAMON.

AT GHA SAMAT URTUS.

ET KRA BO PA.«

Mit jeder Silbe wandert der Stein höher zu Urtus Kopf. Als er zum Stehen kommt, öffnet sich zur linken des Leichnams eine kleine Spalte. Falten schießen vor Anstrengung in Moories Stirn, als er erneut einen Schub aus Energie aus seinem Körper anfordert und gegen den Leichnam presst. Kontrahierend quetscht die Spalte tiefschwarzen Rauch in die Umgebung, sodass die Gruft von dieser unbekannten Substanz vollkommen eingehüllt wird.

Ein Stich durchschlägt meine Stirn.

Mit ihm wandern Bilder um mein geistiges Auge und endlich verstehe ich, dass dieser schwarze unbekannte Rauch die dunkle Seele von Urtus ist. Wie eine Katze windet sich gasförmige Materie von einer Seite auf die andere Seite des engen Raumes. Schlangenförmig umgarnt sie kurz den toten Körper. Um schließlich aufgescheucht wie ein paar Hühner ohne Vorwarnung zwischen Boden und Decke hin und her zu wirbeln. Nach einiger Zeit findet sie dann Ruhe in einigem Abstand über dem Körper. Für mich sieht es aus, als schwebe dort eine undeutliche Masse aus Ruß. Doch die Masse scheint Intelligenz zu besitzen. Langsam breitet sie sich immer mehr aus und nimmt die Form des Leibes an. Ein Kopf formt sich heraus, der den Stein skeptisch begutachtet. Kalte Schauer laufen mir über den Rücken, denn ich kann deutlich das Böse, den Hass und die Geltungssucht spüren, die Urtus zu dem gemacht haben, was wir eigentlich begraben wollten. Man kann förmlich riechen, wie er die Macht vergewaltigte und sie zudem verbogen hat, um Generationen zu unterjochen. Moories Worte schwingen wie Hintergrundrauschen durch das mit zahlreichen Schnörkeln versehene Gewölbe der Andachtshalle: »AT GHA SAMAT ARGAMON.

AT GHA SAMAT URTUS.

ET KRA BO PA.«

Der Hohe Priester ist in eine Art Trance verfallen und spricht unaufhörlich die gleichen Worte in den Raum, bis sich schlagartig die Spalte schließt, der Stein eine tiefdunkle braune Farbe annimmt und ein Sog, der vom Kern der dunklen Gruft ausgeht, einen letzten großen Schub an Energie aufsaugt. Mit dem Schub wird die bräunlich-schwarze Masse aus der Luft in das Innere des Steines gesaugt. Genauso schnell, wie Moorie in Trance verfallen ist, findet er zurück zu Bewusstsein.

»PHU TAO GA KÄNG«, sind seine letzten Worte und er schlägt dabei die Handflächen ineinander, woraufhin der Energiestrahl sofort unterbunden wird.

Im gleichen Augenblick schießen dünne weiße Fäden aus Boden, Decke und Wänden. Wie Spinnenfäden gleiten sie durch die Luft und umschlingen den verstorbenen Körper.

»Wow«, sage ich und zügele meine Neugier, indem ich einen weiteren Schritt nach hinten trete.

Innerhalb von wenigen Sekunden ist der Körper in eine Art Kokon gehüllt.

»Ein weiterer Teil der Zukunft ist gesichert und bewahrt, bis wir die Gegenwart einleiten müssen.« Humpelnd tritt Moorie nach diesen Worten von der Stufe des Altars und schiebt anhand seiner Gedankenkraft die Platte zurück in ihre vorgesehene Position. Niemand würde erahnen, was sich darunter befindet. Die Gruft des alten Herrschers von Heleria. Seine Seele getrennt vom Körper, doch jederzeit bereit, diesem erneut Leben einzuhauchen. Als ob nichts gewesen wäre, tritt der Hohe Priester vor mich und mustert mich von oben bis unten. Der letzte Teil der Prophczciung hat begonnen. Lediglich das Ende ist noch ausstehend.«

Wut kocht in mir hoch.

»Hör auf, mit mir in diesen kryptischen Worten zu reden. Gib mir endlich klare Antworten!«, fordere ich ihn auf.

»Ruhig«, sagt Kyara.

Mit einer liebevollen Geste aus Augenblinzeln und einem Kuss auf den Oberarm versucht sie mich zu beschwichtigen.

Ich stoße beide zur Seite und schreie: »Nein. Es ist genug.

Ich möchte wissen, was es mit der letzten großen und so geheimnisvollen Prophezeiung auf sich hat. Erzähle mir, was es mit dem letzten Teil des Buches namens ›Die Hölle‹ auf sich hat.«

Der Mann humpelt langsam an mir vorbei. Unberührt, gleichgültig, unbeeindruckt. Als würde ich ein unbedeutender Baum sein, eine Katze am Straßenrand oder der streunende Hund, dem man keine Aufmerksamkeit schenkt. Wenige Schritte weiter bleibt er im Licht der Sonne stehen, das durch die großen Fenster strahlt und verschiedene Formen auf den Boden malt. Dann dreht er sich zu uns um und sagt: »Es gibt keinen ersten und keinen letzten Teil.

Wir sind die Gilde von Makar. Die Abgesandten der ursprünglichen Rassen haben es uns zur Aufgabe gemacht, die Zukunft in einem nicht enden wollenden Buch niederzuschreiben. Der Teil, von dem du sprichst, offenbart dein eigenes Schicksal.«

Erstaunt blicke ich tief in seine Augen, öffne meinen Geist und versuche, in seine Gedanken vorzudringen. Bei dem Versuch, seine Gedankengänge, seine Emotionen, seine Empfindungen zu erfassen, durchzieht mich ein stechender Schmerz, gepaart mit einem schrillen Fiepen im Ohr. Gezwungen durch einen Schmerz, der durch alle Glieder und jede noch so kleine Muskelpartie zieht, entziehe ich mich wieder dem Versuch, seine Gedankengänge zu ergründen. Ein ziehender Schmerz zwingt mich auf die Knie. Außer Atem ringe ich nach Luft und verdränge die Schwäche.

»Wenn es sich um mein Schicksal handelt, dann steht es mir zu, mehr darüber zu erfahren.«

Ohne ein weiteres Wort zu verlieren, sehe ich in Moories Augen und erkenne, dass das Schicksal nicht mehr aufzuhalten ist. Kyara kniet zu mir nieder und versucht, mir auf irgendeine Art und Weise zu helfen. Zur gleichen Zeit blicke ich im Augenwinkel zur Seite und sehe, wie plötzlich zwei Stiefel an meine Seite treten. Sporen an der Ferse schlagen auf die mächtigen Steinquader aus rotem Sandstein, die gekonnt in den Boden eingelassen sind und eine fast ebenerdige Fläche bilden.

Das Leder, aus dem die Stiefel gemacht sind, ist abgewetzt. Plötzlich durchflutet mich ein Gefühl der Bekanntheit, sodass ich langsam von den Schuhen entlang der Beine nach oben blicke. Die Person, die ganz leise in die Kathedrale eingedrungen ist, ist mir nicht unbekannt.

Ich erkenne das Leder der Kleidung und trotz des blendenden Lichtes, welches durch die Fenster strahlt, kann ich die feinen Gesichtszüge erkennen, die mich eine so lange Zeit begleitet haben.

»Deon«, flüstere ich atemlos.

Ohne eine Wort zu verlieren, streckt er mir seine langen Finger entgegen. Ich schnappe nach seiner Hand und er zieht mich zurück auf die Beine.

»Wie kommst du hierher?«, frage ich ihn, obgleich ich in seinen Gedanken lese, dass dies kein Höflichkeitsbesuch ist.

Mit Gewalt zieht er mich an sich heran, bis ich seinen Atem auf meinen Lippen spüren kann. Harte und gewaltige Muskelpartien stählen die Hautoberfläche und bringen dieses unbekannte Kribbeln zurück, welchem ich immer ausgewichen bin. Immer näher zieht er mich an sich heran, bis er mit seiner feuchten Zunge über meine Lippen läuft. In mir spüre ich wieder die prickelnde Erotik, wie ich sie als Kind erfahren habe. Die Gedanken an die Vergangenheit schießen in deutlich bewegten Bildern zurück in mein Gehirn. Ich sehe den Hinterhof des Palastes.

Ich sehe Acha und ich sehe Acha. Vor meinem Auge spielen sich die Szenen ab, wie sich Deon um mich gekümmert hat. Wie er mich das Reiten gelehrt hat und wie er für mich da war, wenn Urtus mir

Prügel angedroht hat. Allerdings fehlt bislang noch immer ein letztes Stück. Ein letzter Zusammenhang. Ich fühle mich zu Deon hingezogen, wie ich es bei Kyara fühle. Zugegeben sind diese Emotionen, diese Gefühle, diese Empfindungen vollkommen unterschiedlich.

»Ich habe dich so lange vor diesem Tag gewarnt.

Ich habe versucht, dich zu schützen und davor zu bewahren, dass wir uns an diesem Ort begegnen.«

»Es ist doch gut, dass wir uns wiedertreffen. Ich habe dich gesucht und vermisst«, fahre ich zwischen seine ruhigen Worte.

»Es wäre besser gewesen, du hättest dich dem Schlaf der Vergessenheit ergeben. Schlummernd wärst du zu einem neuen Menschen geworden. Erwacht als Ahnungsloser, um sich dann dem normalen Fluss zu ergeben.

Und dann hättest du dich auch niemals gegen die Familie, gegen unser eigenes Blut gerichtet.«

Sanft fährt er mir mit seinen langen Fingern durch die Haare.

»Oh armer Jason«, sagt er.

In seiner Stimme schwingt etwas Ironie mit. Ich versuche mich von ihm abzuwenden, doch davon er hält mich mit kräftigem Griff ab. Suchend wandern meine Augen zu Kyara, doch sie kann keine Antworten liefern.

Ihre Gedanken sind vollkommen leer.

Lediglich fragende Blicke wandern von ihr zu mir zurück. Deon zieht mich indes wieder ganz nah an sich heran, sodass sein Atem über mein Gesicht schleicht.

»Weißt du, die Zeit war so schön mit dir. Ich habe es zwischenzeitlich wirklich genossen, einen Spielkameraden zu haben. Aber wer konnte schon erahnen, dass du eine entscheidende Rolle spielen würdest. Niemand von uns konnte wissen, dass du diese Fähigkeiten ausbildest.« »Ich, ich kann dir nicht folgen«, stottere ich Worte zu einem Satz zusammen.

Ganz fest umklammert er mit seinen langen Fingern meinen Oberarm und quetscht meine Muskelfasern auf die dicken Knochen, dass sie schmerzen. Ich komme gar nicht dazu, den Schmerz aus mir herauszuschreien, denn schon hat er mich dicht an sich herangezogen. Genussvoll streicht er abermals mit seiner langen, feuchten und warmen Zunge über meine Lippen. Und kaum eine weitere Sekunde vergeht, kaum ein weiteres Wort ist verloren, schon drückt er seine Lippen ohne Vorwarnung auf die meinen und dringt in mich ein. Ich kann nicht umhin, die Erotik in meinen Gliedern wahrzunehmen. Verwirrung macht sich in meinem Kopf breit, während ich mit festem Druck versuche, ihn von mir wegzupressen. Kyara will eingreifen, doch ich kann im Augenwinkel seine leichte Handbewegung wahrnehmen, die sie sofort in einer Art Energiefeld einsperrt.

In diesem Moment wird mir klar, dass Jason immer ein Anhänger von Urtus war. Wenn er von unserem Blut spricht, von unserer Familie, steckt dem Grunde nach viel mehr Wahrheit dahinter, als ich in dieser Sekunde erfassen kann. Er hat sich dem Erhalt unserer Blutlinie verschrieben, sodass er Urtus bereits in jungen Jahren hörig geworden ist.

Die Situation widert mich an. Ekel lässt mich würgen, sodass ich eigentlich nur davonlaufen möchte. Immer wieder versuche ich, mich von ihm wegzudrücken. Doch seine Kraft ist meiner übermächtig und irgendwie ist es mir nicht möglich, auf die Macht des Blauen Bandes zurückzugreifen. Etwas scheint die Verbindung zu blockieren. Gerade so, als wäre es nicht vorgesehen, die Kraft gegen ihn anzuwenden.

Mit Genuss fährt er durch meinen Mund, umschlingt meine Zunge und saugt den Speichel aus mir heraus. Sein Wohlgefallen kann ich an meinem Oberschenkel fühlen, gegen den sich sein hartes, dickes Glied presst. Plötzlich lässt er von mir ab und richtet mit stolzem Blick direkte Worte an mich: »Oh Bruder.« Bei diesen Worten zucke ich zusammen. Ich versuche, mich mit hektischen Bewegungen aus der Umarmung zu befreien.

Ohne Erfolg.

Er klammert mich weiter an sich und lässt mich nicht gehen. Dann spricht er weiter: »Ich habe dir dies alles ersparen wollen.

Dein Vater hat mich beauftragt, dir ein Gift zu verabreichen, welches dich vergessen lassen sollte.« Gebannt blicke ich in sein Gesicht und folge den Worten, die so unglaublich sind, dass man sie als Lüge darstellen möchte. Ganz leise flüstere ich: »Der Schlaf des Vergessens.«

»Richtig.«

Für einige Sekunden wirkt er so allwissend, so allmächtig, so großkotzig auf mich, dass ich mich geradewegs übergeben möchte.

»Der Trank sollte dich vergessen lassen, was in dein Leben gekommen ist. Der Trank sollte das Gefüge erhalten und die Stellung der Herrscherfamilie weitere Jahre sichern.«

Er stockt kurz, danach kann ich fühlen, wie sich seine Gedanken verfinstern. Ich kann deutlich den Hass fühlen, der in ihm aufsteigt. Ganz langsam, aber doch zielorientiert, kriecht es deutlich sichtbar aus seinem Magen durch die Kehle nach oben.

Ich kann die Finsternis sehen, die als Schatten aus den Fugen des Bodens kriecht und sich wie Staub um seinen Körper versammelt. Dunkelheit erfasst unsere Körper. Unsere Seelen werden berührt, doch ihn scheint es nicht zu interessieren. Er redet einfach nur weiter: »Aber du musstest alles hinterfragen. Niemals hast du Ruhe gegeben. Selbst die kleinsten Dinge in unserem Leben musstest du auf den Prüfstand stellen und letztendlich hätte ich es niemals für möglich gehalten, dass du dich gegen unseren Vater stellst. Die Aramer sind die privilegierte Kaste in Heleria.«

Wort für Wort steigert sich seine Stimme in der Lautstärke. Bis er mich spuckend und keifend anschreit: »Nichts und Niemandem steht es zu, diese Erstrangigkeit zu hinterfragen.

Niemandem!«

Echos wirbeln das letzte Wort durch das große Gewölbe.

»Niemand!«

Er stockt kurz, danach haucht er mir ganz leise, mit dressierter Ruhe entgegen: »Niemand!

Verstehst du das?

Sei es mein Bruder oder meine Schwester. Kein lebendes Wesen hat das Recht, unsere Herrschaft zu zerstören.«

Kurzzeitig lockert sich sein Griff. Es scheint, als berühren ihn seine Worte emotional so tief, dass ihm die Gegenwart entgleitet. Schnell versuche ich, mich zu lösen. Doch vergeblich. Schnell katapultiert er sich zurück in das Hier und Jetzt. Ganz fest zieht er mich erneut an sich und sagt: »Du erdreistest dich, die Zukunft zu ändern?

Vorherbestimmte Wege in andere Richtungen zu lenken?«

Lachend stößt er mich von sich weg.

»Die Zukunft ist bereits verändert. Freiheit ist eingekehrt«, erwidere ich und ziehe zugleich das Schwert aus dem Halfter am Rücken.

»Nein, Jason.

Die Rak Tau haben die Freiheit über die Menschen gebracht. Ihr Leben war unbeschwert, solange sie sich an die Regeln gehalten haben. So war es, bis du gekommen bist. Aber das ist nicht das Problem.«

Er taumelt ein paar Schritte zurück in Richtung Kyara.

»Das, was du getan hast, ist das Problem.«

Mit schnellem Griff schnappt er sie, die noch immer innerhalb des Kraftfeldes gefangen ist, am Hals. Hart ist seine Umklammerung, die ihren Kehlkopf zusammendrückt, sodass sie nach Luft zu ringen beginnt. Hilflos, unwehrbar, starr ist sie ihm ausgeliefert. Er zieht sein Schwert, streckt es in die Höhe und grölt: »Ich bin der Erstgeborene aus dem Hause Urtus und ausschließlich ich habe das Anrecht, die Häuser und das Volk anzuführen.«

Für einen Moment fühle ich mich, als wäre ich in einem Film, der auf einer großen Leinwand inmitten eines Kinos der Stadt abgespielt wird. Ein Film, der vorab gedreht wurde und in dem es mir nicht möglich ist, irgendeine Perspektive zu ändern. Und ich befinde mich mittendrin. Das Drehbuch ist verfasst und der Ausgang scheint festgeschrieben. Unwahrscheinlich, dass man das Ende nach eigenem Belieben ändern kann, auch wenn man sich noch so anstrengen würde.

Ich fühle mich, als wäre ich in einen Zug eingestiegen, dessen Türen mit lautem Krachen zugefallen sind und der abfährt mit der Durchsage eines anderen Zieles, als auf dem Fahrschein steht. Ohne Zwischenhalt. Im Rücken präsenter Termindruck, der vorschreibt, zu einer bestimmten Zeit an einem vorbestimmten Ort anzukommen, da sonst etwas Schreckliches passieren wird. Geschwächt von den Eindrücken senke ich das Schwert vor mir zu Boden.

Noch immer thront der riesige rote Stein des Herrscherhauses in der Mitte von Deons Schwert. Mir wird erst jetzt richtig bewusst, dass auch er über einen enormen Machtpool verfügt, auf den er jederzeit zugreifen kann. So deutlich, wie ich jetzt die Energie des

Blauen Bandes über seine Haut fließen sehen kann, habe ich dies zuvor nie vor Augen gehabt. Ich fange mich und gehe mit federleichtem Gang auf ihn zu. Noch immer hat er Kyara gefährlich fest im Griff.

Seine Muskeln spannen sich bei jedem einzelnen Schritt meines Annäherungsversuches erneut an. Deutlich zeigt er mir seine Zähne, reibt diese aufeinander und verliert doch kein Wort. Bedächtig, mir jeder meiner Bewegungen bewusst, nähere ich mich den beiden immer mehr an. Dabei achte ich darauf, dass ich keine ungewollte Reaktion erzeuge, wobei ich zu jeder Zeit kampfbereit mein Schwert im Anschlag halte.

Ich kann fühlen, wie mein rechtes Augenlid vor Aufregung zuckt. Um die angespannte Situation zu beruhigen und ihn ein wenig abzulenken, versuche ich ihn in ein Gespräch zu verwickeln: »Mein Bruder, was willst du tun? Urtus ist tot.«

Ich halte für einen Augenblick inne und versuche seinen Beschützerinstinkt zu wecken. Vielleicht kann ich sein auf Mitleid ausgelegtes innere Ohr erreichen und ihn dazu bewegen alles etwas zu entschleunigen.

»Ich sehe keinen Ausweg mehr aus der aktuellen Situation. Du solltest es als gegeben hinnehmen.

Ich werde dafür sorgen, dass du einen guten Platz in unserem neuen System bekommst.

Denke an die gute Zeit, die wir zusammen erlebt haben. Denke an die Jugend, die wir zusammen verbracht haben und in welcher du dich verpflichtet hast unser Haus und auch mich zu schützen.«

Irgendwie muss ich bei dem Gedanken fast würgen, ihm etwas vorzuspielen. Aber es scheint mir ein adäquates Mittel in dieser Situation zu sein, um die angespannte Lage ein wenig zu entschärfen.

Ich rede einfach weiter: »Deon, ich kann dich voll und ganz verstehen. Ich verstehe deinen Schmerz, aber die Welt hat einen Wechsel verdient und es ist an der Zeit, diesen einzuleiten.«

Abrupt bleibe ich stehen. Ich senke das Schwert, das metallisch am Boden kratzt. Danach strecke ich ihm meine rechte geöffnete Hand entgegen und sage: »Komm mit mir.«

Ich halte inne.

Blicke auf den Blutdiamanten des Herrscherhauses im Schaft seines Schwertes. Dann wieder zu ihm auf, direkt in sein Gesicht. Ich fixiere seine Augen und sage: »Mein Bruder.«

Voller Demut senkt er sein Haupt bei diesen einfachen Worten. Sein Blick folgt den Fugen zwischen den verzierten Bodenplatten des Andachtsraumes.

Ich kann sehen, wie er seinen Griff für eine Sekunde löst. Dabei sinkt sein Schwert ebenfalls kraftlos nach unten. Ich fühle mich, als hätte ich gewonnen.

Mit dem Siegesgefühl kocht die Emotion hoch, ihn davon überzeugt zu haben, das Richtige zu tun. Doch als ich versuche, mit ihm aufzuschließen, kann ich deutlich erkennen, dass seine Gedanken noch immer schwarz wie die Nacht sind. Eine Nacht ohne Mond, in der nicht einmal die Umrisse der Bäume zu erkennen sind. Leichte Schauer laufen mir über den Rücken, als er wieder ganz langsam sein Haupt nach oben richtet. Fanatisch, angsteinflößend fixiert er mich mit seinen gläsernen Augen.

»Ich habe dich in mein Herz aufgenommen.«

Das Weiß in seinen Augen schimmert, glitzert und vibriert ein wenig. Unscheinbar füllen sich seine Lieder mit Tränenflüssigkeit, die er aber indes unter Kontrolle hat.

»Ich habe dir alles beigebracht, was man sein eigenes Fleisch und Blut lehren kann«, spricht er weiter. »Doch ich habe letztendlich nicht erkannt, dass die Vorherbestimmung, das Schicksal, die Fügung der Zukunft nicht zu ändern ist.«

Seine Augen funkeln bei den Worten und werden im gleichen Moment trübe. Aus den Winkeln rollen dicke Tränen, ziehen eine helle Spur über seine Wangen und fallen zu Boden. So sehr er sich bemüht hat seine Schwäche zurückzuhalten, so schnell tritt sie nun zutage.

Mein Herz schlägt wie wild. Pumpendes Blut in meinen Adern drückt hörbar an den Ohren vorbei. Seine Verbitterung fliegt mir wie weiße Tauben ins Antlitz. Das Dunkel der Nacht in seinen Gedanken hat sich durch den Einfall des Mondlichtes erhellt. Seine Gefühle, seine Emotionen sind von Wehmut, Bärbeißigkeit und Trauer erfüllt.

Doch zwischen dieser ganzen Tristesse gibt es noch einen Lichtblick: Ich kann die Hoffnung in ihm spüren, etwas ändern zu wollen. Zur gleichen Zeit lauern hinter den dicken Eichenstämmen dunkle Gestalten, die seine Gedanken durch geflüsterte Worte des Hasses beeinflussen. Ein gellender Schrei zerschlägt die Verbindung zu seinem Inneren.

Er reißt das Schwert geifernd in die Höhe.

Die Kathedrale erwidert seinen markdurchdringenden Schrei hundertfach. Mit harschen Worten wendet er sich wieder an mich. Dabei reißt er Kyara noch fester an seinen Körper und schreit: »Ja, aber es ist nicht zu Ende.«

Da ist sie wieder. Seine fanatische Kraft. Seine nicht enden wollende Energie. Sein Verlangen, mit allen Mitteln seinen Willen durchzusetzen. Komme, was da wolle.

»Es kann nicht zu Ende sein!«

Abermals rollen dicke Tränen aus seinen Augenwinkeln. Sein gewaltiger Emotionsausbruch legt sich und ich versuche erneut, mit beschwichtigenden Worten auf ihn einzuwirken: »Wir sind noch immer eine Familie und wir können der Welt, den Menschen, den Lebewesen von Heleria eine neue, eine gemeinsame Zukunft schenken.«

Bei diesen Worten trete ich einen letzten Schritt nach vorn und umklammere seinen muskeldurchsetzten Körper. Eine gewagte Aktion, doch sehe ich keinen anderen Ausweg mehr, Kyara aus seinen Fängen zu befreien. Ich kann die Wärme fühlen, die durch das Napukoleder eindringt. Blitze von Erinnerungen alter Zeiten durchschlagen abermals mein geistiges Auge. Für einen Moment fühle mich irgendwie geborgen. Stille erfüllt nun die klangvolle Halle der Kathedrale, bis Deon diese erneut durchbricht: »Du hast eine Bewegung in Gang gesetzt, die wir verhindern mussten. Dieser Weg wird die Blutlinie auf längere Zeit durchbrechen und die Vorherrschaft der Aramer beenden.«

Er stößt mich von sich. Ich stolpere einige Schritte zurück, die er schnell aufholt. Ganz nah tritt er an mich heran. Feuchter Atem haucht mir entgegen: »Du hast in diese Frau den Samen gesetzt, der das Kind zeugen wird, welches das Volk anführen wird. Sobald es geboren ist, wird es beginnen, den Hass in Fleisch und Blut übergehen zu lassen. Schon als Kind wird es lernen, die Aramer zu bekämpfen und dabei kein Erbarmen zeigen.

Dieses Kind wird die Vorhut von drei Generationen sein, die die Aramer ihrer Ausrottung nahebringen. Dies muss ich verhindern!«

Für eine Millisekunde öffnet sich sein Bewusstsein, sodass ich ohne Widerstand in seine Gedankenwelt, seine Gefühle, sein Verlangen vordringen kann.

Ich sehe Tod. Ich sehe Zerstörung. Ich sehe den absoluten Hass. Ich sehe, wie Urtus ihn dazu abgerichtet hat, seine Werte in die Welt zu streuen. Ich sehe, wie Deon dazu erniedrigt wurde, dafür Sorge zu tragen, dass das unglücklich zweitgeborene Kind nicht die Macht erlangen wird, wie es in den jahrtausendealten Voraussagungen geschrieben ist.

Mit einem weiteren gellenden Schrei, der tausendfach durch die Kathedrale hallt, stößt er mich weit von sich weg und reißt sein Schwert in die Höhe. Der Stoß ist so heftig, dass ich umknicke und nach hinten zu Boden falle. Seine Augen unterlaufen mit Blut und der dicke, rote Diamant fängt an zu glühen. Mit Schwung zieht er sein Schwert durch die Luft, das unter der Schärfe der Klinge hell zischt. Es folgt eine katzenhafte Bewegung. Dann ein schneller Schlag. Zur gleichen Zeit drücke ich mich wieder flink auf die Beine. Dabei folgt mein geschultes Auge seiner Schulterbewegung, die darauf gerichtet ist, die scharf geschmiedete Klinge in den Unterleib von Kyara zu rammen.

Sein Schlag soll die Gegenwart und die Zukunft vernichten. Sein Schlag soll die Herrschaft der Aramer sichern und die Vorsehung verhindern. Zurück auf den Beinen reagiere ich sofort, mache eine kreisende Bewegung mit meinen Fingern und denke an Eis.

Wie ich es schon einmal getan habe, versuche ich auf die Kraft des Blauen Bandes zuzugreifen und die Umgebung in ihrem Zeitablauf einzufrieren. Die Kette um meinen Hals, die den Stein der Makar zwischen Metallschlingen eingeschlossen hält, wird plötzlich ganz heiß. Hell glühend bringt der Stein die Umgebung in einen Zeitraffermodus.

Doch die Macht Deons ist zu stark.

Gänzlich bekomme ich die Zeit nicht zum Stehen. Seine Kraft wirkt gegen mich. Es bleibt daher nur der letzte Weg: Ich werfe mich zwischen seinen Schlag und Kyara. Um jeden Preis muss ich versuchen, sie zu retten. Während ich springe, ziehe ich ebenfalls mein Schwert, und als sich unsere Körper treffen, kann ich sehen, wie meine geschärfte Klinge in der Mitte zwischen seinem Joch- und Brustbein verschwindet.

Ich erschrecke kurz, denn da ist noch etwas anderes. Mich durchfährt unerwartet gleichzeitig ein kaltes und heißes Gefühl. Es fühlt sich an wie warmes Wasser, welches ganz langsam über Brust und Bauch und anschließend zwischen den Schenkeln herunterläuft.

Seine linke Hand, die Kyara am Hals umklammert hat, löst sich.

Das Kraftfeld aus Energie bricht zusammen und ich kann im Augenwinkel sehen, wie sie freikommt. Seine Hand umklammert mich und ich tue es ihm gleich. Ganz fest pressen sich unsere Körper aneinander. Knirschend gräbt sich das kalte Metall tiefer in meine Brust und reißt dabei Muskelfasern und Knochen in zwei Teile. Das Napukoleder war kein effektiver Schild, denn Deons Kraft und seine Macht, welche durch das heilige Haus mitgegeben ist, machen die Abwehrkraft des Napuko unschädlich.

Für einen Moment fühlt sich mein Kopf so klar und gegenwärtig an, als ob ich durch eine kalte Dusche geweckt wurde. Gleichzeitig spüre ich aber, wie meine Stärke und meine Kraft dahinschwinden.

Ich sehe tief in Deons Augen.

Kristallklares Weiß zergeht langsam und wird mit Blut geflutet.

Fast kraftlos drehe ich meine Klinge in seinem Körper. Dabei stoße ich sie noch ein wenig tiefer. Er zuckt und lächelt dabei. Mit schwer zu greifenden Worten flüstere ich: »Ich habe dich immer geliebt, mein Bruder, und du wirst immer einen Platz in meinem Herzen haben. Aber du konntest deine vorherbestimmte Richtung nicht ändern.

Wie ein Tier hattest du niemals die Chance, dich auf etwas Neues einzulassen. Dein Instinkt hat dich getrieben. Deine Lehren haben dir die Richtung vorgeschrieben. Von diesen Lehren warst du nicht in der Lage abzuweichen.«

Deon hat keine Kraft mehr, etwas zu erwidern. Allerdings sprechen seine Augen Bände.

Kyara hat sich wieder gefangen, rennt schreiend auf mich zu. Ihr Gesicht verkrümmt sich vor Angst.

Angst um meine Person.

Schnell stürzt sie über mich her, bricht in Tränen und Wehklagen aus. Dabei versucht sie mich zu umarmen und aus meiner Umklammerung zu reißen. Doch noch immer drücke ich mich fest an den Körper dieses projizierten Feindes, denn ich will auf jeden Fall verhindern, dass er mir entkommt.

Im Augenwinkel kann ich Tränen sehen, die aus Kyaras Augen fließen und sich mit meinem Blut vermischen. Doch ich bin schon zu weit weg, um etwas zu erwidern. Die Luft ist für weitere Worte aus meinen Lungen entwichen.

Ihr Schluchzen, ihre Liebesbekundungen sind nur noch ein Rauschen im Dickicht des Waldes.

Ganz langsam sacken wir immer weiter zusammen. Unsere Blicke sind dabei immer fest miteinander verbunden. Keiner von beiden möchte den anderen aus der Verantwortung lassen. Ich nehme meine letzte Kraft zusammen und presse den Schaft meines Schwertes mitsamt meinem Körper fester an seinen Leib. Dabei schwindet die Kraft immer mehr aus meinen Muskeln. Das kalte Eisen in meiner Brust ist warm geworden. Ich blicke an mir nach unten und sehe, wie das Blut über Bauch, Oberschenkel und die Waden hinunterläuft. Es sammelt sich am Boden zu einer kleinen Lache. Adrenalin schießt noch immer durch meine Venen. Hält mich wach. Derweil bewahrt ein mittlerweile eingefrorener Blick stetig die Bindung zu Deon.

Hell färbt sich in Dunkel. dunkel wird goldgelb. Farben invertieren und verschwimmen zu einer bunten Masse. Blutrot färben sich die Fliesen unter unseren Füßen, während die riesige Kathedrale ganz langsam in sich zusammenfällt. Ich kann die Energie unserer Steine fühlen, die unsere Körper aufsaugen. Ein heller Energieblitz schlägt explosionsartig aus unserer Mitte und wir werden eingesaugt in einen Strudel aus Wasser. Lautlos werden wir in eine unbekannte Tiefe gesogen.

Schreien kann ich nicht, denn mir ist bewusst, dass dies das Ende meiner Existenz ist. Ich scheine zu fallen, doch ich sehe nicht wohin. Die Kathedrale wird bodenlos. Während des Falles lösen sich unsere Schwerter in Luft auf. Gegenwehr, Kampf, Krieg gehen über in lautlose Worte. Danach lösen sich unsere Kleider in Staub auf, der um uns herumwirbelt wie Tausende kleine Fliegen in schwüler Sommernacht. Nackt fallen wir immer weiter in die Tiefe des Unbekannten.

Wir klammern uns aneinander, denn wir sind das Einzige, was wir jetzt haben. Ich blicke an mir herab und kann erkennen, wie die Wunden zu heilen beginnen. Vollkommen regeneriert greife ich nach Deons Hand. Dann schreie ich ihm entgegen: »Ich vergebe dir. Du konntest nur so handeln, wie es dir gelehrt wurde.«

Er schließt die Augen und senkt sein Haupt in Demut. Dann sagt er: »Ich danke dir, Jason. Ich verstehe nun, weswegen du vorgesehen warst, die Macht zu empfangen.«

Kaum sind die Worte ausgesprochen, schon endet der wirbelnde Strudel, der uns in die Tiefe zieht. Mit einem dumpfen Schlag knallen wir auf ein paar Holzdielen, deren Oberfläche klebrig ist. Wir drücken uns auf die Beine und ich erschrecke erneut.

Die klebrige Oberfläche ist der Lack der Dielenflächen, der sich unter der Hitze des Feuers verflüssigt hat. Ich befinde mich wieder in den Räumen des brennenden Hauses, an welches ich mich noch so lebhaft erinnern kann. Es war der letzte Traum, aus dem ich erwacht bin und in den ich nie wieder eintauchte, da ich den Bann des Schlafes des Vergessens durchbrochen habe. Alles ist so, wie ich es in meinem letzten Traum vorgefunden habe. Lodernde Feuersbrunst, die sich ganz langsam durch das Haus frisst.

»Das ist das Haus deiner Kindheit«, sagt Deon und hustet dabei lautstark.

»Folge mir. Ich weiß, wie wir hier herauskommen.«

Er schnappt nach meiner Hand und reißt mich in Richtung eines kleineren Zimmers, wo jede Sekunde ein bis auf den Kern durchgebrannter Balken von der Decke zu brechen scheint. Eher widerspenstig folge ich ihm.

Holz knarrt unter der Hitze. Zwar habe ich Angst, von einem dieser Gluthölzer erschlagen zu werden, aber auf der anderen Seite bin ich doch bereits in der anderen Welt gestorben. Getötet durch die

Klinge des eigenen Bruders. Wie kann ich dann hier noch einmal sterben?

Trotz dieser wesentlichen Erkenntnis tragen mich meine Beine weg von der Gefahrenquelle. Angetrieben durch seine starken Arme, die mich fest umklammern und mich immer weiter weg von der Glut ziehen. Ich versuche ein paar Blicke nach rechts und links zu erhaschen, um so sicherzugehen, dass es sich wirklich um das gleiche Objekt handelt, welches mir noch immer so real im Gedächtnis ist, als wäre es erst ein paar Stunden her. Es scheint das gleiche Haus aus meinen Träumen zu sein. Ich erinnere mich exakt an die gleichen Bilder.

Deon zerrt mich immer weiter voran, bis er mit Gewalt eine Tür durchbricht, die uns nach außen ins Freie führt. Wir stehen splitternackt auf einem riesigen Hof, der mit runden, weißen Kieselsteinen bestreut ist. Er löst die Umklammerung, sodass ich mich umdrehen und das riesige weiße Haus erblicken kann. Aus allen Ecken schlagen Flammen nach außen. Aus den schmalen Ritzen strömt Qualm in den Vorgarten.

»Ich erinnere mich ganz genau, wie du das erste Mal mit deinen kleinen Füßen über die große Treppe gestolpert bist.«

Seine schlechten Gedanken, sein Hass, seine abartige Verbitterung sind verschwunden. Ich kann seit Langem wieder Frieden in seinem Herzen spüren. Sein Gesicht lächelt bis über beide Ohren.

»Weißt du Jason, ich habe die Zeit genossen, auf dich achtzugeben. Ich habe zwar immer gewusst, dass uns Vater unser Gefühl der Gemeinsamkeit streitig machen würde, doch habe ich an unser gemeinsames Erbe geglaubt.

Ich habe immer gehofft, dass wir alles zu einem guten Ende bringen werden.«

Er greift nach mir und sagt mit ernster Miene: »Zusammen.«

Betroffen versuche ich, mich aus seiner Nähe zu lösen. Ich trete ein paar Schritte von ihm weg und schreie: »Aber wieso hast du dann niemals mit mir das gleiche Ziel verfolgt? Wieso hast du mir nicht geholfen, die Knechtschaft zu beenden?«

Kraftlos falle ich auf meine Knie.

Die dicken, runden Kieselsteine bohren sich dabei schmerzhaft durch die Haut. Das sollten sie zumindest, doch das tun sie nicht. Es ist lediglich mein Verlangen nach Schmerzen und mein logisches Verständnis, was darauf aus ist, einen Schmerz über meine Rezeptoren zu senden, als ich mit voller Wucht auf dem Boden aufschlage. Alles scheint so unwirklich geworden zu sein.

Eine Farse.

Ein erneuter Traum aus dem ich in wenigen Sekunden erwachen werde?

Ich bin verzweifelt, denn ich habe keine Antworten mehr. Ich bin müde geworden, denn eigentlich möchte ich nur noch, dass die ganze Exkursion ein Ende hat.

Ich sehe Kyaras Gesicht vor meinem geistigen Auge. Ich kann mich für wenige Sekunden an ihr Lächeln erinnern, welches mich für einen unscheinbaren Augenblick wieder aufbaut. Einfach, doch wirkungsvoll. »Hölle«, sage ich laut und rutsche dabei auf meinen Knien über die runden Steine am Boden.

Ich sehe nach oben und sage: »Ist dies die Hölle, wie sie sich jeder Mensch da draußen vorstellt?«

Ohne Vorwarnung berstet ein dicker Holzbalken unter der Feuersbrunst. Dabei reißt er mit lautem Ton andere Träger mit sich. Teile des Daches brechen zusammen. Staub und Holzfunken schießen wie Geschosse durch die Gegend und stecken die Blätter der monströsen Bäume im Vorhof des Anwesens in Brand. Um unsere Körper fauchen glühende Holzstückchen und flirrende Glutblättchen. Temporär bitzelt die Glut auf der Haut.

Ich ducke mich, als mir die brechende Hitze des zusammenfallenden Daches entgegenströmt. Deon drückt mich auf den Boden. Er versucht mich zu schützen.

»Ich habe mir immer jemanden im Leben gewünscht, der mich zu schätzen weiß.

Du warst mein Bruder, für den ich durch das Feuer gegangen wäre. Aber du hast meine Gefühle niemals erwidert. Ich kann sehen, dass du meine Gefühle niemals wertgeschätzt hast.«

Seine Worte treffen mich hart, denn ich kann mich nicht darin erkennen. Ich habe immer versucht, seine Erwartungen in meine

Person zu erfüllen. Doch letztendlich scheint dies vergeblich gewesen zu sein. Vielleicht hatte ich einen Bruder in der Vergangenheit. Eventuell hatte ich auch eine nahestehende Person. Allerdings wurde mir diese Vergangenheit geraubt, sodass ich nur noch das Jetzt wahrnehme. Eine Gegenwart, die durch Verfolgung und permanenten seelischen Druck Erwartungshaltungen weckt, die ich nicht erfüllen kann. Ich versuche, es jedem recht zu machen. Zum Schluss scheitere ich an der Aufgabe, die ich mir selbst gestellt habe, und dabei meine, dass es die Aufgabe der anderen ist.

»Deon, sage mir, was du von mir erwartest!«

Ich schreie ihn an, während ein weiterer Balken unter dem Feuer zusammenbricht.

»Ich will, dass wir eine Familie sind. Verstehst du das denn nicht?«, erwidert er mit widerborstiger Reaktion.

»Doch, ich verstehe dich. Aber ein Zusammengehörigkeitsgefühl kann man nicht erzwingen.«

Meine Antwort ist harsch. Er senkt seinen Kopf und sackt vor mir auf seine Knie zusammen. Mit seinen Fingern greift er nach mir und sagt: »Du hast mich niemals verstanden.«

Dicke Tränen rollen über sein Gesicht und verdunsten in der Hitze der lodernden Flammen um uns herum. Holz knarrt erneut.

Ich blicke auf die Front des Hauses, dessen schöne weiße Lackfarbe sich ganz langsam auflöst. Zuerst wird sie ein bisschen zähflüssig, dann wirft sie Blasen und letztendlich geht sie in schwarzen Rauch auf, der gleichzeitig das Feuer mit seinen brennbaren Dämpfen anheizt. Glasscheiben bersten in der Hitze. Hinter dem Fenster kann ich für einen Atemzug eine dunkle Gestalt erkennen.

Eine Gestalt mit zarten Gesichtszügen, schmalem Körper. Sie schaut mich an und winkt mir zu. Danach wird sie von einer lodernden Flamme verschlungen. An meine Ohren dringen diese schmerzgeplagten Schreie. Ich kann fühlen, wie das Feuer langsam die Haut von der Oberfläche des Körpers frisst. Ein grauenhafter Schmerz, bis zum Schluss das Gehirn das Bewusstsein und die Verbindung zum Körper verliert, da der Schmerz eine Grenze erreicht hat, die einen Menschen dazu bewegen würde, sich die eigene Haut vom Leib zu reißen, nur um von diesem Gefühl befreit zu werden.

Mit dieser Ekstase des Schmerzes verschwindet die Gestalt vom Fenster.

Ich atme erneut ganz tief durch, denn es fühlt sich an, als würde ich die Person sein, deren Haut in der Glut verbrannt wird. Deon robbt an mich heran. Er nimmt mich in den Arm und küsst mich auf die Schulter.

»Ich werde dich nie wieder loslassen. Du gehörst zu mir. Du bist ein Teil meines Lebens.«

Ich winde mich, versuche dabei, die Umklammerung zu lösen. Doch mit jeder Bewegung drückt er seinen verschwitzten Körper noch dichter an mich heran. Ganz schwer haucht sein Atem in mein Genick. Wie ein Kind im Arm der Mutter erfasst er mit seinen langen Fingern meinen Hinterkopf und presst ihn zwischen Hals und Schulter.

Mit schwerem Blick über seine Schulter erfüllt Wehmut mein Herz. Ich sehe, wie das Haus meiner Kindheit an allen Seiten niederbrennt. Rasend schnell frisst sich loderndes Feuer durch Wände, Türen und dicke Balken der einzelnen Stockwerke. Es dauert nicht lange, bis das ganze Haus mit lautem Getöse in sich zusammenbricht. Brennende Splitter schießen durch die Luft. Schmerzend bohren sie sich in unsere nackten Körper. Ich möchte mich wehren, doch Deon lässt mich nicht aus seiner Umarmung entkommen. Je mehr ich mich erwehre, desto stärker wird sein Zwang, mich festzuhalten.

»Du bist ein Teil meines Lebens.«

Seine Haut nimmt eine beklemmend rote Farbe an. Sein ganzer Körper wird immer heißer, glüht regelrecht. Aus dem Flammenmeer bildet sich eine weitere Gestalt, die mit weit geöffneten Händen nach mir ruft. Wortlos, doch eindeutig durch die Bewegung fordernd, einen Schritt näher zu treten. Ganz leise flüstert eine Stimme aus der gleichen Richtung: »Jason, komm zu mir und rette uns vor ihnen.«

Wie in einer Endlosschleife wiederholen sich die Worte und werden dabei von Satz zu Satz schneller. Deon presst sich indes so fest an mich, dass es mir kaum noch möglich ist zu atmen. Ich will einfach nur weg.

»Lass mich los«, keuche ich und versuche, mit einiger Kraft gegen ihn zu wirken.

Es ist sinnlos.

Er löst ein wenig die Umarmung und schaut mich mit weit aufgerissenen Augen an.

»Du kannst nicht gehen«, sagt er.

»Du bist ein Teil von mir.«

Seine Worte rollen noch durch die Luft, als seine Haut durch die Hitze platzt. Blut spritzt in meine Augen und ich fühle, wie sich die Oberfläche seines Körpers unter meinen Fingern verändert. Eine weitere Gestalt aus Rauch und Feuer bildet sich in dem zusammengefallen Haufen des Hauses. Mit einer Hand hält sie einen dicken Bauch, der ein Kind zu beherbergen scheint. Mit der anderen Hand macht sie eine rufende Geste. Erneut hallen die Worte durch die Umgebung: »Rette uns vor ihnen.

Sie werden die Zukunft vernichten.«

Deons Körper wird immer heißer.

»Du gehörst zu mir«, sagt er.

Dabei blickt er mich noch immer mit weit aufgerissenen Augen an. Seine Haut pellt sich langsam unter der Hitze seines Körpers von der Oberfläche. Mit Blut gefüllte Blasen wachsen heran, bis sie platzen. Unter der Haut liegende Muskeln, hellrotes, prall leuchtendes Fleisch wird durch die schwindende Oberfläche freigelegt. Wie Säure breitet sich der Fraß mit einer konstanten Geschwindigkeit über seinen ganzen Körper aus. Ich versuche mich erneut aus seiner Umklammerung zu lösen.

Vergebens.

Die freigelegten Muskelfasern und das ausströmende Blut lassen meine Kraftanstrengungen abrutschen. Loderndes Feuer frisst sich immer weiter durch die letzten stehenden Wände und verwandelt alles zu einer schwarzen Masse aus Staub. Erneut gestikuliert diese unbekannte Gestalt aus Rauch mir entgegen.

Sie fordert mich auf, näherzukommen. Ein weiterer Versuch folgt, mich aus den Fängen zu befreien. Diesmal mit Erfolg.

Sein Körper gleitet geräuschlos zu Boden. Benebelt, wie in einer Art Trance, blicke ich zu ihm herab. Immer weiter wird ihm die Haut vom Körper gefressen. Flehend und wimmernd streckt er mir mit letzter Kraft seine geöffnete Hand entgegen und sagt: »Verlass mich nicht.«

Sein Körper vergeht wie ein Schneeballen in der Hitze der Sonne. Zum Schluss entschwindet eine Art heller Rauch aus der verbliebenen Masse Fleisch. Rauch und doch kein Rauch, der an mir schnell vorüberzieht. Ich kann Deon in einer omnipräsenten Art fühlen. Es ist seine Seele, das letzte Quentchen seiner Person, die nun gen Argamon zieht und zu dem Teil des Universums zurückverwandelt wird, aus dem sie gekommen ist. Zum Schluss ist alles nur Energie.

Schwindel übermannt mich.

Meine Umwelt verschwimmt in unwirklichem Umgebungsschimmer. Von Hitze, Schmerz oder anderen Leiden scheine ich plötzlich befreit zu sein. Die dicken Steine unter meinen Füßen, die sich eben noch schmerzlich in das Fleisch gebohrt haben, kann ich nicht mehr wahrnehmen. Mein Blick wandert zwischen der Gestalt und Deon, dem dahinsiechenden Menschen, hin und her. Immer enger wird das Sichtfeld, bis ich nur noch zwei ausgestreckte Hände vor mir sehe. Ruhig, mit weit geöffneten Handflächen verlangen sie nach mir. Die eine Hand aus Rauch und Feuer, die andere Hand aus Fleisch und Blut.

Ist das eine Art von Entscheidung?

Auf der einen Seite die Vernunft und Ordnung.

Auf der anderen Seite wahre Liebe und Zuwendung.

Ich bin für ein paar Sekunden verwirrt. Beide Menschen haben in meinem Leben, seien es kürzere oder längere Phasen gewesen, eine bedeutende Rolle eingenommen. Doch sind diese Figuren, die sich hier und jetzt offerieren, wirklich eine Entscheidung wert?

Ist es letztendlich nicht besser, für sich selbst zu leben?

Ist es nicht das kostbarste Gut, seine eigene Individualität zu bewahren?

Ganz langsam bewege ich mich in Richtung der Gestalt aus Rauch und Feuer. Es ist die Gestalt, mit der mich am meisten verbindet. Deon, der unter Schmerzen in der entgegengesetzten Richtung von der Hitze aufgefressen wird, ist lediglich die personifizierte Vergangenheit. Eine Vergangenheit aus Lügen und Bedrängnis.

Eine Vergangenheit aus Schmerzen.

Wie trunken torkele ich über den heißen Boden. Mein Körper ist von Schmerzen befreit, ich bin nur noch mental vorhanden. Ich nehme zwar die Umgebung wahr, doch jegliche Emotionen, jegliches Gefühl ist Leere gewichen. Immer näher komme ich der Gestalt aus Rauch. In der Hitze des lodernden Feuers verglimmen die feinen Haare auf der Oberseite meiner Unterarme, als ich versuche, nach ihr zu greifen. Schnappend fange ich die Hand ein und ziehe mich langsam unter unvorstellbarer quälender Hitze an sie heran. In der rauchenden Gestalt kann ich das Gesicht von Kyara erkennen. Ihre feinen Gesichtszüge, ihr Lächeln und ihre Güte lassen mein Herz vibrieren. Tränen pressen sich aus den Augäpfeln, werden jedoch sofort von der Gluthitze aufgefressen.

»Du musst uns retten. Rette die Zukunft«, sagt sie mit engelsgleicher Stimme und fährt dabei ganz zart über ihren dicken Bauch, der unser Kind beherbergt.

Mir bleibt keine Zeit, etwas zu erwidern, denn die Glut des brennenden Hauses saugt die letzte Kraft aus meinem Körper. Ein Glücksgefühl durchströmt mich, als ich abermals in ihr Gesicht blicke. Ohne dass ich etwas dagegen machen kann, sacke ich zusammen.

Mein Körper ergibt sich der Feuersbrunst. Ich versuche, den Kontakt zu ihr nicht abbrechen zu lassen, doch plötzlich wird ihr Gesicht durch Rauch eingehüllt, der sich wenige Sekunden später wieder verzieht und das Gesicht Deons freigibt. Eigentlich sollte ich diese plötzliche Wende hinterfragen, doch meine Gedanken werden immer träger. Sie ziehen mit dem Orgasmus gleich und ergeben sich der schwelenden Hitze. Ich schließe die Augen.

Müdigkeit kriecht wie eine Katze auf der Jagd um mich herum.

Dunkelheit.

Leere.

Ich versuche mich zu erinnern, wie ich das letzte Mal erwacht bin. Aufgewacht in einem Bett aus Stroh. Umsorgt von dem Nahestehenden, der mich seit meiner Jugend begleitet und doch verraten hat. Doch das Warten auf die Erweckung bleibt vergebens. Es scheint diesmal die finale Geschichte gewesen zu sein. Eine Geschichte, die in meiner Person ihr Ende findet. Kein Traum, keine Einbildung. Lediglich das Knistern des Feuers bleibt.

Kurze Bilder von Kyara fliegen wie Luftballons durch den Raum.

Bilder der Vergangenheit fließen wie flüssiges Glas ineinander. Den Kontakt zur Umgebung habe ich vollständig verloren und fühle, wie das Blut in den Adern zu kochen beginnt.

Schmerzen sind nicht mehr präsent. Eigentlich waren sie es nie. Es gibt nur noch mich und das Nichts. Selbst die Bilder der Vergangenheit verglimmen in der Leere des Seins.

Am Ende bleibt nichts.

Dunkelheit.

Leere.

Vakuum.

Ist das die Hölle?

Nachwort

Auf den zurückliegenden Seiten haben Sie als Leser den Beginn einer Reise verfolgt, die auf der einen Seite sehr utopisch ist, die auf der anderen Seite aber in eine Welt entführen soll, die uns alle vor die Frage stellt, wer wir eigentlich sind.

Was passiert, wenn wir uns von heute auf morgen nicht mehr an die Vergangenheit erinnern können? Was passiert, wenn wir noch einmal neu starten können? Einfach den Neustart-Knopf zu drücken und noch einmal unbefangen mit allem zu beginnen. Sei uns auch noch so viel Macht und Geld in die Wiege gelegt. Würden wir uns der Individualität verschreiben oder würden wir letztendlich doch wieder nach Macht und Materialismus streben?

Zum einen verlangt jeder Mensch danach, seine persönliche Individualität frei entfalten zu dürfen, zum anderen versucht er aber mit aller Macht, die Individualität seiner Schutzbefohlenen oder der Menschen, auf die er Einfluss nehmen kann, nach seinen Maßgaben zu beeinflussen.

Letztendlich bleibt die Aufforderung an jeden Einzelnen bestehen, nach seiner eigenen verinnerlichten Wahrheit zu suchen. Einer Wahrheit, die im Herzen ihren Ursprung hat und von dort aus den Körper und die Seele mit ihrer eigenen Energie bereichert.

Auf vielen Seiten wurde von einer Person berichtet, die ebenfalls auf der Suche nach Wahrheit in verschiedenen Nuancen ist: auf der Suche nach der Wahrheit über die eigene Person. Auf der Suche nach dem Sinn der eigenen Existenz.

Auf der Suche nach der Quelle des Glaubens.

Und letztendlich auf der Suche nach der Richtigkeit der eigenen Aufgabe.

Doch was bedeutet das Wort »Suche« eigentlich?

Ist es wirklich der Ausblick auf etwas, was gefunden werden möchte, oder entspricht es mehr einer bereits in jedem Menschen vorhandenen Erkenntnis über das gegenwärtig unabänderliche Schicksal der erlebten Umstände des Lebens.

Ist die Suche dabei eventuell auch lediglich eine Lüge über die Seele in der materiellen Hülle des eigenen Körpers?

Fakt ist, und das habe ich jeden Tag aufs Neue gelernt, dass wir uns tagtäglich mindestens einer neuen Lüge hingeben. Einer einzigen, vermeintlich kleinen Lüge, die jedoch nur eine von unendlich vielen ist, die sich mit jeder Minute unseres Lebens aufaddieren. Auf diese Weise wird die angeborene weiße Weste Stück für Stück ein wenig mehr beschmutzt. Dabei heißt dies nicht, dass wir die Menschen um uns herum belügen. Nein. Wenn jeder von uns einmal sich selbst mit offenem Herzen reflektieren würde, dann kann er erkennen, dass wir nicht nur die Menschen um uns herum belügen. Die Lüge liegt in den meisten Fällen in unseren eigenen Gedanken. Wir bescheißen uns tagtäglich viel mehr, als wir die Mitmenschen hinters Licht führen. Dabei gibt es die vielfältigsten Nuancen. Der dicke Mensch, der eigentlich abnehmen möchte und sich einredet, dass die Kartoffel mehr heute eine einzige Ausnahme bleibt. Die Frau, die bei ihrem ersten Date immer zu der Salatplatte greift, obgleich ihr beim Lesen des Menüs unter der Rubrik »Fleischgerichte« das Wasser im Mund zusammenläuft. Nur um sich und der neu kennengelernten Person gegenüber zu zeigen, dass sie ernährungsbewusst ist und auf ihre Linie achtet.

Mit jedem Atemzug betrügen wir uns ein bisschen mehr und geben uns einer abartig wirkenden Scheinwelt hin. Genau aus diesem Grund sollte es unser aller Aufgabe sein, jeden Tag aufs Neue mit weit geöffneten Augen durchs Leben zu gehen.

So schwer es auch ist, müssen wir doch versuchen, das Sein vom Flackern der Kerze abzugrenzen und nicht ständig dem Schatten zu folgen, sondern dem inneren Licht. Nur auf diese Weise besitzen wir die Möglichkeit, loszulassen und ein wenig mehr Ausgeglichenheit an den gestressten Tag zu legen.

Wir müssen erkennen, dass nicht Vorgaben, Regeln, Wörter oder Hinweise Dritter die Erlösung aus dem Übel bescheren, sondern nur die Erkenntnis und die Reinheit des eigenen Selbst uns Freiheit geben kann. Seit jungen Jahren habe ich mich der buddhistischen Lehre verschrieben und in meiner Zeit als Mönch gelernt, dass es jeden Tag aufs Neue eine Herausforderung darstellt, nicht in der materiell geprägten Ausrichtung unserer westlichen Industrienation unterzugehen.

Genau an dieser Stelle werden sich einige Leser fragen, wie sich Mystizismus, der Glaube an etwas Höheres und das Erleben von scheinbar Übersinnlichem mit dem Buddhismus, einer Weltanschauung aus Religion und Naturgesetzen, vereinen lassen.

Viele werden behaupten, dass es gerade einer personenzentrierten, in einem Gott verkörperten und gesteuerten Religion bedarf, um alles in unserer Umgebung zu erklären.

Nun, in meiner Zeit als Mönch bin ich zu der Überzeugung gelangt, dass auch gottgeprägte Religionen – genau wie der Buddhismus – nach dem Individuum, nach der Individualität als solches streben.

Wir kommen daher niemals umhin, uns mit der Materie, die uns umgibt, und den damit verbundenen Naturgesetzen auseinanderzusetzen.

Mystizismus wird dahingehend immer ein Bereich unserer realen Welt bleiben, da stets ein Rest unseres Tagesgeschehens übrig bleibt, den Religion, Naturgesetze, Psychologen oder andere Gelehrte nicht erklären können.

Letztendlich geht es aber um das Individuum selbst, um die eigene Besonderheit. Jede Person sollte lernen, dass sie es ist, die im Mittelpunkt steht.

Dass sie zugleich eine ausschlaggebende Rolle in der Verantwortung unserer Gesellschaft innehat.

Sie muss lernen, dass jeder mit seiner individuellen Persönlichkeit das Geschehen positiv beeinflussen kann.

Am Ende folgt der Schluss, dass wir keine Formware sind, sondern die Maschine, die die Formen gestaltet.

Zuletzt möchte ich erneut meinen Dank an alle Menschen aussprechen, die mich auf meinem Lebensweg in positiver sowie in negativer Art und Weise beeinflusst haben.

Sie gaben mir die Möglichkeit, mich zu dem Individuum zu entwickeln, welches ich heute mit weit geöffneten Augen darstelle.

Ich kann nur jedem empfehlen, auch und gerade die schlechten Seiten sowie die Talfahrten des Lebens als positiv zu betrachten.

Es ist immer wichtig, seine Lehren daraus zu ziehen und die erlebten Szenen tief in sein Herz zu schließen, um so ein positives Resultat erhalten zu können.

Ich bedanke mich auch bei der freundlichen Unterstützung des Lektorates Dr. Diefenbach (lektoratdiefenbach.de).

Ich musste mehrfach über die Kommentare schmunzeln und sogar lachen, da man erst durch einen Dritten mitbekommt, was man manchmal für einen Unsinn zusammenschreibt.

Appendix

A uf diesen Seiten sind noch einmal anhand von Überschriften die wichtigsten Eck- und Rahmendaten zu Bewohnern, Namen und Hintergründen aus dem Buch zusammengefasst. Sollte etwas unklar sein, kann hier nachgeschlagen werden. Es ist natürlich kein allumfassendes Verzeichnis, denn das Buch der Makar umfasst noch mehr Geheimnisse, die es irgendwann aufzudecken gilt.

ARAMER

Die Aramer ist die herrschende Kaste auf Heleria, die sich seit der Abspaltung von den vier Urvölkern entwickelt hat. Vor allem mit Beginn des großen Krieges gewann die Kaste immer mehr an Bedeutung und Macht. Sie besteht aus zwei abgesplitterten Kleingruppen und dem zentralen Herrscherhaus.

Die drei Familienclans sind mit ihren Residenzen, die mehrere Tausend Quadratmeter groß und in hohem Maße gesichert sind, auf den drei zentralen Kontinenten der Sphäre ansässig. Der Kern, das Herrscherhaus, stammt aus direkter Blutlinie der Urvölker und ist ansässig auf dem Kontinent, auf dem sich auch die Landzunge von Makar befindet.

Die Angehörigen des Herrscherhauses verstehen es als einzige Blutlinie, die Energie des Blauen Bandes zum eigenen Vorteil zu nutzen. Eine Energie, die alles Leben durchkreuzt und das Leben an sich erst möglich macht. Neid und die Aussicht, diese allumfassende Macht zu beherrschen, waren die Hauptgründe, sich gegen die Götter aufzulehnen. Sie konnten nicht akzeptieren, dass Götter einer universellen Energie gleichgestellt sind. Als sie erfuhren, dass die vier Urvölker aufsteigen werden, fingen sie einen Krieg an, um dies zu verhindern, die Kraft an sich zu binden und so die in ihren Augen einzig richtige Weltanschauung unter die Bevölkerung zu streuen.

Die komplette Gilde besteht nur aus wenigen Hundert Personen, meist männlichen Geschlechts, welche durch eine ritualisierte Vermehrung den Bestand der Familie bewahren. Dabei werden die Frauen explizit auf der ganzen Sphäre ausgesucht, denn sie wollen nur Abkommen zeugen, die auch die Möglichkeit besitzen, mit der erworbenen Kraft umzugehen und diese zu behüten. Sobald die Frauen das Kind geboren haben, werden sie verspeist.

Um die Gesetze auf der gesamten Sphäre durchzusetzen, bedienen sich die Aramer der Gedankenkontrolle, einer Art unbewusster Zensur des Geistes. Die Kontinente wurden in Distrikte unterteilt und jedem dieser Distrikte ist ein Vorsteher zugewiesen, der die Befehle der Aramer mit langer Hand ausführt und zugleich die Einhaltung der Gesetze überwacht.

Das Herrscherhaus hat nur eine Art Feinde, die sie fürchten: die Katarchen. Sie wissen, dass sie bereits zur Zeit der Götter die Sphäre besiedelten, doch können sie ihre Macht nur vermuten. Aus diesem Grund und aus Furcht, im Rahmen einer Evolution könnten ihnen andere Volksgruppen ihre Autorität streitig machen, haben sie diverse Gesetze erlassen, welche durch die Vorsteher durchgesetzt werden. Unter anderem zählt dazu das Verbot zur Vermischung der Rassen.

ARGAMONZEIT

Die Argamonzeit ist ein spezieller Zeitabschnitt, die sich im letzten Teil einer Phase aus vier Teilen befindet. Eine Umkreisung der Welt um den zentralen Stern dauert in Erdenjahren gerechnet drei drei viertel Jahre und wird als Zyklus bezeichnet.

Die Argamonzeit selbst teilt sich in vier Phasen: Die erste Phase beginnt im ersten Viertel des letzten Dreiviertel-Zyklus. Sie ist gekennzeichnet durch absolute Dunkelheit. Ausgelöst wird diese durch die Konstellation der Monde Kubike und Ratase sowie des kleinen Sterns Argamon, der den Hauptstern, die Sonne, komplett verdunkelt. Argamon selbst, der ebenfalls über eigene Strahlung verfügt, tritt in eine Phase der Inaktivität ein, wodurch sein Licht komplett erlischt.

Die zweite Phase ist die Übergangsphase, in der die Monde und der Stern Argamon sich so dicht an Heleria annähern, dass sie die Atmosphäre dieser Welt streifen. Durch die Nähe wird die Gravitation so beeinflusst, dass zwischen den drei Gestirnen eine Art Brücke entsteht. Diese Brücke besteht aus Fragmenten, die zwischen den Planeten und dem Stern ausgetauscht werden. Letztendlich ist aber die Gravitation des zentralen Sternes so stark, dass alle Planeten wieder gefahrlos in ihre Bahnen zurückdriften. Die zweite Phase ist eine Annäherungs- und Teilungsphase. Die Zeit überlappt sich, sodass ein Teil der ersten Phase in die Zeit des zweiten Viertels hineinreicht und wiederum das zweite Viertel ein Teil des dritten Viertels benötigt, um die dritte Phase abzuschließen.

Die dritte Phase ist die Phase der Trennung, in der sich alle Planeten wieder zurück auf ihre ursprünglichen Bahnen schieben. Diese und die zweite Phase sind geprägt von einem prächtigen Farbspiel in der Atmosphäre. Planetenfragmente und Strahlenstöße projizieren ein mächtiges Farbspektakel, welches bis auf die Oberfläche reicht.

In der vierten und letzten Phase, auch Argamonzeit genannt, verlässt Argamon seine inaktive Situation, wodurch ganz Heleria in ein dunkles Rot getaucht wird. Diese Phase wird auch als Zeit der Opfer bezeichnet, da man der

Auffassung ist, dass Argamon mit seiner Verwandlung in ein Blutrot an die Zeit der großen Kriege und an die Zeit des eigenen Opfers für die Lebewesen dieser Welt erinnern will. Aus diesem Grund ist diese Phase zugleich eine Zeit der Feste und der Freude. Gleichzeitig gilt sie aber auch der Erinnerung an das Ende jeglichen Lebens.

Die Phase wird beendet, indem sich Argamon anhand seiner Umlaufbahn immer weiter von Heleria entfernt. Durch eine letzte einzigartige Konstellation wird die Welt für einige Minuten in eine leichenblasse Farbe getaucht, die dann abrupt endet. Nachdem die letzte Welle beendet ist, verschwinden der Stern Argamon und die Monde Kubike und Ratase in einer der nicht sichtbaren Dimensionen des Universums.

Durch den Spalt, der die unsere Dimension mit der anderen verbindet, ist das Abbild der Monde und des Sternes immer am Firmament zu sehen.

Allerdings ist dies lediglich eine Projektion der reellen Gestirne, die während des großen Krieges entstanden sind.

BANDAMONISCHE KATZE

Die Bandamonische Katze entstammt nicht, wie man vielleicht annimmt, der Hölle, sondern ist eine spezielle Rasse der Tiger, die nur auf der Ebene von Bandamon vorkommt. Einzelne Bürger Bandamons haben es über Jahrzehnte geschafft, einige von ihnen zu zähmen und als Haustier zu halten. Charakteristisch für diese Katze sind ihr Egoismus und ihre Einfältigkeit. Sie nimmt keine Rücksicht auf ihre Jungen und sonstige Lebewesen.

Wo sie auftaucht, sollte man einen großen Bogen machen, denn sie lässt sich nichts gefallen und ist schwer von dem abzubringen, was sie sich in den Kopf gesetzt hat. Ihre Krallen besitzen Widerhaken, die ganze Fleischstücke aus dem Körper reißen können. Haben sie sich erst einmal in das Fleisch geschlagen, gibt es kein Entkommen. Badamonische Katzen sind sehr schnell reizbar und schlagen auch einmal zu, wenn man vermutet, dass sie gerade wohlgesonnen sind. Deshalb gilt für jeden Reisenden das Gebot, diese kuschelig anmutenden Tiere zu meiden.

Auch der versierte Raubtierbändiger tut gut daran, diese Tiere nicht zu ärgern.

EMPFANGSKRISTALL

Der Empfangskristall ist eine gekonnte Erfindung der Aramer. Er empfängt mittels eines Senders ausgestrahlte Befehle, die in zwei Richtungen implementiert werden können. Zum einen gibt es Regelbefehle und zum anderen Aktionsbefehle.

Regelbefehle werden direkt in das Unterbewusstsein eingepflanzt, um so sicherzustellen, dass grundlegende Vorgaben stetig eingehalten werden. Aktionsbefehle werden zum einen in das Unterbewusstsein und zum anderen in das direkte Bewusstsein gesteuert. So wird gewährleistet, dass die Aktion mittelbar ausgeführt wird, und gleichzeitig verhindert, dass der Befehl hinterfragt und somit missachtet werden kann.

ESKISIS

Eskisis ist die Ursprungsreligion, der die originären Stämme folgten. Sie besteht aus der alles bestimmenden Anschauung, dass neben dem hiesigen Universum viele beliebige andere Universen im gleichen Raum und zur gleichen Zeit existieren.

Alle diese Universen sind durch eine zentrale Energie verbunden, die wiederum aus mehreren Schichten besteht. Der innere Kern, der mit der eigentlichen Zentralenergie gefüllt ist und in dem Raum und Zeit, wie wir sie kennen, nicht existieren, ist Spender und Sammler aller Energie zugleich. Hier existieren keine Universen, Sonnen, Planeten oder Lebewesen in materiell wahrnehmbarer Form. Alles oszilliert im Einklang mit der Zentralenergie. Die mittlere Schale, in der eigene, von der äußeren Schale unabhängige, materielle Universen bestehen, ist vom Zeitablauf unabhängig.

Die Bewohner dieser Universen leben unabhängig von jeder materiellen Bindung und sind nicht an zeitliche und räumliche Abläufe gebunden. Auch hier ist die Zeitachse eine Ebene des universellen Zusammenhangs. Allerdings verläuft die Zeit in anderen Parametern und ist durch die Bewohner direkt beeinflussbar. In der Eskisis-Anschauung ist dies das erste Aufstiegslevel. Als letztes Äußeres existiert die materielle Schicht, in der alle Universen in ihren verschiedenen Möglichkeiten in der uns bekannten Zeitachse und dem von uns bewusst wahrgenommenen dreidimensionalen Raum verlaufen. Jede dieser Schichten existiert in ihrem eigenen Wellenmuster, dessen Grundschwingung jedes Wesen und jede materielle Form erfüllt, sei es auch ein noch so kleines Teilchen. Diese sich grundlegend unterscheidenden Schwingungen des Kosmos machen es unmöglich, dass sich die Schichten vermischen und doch keinen Einfluss aufeinander haben. Einzig in der äußeren Schicht treten hin und wieder Brüche auf und gegenteilig gepolte Materie tritt in den Raum ein. Hochentwickelte Lebensformen sprechen in diesem Fall von Antimaterie.

Nach Eskisis ist es das Ziel eines jeden bewussten Lebewesens, seine eigene Energie mit der allumfassenden Energie in Einklang zu bringen. Da die zentrale Energie verschiedene Schichten hat, muss man mehrere Zyklen durchlaufen, um letztendlich in die zentrale Energie einzugehen.

Finale Vorstellung dieser Religion (auch Ende der Zeit genannt) ist es, so viel freie Energie aus den umliegenden Schalen wieder im Kern zurückzugewinnen, dass es zu einer Überladung kommt, welche in dem Ende aller Universen und Daseinsformen mündet.

Nach einer gewissen Zeit werden sich dann das Universum und die Ebenen dazwischen neu bilden, wobei die niedrigste Form die höchste Form der letzten Existenz sein wird: die Eskisis.

GEDÄCHTNISTURM

Der Gedächtnisturm ist Mittel und Zweck, um die Ziele der Herrscherfamilie durchzusetzen. Mittels der Türme halten sie die Verbindung zu den Vorstehern und dem restlichen Volk. Sie dienen zur gleichen Zeit als Kommunikationsbrücke zwischen Herrscherhaus und Bewohnern der Sphäre.

Neben Ansprachen können auch direkt Befehle an Soldaten und Gebietswächter verschickt werden. Die Gedächtnistürme funktionieren telepathisch. Auf diese Weise werden Befehle und Anordnungen direkt in das Gehirn eingepflanzt. Der normale Bürger dagegen ist nicht von diesen Türmen betroffen, da das Gehirn im Rahmen einer Wäsche mit einem Empfängerstein telepathisch empfangsfähig gemacht werden muss. Alle direkten Befehlsempfänger, denen von Geburt an keine telepathische Veranlagung mitgegeben wurde, wird ein solcher Empfangsstein direkt unter der Hirnschale mittels eines alten Aramer-Rituals eingepflanzt.

Der Empfängerstein schwingt auf der gleichen Wellenlänge wie die Sendesteine und überträgt die Befehle direkt in das Unterbewusstsein.

DIE GÖTTER (GÖTTERSTÄMME)

Zu den Zeiten, bevor die Götter geboren wurden, existierten im Universum vier große Stämme: die Stämme Argamon, Katarcho, Kubike und Ratase.

Diese vier Stämme bildeten zusammen den Rat der Völker. Unterhalb dieser Stämme entwickelten sich über die Zeiten, als Teil der Urstämme, neue Volksgruppen. Äonen lebten die Stämme und die neuen Völker in friedlicher Koexistenz. Angetrieben durch die zentrale Religion der Eskisis strebte jeder nach seiner persönlichen Vollendung. Viele nannten diese vier Urstämme auch die Ersten. Einige wenige und nicht klar zu entziffernde Schriften berichten darüber, dass diese Stämme aus der Ursuppe, direkt nach Entstehung des Universums, hervorgegangen sind.

Alte Überlieferungen berichten ebenfalls darüber, dass diese Urvölker nicht durch Hass und Egoismus angetrieben waren. Es waren ausschließlich und uneingeschränkt Völker des Friedens, die lediglich die Wiedervereinigung mit der Zentralenergie suchten. Die Eskisis war der einzige und zentrale Orientierungspunkt jeglichen täglichen Lebens. Manche böse Zungen behaupten, dass die Trennung beim Entstehen des Universums zu schnell geschehen ist, weswegen die Urvölker der materiellen Welt keine Geltung schenkten. Sie waren nur von einem Ziel besessen: die endgültige Reintegration in die Zentralenergie, aus der sie alle stammten. Sie stellten zwar ihr eigenes Ziel über das der anderen, waren dabei jedoch nicht egozentrisch.

Die Welten entwickelten sich weiter und die kleineren Völker, die unter dem Deckmantel der alten Völker entstanden, wendeten sich teilweise von den Bestrebungen ihrer Vaterstämme ab. Sie entdeckten, dass die persönliche Geltungssucht wesentlich befriedigender ist, als einer vermeintlichen Religion nachzulaufen, die zum einen nicht greifbar zu sein scheint und somit zum anderen nach ihrer Meinung nicht der Realität entsprechen kann. Dies führte dazu, dass die Urvölker die neu entstandenen Gruppen auf verschiedene Galaxien verbannten. Letztendlich verließen sie gemeinschaftlich ihre Ursprungsgalaxien, da sie mehr Abstand zu den neuen niedergelassenen Gruppen finden wollten. Versunkene Orte blieben zurück, die unter Staub und Erde begraben wurden.

Die Jahre vergingen erneut und als sie bemerkten, kurz vor dem Aufstieg in das nächste Level zu stehen, suchten sie erneut, diesmal vereinigt, einen gemeinsamen Planeten, der nach ihrem Erachten so nah am Zentrum des Universums liegt, dass der Sprung in die nächste Bewusstseinsebene schneller geschehen kann. Dabei hatten sie jedoch nicht bedacht, dass die Koexistenz aller vier großen, im Universum auf der höchsten Stufe entwickelten Völker auf einem gemeinsamen Planeten Auswirkungen auf das gesamte Sonnensystem haben würde, in der dieser Planet existiert.

Über die Zeit verlagerten der Planet und das gesamte System ihre Position in der hiesigen Realität, mehr hin in die nächste Schale der zentralen Energie. Da der Planet und das System selbst nicht aufsteigen können, verfing sich alles irgendwo zwischen hier und dort. Dies machte aber die neue und kleine Welt zu etwas Besonderem.

Über die Jahrhunderte entwickelte sich der Planet als Anlaufpunkt für all jene, die ebenfalls Anwärter für die Auferstehung sind und waren. Der Planet, der nicht mehr zur äußeren und noch nicht zur inneren Schale der Energierealitäten zugehörig ist, ist so nur für jene zugänglich, die zwischen den Welten wandeln oder auf die Auferstehung warteten.

Die Ebene, in der die Völker aufsteigen werden, ist nicht durch Zeit beschränkt. So kam es, dass eines Abends, als die Anführer der vier Völker zu einer Besprechung zusammenfanden, alle zur gleichen Zeit in eine Art Tagtraum fielen. Sie wurden mit der Zukunft des Universums konfrontiert.

Die Anführer Argamon, Karto, Kubike und Ratase hatten bereits als einzige ihres Volkes eine Stufe erreicht, in der sie auf die Kräfte der neuen Ebene unterbewusst zugreifen können. Mit diesem Blick über Zeit und Raum hinweg wurde ihnen eine mögliche Zukunft offeriert, die sie vor eine Wahl stellte. Die Wahl war das Wissen, um die Zukunft des hiesigen Universums zu ignorieren. Wissentlich die vorgesehene Eskisis zu verhindern oder einen Weg zu bestreiten, der sie selbst zwischen den Welten fangen wird, aber das Ziel der Eskisis verwirklicht. In dem Augenblick, als sie die Zukunft in ihrer Gesamtheit erblickten, vergossen die Anführer Aragamon, Kubike und Ratase Tränen. Karto, der Anführer Katarcho, weinte ebenfalls, und als sich seine Tränen und die der anderen vereinigten, entstand ein unsagbar schöner Edelstein.

Karto beschloss nach dieser Vision, den anderen nicht zu folgen, denn was sie sahen, würde das Ziel Eskisis ad absurdum führen. Zu diesem Zeitpunkt lebten die Anführer und deren zugehörige Urvölker, die ebenfalls für den Aufstieg vorgesehen waren, getrennt von der restlichen entstandenen Bevölkerung. Sie wurden in der übrigen Welt von all denen bewundert, die die Stufe für den Aufstieg noch nicht erreicht hatten. Man verehrte vor allem die Anführer der Völker als Götter, denn in ihnen spiegelte sich das allumfängliche Wissen des Universums wider.

Diese göttliche Verehrung brachte auch Neid hervor. Einige betrachteten mit Missgunst, wie weit fortgeschritten die seelische Entwicklung dieser Lebewesen war. Vor allem, da die göttlichen Anführer schon die Macht besaßen, auf den Energiepool des nächsten Levels zuzugreifen. Egoismus und Gier nach dieser Macht erfüllten das Haus der Aramer, die sich schon früh von den Lehren der großen Vier abgespalten hatten und ihre eigenen Ziele verfolgten.

Urtus, der Anführer der Aramer-Kaste sprach eines Tages den Göttern die göttliche Stellung ab und entfachte den ersten großen Krieg zwischen den Welten: den Krieg der Götter. Der Aufstand der Völker war allerdings nicht mehr aufzuhalten. Aus diesem Grund und vor Beendigung der Kriege beschlossen die vier, jeweils einen Teil ihrer Macht in den neu entstandenen Edelstein einzuspeisen.

Karto nahm sich der Aufgabe an, den Stein zu teilen. Durch diese Aufgabe des Teilens ihrer Macht war der letzte Schritt vollendet. Sie brachten ein selbstloses Opfer, welches letzte Voraussetzung für den Wechsel von der äußeren Schicht in die nächste darstellt. Die Götter Argamon, Ratase und Kubike fanden sich mit ihren Völkern auf der Landzunge von Makar ein, wo sie das letzte Ritual vollzogen, um den Aufstieg zu vollenden.

Der Krieg hatte zu diesem Zeitpunkt seinen Zenit erreicht. Die Aramer hinterließen verbrannte Erde, wo sie auftauchten. Durch einen Hinterhalt schnitten sie Tausenden der pilgernden Lebewesen der alten Völker den Zugang zu Makar ab und schlachteten sie im größten Blutbad der Geschichte des Kosmos nieder. Um dem Vorstoß der Aramer Herr zu werden, blieb den Anführern nichts anderes übrig, als etwas Großes zu bewirken. Sie vereinten ihre Kraft und erschufen um die Welt einen neuen, kleineren Stern und zwei Monde. Dort bündelten sie ihre Macht und zwangen die Aramer dazu, den Vorstoß auf Makar abzubrechen.

Da zur Erschaffung dieser Planeten ihre eigene Stärke nicht ausreichte, mussten sie sich der zentralen Energie bedienen. Sie erzeugten dazu einen Bruch in den Realitäten, der von der äußeren Schale der Zentralenergie bis zum Kern reichte.

Da der Bruch nicht wieder verschlossen werden konnte, schlossen sich besonders gläubige Teile der Pilger spontan zu einer Gilde der Priester zusammen und machten es sich zur Aufgabe, den Bruch zu bewachen. Die Anführer Argamon, Katase und Ratase selbst zogen sich auf die neu geschaffenen Planeten zurück und vollzogen dort die letzten Schritte der Auferstehung, wobei dies eigentlich nicht mehr notwendig war, denn die Planeten selbst sind – im Vergleich zum Sonnensystem um Heleria – noch mehr in der nächsten Schicht verwoben.

Die Planeten, die man von hier aus mit bloßem Auge wahrnehmen kann, sind an sich nur eine Schattenkopie in dieser hiesigen materiellen Welt. Während das Ritual für die restlichen Pilger beendet wurde, teilte Karto die Träne von Argamon in drei Teile. Bei der Teilung musste auch er seinen letzten Lebenstropfen geben, sodass er bei der Übergabe des letzten Teiles verstarb. Seine Hülle wurde anschließend in das Fundament einer konischen Säule neben dem Raumbruch verbaut. Um den Raumbruch zu verbergen und besser schützen zu können, bauten die Priester in den nächsten hundert Jahren eine riesige Kathedrale um diesen herum. Sie selbst siedelten sich auf der Landzunge an und erklärten das Land zur Zone der Götter auf Erden. Sie waren es, welche das Buch der Makar vollendeten, das die Götter begonnen hatten. Im Buch von Makar wurde der Sitz der Götter auf den Planeten festgeschrieben.

Da die Hohen Priester die Einzigen sind, die ihr Leben in dieser Welt banden, obgleich sie sich auf dem Level der Auferstehung befinden, sind auch nur sie allein in der Lage, direkt mit den Göttern zu kommunizieren.

HERRSCHERFAMILIE

Die Herrscherfamilie ist die oberste Familie in der Aramer-Zunft. Sie geht auf die Blutlinie Urtus zurück, der als Anführer im Krieg der Götter kämpfte. Urtus selbst entstammt einer nicht mit Namen benannten Dynastie, deren Blut aus dem Volk der Argamon und Ratase gemischt ist. Der Zeitpunkt des ersten eigenständigen Erscheinens ist nicht ganz geklärt.

Über das Buch der Makar ist ihr erstes Auftreten beschrieben, als sich die Völker in verschiedene Lager teilten. Urtus, der Älteste der Herrscherfamilie soll der Erzählung zu Folge einen einfachen Stein zu einem Edelstein geschlagen haben. Danach bannte er einen Teil der Macht des Bandes in ihm und erklärte den Göttern den Krieg.

Als der Krieg begonnen war und seine Frau in den Wehen lag, konstruierte Urtus auf dem Schlachtfeld das Wappen seiner neuen Familie: Er häutete sein Napuko bei lebendigem Leibe und spannte die Haut auf den silbernen Schild seines ersten Offiziers. Anschließend schlug er einen Splitter aus dem selbst gemachten Edelstein und bannte ihn mittels der Seele seines Ersten Offiziers in die Mitte des Schildes. Durch einen Trick schlich er sich auf die Landzunge, während die Götter den Stern von Argamon und die Monde Kubike und Ratase erschufen, stahl einen Teil der Energie des Blauen Bandes und bannte es in seinen Edelstein. Im gleichen Moment, als sein Kind auf dem Schlachtfeld zwischen Klingenschlag und Tod geboren wurde, schlug er sich und dem Kind die linke Hand ab und malte mit dem Blut einen Kreis, der über alles wachen sollte.

Ob er mit dem Zirkelzug Argamon bannen oder seiner eigenen Seele eine Zufluchtsstätte bieten wollte, ist nicht überliefert. Das Buch von Makar berichtet lediglich davon, dass Urtus beim letzten Strich die Kehle seiner Frau durchschnitt und das Blut in die Steinsplitter in der Mitte des neu entstandenen Wappens verbannte. Nachdem der Krieg durch das Verschwinden der Götter und der Urvölker gewonnen wurde und Urtus sich an die oberste Stelle des Rates aufgeschwungen hatte, lehrte er die Spaltung seiner Familie vom Rest der Bevölkerung.

Mit Mord und Unterdrückung erzwang er sich Reichtum auf Kosten des

Volkes. Urtus, der von den Göttern lernte, machte sich die Macht des Blauen Bandes zu eigen.

Er fiel in Makar ein und zwang die Priestergilde, einen Weg zu finden, wie er die Macht des Bandes bündeln und für sich nutzen kann. Im Laufe der Zeit wurde die Familie immer größer, weswegen Urtus sie in die drei Kontinente verwies und jeder Familie einen der Kontinente zuschrieb. Er selbst gab sein Wissen mittels Erbmaterial an die eigene Familie weiter und ermahnte sie, dass das Produzieren der Nachkommen auf eine Weise erfolgen muss, um die Macht zu erhalten. Aus diesem Grund wurde das Ritual der Vermehrung, das »Katu-Ritual«, eingeführt.

Von Urtus' Tod ist nichts überliefert.

Im Klan der Aramer berichtet man davon, dass er eines Tages bei einem Bad im Blauen Band verschwunden sei.

Katarchen (Katarcho)

Die Katarchen umgibt in der Bevölkerung ein dunkles Geheimnis, welches nie enthüllt wurde. Sie leben zurückgezogen in den verschneiten Bergen des Siangpai. Daher nennt man sie auch das Volk der Berge. Eines der wenigen gelüfteten Geheimnisse ist, dass die Katarchen schon zu der Zeit lebten, als die drei großen Götterstämme (Argamon, Ratase und Kubike) auf Heleria wandelten. Ihnen wird nachgesagt, die gleiche Macht wie die Götter zu besitzen. Aus diesem Grund sind sie auch bei allen Lebewesen der Sphäre gefürchtet.

Ein vor der Bevölkerung verborgenes und gut behütetes Geheimnis der Hohen Priester ist, dass Karto, der Anführer des Volkes Katarcho, ebenfalls ein Gott war. Mit seinem Tod starb das Volk Katarcho aus. Jedoch gab es Nachkommen aus direkter Blutlinie, die Katarchen. Sie traten das stolze Erbe des Volkes Katarcho an, besitzen allerdings nicht die gleiche Macht wie das alte Volk.

Allerdings gelten sie als hoch sensibel bei den Kräften des Blauen Bandes. Während des großen Krieges, als die Götter die Welt verließen, wurde dem Volk Katarcho ein Teil der Träne von Argamon anvertraut. Diese sollte eine entscheidende Rolle, im Plan der Götter spielen, die aufkommende, Jahrzehnte lang andauernde Dunkelheit zu beenden. Die Wichtigkeit dieser Aufgabe wurde an die Nachkommen, die Katarchen, überliefert. Ebenso wie die Geheimnisse über die Zukunft des Kosmos.

Die Herrscherfamilie der Aramer vermutete ohne eindeutige Beweise dafür, dass die Katarchen ihre Regentschaft eines Tages beenden würden. Aus diesem Grund jagten die Aramer die Katarchen und dezimierten das Volk bis auf einige wenige Hundert. Als die Übergriffe erfolgten, flüchteten die meisten aus den Ebenen in das Hochgebirge, wo sie versteckt vor den Angriffen der Aramer leben. Das Herrscherhaus trachtet jedem Einzelnen nach seinem Leben, der irgendwo in ihr Einflussgebiet gelangt und sich zu erkennen gibt.

Die Aramer suchten stetig nach Beweisen für die entscheidende Rolle der Katarchen im weiteren Geschichtsverlauf, gefunden haben sie jedoch nichts.

Zu stark sind die Bande zwischen den Priestern von Makar und den Katarchen. Der Wille, das eigene Leben dem Schutz vor der Zukunft unterzuordnen, ist ein Instinkt, der selbst mit der Macht des Blauen Bandes nicht zu stoppen ist. Geschickt haben die Katarchen bis heute den ihrigen Teil der Träne vor dem Herrscherhaus verstecken können.

Makar

Makar ist eine Landzunge auf dem zentralen Kontinent. Die Landzunge wird seit dem Ende des Krieges in eine außen liegende Sperrzone und in eine innere verbotene Zone geteilt.

Generell ist es der normalen Bevölkerung verboten, die Landzunge Makar zu betreten. In der verbotenen Zone lebt die Priestergilde. Das Gebiet ist geprägt von vielen fein verschnörkelten und mit Gold und Platin besetzten Tempeln. Dächer sind mit Edelsteinen verziert und die Wohnanlagen der Mönche sind mit allem Luxus ausgestattet, den man sich nur erträumen kann. Zentraler Punkt von Makar ist die Tempelanlage Argamons, die sich über mehrere Hundert Quadratkilometer erstreckt und kubisch aufgebaut ist. Der Kern der Tempelanlage ist mit einer riesigen Kathedrale bebaut, zu deren vier Enden unendlich hohe Türme in den Himmel ragen.

Das Ende der Türme ist mit bloßem Auge nicht zu erkennen, denn die Spitzen versinken im Wolkendunst der Höhe. Jeder Turm steht dabei für ein Element der materiellen Welt: Wasser, Feuer, Erde und Luft. Die einzelnen Seiten des quaderförmigen Turmes sind nach jeder Himmelsrichtung ausgerichtet. Im Inneren der Türme sind auf dem Boden und an der Decke jeweils die Zeichen für die Richtung des Inneren und des Äußeren eingelassen. Das grundsätzliche Denken der Lebewesen auf Heleria besteht dabei nicht nur in die vier Richtungen, in die man sehen kann, sondern sie sind sich des Auf- und des Abstiegs ihrer Daseinsform bewusst. Im Zentrum der riesigen Kathedrale, der zentraler Platz der Gebete ist, befindet sich ein Raumbruch, in dem das Blaue Band die hiesige Welt sichtbar durchkreuzt.

Die Zentralenergie, die aus dem Bruch quillt, sieht aus wie ein blaues Band. Es besteht aus reiner Energie und durchströmt dabei einen Quellenursprung, dessen Wasser in einer Höhle unterhalb der Kathedrale gefangen wird.

Das Wasser wird von den Priestern als Grundnahrungsmittel verwendet und versorgt diese mit Energie. Das erklärt auch, warum diese bis heute ohne äußerlich älter geworden zu sein auf dem Gebiet der Makar ihre Aufgabe vollziehen, derer sie sich vor Jahrhunderten mit ihrer Seele verschrieben haben.

Wie das Band seinen Weg in unsere Welt gefunden hat, ist nicht exakt überliefert.

Katu-Ritual

Das Katu-Ritual dient der Auswahl des geeigneten Partners, um einen Nachfolger für eines der Herrscherhäuser zu zeugen. Bei dem Ritual werden Frauen ausgesucht, bei denen die Wahrscheinlichkeit, einen Sohn zu zeugen, bei einhundert Prozent liegt und die selbst kurz vor dem nächsten Level der Auferstehung stehen. Dies bedeutet, dass das Neugeborene die Seele der nächsthöheren Bewusstseinsform empfängt. Dadurch verfügt es automatisch über einen Pool an psychokinetischer Energie, auf die es dann später zugreifen kann. Auf diese Weise wird der Fortbestand der Herrscherfamilie auf höherer Daseinsstufe gewährleistet.

Die Frauen werden speziell für dieses Ritual durch die Reiter der Rak Tau auf allen Kontinenten gesucht. Vielfach werden sie aus den Familien oder gerade neuen Partnerschaften gegen ihren Willen entführt und dem Ritual zugeführt. Das Alter spielt dabei ebenfalls keine Rolle. Entscheidend ist lediglich die bewusste und unterbewusste ausgebildete Ebene der eigenen Existenz.

Der Abschluss des Katu-Rituals mündet in der Geburt. An den Erstgeborenen des Hauses wird ein Stein der Makar gebunden und zum Abschluss des Rituals wird die Mutter des Kindes in einer Feier verspeist.

Napuko (Napukoleder)

Das Napuko ist ein kleiner Büffel. Es ist einzig auf den großen Weideflächen auf der Hochebene von Makar nachgewiesen. Da Makar als Sperrzone gilt und kein Napuko jenseits dieser Zone gesichtet wurde, ranken sich in der Bevölkerung nur Mythen um die Existenz dieser Tiere.

Ganz anders in den Kreisen der Aramer. Die Aramer und die Priestergilde sind die einzigen Menschen, denen es erlaubt ist, die Sperrzone bis hin zur verbotenen Zone zu betreten. Das Napuko selbst ist ein Herdentier, welches als einzigartiges Lebewesen über einen eigenen Pool psychokinetischer Energie verfügen kann. Sagen erzählen, dass es einst – noch vor den Göttern – ein Volk gab, welches sehr schnell in die andere Daseinsform der Existenz aufgestiegen ist.

Doch sie wollten mehr und strebten danach, einen noch höheren Level als den erreichten schnell zu besteigen.

Das allumfassende Blaue Band hat diesen Egoismus und das Streben nach noch mehr bestraft, indem es das Volk auf eine Existenzstufe zwischen einem Stein und der menschlichen ersten Existenzstufe verbannt hat. Sie sollten ab diesem Zeitpunkt Tiere sein, deren Bewusstsein dem der Menschen gleicht und gleichzeitig über einen eigenen Pool an Zentralenergie verfügen. Nach diesem Urteilsspruch wurden die ersten Napukos auf Heleria entdeckt. Diese Sage wird dadurch untermauert, dass die Napukos sich regelmäßig um den Ort des Blauen Bandes sammeln. Nach wie vor sind die Napukos wilde Tiere und sehr gefährlich. Mit ihren Reißzähnen können sie mit nur einem Stoß einen Körper in zwei Hälften teilen. Die Tatsache des Bewusstseins der eigenen Seele und den Pool der eigenen Energie machten die Tiere bereits früh interessant.

Während des großen Krieges führte man verschiedene Experimente mit ihnen durch und stellte sehr schnell fest, dass trotz totem Körper die Seele und die Energie fortbestehen. Man erfand ein spezielles Ritual, mit dem die Tiere angelockt, gefangen und bei lebendigem Leib gehäutet wurden.

Sehr schnell erlangte man die Kenntnis darüber, dass es möglich war, das Napuko mittels eines ausgeklügelten Rituals komplett an einen individuellen Besitzer zu binden. Diese spezielle Bindung ermöglichte, dass sich das Napuko als zweite Haut direkt mit dem Besitzer verband und so einen Schutzschild nach außen ausbildete.

Das Ritual wurde über Jahrhunderte durch die herrschende Kaste verfeinert, sodass es bald möglich war, die wichtigsten Personen der Herrscherfamilie mit einer eigenen Napukohaut (Napukoleder) auszustatten. Sie kreierten einen Anzug, der ebenfalls wie die Bindung während einem tagelangen Ritual erstellt wird. Doch nicht jeder ist in der Lage, einen solchen Anzug zu tragen, denn wie ein wildes Pferd muss der Träger das wilde Napuko zähmen, um so die Verbindung zwischen den zwei Seelen herzustellen. Ist der Träger zu schwach, wird er der Energie und der Gewalt des Tieres in einem schmerzhaften Tod unterliegen. Dies war auch der Grund, weswegen das Ritual um ein Auswahlverfahren erweitert wurde. Dabei wird das Kind den Napukos ausgesetzt.

Nur wenn es überlebt hat und nicht bereits zu diesem Zeitpunkt von den Napukos getötet wurde, wird das Napuko erlegt und an das Kind gebunden. Dieses Ritual wird in einer riesigen Zeremonie vollzogen, die mit Meditationen und wollüstigen Feiern durchsetzt ist.

Rak Tau

Die Rak Tau bilden die Armee der Herrscherfamilie. Trotz der Unterjochung schließen sich immer wieder Freiwillige der Herrscherfamilie an, um ihren Dienst in der Armee zu tun. Die Rak Tau werden bei einem Ritual der Unterwerfung willenlos gemacht. Bei vollem Bewusstsein wird ihnen die Schädeldecke geöffnet und es werden spezielle Teile des Gehirnes entfernt, sodass sie keinen eigenen Willen mehr besitzen, sondern nur noch reine Befehlsempfänger sind. Befehle empfangen sie mittels eines Empfangskristalles, der Anordnungen direkt in das Gehirn zur Ausführung überträgt.

Stein der Makar

Auf den ersten Blick ist nicht zu erkennen, ob er etwas Besonderes ist oder einfach nur ein ganz normaler Stein. Er könnte aus einem x-beliebigen Fluss gefischt worden sein. Wird er gegen ein starkes Licht gehalten, wirkt er leicht durchsichtig und in seinem Inneren sind verwobene Glyphen zu erkennen, die ihn zu dem wertvollen Element seiner Bestimmung machen.

Der Stein wird seit unzähligen Jahrhunderten von der Priestergilde der Makar geschaffen. Dabei wird er in einem aufwendigen Verfahren geformt und mit einem Teil des Wassers, durch welches das Blaue Band in der zentralen Kathedrale der Tempelanlage von Makar fließt, verbunden. Auf diese Weise hat der Besitzer die Möglichkeit, seine eigene psychokinetische Energie im Stein zu bündeln und diesen gleichzeitig als Katalysator zu nutzen, um die Kraft in einer gezielten Richtung einzusetzen. In einigen Ausnahmefällen ist der Besitzer in der Lage, seine Kraft zu potenzieren und die Energie des Blauen Bandes anzuzapfen. Doch nicht jeder, der einen Stein in der Hand hält, kann diesen auch nutzen. In einem Bindungsritual wird der Stein bei Geburt an die Seele des Empfängers gebunden. Dabei wird ein Teil der Seele im Stein gefangen.

Die Götter hatten eigentlich vorgesehen, dass jeder, der kurz davor ist, die nächste Stufe zu erreichen oder bei Geburt über einen eigenen Pool an psychokinetischer Energie verfügt, einen solchen Stein erhalten solle, um die ihm gegebene Kraft lenken zu können. Nach den Kriegen haben die Aramer jedoch die Weitergabe und die Produktion der Steine unter ihre Kontrolle gestellt. Sie sahen die Gefahr, die Macht, welche sie sich gerade erst erkämpft hatten, wieder zu verlieren. Auch um selbst die Kraft in ihren eigenen Reihen besser zu verteilen, sollte von nun an nur noch jeder Erstgeborene einen Stein der Makar erhalten.

Dies ermöglichte ihm, die Kraft und die Herrschaft des Hauses ausschließlich auf sich selbst zu bündeln, denn derjenige besaß mit dem Stein die Macht, die Dinge in seine Richtung zu entwickeln. Richtig eingesetzt kann der Stein der Makar ein Lebewesen von einer Sekunde auf die andere zu Staub verwandeln.

Träne von Argamon

Die Träne von Argamon wurde in der letzten Phase des großen Krieges geschaffen. Die göttlichen Führer Argamon, Karto, Kubike und Ratase und jene Teile ihrer Urvölker, die sich ihren Anführern angeschlossen hatten, waren zu diesem Zeitpunkt bereit für den Aufstieg in die nächste Ebene der Existenz. Bis heute gibt es geheime Schriften der Makar, die von der Priestergilde gehütet werden und in keiner Silbe an die Öffentlichkeit gedrungen sind. In diesen wurde von den selbst ernannten Priestern die komplette Geschichte vom Verlassen der Ursprungsplaneten über den Zusammenschluss der Urvölker bis hin zum göttlichen Krieg niedergeschrieben.

Diese Schriftrollen erzählen auch von der Entstehung der Träne und deren Sinn dieser bis hin zur letzten Aufgabe, der sich die Götter verschrieben haben. Bereits weit vor der Zeit des restlichen Volkes hatten die Anführer der vier großen Stämme eine Stufe erreicht, in der sie auf die Kräfte der neuen Ebene zugreifen konnten. In diesem nächsten Existenzlevel spielen Raum und Zeit keine Rolle.

Die Verbindung zu dieser Form des Daseins war bereits so weit in die hiesige Welt verflochten, dass eines Tages alle vier göttlichen Führer zur gleichen Zeit, plötzlich und unerwartet, in einen Tagtraum fielen. Während diesem Trancezustand wurde ihnen eine mögliche Zukunft offenbart, die sie gleichzeitig vor eine Wahl stellte: Die eine Option war, die Erkenntnis um die Zukunft des hiesigen Universums zu ignorieren und damit wissentlich die vorgesehene Eskisis zu verhindern. Die zweite Möglichkeit war, eine andere Zukunft zu forcieren, deren Weg sehr langwierig und steinig ist. Bei dieser Option würde letztendlich die Eskisis verwirklicht, aber als Preis wären ihre Seelen eingefordert, um zwischen den Welten gefangen zu sein. In jenem Augenblick, als sie mit weit geöffneten Augen in die Zukunft sahen, verstanden sie die Gesamtheit ihrer Aufgabe. Dabei wurden ihre Herzen mit Trauer und Wehmut gefüllt. Noch während sie in der Vision über die multiplen Zukunftsformen gefangen waren, weinten sie in der hiesigen Welt.

Aragamon, der Stärkste unter ihnen, vergoss drei Tränen.

Kubike, der mit Herz erfüllte, weinte zwei Tränen.

Ratase, der Logiker, vergoss eine Träne.

Karto, der Anführer Katarcho und Weiseste aller Völker, weinte ebenfalls und als sich seine Tränen und die der anderen vereinigten, entstand ein unsagbar schöner Edelstein.

Als sie das Bewusstsein wiedererlangten, beschloss Karto, den anderen nicht in das nächste Level des Aufstieges zu folgen, denn was sie geshen hatten, musste um jeden Preis verhindert werden. Die Eskisis war in ihren Augen und denen ihrer Anhänger das Ziel aller Universen. Zugleich waren sie sich bewusst, dass der Weg kein einfacher sein würde und letztendlich keine Garantie für den endgültigen Erfolg gegeben sei. In einer weiteren geheimen Sitzung schlossen sich die Anführer erneut zusammen und versetzten sich in eine Art Bewusstlosigkeit, um abermals in die Zukunft zu reisen und von dieser zu lernen.

Über mehrere Wochen studierten sie die möglichen Realitätsverläufe. Währenddessen spitzte sich die Situation zwischen den Aramern, die durch Urtus angeführt wurden, und den Völkern der Aufstiegsgruppen immer weiter zu. An dem Tag, als die göttlichen Anführer wieder ihr Bewusstsein zurückerlangten, fällten sie die gemeinsame Entscheidung, der Träne von Argamon die zentrale Rolle über die Zukunft zu verleihen.

Der Stein sollte für die Zeit nach dem unausweichlich bevorstehenden Krieg und nach dem Verschwinden der Götter auf Erden als Katalysator und Wissensträger dienen. Um einem einfachen Stein eine solche Kraft zu verleihen, opferten die Götter jeweils einen Teil ihrer persönlichen Stärke und banden diese an den Kristall. Die so gebundene Macht sollte der reinsten und unvoreingenommensten Person dienen, um die Völker aus dem späteren Joch herauszuführen.

Die Anhänger der Götter, die Urvolksstämme, wussten aber nicht, dass Urtus einen Spion eingeschleust hatte und so von den übermächtigen Plänen der göttlichen Anführer informiert wurde. Zum einen sah er in dem Kristall die Chance, seine Vorherrschaft zu sichern, indem er mit diesem Hilfsmittel den Krieg für sich entscheiden würde. Zum anderen sah er aber auch die Gefahr, die von den weit fortgeschrittenen mit Göttern verglichenen Menschenseelen ausging. Die Gefahr, dass sie ihn und seine Familie auslöschen könnten. Dies und die sowieso kurz vor der Eskalation stehende Situation nahm Urtus zum Anlass, seinem Spion zu befehlen, die vier Vertrauten der Götter zu enthaupten und ihre Köpfe im Morgengrauen vor dem Zelt Argamons mit einer Botschaft zu platzieren.

Am gleichen Tag, als der Spion den Auftrag in die Tat umsetzte, schnitt Urtus den Menschen, die zu ihrem Aufstiegsritual nach Makar unterwegs waren, den Weg ab. In einem noch nie dagewesenen Massaker tötete er Tausende von ihnen, bis sich der Fluss um Bandamon rot färbte. Die Botschaft, die er Argamon überbrachte war einfach:»Ihr nennet Euch Götter. So sei der Krieg der Götter begonnen und erst beendet, wenn das Haus Aramer das Zepter der Führung auf dem Planeten übernommen hat.«

In den Augen der Götter war nun die Träne von Makar die einzige Rettung. So speisten sie zusätzlich einen Teil des Wissens um die Zukunft und die Vergangenheit in den Stein, bevor Karto, der vierte Gott, die Aufgabe übernahm, diesen wiederum in drei Teil zu spalten. Die Teilung erfolgte, während für die restlichen Pilger das Aufstiegsritual so grausam beendet wurde. Den ersten Teil der Träne gab Karto den Göttern höchstpersönlich mit auf ihre Reise zu den neu geschaffenen Planeten und dem kleinen Stern Argamon.

Dieser Teil sollte auf den Planeten Heleria zurückgeschickt werden, wenn die rechte Zeit gekommen ist und derjenige in Erscheinung tritt, der die Reinheit und das Gewissen in sich trägt, um im richtigen Augenblick der Zeitgeschichte die richtigen Entscheidungen zu treffen. Den zweiten Teil übergab Karto der neu gebildeten Priestergilde. Den dritten und letzten Teil vertraute Karto seinem Volk, den Katarchen, an. Mit dieser letzten Handlung vermittelte er all sein Wissen an die Hohen Priester der Gilde von Makar und den letzten Überlebenden der Katarchen. Mit dem Wissen verband er den Schwur und das Ziel, die Eskisis in die Realität umzusetzen. Danach verstarb er. Der Krieg der Götter wurde beendet, als Urtus mit seinem Trupp in Makar einfiel. Dort fand er nur noch ein paar Priester vor, die sich dem Glauben der Eskisis verschrieben hatten und trotz Folter nicht zu brechen waren.

Das Ziel, die komplette Träne von Argamon sein eigen zu nennen, scheiterte, denn selbst als er alles in Makar auf den Kopf stellte, war nur einer von drei Teilen zu finden.

Schnell fand er heraus, dass ihm die Möglichkeit der Auferstehung mit dem Krieg genommen und ihm nur die Kraft geblieben war, die er nicht selbst opferte, um seiner Familie die Kraft der Finsternis zu verleihen. Den einen Teil der Träne konnte er dazu nutzen, um die zentrale kosmische Energie anzuzapfen. Über das Blaue Band hinaus konnte er damit seine Macht kräftigen.

Er sah weiterhin, dass die Hohen Priester nicht zu brechen waren und unter dem Schutz der aufgestiegenen Götter standen, sodass physisches Leid nicht von Relevanz war.

So konnte er nur lernen, wie er sich der Kraft von Makar bedienen konnte, um auf diese Weise seine weiteren Ziele zu erreichen. In dem Moment, als die Aramer die Herrschaft über Heleria übernahmen, erklärten sie Makar zur gesperrten Zone, damit die Bevölkerung getrennt von den Lehren der Priester blieb.

Doch eines konnte er aus den Gehirnen der Lebewesen niemals eliminieren: den Glauben an die Götter, den Glauben an die Auferstehung und das Ziel »Ekisis«.